ORGULHO E PRECONCEITO

JANE AUSTEN

ORGULHO E PRECONCEITO

Tradução
NATHÁLIA RONDAN

COPYRIGHT © FARO EDITORIAL, 2023
COPYRIGHT © JANE AUSTEN, 1775 - 1817

Todos os direitos reservados.
Nenhuma parte deste livro pode ser reproduzida sob quaisquer meios existentes sem autorização por escrito do editor.

Diretor editorial **PEDRO ALMEIDA**
Coordenação editorial **CARLA SACRATO**
Assistente editorial **LETÍCIA CANEVER**
Preparação **PAMELA SILVA**
Revisão **BÁRBARA PARENTE E CIBELIH TORRES**
Capa e diagramação **OSMANE GARCIA FILHO**
Imagem de capa **MAGDALENA RUSSOCKA | TREVILLION IMAGES**

Dados Internacionais de Catalogação na Publicação (CIP)
Jéssica de Oliveira Molinari CRB-8/9852

Austen, Jane, 1775-1817
  Orgulho e preconceito / Jane Austen ; tradução de Nathália Rondan. — São Paulo : Faro Editorial, 2023.
  320 p.

  ISBN 978-65-5957-262-5
  Título original: Pride and prejudice

  1. Ficção inglesa I. Título II. Rondan, Nathália

22-6930   CDD-823

Índice para catálogo sistemático:
1. Ficção inglesa

1ª edição brasileira: 2023
Direitos de edição em língua portuguesa, para o Brasil, adquiridos por **FARO EDITORIAL**

Avenida Andrômeda, 885 — Sala 310
Alphaville — Barueri — SP — Brasil
CEP: 06473-000
www.faroeditorial.com.br

Pickering, pinx.t Greatbatch, sculp.t

Uma das primeiras ilustrações de *Orgulho e Preconceito*: Elizabeth conta a seu pai que Mr. Darcy foi o responsável por unir Lydia e Wickham.
O estilo das roupas reflete a década de 1830, época em que a ilustração foi feita, não a época em que o romance foi escrito ou ambientado.

Página de título da primeira edição ilustrada, em 1833.
Lady Catherine confronta Elizabeth sobre Mr. Darcy.

APRESENTAÇÃO

por Eduardo Levy

O título original do livro que você tem em mãos era *primeiras impressões*, as quais, como mostra a obra, quase sempre estão equivocadas. É natural, portanto, que equivocadas também estejam as primeiras impressões que temos deste livro. Pois *Orgulho e Preconceito* não é nem uma representação de um mundo antigo que remonta a uma realidade morta e enterrada nem um romance água com açúcar para adolescentes, mas uma das reflexões mais maduras e complexas da história sobre a natureza do amor. Como todo clássico, esta obra fala a todas as pessoas em todos os tempos: é de nós que *Orgulho e Preconceito* trata.

Uma breve pesquisa na internet revelará que "relacionamentos" é um dos principais temas nos debates. Quase sempre, esse discurso vem na forma de regras de conduta que, embora sejam muitas e variadas, têm um objetivo em comum: manipular o outro e não se deixar manipular por ele, sem nunca, jamais, em hipótese alguma, ficar numa posição vulnerável. Se por um lado, os relacionamentos são orientados por uma visão ácida e muitas vezes egoísta, grande parte das comédias românticas e os romances populares apresentam-nos uma visão ingênua e simplista do amor. Enquanto lê a obra, o leitor pode ficar com a impressão de que *Orgulho e Preconceito* partilha da visão cínica, ora de que partilha da visão ingênua, mas as duas impressões estão erradas.

A primeira frase do livro já confunde as impressões do leitor: "É uma verdade universalmente conhecida que um homem solteiro dotado de fortuna deve estar à procura de uma esposa". Trata-se, é claro, de uma ironia: a "verdade universalmente conhecida" não é nem conhecida, nem universal, nem verdadeira, mas apenas reflexo de um desejo de Mrs. Bennet que, tendo cinco filhas solteiras que ficarão sem teto com a morte do pai, precisa desesperadamente encontrar-lhes maridos. A chegada de Mr. Bingley, "um jovem de grande fortuna", a um casarão da vizinhança oferece a oportunidade perfeita para que pelo menos uma das moças desencalhe. Bingley será a estrela e o prêmio de um baile que acontecerá dentro de alguns dias.

O baile, porém, traz outra surpresa: Mr. Darcy, um amigo de Bingley que logo rouba-lhe todas as atenções. Além de ser mais rico que Bingley e vir de uma família melhor, Darcy também era, segundo as damas, "muito mais bonito" e chamava a atenção por "sua elegância e estatura alta, feições bonitas, aparência nobre". Mas como as primeiras impressões costumam enganar, "seu comportamento causou tamanha repugnância que mudou o rumo de sua popularidade. Descobriu-se, por fim, que ele era orgulhoso, e nem toda a sua grande propriedade em Derbyshire poderia salvá-lo de seu semblante antipático e modos desagradáveis, tornando-o indigno de ser comparado com seu amigo". Como se ainda não parecesse antipático o suficiente, Darcy faz questão de esnobar Elizabeth, uma das filhas de Mrs. Bennet. Instado pelo amigo a convidá-la a uma dança, já que ela estava sem par, Darcy responde nos seguintes termos: "Ela é tolerável; mas não é bonita a ponto de me atrair; e não estou disposto no momento a dar atenção a moças desprezadas por outros homens". Temos aqui o retrato de um homem orgulhoso, preconceituoso e, em suma, insuportável.

Quanto a Elizabeth, sua humilhação é completa, pois ela ouve tudo. Mas a compaixão do leitor pela pobre moça esnobada dura pouco. À medida que as páginas correm, o veneno sarcástico de sua língua de víbora revela uma criatura que julga (e em geral condena) a tudo e a todos desde uma posição de superioridade olímpica que provém de um orgulho sem limites e resulta em preconceitos sem fim. A impressão é que Elizabeth não é menos insuportável que Darcy: que os dois fiquem juntos, pressentimos, é uma espécie de justiça cósmica, pois eles se merecem.

Mais uma vez, entretanto, as impressões que temos dos personagens da obra estão tão erradas quanto as que eles têm uns dos outros. O que o desenvolvimento da trama mostrará é que Darcy e Elizabeth são muito mais complexos e profundos do que supõem as nossas vãs primeiras impressões. Para que o amor possa surgir entre eles e dar frutos, ambos terão de lutar contra o orgulho e o preconceito que de fato têm e, superando-os, superar a si mesmos. *Orgulho e Preconceito* abarca, inverte e transcende todos os clichês sobre relacionamentos e amor: em vez de mudar o outro, Darcy e Elizabeth mudam a si mesmos; longe de brotar de uma sensação prazerosa imediata, o amor entre eles é resultado de um lento crescimento moral provocado por uma antipatia mútua; antes de proceder de um esforço para conquistar o outro, advém da admiração moral mútua de duas pessoas que conquistaram a si mesmas.

Só quando vencem o próprio orgulho e o próprio preconceito, indo além das primeiras impressões, é que Darcy e Elizabeth se tornam aptos a dar e a receber amor. Aqui não se trata nem de "encontrar a pessoa certa" nem de conquistá-la, mas de tornar-se uma pessoa certa e conquistar a si mesmo. Em *Orgulho e Preconceito*, o amor é resultado do amadurecimento e do crescimento moral: não é um produto da conquista do outro, mas o prêmio pela conquista de si mesmo.

Sob a forma de uma história divertida e perspicaz, a obra faz uma das reflexões mais profundas da história sobre a natureza do amor. O leitor farto da superficialidade com que se fala do tema no nosso tempo descobrirá que este livro velho de dois séculos é de uma atualidade urgente. Pois como todo clássico, *Orgulho e Preconceito* não é do nosso tempo, mas de todos os tempos.

Capítulo 1

É uma verdade universalmente conhecida que um homem solteiro dotado de fortuna deve estar à procura de uma esposa.

Por mais que não se saibam dos sentimentos ou opiniões de tal homem ao adentrar pela primeira vez determinada vizinhança, essa verdade está tão bem enraizada na mente das famílias das redondezas que ele logo é considerado como propriedade legítima de uma ou outra de suas filhas.

— Meu caro Mr. Bennet — perguntou sua senhora para ele certo dia —, soube que Netherfield Park foi finalmente alugado?

Mr. Bennet respondeu que não.

— Mas foi — disse ela —, pois Mrs. Long acabou de vir aqui e me contou todos os detalhes.

Mr. Bennet não respondeu.

— Quer saber quem é o inquilino? — exclamou a esposa, impaciente.

— *Você* quer contar e eu não tenho objeções em ouvi-la.

Essa abertura foi o suficiente.

— Ora, meu querido, deve saber que Mrs. Long diz que Netherfield foi tomada por um jovem do norte da Inglaterra, de grande fortuna; que ele chegou na segunda-feira em uma carruagem puxada por quatro cavalos para ver o lugar e ficou tão encantado que fechou com Mr. Morris de imediato; que ele deve instalar-se antes da Festa de São Miguel, e alguns de seus criados chegarão na casa até o final da próxima semana.

— Qual o nome dele?

— Bingley.

— Ele é casado ou solteiro?

— Ah! Solteiro, meu querido, naturalmente! Um homem solteiro de grande fortuna, quatro ou cinco mil libras por ano. Que coisa maravilhosa para nossas meninas!

— Como? Como isso as afeta?

— Meu caro Mr. Bennet — respondeu sua esposa —, como é enfadonho! Sem dúvida se deu conta de que penso em casar uma delas.

— Esse é o intuito dele ao vir para cá?

— Intuito! Bobagem, como pode falar assim! Mas é muito provável que ele se apaixone por uma delas e, portanto, você precisa visitá-lo assim que ele chegar.

— Não vejo motivo para isso. Você e as meninas podem ir, ou pode enviá-las sozinhas, o que talvez seja ainda melhor, pois já que é tão bonita quanto qualquer uma delas, Mr. Bingley pode vir a preferi-la.

— Meu querido, você me lisonjeia. Eu certamente já tive minha cota de beleza, mas não almejo ser nada demais agora. Quando uma mulher tem cinco filhas adultas, deve deixar de pensar em sua própria beleza.

— Nesses casos, uma mulher geralmente não tem muita beleza na qual pensar.

— Mas, meu querido, você realmente precisa ir ver Mr. Bingley quando ele chegar à vizinhança.

— É mais do que eu me comprometo a fazer, eu lhe asseguro.

— Mas pense em suas filhas. Imagine só que bom negócio seria para uma delas. Sir William e Lady Lucas estão determinados a ir, apenas por causa disso, pois em geral, você sabe, eles não visitam recém-chegados. Na verdade, você precisa ir, pois será impossível para *nós* visitá-lo, se você não o fizer primeiro.

— Você é muito escrupulosa, certamente. Atrevo-me a dizer que Mr. Bingley ficará muito feliz em vê-la; e escreverei algumas linhas para que entregue a ele, assegurando-lhe meu sincero consentimento para que se case com a sua preferida entre as meninas; embora eu deva incluir algumas palavras de recomendação para minha pequena Lizzy.

— Gostaria que não fizesse isso. Lizzy não é melhor do que as outras; e tenho certeza de que ela não tem nem metade da beleza de Jane, nem metade do bom humor de Lydia. Mas você está sempre dando a *ela* preferência.

— Elas não têm muito a oferecer — respondeu ele —; são todas tolas e ignorantes como as outras moças; mas Lizzy tem algo a mais em termos de inteligência do que suas irmãs.

— Mr. Bennet, como pode falar assim de suas próprias filhas? Você tem prazer em me irritar. Não tem compaixão pelos meus pobres nervos.

— Está enganada, minha querida. Tenho grande apreço por seus nervos. Eles são meus velhos amigos. Ouvi você mencioná-los com consideração ao longo desses pelo menos vinte anos.

— Ah, não sabe como sofro.

— Mas espero que supere isso e viva para ver muitos jovens de quatro mil por ano virem para a vizinhança.

— Não nos servirá de nada se vierem vinte, já que você não os visitará.

— Pode apostar, minha querida, que quando vinte vierem, eu visitarei todos eles.

Mr. Bennet era uma mistura tão peculiar de astúcia, humor sarcástico, reserva e capricho, que a experiência de vinte e três anos fora insuficiente para que sua esposa conseguisse entendê-lo. A mente *dela* era menos difícil de se apurar. Era uma mulher de pensamento simplório, pouca instrução e temperamento incerto. Quando estava descontente, acreditava ter um ataque de nervos. A meta de sua vida era casar suas filhas; seu consolo eram visitas e novidades.

Capítulo 2

Mr. Bennet foi um dos primeiros a visitar Mr. Bingley. Sempre tivera a intenção de visitá-lo, embora à esposa afirmasse até o fim que não iria; e ela não soube disso até a noite posterior à visita. Foi então revelado da seguinte maneira: ao ver sua segunda filha ocupada ornamentando um chapéu, ele de repente dirigiu-se a ela com:

— Espero que Mr. Bingley goste dele, Lizzy.

— Não temos como saber do que Mr. Bingley gosta — disse sua mãe ressentida —, já que não iremos visitá-lo.

— Mas você esqueceu, mãe — apontou Elizabeth —, que nos encontraremos com ele nos bailes e que Mrs. Long prometeu apresentá-lo.

— Não creio que Mrs. Long fará tal coisa. Ela mesma tem duas sobrinhas. É uma mulher egoísta e hipócrita, e não tenho uma boa opinião sobre ela.

— Eu tampouco — disse Mr. Bennet —; e fico feliz em saber que você não depende dela para ajudá-la.

Mrs. Bennet nem se dignou a responder; mas, incapaz de se conter, começou a repreender uma de suas filhas.

— Pare de tossir assim, Kitty, pelo amor de Deus! Tenha um pouco de compaixão pelos meus nervos. Você os deixa em frangalhos.

— Kitty não tem discrição com sua tosse — disse o pai —; ela o faz em momentos inoportunos.

— Não estou tossindo porque é divertido — respondeu Kitty, irritada. — Quando será seu próximo baile, Lizzy?

— Dentro de duas semanas a partir de amanhã.

— Sim, é verdade — disse sua mãe. — E Mrs. Long não voltará até a véspera; então, será impossível que o apresente, pois ela mesma não o conhecerá.

— Então, minha querida, você poderá ter uma vantagem frente à sua amiga e apresentar Mr. Bingley a *ela*.

— Impossível, Mr. Bennet, impossível, já que eu mesma não o conheço; como pode ficar me provocando?

— Admiro sua prudência. Conhecer alguém por uma quinzena é certamente muito pouco. Não se pode saber quem um homem realmente é ao fim de quinze dias. Mas se *nós* não arriscarmos, alguém o fará; e, afinal de contas, Mrs. Long e suas sobrinhas devem ter uma chance; e, portanto, como ela pensará tratar-se de um ato de bondade, se você recusar o posto, eu mesmo o assumirei.

As meninas olharam para o pai. Mrs. Bennet disse apenas:

— Bobagem, bobagem.

— Qual pode ser o significado dessa exclamação enfática? — disse ele. — Você considera as formas de apresentação e a ênfase que é colocada sobre elas uma bobagem? Não posso concordar com você quanto a *isso*. O que acha, Mary? Pois você é uma jovem de profunda reflexão, eu sei, e lê grandes livros e faz anotações sobre eles.

Mary queria dizer algo muito sensato, mas não sabia como.

— Enquanto Mary organiza os pensamentos — continuou ele —, voltemos a Mr. Bingley.

— Estou farta de Mr. Bingley — exclamou sua esposa.

— Lamento ouvir *isso*; mas por que não me disse antes? Se soubesse disso esta manhã, certamente não o teria visitado. É um infortúnio; mas como eu realmente fiz a visita, não podemos voltar atrás agora.

O espanto das damas era exatamente o que ele desejava; o de Mrs. Bennet talvez superando as demais; contudo, quando o primeiro alvoroço terminou, ela declarou que já desconfiava há muito tempo.

— Que bondade a sua, meu caro Mr. Bennet! Mas eu sabia que acabaria por persuadi-lo por fim. Tinha certeza de que você amava suas meninas demais para negligenciar tal oportunidade. Ora, como estou contente! E é uma piada muito boa, também, você ter ido esta manhã e não dizer sequer uma palavra sobre isso até então.

— Agora, Kitty, pode tossir o quanto quiser — disse Mr. Bennet; e, enquanto falava, saiu da sala, fatigado pelo entusiasmo da esposa.

— Que pai excelente vocês têm, meninas — exclamou ela, quando a porta foi fechada. — Eu não sei como irão compensar sua bondade; nem eu também, para falar a verdade. Na nossa idade, posso lhes garantir, não é tão agradável fazer novas amizades todos os dias; mas pelo bem de vocês faríamos qualquer coisa. Lydia, meu amor, embora *seja* a mais nova, ouso dizer que Mr. Bingley dançará com você no próximo baile.

— Ah! — disse Lydia com firmeza: — Não temo; pois embora eu *seja* a mais nova, sou a mais alta.

O resto da noite foi passado em conjecturas de quanto tempo ele demoraria para retribuir a visita de Mr. Bennet e em determinar quando elas deveriam convidá-lo para jantar.

Capítulo 3

No entanto, nada do que Mrs. Bennet, com a ajuda de suas cinco filhas, pôde perguntar sobre o assunto foi suficiente para extrair de seu marido qualquer descrição satisfatória de Mr. Bingley. Elas o atacaram de várias maneiras — com perguntas descaradas, suposições engenhosas e conjecturas remotas —, mas ele se esquivou de suas táticas. Por fim, foram obrigadas a aceitar as informações de segunda mão de sua vizinha, Lady Lucas.

Seu relato foi muito conveniente. Sir William ficara encantado com ele. Mr. Bingley era muito jovem, maravilhosamente bonito, extremamente agradável e, para coroar tudo isso, pretendia estar no próximo baile com um grande grupo. Nada poderia ser mais agradável! Gostar de dançar era um passo certeiro para se apaixonar; e grandes esperanças de obter o coração do Mr. Bingley foram acalentadas.

— Se eu puder ver uma de minhas filhas felizmente instalada em Netherfield — disse Mrs. Bennet ao marido — e todas as outras igualmente bem-casadas, não terei mais nada a desejar.

Em poucos dias, Mr. Bingley retribuiu a visita de Mr. Bennet e passou cerca de dez minutos com ele em sua biblioteca. Ele alimentara a esperança de ser admitido a ver as jovens damas, de cuja beleza ouvira falar muito; mas viu apenas o pai. Já as damas foram mais afortunadas, pois tiveram a vantagem de ver de uma janela superior que ele usava um casaco azul e montava um cavalo preto.

Um convite para jantar foi enviado logo depois; e Mrs. Bennet já havia planejado os pratos que fariam jus à sua administração doméstica, quando chegou uma resposta que adiou tudo. Mr. Bingley precisava ir à cidade no dia seguinte e, consequentemente, não poderia aceitar a honra de seu convite etc. Mrs. Bennet ficou bastante desconcertada. Ela não imaginava quais negócios ele poderia ter na cidade tão pouco tempo depois de sua chegada a Hertfordshire; e passou a temer que ele estivesse sempre voando de um lugar a outro, e nunca se estabelecesse em Netherfield como deveria. Lady Lucas acalmou um pouco seus temores ao sugerir que ele teria ido a Londres apenas para trazer um grupo grande para o baile; e logo se seguiu um relato de que Mr. Bingley traria doze damas e sete cavalheiros com ele para o baile. As moças afligiram-se por um número tão grande de damas, mas foram confortadas no dia anterior ao baile ao saber que, em vez de doze, ele trouxera de Londres apenas seis — suas cinco irmãs e uma prima. E quando o grupo entrou no salão de baile, consistia em apenas cinco ao todo: Mr. Bingley, suas duas irmãs, o marido da mais velha, e outro jovem cavalheiro.

Mr. Bingley era bonito e cavalheiresco; tinha um semblante agradável e era complacente e despretensioso. Suas irmãs eram belas mulheres, com um ar de elegância resoluta. Seu cunhado, Mr. Hurst, parecia um cavalheiro de bom porte; mas seu amigo, Mr. Darcy, logo chamou a atenção do salão por sua elegância e estatura alta, feições bonitas, aparência nobre e pela informação, que circulou cinco minutos depois de sua entrada, de que ele tinha uma renda de dez mil por ano.

Os cavalheiros declararam que ele era um homem bem-afeiçoado, as damas afirmaram que ele era muito mais bonito do que Mr. Bingley, e ele foi visto com grande admiração por cerca de metade da noite, até que seu comportamento causou tamanha repugnância que mudou o rumo de sua popularidade. Descobriu-se, por fim, que ele era orgulhoso e nem toda a sua grande propriedade em Derbyshire poderia salvá-lo de seu semblante antipático e modos desagradáveis, tornando-o indigno de ser comparado com o amigo.

Mr. Bingley logo se familiarizou com a maior parte das pessoas da sala; ele era animado e sem reservas, dançou todas as vezes, ficou frustrado porque o baile terminou tão cedo e falou em dar um em Netherfield. Tais qualidades amáveis falam por si só.

Que disparidade entre ele e seu amigo! Mr. Darcy dançou apenas uma vez com Mrs. Hurst e outra com Miss Bingley, recusou-se a ser apresentado a qualquer outra dama e passou o resto da noite andando pelo salão, conversando ocasionalmente com alguém de seu próprio grupo. Sua personalidade foi definida. Ele era o homem mais orgulhoso e desagradável do mundo, e todos esperavam que ele nunca mais voltasse lá. Entre os mais fervorosos contra ele estava Mrs. Bennet, cuja antipatia por seu comportamento no geral foi transformada em um ressentimento pessoal por ele ter desprezado uma de suas filhas.

Elizabeth Bennet fora obrigada, por falta de cavalheiros, a sentar-se durante duas danças; e no decorrer de parte desse tempo, Mr. Darcy estava perto o suficiente para que ela ouvisse uma conversa entre ele e Mr. Bingley, que deixou a dança por alguns minutos para compelir o amigo a participar.

— Vamos, Darcy — disse ele —, tenho que fazê-lo dançar. Detesto vê-lo parado sozinho dessa maneira estúpida. Seria muito melhor se viesse dançar.

— Definitivamente, não irei. Sabe que detesto dançar, a menos que eu esteja particularmente familiarizado com minha parceira. Em um baile como este, seria insuportável. Suas irmãs já têm pares, e não há outra mulher na sala com quem dançar que não seria um martírio para mim.

— Eu não seria tão exigente quanto você — exclamou Bingley — nem por um reino! Juro-lhe, nunca encontrei tantas moças agradáveis em minha vida como nesta noite; e há várias que são excepcionalmente bonitas.

— *Você* está dançando com a única moça bonita do salão — disse Mr. Darcy, olhando para a Miss Bennet mais velha.

— Ah! Ela é a criatura mais linda que já vi! Mas há uma de suas irmãs, sentada logo atrás de você, que é muito bonita, e ouso dizer muito agradável. Deixe-me pedir à minha parceira para apresentá-lo.

— A quem se refere? — E, virando-se, ele olhou por um momento para Elizabeth, até encontrar seu olhar e, ao desviá-lo, disse friamente: — Ela é tolerável; mas não é bonita a ponto de *me* atrair; e não estou disposto no momento a dar atenção a moças desprezadas por outros homens. É melhor voltar para sua parceira e aproveitar seus sorrisos, pois está perdendo seu tempo comigo.

Mr. Bingley seguiu seu conselho. Mr. Darcy foi embora, e Elizabeth permaneceu com sentimentos não muito cordiais em relação a ele. No entanto, contou a história para as amigas com grande animação, pois tinha um temperamento alegre e brincalhão, que se deleitava com qualquer coisa ridícula.

A noite transcorreu de forma agradável para toda a família. Mrs. Bennet viu a filha mais velha sendo muito admirada pelo grupo de Netherfield. Mr. Bingley havia dançado com ela duas vezes, e ela fora tratada com cordialidade pelas irmãs dele. Jane ficou tão satisfeita quanto sua mãe poderia ficar, embora de uma maneira mais discreta. Elizabeth se alegrou por Jane. Mary ouvira ser mencionada a Miss Bingley como a moça mais talentosa da vizinhança; e Catherine e Lydia tiveram a sorte de nunca ficarem sem parceiros, única coisa que consideravam importante em um baile. Elas voltaram, portanto, de bom humor para Longbourn, o povoado onde moravam e onde eram as principais habitantes. Encontraram Mr. Bennet ainda acordado. Ele perdia a noção do tempo quando lia; e na presente ocasião estava muito curioso a respeito do evento de uma noite que havia suscitado expectativas tão esplêndidas. Acreditava que sua esposa voltaria decepcionada, mas logo descobriu uma história muito diferente para ouvir.

— Ah, meu caro Mr. Bennet — disse ela, enquanto entrava na sala —, tivemos uma noite deliciosa, um baile excelente. Quisera você estivesse lá. Jane foi tão admirada, nada poderia se igualar a isso. Todos comentaram como ela estava linda; Mr. Bingley também a achou muito bonita e dançou com ela duas vezes. Veja *só*, meu querido! Ele realmente dançou com ela duas vezes; foi a única criatura na sala que ele tirou para dançar uma segunda vez. Primeiro ele tirou Miss Lucas. Fiquei tão irritada ao vê-los juntos, no entanto, ele não apreciou nem um pouco; na verdade, ninguém poderia, você sabe. Mas ele parecia bastante impressionado com Jane enquanto ela estava dançando. Então ele perguntou quem ela era, foi apresentado e pediu que lhe concedesse as duas próximas danças. As duas terceiras ele dançou com Miss King, as duas quartas com Maria Lucas, e as duas quintas com Jane novamente, e as duas sextas com Lizzy, e a *Boulanger*...

— Se ele tivesse alguma compaixão por *mim* — exclamou o marido impacientemente — não teria dançado tanto! Pelo amor de Deus, não diga mais nada sobre suas parceiras de dança. Ah, se ele tivesse torcido o pé na primeira dança!

— Ah! Meu querido — continuou Mrs. Bennet —, estou encantada por ele. Ele é extremamente bonito! E suas irmãs são mulheres encantadoras. Nunca na vida vi algo mais elegante que seus vestidos. Atrevo-me a dizer que a renda do vestido de Mrs. Hurst...

Aqui ela foi interrompida novamente. Mr. Bennet protestou contra qualquer descrição de elegância. Ela foi, portanto, obrigada a procurar outra ramificação do assunto e relatou, com muita amargura e algum exagero, a chocante grosseria de Mr. Darcy.

— Mas posso garantir a você — acrescentou — que Lizzy não perde muito por não se adequar ao gosto *dele*; pois ele é um homem bastante desagradável, horrível, e a quem não vale a pena agradar. Tão arrogante e convencido que não havia como suportá-lo! Ele andou para cima e para baixo, achando-se tão grandioso! Ninguém é bonito o suficiente para dançar com ele! Quisera você estivesse lá, meu querido, para colocá-lo em seu devido lugar. Eu o detesto.

Capítulo 4

Quando Jane e Elizabeth ficaram sozinhas, a primeira, que antes havia sido cautelosa em seus elogios a Mr. Bingley, expressou à irmã o quanto o admirava.

— Ele é exatamente o que um jovem deve ser — disse ela —, sensato, bem-humorado, animado; e eu nunca vi modos tão agradáveis! Tamanha tranquilidade com tão perfeita boa educação!

— Ele também é bonito — respondeu Elizabeth —, o que um jovem também deve ser, se puder. Sua personalidade está, portanto, completa.

— Fiquei muito lisonjeada por ele me convidar para dançar uma segunda vez. Não esperava tamanho elogio.

— Não? Pois *eu* esperava por você. Mas essa é a grande diferença entre nós. Elogios sempre pegam *você* de surpresa, e a *mim* nunca. Nada mais natural que ele lhe pedir para dançar novamente. Ele não pôde deixar de notar que você era cerca de cinco vezes mais bonita que qualquer outra mulher no salão. E não graças à galhardia dele. Bem, ele certamente é muito agradável, e eu lhe dou permissão para gostar dele. Afinal, você já gostou de pessoas bem mais estúpidas.

— Ora, Lizzy!

— Ah! Você é muito propensa, sabe, a gostar das pessoas no geral. Você nunca vê defeito em ninguém. Todo mundo é bom e agradável aos seus olhos. Nunca ouvi você falar mal de um ser humano sequer em toda a minha vida.

— Eu apenas prefiro não ser precipitada ao censurar alguém; mas sempre falo o que penso.

— Eu sei; e é *isso* que me espanta. Com *seu* bom senso, ser tão completamente cega aos disparates e tolices dos outros! A candura afetada é bastante comum; pode-se vê-la em todos os lugares. Mas ser cândida sem ostentação ou pretensão, ver o lado bom do caráter de todos e torná-lo ainda melhor, e não dizer nada do lado mau, isso é algo só seu. E então, você também gosta das irmãs desse homem, não é? Os modos delas não são nada iguais aos dele.

— Certamente não; à primeira vista. Mas são mulheres muito agradáveis depois que você conversa com elas. Miss Bingley irá morar com o irmão e cuidar da casa dele; e estarei muito enganada sobre ela se não tivermos uma vizinha muito encantadora.

Elizabeth ouviu em silêncio, mas não se convenceu. O comportamento delas no baile não fora calculado para agradar a todos. Dotada de mais perspicácia e um temperamento menos maleável que o de sua irmã, e com um julgamento não influenciável por qualquer atenção a si mesma, ela estava pouco disposta a aprová-las. Eram, de fato, damas muito elegantes; não lhes faltava bom humor quando satisfeitas, nem o poder de serem agradáveis quando assim queriam; mas eram orgulhosas e vaidosas. Também eram muito bonitas e tinham sido educadas em um dos melhores colégios particulares da cidade. Possuíam uma fortuna de vinte mil libras, costumavam gastar mais do que deveriam e se associar com pessoas de alto escalão. Acreditavam-se, portanto, em todos os aspectos, autorizadas a pensar bem de si mesmas e maldosamente dos outros. Eram de uma família respeitável no norte da Inglaterra; uma circunstância mais profundamente enraizada em suas memórias do que o fato de a fortuna de seu irmão e a sua própria terem sido adquiridas pelo comércio.

Mr. Bingley herdara um patrimônio no valor de quase cem mil libras de seu pai, que pretendia comprar uma propriedade, mas não viveu para fazê-lo. Mr. Bingley pretendia fazer o mesmo, e às vezes chegava a escolher seu condado; mas como agora tinha uma boa casa e a liberdade proporcionada por uma casa de campo, muitos entre os que melhor conheciam a tranquilidade de seu temperamento acreditavam que ele poderia passar o resto de seus dias em Netherfield e deixar para a próxima geração efetuar a compra.

Suas irmãs estavam muito ansiosas para que ele tivesse uma propriedade particular. Embora no momento Mr. Bingley estivesse se estabelecido apenas como inquilino, Miss Bingley não relutava de forma alguma em presidir sua mesa; e Mrs. Hurst, que havia se casado com um homem mais elegante do que afortunado, não estava menos disposta a considerar a casa como sua quando lhe convinha. Não tinham se passado nem dois anos desde que Mr. Bingley atingira a maioridade quando ele recebeu uma recomendação ocasional para dar uma olhada em Netherfield House. De fato, ele foi visitá-la e, em meia hora, ficou encantado com sua condição e com os quartos principais, satisfeito com os elogios que o proprietário fizera a casa, e aceitou-a imediatamente.

Entre ele e Darcy havia uma amizade muito forte, apesar da grande diferença de gênios. Bingley era querido por Darcy por sua tranquilidade, franqueza e temperamento maleável, ainda que tais características não pudessem oferecer um contraste maior com as suas próprias maneiras — com as quais, no entanto, Darcy não parecia estar descontente. Na força da consideração de Darcy, Bingley tinha grande confiança e, por seu julgamento, o maior respeito. Em termos de conhecimento, Darcy era superior. Bingley não era de forma alguma deficiente nesse aspecto, mas Darcy era inteligente. Ele era ao mesmo tempo altivo, reservado e meticuloso, e seus modos, embora bem-educados, não eram convidativos. Nesse quesito, seu amigo tinha grande vantagem. Bingley tinha a certeza de ser querido aonde quer que fosse, já Darcy estava continuamente causando ultraje.

A maneira como falaram do baile de Meryton foi bastante característica. Bingley nunca conhecera pessoas mais agradáveis ou moças mais bonitas em sua vida; todos foram muito gentis e atenciosos com ele; não houve formalidade, nem rigidez; ele logo se familiarizou com todos no salão. Quanto a Miss Bennet, ele não poderia imaginar um anjo mais belo. Darcy, ao contrário, tinha visto um grupo de pessoas nas quais havia pouca beleza e nenhum senso de moda, pelas quais ele não sentira o menor interesse e de nenhuma recebera atenção ou prazer. Ele reconheceu que Miss Bennet era bonita, mas ela sorria demais.

Mrs. Hurst e sua irmã concordaram, mas ainda assim a admiravam, gostavam dela e diziam que era uma moça doce, contra a qual elas não tinham nenhuma objeção em conhecer melhor. Miss Bennet foi, portanto, estabelecida como sendo uma moça doce, e seu irmão sentiu-se autorizado por tal elogio a pensar nela como bem entendesse.

Capítulo 5

A uma curta caminhada de Longbourn, vivia uma família de quem os Bennets eram relativamente próximos. Sir William Lucas fora anteriormente um comerciante em Meryton, onde fizera uma fortuna razoável, e ascendeu à honra de cavaleiro por um discurso ao rei durante sua prefeitura. A honra talvez lhe tivesse dado uma impressão forte demais. Isso lhe gerou desgosto por seus negócios e por sua residência em uma pequena cidade mercantil; e, deixando ambos, mudou-se com a família para uma casa a cerca de dois quilômetros de Meryton, denominada, daquele período em diante, Lucas Lodge, onde podia se deleitar pensando em sua própria importância e, livre dos negócios, ocupar-se apenas em ser cordial com todo mundo. Pois, embora exaltado por sua posição, isso não o tornara arrogante; pelo contrário, ele era muito atencioso com todos. Por natureza inofensivo, amigável e prestativo, sua apresentação no palácio de St. James o tornou cortês.

Lady Lucas era um ótimo tipo de mulher, mas não muito inteligente a ponto de ser uma vizinha valiosa para Mrs. Bennet. Tinha vários filhos. A mais velha, uma jovem sensata e inteligente, com cerca de vinte e sete anos, era uma amiga próxima de Elizabeth.

Que as Miss Lucas e as Miss Bennets se encontrassem para conversar depois de um baile era absolutamente necessário. Na manhã seguinte, Mrs. Lucas e sua filha foram a Longbourn para ouvir e contar.

— *Você* começou bem a noite, Charlotte — disse comedida Mrs. Bennet para Miss Lucas. — *Você* foi a primeira escolha de Mr. Bingley.

— Sim; mas ele pareceu gostar mais da segunda.

— Ah! Está se referindo a Jane, suponho, porque ele dançou com ela duas vezes. Com *certeza* pareceu que ele a admirava, na verdade, eu acredito que *sim*, ouvi algo sobre isso, mas mal sei o quê, algo sobre Mr. Robinson.

— Talvez você queira dizer o que eu ouvi entre ele e Mr. Robinson; não mencionei isso? Mr. Robinson perguntou o que ele achava do baile em Meryton, e se não achava que havia muitas mulheres bonitas no salão. Perguntou também *qual* ele achou a mais bonita. Mr. Bingley respondeu imediatamente: "Ah! A Miss Bennet mais velha, sem dúvida, não pode haver opiniões divergentes quanto a isso".

— Deus do céu! Bem, a resposta foi realmente muito resoluta, parece que sim, mas, no entanto, pode não dar em nada, você sabe.

— O que *eu* ouvi foi bem mais produtivo que o que *você* ouviu, Eliza — disse Charlotte. — Não vale a pena ouvir Mr. Darcy, ao contrário de seu amigo, não é? Pobre Eliza! Ser considerada apenas *tolerável*.

— Eu imploro que não coloque na cabeça de Lizzy motivos para ficar irritada com seus maus-tratos, pois ele é um homem tão desagradável que seria uma grande infelicidade ser apreciada por ele. Mrs. Long me disse ontem à noite que ele se sentou perto dela por meia hora sem abrir os lábios uma única vez sequer.

— Você tem certeza, senhora? Não há um pequeno engano? — perguntou Jane. — Estou certa de ter visto Mr. Darcy falando com ela.

— Sim, porque ao final ela perguntou se ele estava gostando de Netherfield, e ele não pôde deixar de responder; mas ela disse que ele parecia muito zangado por ela ter falado com ele.

— Miss Bingley me contou — disse Jane — que ele não fala muito a não ser entre seus conhecidos mais próximos. Com *eles* Mr. Darcy é extremamente agradável.

— Não acredito em uma palavra disso, minha querida. Se ele fosse de fato tão agradável, teria falado com Mrs. Long. Mas posso adivinhar como foi; todo mundo diz que ele é bastante orgulhoso, e ouso dizer que ele ouviu de alguma forma que Mrs. Long não tem carruagem, e foi ao baile em uma de aluguel.

— Não me importo que ele não tenha falado com Mrs. Long — disse Miss Lucas —, mas gostaria que ele tivesse dançado com Eliza.

— Mais uma vez, Lizzy — disse sua mãe —, eu não teria dançado com *ele* se fosse você.

— Creio que posso prometer-lhe com toda a certeza que *nunca* dançarei com ele.

— O orgulho dele — disse Miss Lucas — não *me* ofende tanto quanto o orgulho costuma ofender, porque há uma desculpa para isso. Não é de admirar que um jovem tão bonito, de uma família proeminente, com fortuna e tudo a seu favor tenha grande consideração por si mesmo. Se é que posso dizer isso, ele tem o *direito* de ser orgulhoso.

— Isso é verdade — respondeu Elizabeth — e eu poderia facilmente perdoar o orgulho *dele*, se ele não tivesse mortificado o meu.

— O orgulho — observou Mary, que exigia muito de si mesma em relação à solidez de suas reflexões — é um defeito muito comum, creio. Por tudo o que já li, estou convencida de que é de fato muito comum, que a natureza humana é particularmente propensa a isso, e que há pouquíssimos de nós que não nutrem um sentimento de autocomplacência por causa de alguma qualidade ou outra, real ou imaginária. Vaidade e orgulho são coisas diferentes, embora as palavras sejam frequentemente usadas como sinônimos. Uma pessoa pode ser orgulhosa sem ser vaidosa. O orgulho se relaciona mais com a nossa opinião de nós mesmos, a vaidade com o que gostaríamos que os outros pensassem de nós.

— Se eu fosse tão rico quanto Mr. Darcy — exclamou um jovem Lucas, que viera com as irmãs —, não me importaria com o quão orgulhoso eu seria. Eu teria uma matilha de cães de caça e beberia uma garrafa de vinho todos os dias.

— Pois então você beberia muito mais do que deveria — disse Mrs. Bennet — e, se eu o visse fazendo isso, tiraria a garrafa de você imediatamente.

O menino protestou que ela não faria isso; ela continuou a declarar que faria sim, e a discussão só terminou ao fim da visita.

Capítulo 6

As damas de Longbourn logo visitaram as de Netherfield. A visita foi retribuída da maneira devida. Os modos agradáveis de Miss Bennet caíram nas graças de Mrs. Hurst e Miss Bingley; e embora a mãe fosse considerada intolerável e as irmãs mais novas não merecessem atenção, expressaram desejo de conhecer melhor as duas mais velhas. Essa atenção foi recebida com o maior prazer por Jane; mas Elizabeth ainda via presunção na maneira como elas tratavam todos, não poupando nem mesmo a irmã, e, portanto, não conseguia gostar delas — embora a bondade das irmãs de Mr. Bingley com Jane, tal como era, fosse valiosa, pois provavelmente surgira em decorrência da influência da admiração de seu irmão. Era geralmente evidente sempre que se encontravam que ele *de fato* admirava Miss Bennet; e para *Elizabeth* era igualmente evidente que Jane estava cedendo à preferência que ela começara a ter por ele desde o início, e estava de certa forma muito apaixonada. Mas Elizabeth considerou, com prazer, que não era provável que isso fosse descoberto por alguém, já que Jane fazia grande esforço para resguardar-se, e detinha uma compostura de temperamento e uma alegria uniforme em seus modos que a protegeria das suspeitas dos impertinentes. Ela mencionou isso para sua amiga, Miss Lucas.

— Talvez seja agradável — respondeu Charlotte — poder proteger-se dos demais em tal caso; mas às vezes é uma desvantagem ser tão resguardada. Se uma mulher esconde sua afeição com a mesma habilidade daquele que é objeto dessa afeição, ela pode perder a oportunidade de tê-lo; e então será apenas um consolo precário acreditar que o mundo estava igualmente ignorante desse fato. Há um grau de gratidão ou vaidade em quase toda afeição que faz com que não seja seguro deixá-los fluir sozinhos. Todos nós podemos *começar* a nos afeiçoar por alguém livremente — uma ligeira preferência é bastante natural; mas poucos de nós têm coragem suficiente para ficar realmente apaixonados sem encorajamento. Em nove a cada dez casos, é melhor que uma mulher demonstre *mais* afeto do que sente. Bingley gosta da irmã, sem dúvida; mas ele pode nunca fazer mais do que gostar dela, se ela não o encorajar.

— Mas ela o encoraja tanto quanto sua natureza permite. Se *eu* posso perceber sua consideração por ele, ele teria de ser um tolo de fato para não ver isso também.

— Lembre-se, Eliza, de que ele não conhece o temperamento de Jane como você.

— Mas se uma mulher é parcial a um homem e não se esforça para escondê-lo, ele há de descobrir.

— Talvez sim, se ele a vir o suficiente. Mas, embora Bingley e Jane se encontrem com bastante frequência, nunca passam muitas horas juntos; e como sempre se veem em grandes grupos de pessoas, é impossível que passem cada momento conversando um com o outro. Jane deveria, portanto, aproveitar ao máximo cada meia hora em que tiver a atenção dele. Quando ela tiver certeza de tê-lo fisgado, haverá tempo para se apaixonar tanto quanto quiser.

— Seu plano é bom — respondeu Elizabeth —, se nada mais estiver em jogo além do desejo de estar bem-casada; e se eu estivesse determinada a arranjar um marido rico, ou qualquer outro marido, ouso dizer que iria segui-lo. Mas esse não é o intuito de Jane; ela não está agindo com um objetivo em mente. Até o momento, ela não tem nem mesmo certeza do grau de sua própria consideração, nem está certa se é razoável. Ela o conhece há apenas quinze dias. Dançou quatro danças com ele em Meryton; ela o viu uma manhã em sua própria casa, e desde então jantou na companhia dele quatro vezes. Isso não é suficiente para fazê-la conhecer seu caráter.

— Não como você o coloca. Se ela simplesmente tivesse *jantado* com ele, poderia ter descoberto se ele tem bom apetite; mas você deve se lembrar que eles passaram quatro noites juntos, e quatro noites podem dizer muito.

— Sim; essas quatro noites permitiram-lhes verificar que ambos gostam mais de jogar *Vingt-un* do que *Commerce*; mas com relação a qualquer outra característica importante, não acredito que muito tenha sido revelado.

— Bem — disse Charlotte —, desejo sucesso a Jane de todo o coração; e, se ela se casasse com ele amanhã, penso que teria uma chance tão boa de ser feliz quanto se estivesse estudando seu caráter por doze meses. A felicidade no casamento é inteiramente uma questão de sorte. Mesmo se os temperamentos das partes forem bem conhecidos um pelo outro, ou semelhantes de antemão, isso não assegura em nada a sua felicidade. As diferenças se acentuarão com o tempo e eles poderão pender para lados opostos depois de um aborrecimento;

e é melhor saber o mínimo possível dos defeitos da pessoa com quem se irá passar toda a sua vida.

— Você me faz rir, Charlotte; mas não está sendo razoável. Sabe que não, e que você mesma nunca agiria assim.

Ocupada em observar as atenções de Mr. Bingley com sua irmã, Elizabeth estava longe de suspeitar que ela mesma estava se tornando objeto de algum interesse aos olhos de seu amigo. A princípio, Mr. Darcy mal admitira que ela era bonita; ele a olhara sem admiração no baile; e quando eles se encontraram novamente, ele olhava para ela apenas para criticá-la. Mas assim que deixou claro para si mesmo e para seus amigos que ela não tinha sequer uma única boa característica em seu rosto, começou a achá-la extraordinariamente inteligente pela bela expressão de seus olhos escuros. A essa descoberta sucederam-se outras igualmente mortificantes. Embora Mr. Darcy tivesse detectado com um olhar crítico mais de uma imperfeição de simetria na forma de Elizabeth, ele foi forçado a reconhecer que sua figura era leve e agradável; e apesar de afirmar que as maneiras dela não eram as da sociedade elegante, foi fisgado por seu jeito brincalhão. Isso Elizabeth desconhecia completamente; para ela, Mr. Darcy era apenas o homem que não se mostrava agradável em lugar nenhum e que não a achava bonita o suficiente para dançar com ele.

Mr. Darcy começou a querer saber mais sobre Elizabeth, e como um passo para se aproximar dela, começou a prestar atenção à sua conversa com os outros. Ao fazer isso, Elizabeth notou sua atitude. Isso foi na casa de Sir William Lucas, onde um grande grupo estava reunido.

— Qual o intuito de Mr. Darcy — perguntou ela a Charlotte — ao ouvir minha conversa com Coronel Forster?

— Essa é uma pergunta que só Mr. Darcy pode responder.

— Mas se ele continuar fazendo isso, eu certamente lhe direi que sei o que ele está fazendo. Ele tem um olhar muito sarcástico, e se eu não começar sendo impertinente também, logo passarei a temê-lo.

Ao aproximar-se delas, logo em seguida, embora sem parecer ter qualquer intenção de falar, Miss Lucas desafiou sua amiga a mencionar tal assunto a ele, o que imediatamente provocou Elizabeth a fazê-lo. Ela se virou para ele e disse:

— O senhor não acha, Mr. Darcy, que eu me expressei excepcionalmente bem agora, quando estava incitando Coronel Forster a nos dar um baile em Meryton?

— Com muita energia; mas é um assunto que sempre deixa uma dama enérgica.

— O senhor é severo conosco.

— Será a vez *dela* de ser incitada em breve — disse Miss Lucas. — Irei abrir o instrumento, Eliza, e sabe o que virá a seguir.

— Você é uma amiga muito estranha! Sempre querendo que eu toque e cante diante de qualquer um! Se minha vaidade tivesse tomado um rumo musical, você seria inestimável; mas do jeito que está, eu realmente preferiria não me sentar diante daqueles que devem ter o hábito de ouvir os melhores artistas. — Diante da perseverança de Miss Lucas, no entanto, ela acrescentou: — Muito bem; já que precisa ser assim, assim será. — E, olhando gravemente para Mr. Darcy, disse: — Há um bom e velho ditado, com o qual todos aqui estão familiarizados: "Guarde seu fôlego para esfriar seu mingau". E eu guardarei o meu para cantar.

Seu desempenho foi agradável, embora de forma alguma excepcional. Depois de uma ou duas canções, e antes que ela pudesse responder às súplicas de vários para que cantasse novamente, ela foi avidamente sucedida por sua irmã Mary, que, por ser a única da família que não era bonita, trabalhava duro para adquirir conhecimento e realizações, e estava sempre impaciente para exibi-los.

Mary não tinha sagacidade nem bom gosto; e embora a vaidade lhe tivesse dado determinação, também lhe dera um ar pedante e modos presunçosos, o que teria prejudicado um grau de excelência mais alto do que aquele que ela havia alcançado. Elizabeth, tranquila e sem afetações, fora ouvida com muito mais prazer, embora não tocasse tão bem quanto a irmã; e Mary, ao final de um longo concerto, ficou feliz em receber elogios por árias escocesas e irlandesas, a pedido de suas irmãs mais novas, que, com alguns dos Lucas e dois ou três oficiais, se juntaram avidamente para dançar em uma extremidade da sala.

Mr. Darcy estava perto deles em silenciosa indignação com tal modo de passar a noite, sem parar para uma conversa, e estava absorto demais em seus próprios pensamentos para perceber que Sir William Lucas estava ao seu lado, até que este enfim falou:

— Que diversão encantadora para os jovens, Mr. Darcy! Afinal, não há nada como dançar. Considero como um dos primeiros refinamentos das sociedades polidas.

— Certamente, senhor; e tem também a vantagem de estar em voga entre as sociedades menos polidas do mundo. Qualquer selvagem sabe dançar.

Sir William apenas sorriu.

— Seu amigo dança muito bem — continuou ele depois de uma pausa, ao ver Bingley juntar-se ao grupo —; e não duvido que o senhor seja um adepto dessa ciência, Mr. Darcy.

— Me viu dançar em Meryton, creio, senhor.

— Sim, de fato, e não foi uma visão desagradável. Costuma dançar em St. James?

— Nunca, senhor.

— Não acha que seria uma honraria adequada ao lugar?

— É uma honraria que nunca presto a nenhum lugar, se puder evitá-lo.

— Tem uma casa na cidade, presumo?

Mr. Darcy fez uma reverência.

— Certa vez pensei em me fixar na cidade, pois gosto de companhias requintadas; mas não tinha muita certeza de que o ar de Londres agradaria Lady Lucas.

Sir William fez uma pausa na esperança de obter uma resposta; mas seu companheiro não estava disposto a dizer nada. Como Elizabeth se movia em direção a eles, Sir William teve a ideia de fazer uma coisa muito galante, e chamou por ela:

— Minha querida Miss Eliza, por que não está dançando? Mr. Darcy, deve me permitir apresentar esta jovem ao senhor como uma parceira muito desejável. Não pode recusar-se a dançar, tenho certeza, com tanta beleza à sua frente.

— E, tomando a mão dela, ele a teria dado a Mr. Darcy, que, embora extremamente surpreso, não estava relutante em recebê-la, quando ela imediatamente recuou e disse com certo desagrado a Sir William:

— Na verdade, senhor, não tenho a menor intenção de dançar. Peço-lhe que não suponha que vim para cá para suplicar por um parceiro.

Mr. Darcy, com sério decoro, pediu que lhe fosse concedida a honra de sua mão, mas em vão. Elizabeth estava determinada; nem Sir William abalou seu propósito em sua tentativa de persuasão.

— A senhorita dança tão bem, Miss Eliza, que é cruel negar-me a felicidade de lhe assistir; e embora este cavalheiro não goste da diversão em geral, ele não pode ter nenhuma objeção, tenho certeza, a nos satisfazer por meia hora.

— Mr. Darcy é deveras polido — disse Elizabeth, sorrindo.

— Ele é, de fato, mas, considerando o incentivo, minha querida Miss Eliza, não podemos nos surpreender com sua complacência; pois quem se oporia a tal parceira?

Elizabeth olhou-o com certa insolência e se virou. Sua resistência não a diminuiu aos olhos do cavalheiro, e ele estava pensando nela com alguma complacência, quando foi assim abordado por Miss Bingley:

— Posso adivinhar qual o objeto de seu devaneio.

— Imagino que não.

— Está pensando em como seria insuportável passar muitas noites dessa maneira, em tal companhia; e, de fato, concordo totalmente com a sua opinião. Eu nunca fiquei mais aborrecida! A insipidez, e ainda o barulho; a nulidade, e ainda a presunção de todas essas pessoas! O que eu não daria para ouvir suas críticas sobre eles!

— Sua conjectura está totalmente errada, eu lhe asseguro. Minha mente estava mais agradavelmente ocupada. Tenho ponderado sobre o grande prazer que um par de belos olhos no rosto de uma bela mulher pode proporcionar.

Miss Bingley imediatamente fixou os olhos no rosto de Mr. Darcy e pediu que lhe dissesse qual dama tinha o mérito de lhe inspirar tais reflexões. Mr. Darcy respondeu com grande intrepidez:

— Miss Elizabeth Bennet.

— Miss Elizabeth Bennet! — repetiu Miss Bingley. — Estou extremamente surpresa. Há quanto tempo ela é tão favorita? E diga, quando devo dar-lhe os parabéns?

— Essa é exatamente a pergunta que eu esperava que fizesse. A imaginação de uma dama é muito rápida; salta da admiração ao amor, do amor ao matrimônio, num instante. Sabia que me daria os parabéns.

— Ora, se está levando isso tão a sério, considerarei o assunto como absolutamente resolvido. Terá uma sogra encantadora, de fato, e é claro que ela estará sempre em Pemberley com o senhor.

Mr. Darcy a ouvia com completa indiferença, enquanto Miss Bingley preferia se divertir dessa maneira; e como a compostura dele a convenceu de que tudo estava resolvido, seus comentários sagazes se prolongaram por bastante tempo.

Capítulo 7

O patrimônio de Mr. Bennet consistia quase inteiramente em uma propriedade que lhe rendia dois mil por ano, o que, infelizmente para suas filhas, estava sob gravame*, na falta de herdeiros do sexo masculino, vinculado a um parente distante; e o dinheiro de sua mãe, embora suficiente para sua condição de vida, mal podia suprir a falta do dele. O pai de Mrs. Bennet fora um advogado em Meryton e deixara-lhe quatro mil libras. A mãe tinha uma irmã casada com um certo Mr. Phillips, que fora escriturário de seu pai e o sucedeu no negócio, e um irmão que se estabeleceu em Londres em uma linha respeitável de comércio.

O povoado de Longbourn ficava há apenas um quilômetro e meio de Meryton; uma distância muito conveniente para as jovens damas, que geralmente eram tentadas a ir lá três ou quatro vezes por semana, para prestar as honras devidas à tia e a uma loja de chapelaria que ficava quase no caminho. As duas mais novas da família, Catherine e Lydia, eram especialmente frequentes nessas atribuições; suas mentes eram mais desocupadas do que as de suas irmãs, e quando não havia nada melhor para fazer, uma caminhada até Meryton era necessária para divertir suas horas matinais e fornecer assunto para a noite; e por mais que o campo estivesse desprovido de notícias, elas sempre davam um jeito de saber de algo pela tia. No momento, de fato, estavam bem abastecidas de novidades e alegrias pela recente chegada na vizinhança de um regimento da milícia que permaneceria durante todo o inverno, e cujo quartel ficava em Meryton.

---

* Acordo que vincula uma propriedade a um herdeiro (nesse caso, do sexo masculino) e que, ao ser feito, perdura por várias gerações. No caso, Mr. Bennet não foi quem o fez, por isso não pode desfazê-lo e, ainda que Mr. Collins recusasse a herança, ela não iria para as filhas de Mr. Bennet. (N. da T.)

Suas visitas a Mrs. Phillips agora repercutiam nas mais interessantes informações. Cada dia acrescentava algo ao seu conhecimento dos nomes e relações dos oficiais. Seus alojamentos não eram segredo há muito tempo, e por fim começaram a conhecer os próprios oficiais. Mr. Phillips visitou todos eles, e isso abriu para suas sobrinhas uma fonte de felicidade que lhes era antes desconhecida. Elas não falavam de mais nada além dos oficiais; e da grande fortuna de Mr. Bingley, cuja menção animava a mãe delas, mas era insignificante aos olhos de Catherine e Lydia quando comparada aos uniformes dos alferes.

Uma manhã, depois de ouvir as efusões das filhas sobre esse assunto, Mr. Bennet observou friamente:

— Pelo que pude entender do seu jeito de falar, vocês devem ser duas das moças mais tolas do país. Suspeitava disso há algum tempo, mas agora tenho certeza.

Catherine ficou desconcertada e não respondeu; mas Lydia, com completa indiferença, continuou a expressar sua admiração pelo capitão Carter e sua esperança de vê-lo no decorrer do dia, pois ele iria na manhã seguinte para Londres.

— Estou surpresa, meu querido — disse Mrs. Bennet —, que você esteja tão disposto a julgar suas próprias filhas como tolas. Se eu quisesse pensar com desprezo seria das filhas de alguém, e não das minhas próprias.

— Se minhas filhas são tolas, espero ao menos ter consciência disso.

— Sim, mas acontece que elas são todas muito inteligentes.

— Esse é o único ponto em que eu me gabo de não concordarmos. Esperava que nossos sentimentos coincidissem em todos os detalhes, mas devo discordar de você ao pensar que nossas duas filhas mais novas são extraordinariamente tolas.

— Meu caro Mr. Bennet, você não deve esperar que tais meninas tenham o bom senso de seu pai e de sua mãe. Quando chegarem à nossa idade, ouso dizer que pensarão nos oficiais tanto quanto nós. Lembro-me muito bem da época em que eu gostava muito de um casaco vermelho, e, para falar a verdade, no fundo ainda gosto; e se um jovem coronel elegante, com cinco ou seis mil por ano, quiser uma de minhas meninas, não irei negar; e achei que Coronel Forster estava muito bonito em seu uniforme na noite em que o vi na residência de Sir William.

— Mamãe — exclamou Lydia —, minha tia diz que Coronel Forster e Capitão Carter não vão tão frequentemente à casa de Miss Watson como faziam quando vieram pela primeira vez; ela os vê agora com muita frequência na biblioteca de Clarke.

Mrs. Bennet foi impedida de responder pela entrada do lacaio com um bilhete para Miss Bennet. Era de Netherfield, e o criado estava à espera de uma resposta. Os olhos de Mrs. Bennet brilharam de satisfação, e ela estava exclamando ansiosamente, enquanto sua filha lia:

— Então, Jane, de quem é? Sobre o que é? O que ele diz? Ora, Jane, apresse-se e conte-nos; apresse-se, meu amor.

— É de Miss Bingley — disse Jane, e então leu em voz alta.

"MINHA QUERIDA AMIGA,

Se não tiver a bondade de jantar comigo e com Louisa hoje, corremos o risco de nos odiarmos pelo resto de nossas vidas, pois um dia inteiro de *tête-à-tête* entre duas mulheres nunca pode terminar sem uma briga. Venha o mais rápido que puder após receber este bilhete. Meu irmão e os cavalheiros jantarão com os oficiais.

Sua amiga,

CAROLINE BINGLEY"

— Com os oficiais! — gritou Lydia. — Ora, minha tia não nos contou sobre *isso*.

— Irá jantar fora — disse Mrs. Bennet —, que pena.

— Posso usar a carruagem? — perguntou Jane.

— Não, minha querida, é melhor você ir a cavalo, porque é provável que chova; e então você precisará ficar a noite toda.

— Seria um bom plano — disse Elizabeth —, se você tivesse certeza de que eles não se ofereceriam para mandá-la para casa.

— Ah! Mas os cavalheiros estarão com a carruagem de Mr. Bingley para ir a Meryton; e os Hursts não têm cavalos.

— Eu prefiro ir na carruagem.

— Mas, minha querida, seu pai não pode conceder-lhe os cavalos, tenho certeza. Eles estão sendo utilizados na fazenda, Mr. Bennet, não estão?

— Eles deveriam estar na fazenda com muito mais frequência do que eu os consigo deixar lá.

— Mas se você os usar hoje — disse Elizabeth —, o propósito de minha mãe será atendido.

Ela finalmente arrancou de seu pai um reconhecimento de que os cavalos estavam ocupados. Jane foi, portanto, obrigada a ir a cavalo, e sua mãe a acompanhou até a porta com muitos prognósticos alegres de um temporal. Suas esperanças foram atendidas; Jane não tinha ido muito longe quando começou uma chuva forte. Suas irmãs ficaram preocupadas com ela, mas sua mãe ficou encantada. A chuva continuou a noite inteira sem interrupção; Jane certamente não poderia voltar.

— Essa minha ideia foi ótima, de fato! — disse Mrs. Bennet, mais de uma vez, como se o mérito de fazer chover fosse dela. Até a manhã seguinte, no entanto, ela não teve ciência de toda a felicidade de seu artifício. Mal havia terminado o café da manhã, um criado de Netherfield trouxe o seguinte bilhete para Elizabeth:

"MINHA QUERIDA LIZZY,

Estou muito indisposta esta manhã, o que, suponho, deve ser atribuído ao fato de eu ter me molhado muito ontem. Meus gentis amigos não querem sequer ouvir de minha volta para casa até que eu esteja melhor. Insistem também em que eu veja Mr. Jones — portanto, não se assuste se souber que ele veio me consultar — e, com exceção de uma dor de garganta e dor de cabeça, estou bem.

Sua irmã, etc."

— Bem, minha querida — disse Mr. Bennet, quando Elizabeth leu o bilhete em voz alta —, se sua filha tiver uma doença séria, caso ela morra, será reconfortante saber que foi tudo para agarrar Mr. Bingley, e por ordens suas.

— Ah! Não tenho medo de que ela morra. As pessoas não morrem de resfriados insignificantes. Ela será bem cuidada. Enquanto ela ficar lá, está tudo muito bem. Eu iria vê-la, se pudesse usar a carruagem.

Elizabeth, ficando muito preocupada, estava decidida a ir até ela, embora a carruagem não estivesse disponível; e como não era de andar a cavalo, caminhar era sua única alternativa. Ela comunicou sua decisão.

— Como você pode ser tão tola — exclamou sua mãe —, a ponto de pensar em fazer uma coisa dessas, com toda essa lama! Você não estará digna de ser vista quando chegar lá.

— Estarei digna de ver Jane, que é tudo o que eu quero.

— Isso é uma insinuação para mim, Lizzy — disse seu pai —, para que eu mande buscar os cavalos?

— Não, de fato, não é. Não tenho desejo algum de evitar a caminhada. A distância não é nada, quando se tem um bom motivo; apenas cinco quilômetros. Estarei de volta para o jantar.

— Admiro a prática de sua benevolência — observou Mary —, mas todo impulso sentimental deve ser guiado pela razão; e, na minha opinião, o esforço deve ser sempre proporcional ao necessário.

— Iremos até Meryton com você — exclamaram Catherine e Lydia. Elizabeth aceitou a companhia e as três jovens partiram juntas.

— Se nos apressarmos — disse Lydia, enquanto caminhavam —, talvez possamos ver capitão Carter antes que ele vá embora.

Em Meryton elas se separaram; as duas mais jovens dirigiram-se ao alojamento da esposa de um dos oficiais, e Elizabeth continuou sua caminhada sozinha, atravessando terreno após terreno em passo rápido, pulando cercas e poças impacientemente, até que chegou perto o suficiente para ver a casa, com os tornozelos cansados, meias sujas e um rosto corado pelo calor do exercício.

Ela foi conduzida à sala de desjejum, onde todos, exceto Jane, estavam reunidos, e onde sua aparição causou grande surpresa. O fato de ela ter caminhado cinco quilômetros tão cedo, com os arredores tão enlameados, e sozinha, era quase inacreditável para Mrs. Hurst e Miss Bingley; e Elizabeth tinha certeza de que elas a desprezavam por isso. No entanto, foi recebida muito educadamente por eles; e nas maneiras de seu irmão havia algo melhor do que polidez; havia bom humor e gentileza. Mr. Darcy falou muito pouco, e Mr. Hurst não disse absolutamente nada. O primeiro estava dividido entre a admiração pelo esplendor que o exercício tinha dado à sua tez e a dúvida em relação a ocasião justificar que ela viesse tão longe sozinha. Já o outro estava pensando apenas em seu café da manhã.

Suas perguntas sobre a irmã não obtiveram uma resposta favorável. Miss Bennet dormira mal e, embora acordada, estava muito febril e não se sentia bem o suficiente para sair do quarto. Elizabeth ficou feliz por ser levada até ela imediatamente; e Jane, que havia evitado expressar em seu bilhete o quanto ansiava por tal visita, temendo causar alarme ou inconveniência, ficou encantada com sua entrada. Jane, contudo, não estava bem para muita conversa, e quando Miss Bingley as deixou a sós, pôde dizer pouco mais além de agradecimentos pela extraordinária bondade com que fora tratada. Elizabeth a observou em silêncio.

Quando acabou o desjejum, as irmãs se juntaram a elas. Elizabeth, inclusive, passou a gostar delas quando viu quanto afeto e preocupação demonstravam ter por Jane. O boticário veio e, tendo examinado sua paciente, disse, como era de se supor, que ela havia pegado um forte resfriado e que necessitava de cuidados para que se curasse; aconselhou-a a voltar para a cama e lhe prescreveu alguns remédios. O conselho foi prontamente seguido, pois os sintomas febris aumentaram e sua cabeça doía muito. Elizabeth não deixou seu quarto por um momento sequer, nem as outras damas ficavam longe por muito tempo; os cavalheiros estando fora, não tinham na verdade nada mais para fazer.

Quando o relógio bateu três horas, Elizabeth sentiu que deveria ir, e muito a contragosto disse isso. Miss Bingley ofereceu-lhe a carruagem, e ela esperou apenas por um pouco de insistência para aceitá-la, quando Jane demonstrou tal apreensão em se separar dela, que Miss Bingley foi obrigada a transformar a oferta da carruagem em um convite para permanecer em Netherfield por ora. Elizabeth consentiu muito agradecida, e um criado foi enviado a Longbourn para informar a família sobre sua estadia e trazer de volta algumas mudas de roupa.

Capítulo 8

s cinco horas, as duas damas retiraram-se para se vestir e às seis e meia Elizabeth foi chamada para jantar. Às perguntas cordiais que então foram despejadas, e entre as quais ela teve o prazer de distinguir uma solicitude muito maior de Mr. Bingley, ela não pôde dar uma resposta muito favorável. Jane não estava de forma alguma melhor. As irmãs repetiram três ou quatro vezes o quanto estavam tristes em ouvir isso, como era lamentável ter um resfriado forte e como elas mesmas detestavam ficar doentes; em seguida não pensaram mais no assunto: e sua indiferença com Jane quando ela não estava bem na frente delas devolveu a Elizabeth o prazer de toda sua antipatia inicial.

Mr. Bingley, de fato, era o único do grupo que Elizabeth podia considerar ter alguma complacência. Sua preocupação com Jane era evidente, e suas atenções com Elizabeth muito agradáveis, e isso impedia que ela se sentisse tão intrusa quanto acreditava ser considerada pelos demais. Ela recebia pouca atenção, além da dele. Miss Bingley estava absorta por Mr. Darcy, sua irmã pouco menos que ela; e quanto a Mr. Hurst, ao lado de quem Elizabeth sentava-se, ele era um homem indolente, que vivia apenas para comer, beber e jogar cartas; que, quando a viu preferir um prato simples a um ragu, não tinha nada a lhe dizer.

Quando o jantar acabou, Elizabeth voltou imediatamente para Jane, e mal tinha deixado a sala quando Miss Bingley começou a falar mal dela. Seus modos foram declarados realmente muito ruins, uma mistura de orgulho e impertinência; ela não tinha assunto, nem estilo, nem bom gosto, nem beleza. Mrs. Hurst pensou o mesmo e acrescentou:

— Ela não tem nada, em suma, a seu favor, fora o fato de ser uma excelente caminhante. Nunca esquecerei sua aparência esta manhã. Ela realmente parecia quase selvagem.

— Parecia, de fato, Louisa. Eu mal consegui manter a compostura. Muito absurdo ela vir, para começo de conversa! Por que *ela* deveria sair correndo pelo campo só porque sua irmã estava resfriada? Seu cabelo tão desarrumado, tão bagunçado!

— Sim, e sua anágua; espero que você tenha visto a anágua dela, com quinze centímetros de lama, tenho certeza absoluta; e o vestido que foi abaixado para escondê-la, mas não cumpriu seu papel.

— Sua descrição pode ser muito exata, Louisa — disse Bingley —; mas tudo isso passou despercebido por mim. Achei que Miss Elizabeth Bennet parecia muito bem quando entrou na sala esta manhã. Sua anágua suja escapou por completo da minha atenção.

— *Você* notou, Mr. Darcy, tenho certeza — respondeu Miss Bingley —; e estou propensa a pensar que o senhor não gostaria de ver *sua irmã* se expor de tal maneira.

— Certamente não.

— Andar por quatro, cinco, ou seis quilômetros, o que quer que seja, com lama acima dos tornozelos, e sozinha, completamente sozinha! Qual seria seu intuito? Parece-me que seria o de demonstrar uma espécie abominável de independência presunçosa, uma indiferença ao decoro muito interiorana.

— Demonstra que ela se importa com a irmã, o que é muito agradável — disse Bingley.

— Receio, Mr. Darcy — observou Miss Bingley, em um quase sussurro —, que esse ocorrido afetou bastante sua admiração por seus belos olhos.

— Nem um pouco — respondeu ele —; eles foram iluminados pelo exercício. — Uma pequena pausa seguiu essa fala, e Mrs. Hurst falou novamente:

— Tenho imenso apreço por Miss Jane Bennet. Ela é realmente uma menina muito doce, e desejo de todo o coração que tenha um bom casamento. Mas com um pai e uma mãe daqueles e relações tão insignificantes, temo que não haja a menor chance disso.

— Creio que ouvi você dizer que o tio delas é advogado em Meryton.

— Sim; e elas têm outro, que mora em algum lugar perto de Cheapside.

— Formidável — acrescentou sua irmã, e as duas riram muito.

— Ainda que elas tivessem tios suficientes para preencher *toda* a Cheapside — disse Bingley —, isso não as tornaria nem um pingo menos agradáveis.

— Mas isso deve diminuir substancialmente suas chances de se casarem com homens de qualquer importância no mundo — respondeu Darcy.

A essa fala Bingley não respondeu; mas suas irmãs concordaram com entusiasmo e se divertiram por algum tempo à custa das relações vulgares de sua querida amiga.

Com uma súbita renovação de ternura, contudo, deixaram a sala de estar e dirigiram-se ao quarto de Jane, ficando com ela até serem chamadas para o café. Ela ainda estava muito mal, e Elizabeth não a deixou sozinha por nenhum momento, até que tarde da noite foi reconfortada ao vê-la dormindo, e lhe pareceu mais certo do que agradável descer ao encontro dos demais. Ao entrar na sala de visitas, encontrou todo o grupo jogando *loo* e foi imediatamente convidada a juntar-se a eles; mas, suspeitando que estivessem apostando alto, recusou e, usando a irmã como desculpa, disse que se divertiria pelo pouco tempo que pudesse ficar lá embaixo com um livro. Mr. Hurst olhou para ela com espanto.

— Prefere ler a jogar? — perguntou ele —; isso é deveras peculiar.

— Miss Eliza Bennet — disse Miss Bingley — odeia jogos de carta. Ela é uma leitora ávida e nada mais lhe dá prazer.

— Não mereço tamanho elogio nem tamanha censura — respondeu Elizabeth —; não sou uma leitora ávida e muitas coisas me dão prazer.

— Em cuidar de sua irmã, tenho certeza de que a senhorita tem prazer — disse Bingley —; e espero que em breve sinta mais alegria ainda ao vê-la muito bem.

Elizabeth lhe agradeceu de coração, e então caminhou em direção a uma mesa onde estavam alguns livros. Ele imediatamente se ofereceu para buscar mais; trazendo tudo o que sua biblioteca oferecia.

— Quisera minha coleção fosse maior para seu proveito e meu próprio mérito; mas sou um sujeito preguiçoso e, embora não tenha muitos, tenho mais do que sequer abri.

Elizabeth assegurou-lhe que poderia satisfazer-se perfeitamente com aqueles.

— Estou espantada — disse Miss Bingley — que meu pai tenha deixado uma coleção tão pequena de livros. Que biblioteca maravilhosa o senhor tem em Pemberley, Mr. Darcy!

— Não poderia ser de outra forma — respondeu ele —, é fruto do trabalho de muitas gerações.

— E o senhor mesmo contribuiu muito, já que está sempre comprando livros.

— Não consigo compreender a negligência de uma biblioteca da família em dias como estes.

— Negligência! Tenho certeza de que o senhor não negligencia nada que possa acrescentar às belezas daquele nobre lugar. Charles, quando você construir *sua* casa, desejo que ela seja tão agradável quanto Pemberley.

— Gostaria que pudesse ser.

— Mas eu realmente aconselho você a fazer sua compra naquela vizinhança e ter Pemberley como uma espécie de modelo. Não há condado melhor na Inglaterra do que Derbyshire.

— De todo o coração; eu compraria Pemberley, se Darcy me vendesse.

— Estou falando de possibilidades, Charles.

— Por Deus, Caroline, acho mais provável comprar Pemberley do que tentar imitá-la.

Elizabeth ficou tão absorta na conversa que deu muito pouca atenção ao livro; logo o deixou de lado e se aproximou da mesa de jogo, posicionando-se entre Mr. Bingley e sua irmã mais velha, para observar a partida.

— Miss Darcy cresceu muito desde a primavera? — perguntou Miss Bingley —; será que ela será tão alta quanto eu?

— Creio que sim. Ela agora tem mais ou menos a altura de Miss Elizabeth Bennet, ou talvez um pouco mais.

— Como anseio vê-la novamente! Nunca conheci alguém que me encantasse tanto. Quanta formosura, que educação! E tão extremamente prendada para sua idade! Sua performance no pianoforte é primorosa.

— É fascinante como as moças têm tanta paciência para se tornarem tão prendadas como todas são — disse Bingley.

— Todas as moças são prendadas! Meu caro Charles, o que quer dizer?

— Sim, parece-me que todas elas são. Todas pintam mesas, fazem *découpage* em biombos e tricotam bolsas. Não conheço praticamente nenhuma que não possa fazer tudo isso, e tenho certeza de que nunca ouvi falar de uma jovem dama pela primeira vez sem ser informado de que ela era muito prendada.

— Sua lista de talentos corriqueiros — opinou Darcy — é muito verdadeira. A palavra "prendada" é usada para descrever muitas mulheres simplesmente por saberem tricotar uma bolsa ou fazer *découpage* em um biombo. Mas estou muito longe de concordar com sua opinião sobre as damas em geral. Não posso me gabar de conhecer mais de meia dúzia que sejam realmente prendadas, entre todas as que conheço.

— Nem eu, com toda a certeza — disse Miss Bingley.

— Então — observou Elizabeth — o senhor deve saber muito bem o que é uma mulher prendada.

— Sim; sei muito bem.

— Ah! Certamente — exclamou sua fiel assistente —, ninguém pode ser considerada realmente prendada se não estiver muito acima da média. Uma mulher deve ter um conhecimento profundo de música, canto, desenho, dança e línguas modernas para merecer o adjetivo; e além de tudo isso, ela deve possuir algo mais em sua maneira de andar, no tom de sua voz, no modo de se expressar, ou o adjetivo não será totalmente merecido.

— Ela deve ter tudo isso — acrescentou Darcy —, e a tudo isso ela ainda deve acrescentar algo mais substancial no aprimoramento intelectual pela leitura intensa.

— Não me surpreende que o senhor conheça *apenas* seis mulheres prendadas. Me pergunto como pode conhecer *uma* sequer.

— É tão severa com seu próprio sexo a ponto de duvidar da possibilidade de tudo isso?

— *Eu* nunca vi uma mulher assim. *Eu* nunca vi tamanha capacidade, bom gosto, empenho e elegância, conforme o senhor descreveu, juntos.

Mrs. Hurst e Miss Bingley protestaram contra a injustiça de sua suposição e argumentaram que conheciam muitas mulheres que correspondiam a essa descrição. Mr. Hurst pediu que se acalmassem, queixando-se irritado de sua desatenção ao jogo que estava em curso. Como a conversa deu-se então por encerrada, Elizabeth logo em seguida saiu da sala.

— Eliza Bennet — disse Miss Bingley, quando a porta se fechou — é uma daquelas moças que procuram se sobressair aos olhos do sexo oposto desvalorizando o seu próprio; e, com muitos homens, ouso dizer que funciona. Mas, na minha opinião, é um estratagema torpe, uma artimanha muito mesquinha.

— Sem dúvida — respondeu Darcy, a quem essa observação foi em suma dirigida —, há mesquinhez em todas as artimanhas que as damas às vezes se prestam a fazer a fim de cativar. Qualquer coisa que se assemelhe a ser ardilosa é desprezível.

Miss Bingley não ficou tão satisfeita com essa resposta a ponto de insistir no assunto.

Elizabeth juntou-se a eles novamente para dizer que sua irmã havia piorado e que não poderia deixá-la. Bingley pediu que Mr. Jones fosse chamado imediatamente; enquanto suas irmãs, certas de que nada adiantaria consultar alguém da aldeia, recomendaram que Jane fosse levada à cidade para um dos médicos mais eminentes. Isso ela não aceitou de forma alguma; mas não estava tão relutante em aceitar a proposta de seu irmão. Desse modo, ficou combinado que Mr. Jones seria chamado cedo pela manhã, se Miss Bennet não estivesse decididamente melhor. Bingley estava bastante preocupado; suas irmãs declararam estarem devastadas. Elas consolaram sua tristeza, no entanto, com duetos depois do jantar, enquanto ele não conseguia encontrar melhor alívio para seus sentimentos do que dando instruções à governanta para que toda atenção possível fosse dada à dama enferma e à sua irmã.

Capítulo 9

lizabeth passou a maior parte da noite no quarto da irmã. Pela manhã bem cedo, teve a alegria de poder responder favoravelmente às perguntas que recebeu de Mr. Bingley por intermédio de uma das criadas da casa e, certo tempo depois, de duas damas elegantes que eram criadas de suas irmãs. Apesar dessa melhora, no entanto, ela pediu que um bilhete fosse enviado a Longbourn, pedindo que sua mãe visitasse Jane e tirasse suas próprias conclusões sobre a situação. O bilhete foi imediatamente despachado e a solicitação, rapidamente atendida. Mrs. Bennet, acompanhada por suas duas filhas mais novas, chegou a Netherfield logo após o café da manhã da família.

Se tivesse encontrado Jane em algum perigo aparente, Mrs. Bennet teria ficado muito infeliz; mas tendo a satisfação de vê-la e constatar que sua doença não era preocupante, ela não desejara sua recuperação imediatamente, pois o restabelecimento da sua saúde provavelmente a faria regressar de Netherfield. Portanto, recusou-se a ouvir a proposta da filha de ser levada para casa; e o boticário, que chegou mais ou menos na mesma hora, também desaconselhou. Depois de ter feito um pouco de companhia a Jane, Mrs. Bennet e as filhas aceitaram o convite que Miss Bingley veio fazer para que a acompanhassem até a sala de desjejum. Bingley as recebeu com a esperança de que Mrs. Bennet não tivesse encontrado Miss Bennet pior do que esperava.

— Na verdade, sim, senhor — foi a resposta dela. — Ela está doente demais para ser levada embora. Mr. Jones diz que não devemos pensar em tirá-la daqui. Precisaremos abusar um pouco mais de sua bondade.

— Levá-la embora! — exclamou Bingley. — Nem pensar. Estou seguro que minha irmã não permitiria que a levassem embora.

— Pode ter certeza, senhora — disse Miss Bingley, com fria cordialidade —, que Miss Bennet receberá toda a atenção possível enquanto estiver conosco.

Mrs. Bennet agradeceu profusamente.

— Estou certa — acrescentou — de que, se não fosse por ter amigos tão bons, ela estaria em apuros, pois está deveras doente. Ela sofre muito com isso, embora com a maior paciência do mundo, é sempre assim que lida com tudo, pois tem, sem exceções, o temperamento mais doce que já vi. Costumo dizer às minhas outras meninas que elas não se comparam a *Jane*. O senhor tem um belo cômodo aqui, Mr. Bingley, e uma vista encantadora por aquele caminho de cascalho. Não conheço um lugar no campo que se equipare a Netherfield. O senhor não está com pressa de ir embora daqui, espero, embora tenha contrato de aluguel de curta duração.

— Tudo o que faço é às pressas — respondeu ele —; e, portanto, se eu decidir ir embora de Netherfield, provavelmente irei em cinco minutos. No momento, no entanto, considero-me bem estabelecido aqui.

— É exatamente o que eu supus do senhor — disse Elizabeth.

— Está começando a me compreender, então? — perguntou ele, virando-se para ela.

— Ah! Sim, o entendo perfeitamente.

— Gostaria de poder tomar isso como um elogio; mas ser tão transparente, temo ser lamentável.

— Não creio que assim seja. Não necessariamente uma personalidade profunda e intrincada é mais ou menos estimável do que uma como a sua.

— Lizzy — exclamou a mãe —, lembre-se de onde está e não prossiga da maneira desenfreada como costuma fazer em casa.

— Não sabia — continuou Bingley imediatamente — que era uma analista de personalidades. Há de ser algo interessante de se fazer.

— Sim; mas personalidades intrincadas são as *mais* interessantes. Têm pelo menos essa vantagem.

— O campo — disse Darcy — em geral deve fornecer poucos indivíduos para tal análise. Um ambiente rural tem uma sociedade muito restrita e invariável.

— Mas as pessoas em si mudam tanto que sempre há algo novo a ser observado nelas.

— Sim, de fato — exclamou Mrs. Bennet, ofendida por sua maneira de mencionar o ambiente rural. — Garanto-lhe que há tanto *disso* no campo quanto na cidade.

Todos ficaram surpresos; e Darcy, depois de olhar para ela por um momento, virou-se silenciosamente. Mrs. Bennet, que imaginava ter obtido uma vitória plena sobre ele, continuou seu triunfo.

— Não creio que Londres tenha nenhuma grande vantagem em comparação ao campo, de minha parte, exceto pelas lojas e locais públicos. O campo é muito mais agradável, não é, Mr. Bingley?

— Quando estou no campo — respondeu ele —, não quero ir embora; e quando estou na cidade, é praticamente a mesma coisa. Cada lugar tem suas vantagens, e eu posso ser igualmente feliz em qualquer um deles.

— Sim, isso é porque o senhor tem a mentalidade certa. Mas aquele cavalheiro — disse ela, olhando para Darcy — parecia pensar que o campo é insignificante.

— Na verdade, está enganada, mamãe — interveio Elizabeth, corando por ela. — A senhora se enganou bastante em relação a Mr. Darcy. Ele só quis dizer que não há tanta variedade de pessoas para encontrar no campo como na cidade, o que a senhora há de reconhecer.

— Certamente, minha querida, ninguém disse que havia; mas quanto a não encontrar muitas pessoas nessa vizinhança, creio que existam poucas maiores. Eu sei que jantamos com vinte e quatro famílias.

Nada além de preocupação com Elizabeth poderia permitir que Bingley mantivesse a compostura. Sua irmã foi menos delicada e dirigiu o olhar para Mr. Darcy com um sorriso muito expressivo. Elizabeth, tentando dizer algo para fazer a mãe mudar de assunto, perguntou se Charlotte Lucas estivera em Longbourn depois que *ela* partiu.

— Sim, ela veio ontem com o pai. Que homem agradável é Sir William, Mr. Bingley, não é? Um senhor tão elegante! Tão refinado e tão tranquilo! Sempre tem algo a dizer a todos. *Isso* é o que eu considero boa educação; e as pessoas que se consideram muito importantes e nunca abrem a boca estão muito equivocadas.

— Charlotte jantou com vocês?

— Não, ela teve de voltar para a casa. Imagino que precisavam dela por causa das tortas. De minha parte, Mr. Bingley, *eu* sempre tive criados que podem fazer seu próprio trabalho; *minhas* filhas são educadas de forma diferente. Mas cada um sabe o que é melhor para si, e as Lucas são moças formidáveis, eu lhe asseguro. É uma pena que elas não sejam bonitas! Não que *eu* ache Charlotte *muito* sem graça, mas sou suspeita em dizer, já que ela é nossa amiga próxima.

— Ela parece ser uma jovem muito agradável — disse Bingley.

— Ah! Mas é claro que sim, mas o senhor há de admitir que ela é muito sem graça. A própria Lady Lucas já admitiu isso inúmeras vezes, e disse que invejava a beleza de minha Jane. Não gosto de me gabar de minha própria filha, mas, com certeza, dificilmente se vê moça mais bonita que Jane. É o que todos dizem. Não confio na minha parcialidade. Quando ela tinha apenas quinze anos, havia um cavalheiro na cidade, onde mora meu irmão Gardiner, que ficou tão apaixonado por ela que minha cunhada tinha certeza de que ele a pediria em casamento antes de irmos embora. No entanto, ele não o fez. Talvez por pensar que ela era muito jovem. Contudo, ele escreveu alguns versos sobre ela, e eram muito bonitos.

— E assim acabou seu amor — disse Elizabeth, impacientemente. — Houve muitos, imagino, que acabaram da mesma maneira. Eu me pergunto quem primeiro descobriu a eficácia da poesia em afastar o amor!

— Estou acostumado a considerar a poesia como o *alimento* do amor — respondeu Darcy.

— De um amor bonito, forte e saudável, pode ser. Tudo nutre o que já é forte. Mas se for apenas um tipo de propensão leve e tênue, estou convencida de que um bom soneto o matará inteiramente de fome.

Darcy apenas sorriu; e a pausa geral que se seguiu fez Elizabeth tremer com medo de que sua mãe pudesse se expor novamente. Ela ansiava por dizer algo, mas não conseguia pensar em nada. Depois de um breve silêncio, Mrs. Bennet começou a repetir seus agradecimentos a Mr. Bingley por sua bondade com Jane, com um pedido de desculpas por incomodá-lo também com Lizzy. Mr. Bingley respondeu-lhe cordialmente e sem presunção, e forçou sua irmã mais nova a ser igualmente educada, e dizer o que a ocasião exigia. Ela desempenhou seu papel sem muita graciosidade, mas Mrs. Bennet ficou satisfeita e logo depois pediu sua carruagem. A esse sinal, a mais nova de suas filhas deu um passo à frente. Kitty e Lydia ficaram sussurrando uma para a outra durante toda a visita, e ficou combinado entre elas que a mais nova deveria lembrar Mr. Bingley de ter prometido, assim que voltasse ao campo, dar um baile em Netherfield.

Lydia era uma moça de quinze anos, robusta e bem crescida, de rosto harmonioso e semblante bem-humorado; a favorita de sua mãe, cuja afeição a apresentara à sociedade muito jovem.

Ela tinha um espírito desenfreado e uma espécie de presunção natural, que a atenção dos oficiais, adquirida graças aos bons jantares de seu tio e seu próprio temperamento amigável, havia transformado em autoconfiança. Ela sentiu-se muito à vontade, portanto, para se dirigir a Mr. Bingley sobre o assunto do baile, e abruptamente o lembrou de sua promessa; acrescentando que seria a coisa mais lamentável do mundo se ele não a cumprisse. Sua resposta a esse ataque repentino foi deliciosa para os ouvidos de sua mãe.

— Estou perfeitamente pronto, asseguro-lhe, para cumprir meu compromisso; e quando sua irmã tiver se recuperado, poderá, se quiser, determinar o dia do baile. Mas não iria querer dançar enquanto ela está doente.

Lydia declarou-se satisfeita:

— Ah! Sim, seria muito melhor esperar até que Jane esteja bem, e até lá Capitão Carter provavelmente estará em Meryton novamente. E quando der o seu baile — ela acrescentou —, eu insistirei para que eles deem um também. Direi a Coronel Forster que seria uma pena se ele não o fizer.

Mrs. Bennet e suas filhas partiram então, e Elizabeth voltou imediatamente para Jane, deixando seu próprio comportamento e o da sua família para os comentários das duas damas e de Mr. Darcy; este último, no entanto, não pôde ser persuadido a se juntar na censura dirigida a *Elizabeth*, apesar de todas as alfinetadas de Miss Bingley dizerem respeito aos seus *belos olhos*.

Capítulo 10

O dia correu como o anterior. Mrs. Hurst e Miss Bingley passaram algumas horas da manhã com a acamada, que, embora lentamente, continuava a se recuperar; e à noite Elizabeth juntou-se ao grupo na sala de visitas. Dessa vez, no entanto, nem sinal da mesa de *loo*. Mr. Darcy estava escrevendo, e Miss Bingley, sentada perto dele, observava o andamento de sua carta e repetidamente chamava sua atenção para que ele enviasse recados à sua irmã. Mr. Hurst e Mr. Bingley estavam jogando *piquet*, e Mrs. Hurst estava observando a partida.

Elizabeth começou a bordar e se divertia observando o que acontecia entre Darcy e sua companheira. Os elogios contínuos da dama à sua caligrafia, à uniformidade das suas linhas ou à extensão da carta, em oposição à perfeita indiferença com que eram recebidos por Darcy, tornavam o diálogo curioso, e iam ao encontro da opinião que ela tinha de cada um deles.

— Como Miss Darcy ficará encantada ao receber tal carta!

Ele não respondeu.

— O senhor escreve extraordinariamente rápido.

— Está enganada. Escrevo deveras devagar.

— Quantas cartas deve precisar escrever no decorrer de um ano! Cartas de negócios, também! Quão odiosas eu as consideraria no seu lugar!

— Que bom, então, que seja eu quem precisa escrevê-las e não a senhorita.

— Por favor, diga à sua irmã que anseio vê-la.

— Já disse isso a ela uma vez, a pedido seu.

— Receio que sua pena não esteja boa. Deixe-me molhá-la em tinta para o senhor.

— Obrigado, mas eu mesmo aparo minhas penas.

— Como consegue escrever tão uniformemente?

Ele ficou em silêncio.

— Diga à sua irmã que estou encantada em saber que fez progressos na harpa, e por favor avise a ela que estou em êxtase com o lindo desenho que fez para ornamentar uma mesa, e que creio ser infinitamente superior ao de Miss Grantley.

— A senhorita me permitiria adiar o relato de seu êxtase até eu escrever para ela novamente? No momento não tenho espaço para fazê-lo da maneira devida.

— Ah! Não faz mal. Irei vê-la em janeiro. Mas você sempre escreve cartas longas e encantadoras para ela, Mr. Darcy?

— Elas são geralmente longas; mas se são sempre encantadoras, não cabe a mim dizer.

— Acredito firmemente que uma pessoa que consegue escrever uma longa carta com facilidade não pode escrever mal.

— Isso não serve como elogio a Darcy, Caroline — disse seu irmão —, porque ele *não* escreve com facilidade. Ele procura demais por palavras de quatro sílabas. Não é, Darcy?

— Meu estilo de escrita é muito diferente do seu.

— Ah! — exclamou Miss Bingley. — Charles escreve da maneira mais descuidada que se possa imaginar. Ele escreve as palavras pela metade e rasura o resto.

— Minhas ideias fluem tão rapidamente que não tenho tempo para expressá-las, o que significa que minhas cartas às vezes não transmitem absolutamente nada aos meus correspondentes.

— Sua humildade, Mr. Bingley — disse Elizabeth —, deve desarmar a repreensão.

— Nada é mais enganoso — respondeu Darcy —, do que a aparência de humildade. Muitas vezes, é apenas desdém e, às vezes, um modo indireto de se gabar.

— E qual das duas considera ser a *minha* breve demonstração de modéstia?

— O modo indireto de se gabar; pois está na verdade orgulhoso de sua deficiência na escrita, já que a considera como procedente de uma rapidez de pensamento e descuido de execução, coisas que, se não considera apreciáveis, acredita que sejam ao menos altamente interessantes. O poder de fazer qualquer coisa com rapidez é sempre muito valorizado por seu detentor, e muitas vezes sem nenhuma atenção à imperfeição do seu desempenho. Quando disse a Mrs. Bennet esta manhã que, se resolvesse ir embora de Netherfield, iria em cinco minutos, queria que fosse uma espécie de panegírico, de elogio a si mesmo, e, no entanto, o que há de tão louvável na precipitação que deixará assuntos muito necessários sem resolução e não pode trazer nenhuma vantagem real para você ou qualquer outra pessoa?

— Não — exclamou Bingley —, isso é demais, relembrar à noite todas as tolices que foram ditas pela manhã. E, no entanto, juro que acreditei que o que disse sobre mim era verdade, e acredito nisso neste instante. Ao menos, portanto, não fingi ser precipitado sem necessidade apenas para me exibir perante as damas.

— Ouso dizer que acreditou de fato nisso; mas não estou de modo algum convencido de que partiria com tanta celeridade. Sua conduta seria tão dependente do acaso quanto a de qualquer homem que conheço; e se, enquanto montasse seu cavalo, um amigo dissesse: "Bingley, é melhor que fique até a próxima semana", você provavelmente o faria, provavelmente não iria embora, e, em outras palavras, poderia ficar por um mês.

— Com isso apenas provou — disse Elizabeth — que Mr. Bingley não fez justiça ao próprio temperamento. Acabou de exibi-lo muito mais do que ele mesmo o fez.

— Fico extremamente satisfeito — respondeu Bingley — por converter o que meu amigo diz em um elogio à docilidade de meu temperamento. Mas temo que esteja dando uma interpretação que 'aquele cavalheiro não pretendia de forma alguma; pois ele certamente teria uma opinião melhor de mim se, em tal circunstância, eu negasse de forma categórica e partisse o mais rápido que pudesse.

— Será que Mr. Darcy então consideraria a temeridade de sua intenção inicial como compensada por sua obstinação em aderir a ela?

— Por Deus, não posso explicar com precisão o assunto. Darcy deve falar por si mesmo.

— A senhorita espera que eu responda por opiniões que escolhe chamar de minhas, mas as quais eu não reconheci. Digamos, no entanto, que o caso seja de fato como o representou. Deve se lembrar, Miss Bennet, que o amigo que supostamente solicitou o retorno de Bingley a casa e o adiamento de seus planos, apenas o solicitou. Pediu sem oferecer um argumento sequer para demonstrar ser o certo a se fazer.

— Ceder prontamente, sem resistência, à *persuasão* de um amigo não é um mérito para o senhor.

— Ceder sem convicção não é um elogio à inteligência de nenhum dos dois.

— O senhor me parece, Mr. Darcy, não aceitar que algo seja feito pela influência da amizade e do afeto. A consideração pelo solicitante muitas vezes faria com que alguém cedesse prontamente a um pedido, sem esperar por argumentos para convencê-lo. Não estou falando particularmente de um caso como o que supôs com Mr. Bingley. Podemos também esperar, talvez, até que a circunstância ocorra, antes de discutirmos a discrição de seu comportamento em relação a isso. Mas em casos gerais e comuns entre amigos, em que um deles solicita ao outro mudar uma resolução de pouca importância, o senhor deve pensar mal dessa pessoa por atender à solicitação, sem esperar um argumento para tal?

— Não será aconselhável, antes de prosseguirmos nesse assunto, definir com mais precisão o grau de importância que caberá a tal solicitação, bem como o grau de intimidade existente entre as partes?

— Com certeza — disse Bingley. — Ouçamos todos os detalhes, sem nos esquecermos de um comparativo de sua altura e tamanho; pois isso trará mais peso ao argumento, Miss Bennet, do que imagina. Garanto-lhe que, se Darcy não fosse um sujeito tão alto quando comparado a mim, eu não lhe prestaria tanta deferência. Declaro que não conheço objeto mais terrível do que Darcy, em determinadas ocasiões e em determinados lugares; especialmente em sua própria casa, em uma noite de domingo, quando não tem nada para fazer.

Mr. Darcy sorriu; mas Elizabeth pensou ter notado que ele ficara bastante ofendido e, portanto, conteve o riso. Miss Bingley ressentiu-se calorosamente da indignidade que ele havia recebido, em uma repreensão ao seu irmão por dizer tal absurdo.

— Entendi seu objetivo, Bingley — disse Darcy. — Não gosta de discussões e, portanto, quer silenciar essa.

— Talvez seja. Discussões são muito parecidas com disputas. Se você e Miss Bennet puderem esperar até que eu saia da sala, ficarei muito agradecido; e então pode dizer o que quiser de mim.

— O que está pedindo — disse Elizabeth — não é nenhum sacrifício de minha parte; e Mr. Darcy estaria mais bem-ocupado terminando sua carta.

Mr. Darcy seguiu o conselho dela e terminou sua carta.

Tendo esse assunto terminado, ele pediu a Miss Bingley e Elizabeth a condescendência de um pouco de música. Miss Bingley moveu-se com vivacidade para o pianoforte, e depois de um pedido educado para que Elizabeth fosse primeiro, ao qual a outra recusou com muita educação e firmeza, ela se sentou.

Mrs. Hurst cantava com sua irmã, e enquanto elas estavam assim ocupadas, Elizabeth não pôde deixar de notar, enquanto folheava alguns livros de música que estavam no instrumento, a frequência com que os olhos de Mr. Darcy se fixavam nela. Ela mal sabia como supor que poderia ser objeto de admiração para um homem tão importante; e, no entanto, que ele a estivesse olhando por não gostar dela era ainda mais estranho. Ela apenas pôde concluir, por fim, que chamara a atenção de Mr. Darcy porque havia algo nela mais errado e represensível, de acordo com o que ele julgava certo, do que em qualquer outra pessoa presente. A suposição não a incomodava. Ela gostava muito pouco dele para se importar com sua aprovação.

Depois de tocar algumas canções italianas, Miss Bingley variou o deleite com uma animada ária escocesa; e logo depois Mr. Darcy, aproximando-se de Elizabeth, disse a ela:

— Acaso não sente uma grande vontade, Miss Bennet, de aproveitar essa oportunidade de dançar um carretel?

Ela sorriu, mas não respondeu. Ele repetiu a pergunta, com alguma surpresa pelo silêncio dela.

— Ah! — disse ela. — Eu ouvi o senhor na primeira vez; mas não soube imediatamente o que dizer em resposta. O senhor queria, eu sei, que eu dissesse "sim", para que pudesse ter o prazer de menosprezar meu gosto; mas sempre me divirto em frustrar esse tipo de estratagema e escapar do desprezo premeditado da pessoa. Portanto, decidi dizer-lhe que não quero dançar um carretel, e agora me despreze se ousar.

— Na verdade, não me atrevo a fazê-lo.

Elizabeth, que esperava afrontá-lo, ficou impressionada com seu cavalheirismo; mas havia uma mistura de doçura e sagacidade em seus modos que tornava difícil para ela afrontar alguém; e Darcy nunca ficara tão fascinado por uma mulher como estava por Elizabeth. Ele realmente acreditava que, não fosse pela inferioridade de suas relações, ele estaria em perigo.

Miss Bingley viu ou suspeitou o suficiente para ficar com ciúmes; e sua grande ansiedade pela recuperação de sua querida amiga Jane recebeu certo auxílio de seu desejo de se livrar de Elizabeth.

Ela muitas vezes tentava provocar Darcy para criar nele uma aversão à sua convidada, falando de seu suposto casamento e antecipando sua felicidade em tal união.

— Espero — disse ela, enquanto caminhavam juntos pelos arbustos no dia seguinte — que dê alguns conselhos à sua sogra, quando esse evento oportuno ocorrer, sobre a vantagem de segurar a língua; e se puder fazê-lo, cure as meninas mais novas de correr atrás dos oficiais. E, se posso mencionar um assunto tão delicado, tente controlar esse pequeno pormenor, que beira a vaidade e a impertinência, que sua dama possui.

— Tem algo mais a propor para minha felicidade doméstica?

— Ah! Sim. Permita que os retratos de seu tio e tia Phillips sejam colocados na galeria de Pemberley. Coloque-os ao lado de seu tio-avô, o juiz. Afinal estão na mesma profissão, você sabe, só que em ramos diferentes. Quanto ao quadro de sua Elizabeth, não deve mandar pintá-lo, pois que pintor poderia fazer jus àqueles lindos olhos?

— Não seria fácil, de fato, captar sua expressão, mas sua cor, o formato, e os cílios, tão notavelmente finos, poderiam ser reproduzidos.

Naquele momento, sua caminhada encontrou com a de Mrs. Hurst e a própria Elizabeth.

— Eu não sabia que pretendia caminhar — disse Miss Bingley, um pouco confusa, temendo que tivesse sido ouvida por ela.

— Você nos tratou abominavelmente mal — respondeu Mrs. Hurst — ao fugir sem nos dizer que estava saindo.

Então, pegando o braço livre de Mr. Darcy, ela deixou Elizabeth para andar sozinha. Cabiam apenas três pessoas naquele caminho. Mr. Darcy percebeu a grosseria e imediatamente disse:

— Este caminho não é largo o suficiente para nosso grupo. É melhor irmos para a avenida.

Mas Elizabeth, que não estava com a menor vontade de ficar com eles, respondeu rindo:

— Não, não; fiquem onde estão. Estão agrupados de forma encantadora e parecem muito formosos. O pitoresco seria estragado ao admitir uma quarta pessoa. Adeus.

Ela então saiu correndo alegremente, regozijando-se enquanto se agarrava à esperança de estar em casa novamente em um ou dois dias. Jane já estava tão recuperada que pretendia sair do quarto por algumas horas naquela noite.

Capítulo 11

Quando as damas se retiraram depois do jantar, Elizabeth correu até a irmã e, vendo-a bem protegida do frio, levou-a à sala de visitas, onde foi recebida por suas duas amigas com muitas declarações de prazer; e Elizabeth nunca as tinha visto tão agradáveis como durante a hora que transpassou antes que os cavalheiros aparecessem. Suas habilidades de conversação eram consideráveis. Elas podiam descrever um evento com precisão, contar uma piada com humor e rir de seu desfecho com vontade.

Mas quando os cavalheiros entraram, Jane não era mais objeto de sua atenção; os olhos de Miss Bingley se voltaram instantaneamente para Darcy, e ela tinha algo a lhe dizer antes que ele tivesse avançado muitos passos. Ele dirigiu-se a Miss Bennet, com um cumprimento polido; Mr. Hurst também fez uma ligeira reverência e disse que estava "muito feliz"; mas a prolixidade e o calor foram deixados para a saudação de Bingley. Ele estava radiante e muito solícito. A primeira meia hora foi gasta aumentando o fogo da lareira, para que ela não sentisse a mudança de ambiente; e ela se afastou a pedido dele para o outro lado, para que pudesse ficar mais longe da porta. Então ele se sentou ao lado de Jane e quase não falou com mais ninguém. Elizabeth, bordando no canto oposto, assistia a tudo com grande prazer.

Quando o chá terminou, Mr. Hurst lembrou sua cunhada da mesa de jogo — mas foi em vão. Ela descobriu, por meio de informações particulares, que Mr. Darcy não queria jogar cartas; e Mr. Hurst logo viu até mesmo sua petição aberta sendo rejeitada. Ela assegurou-lhe que ninguém pretendia jogar, e o silêncio de todos quanto ao assunto parecia justificá-la. Mr. Hurst, portanto, não tinha nada a fazer, senão esticar-se em um dos sofás e dormir. Darcy pegou um livro; Miss Bingley fez o mesmo; e Mrs. Hurst, ocupada principalmente em brincar com suas pulseiras e anéis, participava de vez em quando da conversa de seu irmão com Miss Bennet.

A atenção de Miss Bingley estava mais concentrada em observar o progresso de Mr. Darcy no livro *dele* do que em sua própria leitura; e ela estava sempre fazendo alguma pergunta ou olhando para a página dele. Ela não conseguiu, entretanto, persuadi-lo a conversar; ele respondia meramente à pergunta dela e continuava lendo. Por fim, bastante exausta pela tentativa de se divertir com seu próprio livro, que ela só escolhera porque era o segundo volume do dele, Miss Bingley deu um grande bocejo e disse:

— Como é agradável passar uma noite assim! Declaro que afinal não há prazer como a leitura! Quanto mais cedo se cansa de qualquer outra coisa do que de um livro! Quando tiver minha própria casa, serei muito infeliz se não tiver uma excelente biblioteca.

Ninguém respondeu. Ela então bocejou novamente, jogou seu livro de lado e lançou seus olhos ao redor da sala em busca de algum entretenimento; ao ouvir seu irmão mencionar um baile para Miss Bennet, se virou de repente para ele e disse:

— Aliás, Charles, está realmente planejando dar um baile em Netherfield? Eu o aconselharia, antes de decidir a respeito, a consultar os desejos dos presentes; estarei muito enganada caso não haja alguns entre nós para quem um baile seria mais um castigo do que um prazer.

— Se você se refere a Darcy — respondeu o irmão —, ele pode ir para a cama, se quiser, antes que comece. Mas quanto ao baile, já está decidido; e assim que Nicholls tiver feito sopa branca suficiente, enviarei meus convites.

— Gostaria infinitamente mais de bailes — disse ela —, se fossem feitos de uma maneira diferente; mas há algo insuportavelmente tedioso no processo usual de tal evento. Certamente seria muito mais racional se o foco principal fosse a conversa em vez da dança.

— Muito mais racional, minha querida Caroline, ouso dizer, mas se assim fosse, não seria um baile.

Miss Bingley não respondeu e logo depois se levantou e caminhou pela sala. Sua figura era elegante e ela andava bem; mas Darcy, a quem tudo aquilo se destinava, continuava inflexivelmente compenetrado. No desespero de seus sentimentos, ela decidiu fazer mais uma tentativa e, voltando-se para Elizabeth, disse:

— Miss Eliza Bennet, deixe-me convencê-la a seguir meu exemplo e dar uma volta pela sala. Garanto-lhe que é muito revigorante depois de ficar tanto tempo em uma única posição.

Elizabeth ficou surpresa, mas concordou prontamente. Miss Bingley portanto obteve êxito no objetivo real de sua cordialidade; Mr. Darcy ergueu os olhos. Ele estava tão atento à novidade daquele comportamento quanto a própria Elizabeth poderia estar e, inconscientemente, fechou seu livro. Ele foi diretamente convidado a se juntar ao grupo, mas recusou, argumentando que só podia imaginar dois motivos para elas escolherem andar juntas pela sala, e em qualquer um dos motivos sua participação interferiria.

— O que ele poderia querer dizer? — Miss Bingley estava morrendo de vontade de saber o que ele queria dizer com aquilo e perguntou a Elizabeth se ela o entendera.

— Nem um pouco. — Foi sua resposta — Mas tenha a certeza de que ele pretende ser severo conosco, e a melhor maneira de decepcioná-lo será não perguntar mais nada a respeito.

Miss Bingley, no entanto, era incapaz de frustrar Mr. Darcy em qualquer coisa e, portanto, persistiu em exigir uma explicação de seus dois motivos.

— Não tenho a menor objeção em explicá-los — respondeu Darcy, assim que ela permitiu que ele falasse. — Ou escolheram esse método de passar a noite porque têm algum segredo para contar uma à outra, ou porque estão conscientes de que suas figuras parecem obter maior vantagem ao caminhar; se for o primeiro, eu estaria atrapalhando definitivamente, e se for o segundo, eu posso admirá-las muito melhor sentado ao lado da lareira.

—Ah! Revoltante! — exclamou Miss Bingley. — Nunca ouvi nada tão abominável. Como vamos puni-lo por tal discurso?

— Muito fácil, basta querer — disse Elizabeth. — Todos nós podemos importunar e punir uns aos outros. Provoque-o; ria dele. Íntimos como são, deve saber como isso pode ser feito.

— Juro que *não* sei. Garanto-lhe que nossa relação ainda não me ensinou *isso*. Provocar alguém tão tranquilo e com tamanha presença de espírito! Não, não; sinto que será impossível fazê-lo. E quanto ao riso, não vamos nos expor, por favor, ao tentar rir sem assunto. Mr. Darcy pode considerar-se vitorioso.

— Não é possível rir de Mr. Darcy! — exclamou Elizabeth. — Essa é uma qualidade incomum, e espero que continue sendo, pois seria um infortúnio para *mim* ter tantos conhecidos assim. Gosto imensamente de rir.

— Miss Bingley — disse ele — me atribui mais atributos do que mereço. O mais sábio e o melhor dos homens, ou melhor, a mais sábia e a melhor de suas ações podem ser transformadas em ridículas por uma pessoa cujo objetivo principal na vida é fazer piadas.

— Certamente — respondeu Elizabeth — existem tais pessoas, mas espero não ser uma *delas*. Espero nunca ridicularizar o que é sábio e bom. Tolices e bobagens, caprichos e inconsistências *de fato* me divertem, eu admito, e rio dessas coisas sempre que posso. Mas essas, suponho, são precisamente coisas das quais o senhor está isento.

— Talvez isso não seja possível para ninguém. Mas tem sido o objetivo de minha vida evitar essas fraquezas que muitas vezes expõem um alto entendimento ao ridículo.

— Como a vaidade e o orgulho.

— Sim, a vaidade é realmente uma fraqueza. Já o orgulho, onde houver uma real superioridade da mente, o orgulho estará sempre sob controle.

Elizabeth virou-se para esconder um sorriso.

— Sua análise de Mr. Darcy acabou, eu presumo — disse Miss Bingley —; diga, qual é o resultado?

— Estou perfeitamente convencida de que Mr. Darcy não tem nenhum defeito. Ele mesmo admitiu isso.

— Não — disse Darcy —, não fiz tal alegação. Tenho defeitos suficientes, mas não são, espero, relativos a conhecimento. Não ouso falar bem do meu temperamento. Ele é, creio eu, muito pouco flexível, certamente pouco demais para a conveniência do mundo. Não consigo esquecer os desvarios e defeitos dos outros tão rápido quanto deveria, nem suas ofensas contra mim. Meus sentimentos não se comovem a cada tentativa. Meu temperamento talvez possa ser considerado rancoroso. Minha consideração, uma vez perdida, está perdida para sempre.

— *Isso* é uma falha de fato! — exclamou Elizabeth. — O ressentimento implacável *é* uma mácula no caráter de alguém. Mas você escolheu bem seu defeito. Eu realmente não posso *rir* disso. Está a salvo de mim.

— Há, creio eu, em cada temperamento uma tendência a algum mal particular, um defeito natural, que nem mesmo a melhor educação pode superar.

— E o *seu* defeito é odiar todo mundo.

— E o seu — respondeu ele, com um sorriso — é deliberadamente interpretá-los mal.

— Vamos tocar um pouco de música — disse Miss Bingley, cansada de uma conversa da qual não participava. — Louisa, se importa que eu acorde Mr. Hurst?

Sua irmã não fez a menor objeção, o pianoforte foi aberto; e Darcy, depois de alguns momentos de rememoração, não lamentou o fato. Ele começara a sentir o perigo de prestar atenção demais em Elizabeth.

Capítulo 12

Em decorrência de um acordo entre as irmãs, Elizabeth escreveu na manhã seguinte à mãe, pedindo que a carruagem fosse enviada para elas no decorrer do dia. Mas Mrs. Bennet, que havia calculado que suas filhas permaneceriam em Netherfield até a terça-feira seguinte, quando completaria exatamente a semana de Jane, não conseguiu esconder seu desprazer em recebê-las antes. Sua resposta, portanto, não foi favorável, pelo menos não aos desejos de Elizabeth, pois estava impaciente para ir para casa. Mrs. Bennet informou-lhes que não seria possível enviar a carruagem antes de terça-feira; e em seu pós-escrito foi acrescentado que, caso Mr. Bingley e sua irmã insistissem que elas ficassem mais tempo, ela não faria objeção. Contra ficar mais tempo, no entanto, Elizabeth estava totalmente decidida — nem esperava que lhes pedissem tanto; e temerosa, pelo contrário, de ser considerada uma intrusa demorando-se desnecessariamente, pediu a Jane que pegasse emprestada a carruagem de Mr. Bingley com urgência, e por fim ficou acertado que seu plano inicial de deixar Netherfield naquela manhã deveria ser mencionado, e o pedido pela carruagem, feito.

O comunicado gerou muitos protestos de preocupação; e insistiram no desejo de que ficassem pelo menos até o dia seguinte para a preparação de Jane; e até o dia seguinte sua partida foi adiada. Miss Bingley lamentou então ter proposto o adiamento, pois seu ciúme e antipatia por uma irmã superavam em muito sua afeição pela outra.

O dono da casa ouviu com grande pesar que elas iriam embora tão cedo, e repetidamente tentou persuadir Miss Bennet de que não seria seguro para ela — que ela não estava suficientemente recuperada; mas Jane era firme quando acreditava estar certa.

Para Mr. Darcy, foi uma informação bem-vinda — Elizabeth já estava em Netherfield há tempo suficiente. Ela o atraía mais do que ele desejava — e Miss

Bingley era rude com *ela*, e mais provocadora do que o normal com *ele*. Sensato, Darcy resolveu ser particularmente cuidadoso para que nenhum sinal de admiração escapasse *agora*, nada que pudesse iludi-la com a esperança de influenciar sua felicidade; consciente de que, se tal ideia fosse sugerida, seu comportamento durante o último dia teria peso substancial para confirmá-la ou erradicá-la. Firme em seu propósito, ele mal lhe dirigiu a palavra durante todo o sábado, e embora tenham sido deixados a sós por meia hora, aderiu muito conscienciosamente ao seu livro, e nem sequer olhou para Elizabeth.

No domingo, depois do culto matinal, ocorreu a separação, tão agradável para quase todos. A cordialidade de Miss Bingley com Elizabeth se intensificou muito rapidamente, assim como sua afeição por Jane; e quando se despediram, depois de assegurar a esta última o prazer que sempre lhe daria vê-la em Longbourn ou Netherfield, e abraçando-a com muita ternura, até apertou a mão da primeira. Elizabeth se despediu de todos no melhor humor possível.

Elas não foram recebidas em casa com muita cordialidade por sua mãe. Mrs. Bennet ficou surpresa com a sua chegada, achou muito errado da parte delas dar a ele tanto trabalho, e tinha certeza de que Jane teria pegado um resfriado novamente. Mas seu pai, embora muito lacônico em suas manifestações de alegria, ficou realmente feliz em vê-las; ele sentira a importância delas no círculo familiar. As conversas da noite, quando todos estavam reunidos, perderam muito de sua animação e quase todo o sentido com a ausência de Jane e Elizabeth.

Elas encontraram Mary, como sempre, mergulhada no estudo do baixo cifrado e da natureza humana; tiveram algumas citações para admirar, e novas observações de moralidade convencional para ouvir. Catherine e Lydia tinham informações de um tipo diferente para elas. Muito foi feito e muito foi dito no regimento desde a última quarta-feira; vários oficiais haviam jantado recentemente com o tio, um soldado havia sido açoitado e, na verdade, havia sido insinuado que o Coronel Forster ia se casar.

Capítulo 13

Espero, minha querida — disse Mr. Bennet à sua esposa, enquanto tomavam o desjejum na manhã seguinte —, que tenha solicitado que façam um bom jantar hoje, pois tenho motivos para esperar uma adição à nossa família.

— A quem se refere, meu querido? Não sabia que alguém viria, tenho certeza, a menos que Charlotte Lucas apareça, e espero que meus jantares sejam bons o suficiente para ela. Não creio que ela veja algo parecido com frequência em casa.

— A pessoa a quem me refiro é um cavalheiro e um estranho.

Os olhos de Mrs. Bennet brilharam.

— Um cavalheiro e um estranho! É Mr. Bingley, tenho certeza! Bem, estou segura de que ficarei extremamente feliz em ver Mr. Bingley. Mas... meu Deus! Que lástima! Não será possível conseguir peixe hoje. Lydia, meu amor, toque a sineta, preciso falar com Hill neste instante.

— *Não* é Mr. Bingley — disse o marido —; é uma pessoa que eu nunca vi em toda a minha vida.

Isso despertou um espanto geral; e ele teve o prazer de ser ansiosamente questionado por sua esposa e suas cinco filhas ao mesmo tempo.

Depois de se divertir algum tempo com a curiosidade delas, ele então explicou:

— Há cerca de um mês recebi esta carta; e há cerca de quinze dias atrás eu a respondi, pois achei que era um caso um tanto quanto delicado e requeria minha pronta atenção. É do meu primo, Mr. Collins, que, quando eu morrer, pode expulsar todas vocês desta casa tão logo ele queira fazê-lo.

— Ah! Meu querido — exclamou sua esposa —, não suporto ouvir falar disso. Por favor, não fale desse homem odioso. Realmente creio ser a coisa mais cruel do mundo que sua propriedade seja alienada de suas próprias filhas; e tenho certeza de que, se eu fosse você, teria tentado há muito tempo fazer algo a respeito.

Jane e Elizabeth tentaram explicar a ela a natureza de um gravame. Elas já haviam tentado fazê-lo diversas vezes, mas o assunto estava além da compreensão de Mrs. Bennet, e ela continuou a protestar amargamente contra a crueldade de se retirar uma propriedade de uma família de cinco filhas, e dar a um homem com quem ninguém se importava.

— Decerto é um caso muito perverso — disse Mr. Bennet —, e nada pode livrar Mr. Collins da culpa de herdar Longbourn. Mas se você ouvir a carta dele, talvez seja um pouco apaziguada por sua maneira de se expressar.

— Não, tenho certeza de que não; e acho que é muito impertinente da parte dele escrever para você, e muito hipócrita. Detesto esses falsos amigos. Por que ele não continuou brigando com você, como seu pai fez antes dele?

— Por que, de fato, ele parece ter alguns escrúpulos filiais dentro da cabeça, como você irá ouvir:

"Hunsford, cercania de Westerham, Kent, 15 de outubro.

Prezado senhor,

A divergência existente entre o senhor e meu falecido e honrado pai sempre me incomodou muito e, como tive a infelicidade de perdê-lo, tenho tido frequentemente o desejo de sanar esse desentendimento; mas por algum tempo fui impedido por minhas próprias dúvidas, temendo que pudesse parecer desrespeitoso à sua memória manter boas relações com alguém com quem sempre lhe agradou estar em desacordo.

— *Aí está, Mrs. Bennet.*

Minha mente, no entanto, agora está decidida sobre o assunto. Por ter recebido a ordenação na Páscoa, tive a sorte de ser distinguido pelo patronato da Honorável Lady Catherine de Bourgh, viúva de Sir Lewis de Bourgh, cuja generosidade e beneficência me escolheram para a valiosa posição de pároco desse presbitério, onde será meu esforço sincero curvar-me com respeito agradecido à Sua Senhoria, e estar sempre pronto para realizar os ritos e cerimônias instituídos pela Igreja Anglicana. Como clérigo, além disso, sinto ser meu dever promover e estabelecer a bênção da paz em todas as famílias ao alcance de minha influência; e por esse motivo eu me gabo de que esta minha proposta seja altamente louvável, e que a circunstância de eu ser o próximo no gravame da propriedade de Longbourn será gentilmente desconsiderada, e não o levará a rejeitar o ramo de oliveira que lhe ofereço.

Não posso deixar de me preocupar com o fato de ser o meio através do qual suas filhas amáveis serão prejudicadas, e peço sua licença para me desculpar por isso, bem como para assegurar-lhe minha prontidão para fazer-lhes todas as reparações possíveis — mas a esse respeito discutiremos futuramente.

Caso não tenha nenhuma objeção em me receber em sua casa, proponho-me a satisfação de visitá-lo e à sua família, segunda-feira, 18 de novembro, às quatro horas, e provavelmente abusarei de sua hospitalidade até o próximo sábado à noite, o que posso fazer sem nenhum inconveniente, pois Lady Catherine está longe de se opor à minha ausência ocasional em um domingo, desde que algum outro clérigo seja apontado para cumprir o dever do dia. Permaneço, prezado senhor, com respeitosos cumprimentos à sua senhora e às suas filhas.

Seu bem-intencionado e amigo,
William Collins"

— Às quatro horas, portanto, podemos esperar esse cavalheiro pacificador — disse Mr. Bennet, enquanto dobrava a carta. — Ele parece ser um jovem muito íntegro e educado, por Deus, e duvido que não valha a pena o conhecer, especialmente se Lady Catherine for tão indulgente a ponto de deixá-lo vir até nós novamente.

— Parece ser sensato o que ele diz sobre as meninas, e se ele estiver disposto a fazer alguma reparação, não serei eu quem irá desencorajá-lo.

— Embora seja difícil — disse Jane — adivinhar de que maneira ele pode querer nos fazer essa compensação que acha que nos deve, o desejo certamente é muito nobre de sua parte.

Elizabeth ficou impressionada principalmente com sua extraordinária deferência por Lady Catherine e sua bondosa intenção de batizar, casar e enterrar seus paroquianos sempre que necessário.

— Ele deve ser peculiar, creio eu — disse ela. — Não consigo entendê-lo. Há algo muito pomposo em seu estilo. E qual seria seu intuito ao se desculpar por ser o próximo no gravame? Não podemos supor que ele abriria mão de o ser, se pudesse. Poderia ele ser um homem sensato, senhor?

— Não, minha querida, creio que não. Tenho grandes esperanças de que ele seja exatamente o contrário. Há uma mistura de subserviência e presunção em sua carta que é bastante promissora. Estou ansioso para vê-lo.

— Em termos de redação — disse Mary —, a carta não parece ruim. A ideia do ramo de oliveira talvez não seja totalmente nova, mas creio ter sido bem-empregada.

Para Catherine e Lydia, nem a carta nem seu redator eram interessantes. Era quase impossível que seu primo viesse com um casaco escarlate, e já fazia algumas semanas que elas não sentiam prazer na companhia de um homem com um casaco de qualquer outra cor. Quanto à mãe delas, a carta de Mr. Collins havia dissipado muito de sua antipatia, e ela estava se preparando para vê-lo com um grau de compostura que surpreendeu seu marido e filhas.

Mr. Collins chegou pontualmente na hora marcada e foi recebido com grande polidez por toda a família. Mr. Bennet de fato falou pouco; mas as damas estavam suficientemente dispostas a falar, e Mr. Collins não parecia precisar de encorajamento, ou ter tendência a ficar em silêncio. Ele era um jovem alto e robusto, de vinte e cinco anos. Tinha um ar sério e majestoso, e seus modos eram muito formais. Não muito tempo depois de se sentar, ele elogiou Mrs. Bennet por ter uma família com filhas tão bonitas; disse que tinha ouvido falar muito de sua beleza, mas que neste caso a fama ficara aquém da verdade; e acrescentou que não duvidava que ela as veria todas casadas no devido tempo. Essa galhardia não foi considerada de muito bom gosto por alguns de seus ouvintes; mas Mrs. Bennet, que não negava elogios, respondeu prontamente.

— O senhor é muito gentil, tenho certeza; e desejo de todo o meu coração que eu esteja certa ao seu respeito, já que do contrário elas serão bastante prejudicadas. As coisas estabeleceram-se de forma bem esdrúxula.

— A senhora faz alusão, talvez, à questão da vinculação desta propriedade.

— Ah, senhor! De fato. É um assunto penoso para minhas pobres meninas, o senhor há de admitir. Não é meu intuito culpar *o senhor*, pois sei que essas coisas são todas questões de sorte neste mundo. Não há como saber o que será feito das propriedades ao serem vinculadas.

— Tenho plena consciência, senhora, das dificuldades de minhas belas primas, e poderia dizer muito sobre o assunto, mas temo que com isso pareça ousado e precipitado. Mas posso assegurar às jovens que vim preparado para admirá-las. No momento não direi mais nada; mas, talvez, depois de nos conhecermos melhor...

Ele foi interrompido por uma convocação para jantar; e as meninas sorriram umas para as outras. Elas não eram os únicos objetos de admiração de Mr. Collins. O salão, a sala de jantar e todos os seus móveis foram examinados e elogiados; e seu enaltecimento de tudo teria tocado o coração de Mrs. Bennet, não fosse a suposição mortificante de que ele via tudo como sua futura propriedade. O jantar também foi amplamente apreciado; e ele quis saber a qual de suas belas primas se devia aquela excelência. Mas foi corrigido por Mrs. Bennet, que lhe assegurou com certa aspereza que eles eram perfeitamente capazes de manter uma boa cozinheira, e que suas filhas não tinham lugar na cozinha. Ele pediu perdão por tê-la desagradado. Suavizando seu tom, ela declarou não ter se ofendido; mas ele continuou a se desculpar por cerca de um quarto de hora.

Capítulo 14

urante o jantar, Mr. Bennet quase não falou nada; mas quando os criados se retiraram, achou que era hora de conversar um pouco com seu convidado e, portanto, iniciou um assunto em que esperava que ele brilhasse, observando que parecia muito afortunado por sua benfeitora. A atenção de Lady Catherine de Bourgh aos seus desejos e a consideração pelo seu conforto pareciam muito notáveis. Mr. Bennet não poderia ter escolhido melhor. Mr. Collins foi eloquente em seu elogio. O assunto elevou-o a uma solenidade em seus modos maior do que de costume, e com um ar de grande importância ele protestou que "nunca em sua vida havia testemunhado tal comportamento em uma pessoa de alto escalão; tamanha afabilidade e condescendência, como havia testemunhado de Lady Catherine. Ela ficou graciosamente satisfeita em aprovar os dois discursos que ele já teve a honra de pregar diante dela. Ela também o convidara duas vezes para jantar em Rosings, e mandara chamá-lo no sábado passado, para compor seu grupo de carteado à noite. Lady Catherine era considerada orgulhosa por muitas pessoas que ele conhecia, mas *ele* nunca notara em sua pessoa nada além de afabilidade. Ela sempre falara com ele como faria com qualquer outro cavalheiro; não fez a menor objeção a que ele se juntasse à sociedade da vizinhança nem a ele deixar a paróquia ocasionalmente por uma ou duas semanas, para visitar seus parentes. Lady Catherine até concordou em aconselhá-lo a se casar assim que pudesse, contanto que ele escolhesse com discrição; e certa vez o visitara em sua humilde casa paroquial, onde aprovara perfeitamente todas as alterações que ele vinha fazendo, e até lhe aconselhou a colocar algumas prateleiras no armário no andar de cima.

— Isso tudo é muito correto e cordial, tenho certeza — disse Mrs. Bennet —, e ouso dizer que ela é uma mulher muito agradável. É uma pena que as grandes damas em geral não sejam mais parecidas com ela. Ela mora perto do senhor?

— O jardim em que fica minha humilde morada é separado apenas por uma viela de Rosings Park, residência de Sua Senhoria.

— Creio que disse que ela era viúva, senhor? Ela tem família?

— Ela tem apenas uma filha, a herdeira de Rosings, e de propriedade muito extensa.

— Ah! — disse Mrs. Bennet, balançando a cabeça. — Então ela está melhor do que muitas meninas. E que tipo de jovem é ela? Bonita?

— Ela é realmente uma jovem encantadora. A própria Lady Catherine diz que, em termos de beleza verdadeira, Miss de Bourgh é muito superior à mais bela de seu sexo, porque há em seus traços a marca de uma jovem de nascimento distinto. Ela tem, infelizmente, uma constituição débil, o que a impediu de progredir em muitas realizações que não poderia ter deixado de lado, conforme fui informado pela senhora que superintendeu sua educação, e que ainda reside com elas. Mas ela é perfeitamente amável e muitas vezes condescende em passar por minha humilde residência em seu pequeno faetonte puxado por pôneis.

— Ela foi apresentada? Não me lembro do nome dela entre as damas da corte.

— Seu estado de saúde delicado infelizmente a impede de estar na cidade; e por isso, como eu disse a Lady Catherine um dia, privou a corte britânica de seu ornamento mais brilhante. Sua Senhoria pareceu satisfeita com a ideia; e o senhor pode imaginar que fico feliz em todas as ocasiões de oferecer aqueles pequenos e delicados elogios que são sempre agradáveis para as damas. Já falei mais de uma vez a Lady Catherine que sua encantadora filha parecia ter nascido duquesa, e que o título mais elevado, em vez de lhe conceder importância, seria adornado por ela. Essas são as pequenas coisas que agradam a Sua Senhoria, e é um tipo de atenção que me considero particularmente obrigado a prestar.

— Seu julgamento é muito acertado — disse Mr. Bennet —, e que sorte a sua ter o talento de lisonjear com delicadeza. Posso perguntar se essas atenções agradáveis procedem do impulso do momento ou são o resultado de uma análise anterior?

— Elas surgem principalmente relacionadas ao que está acontecendo no momento e, embora às vezes eu me divirta sugerindo e preparando pequenos elogios elegantes que podem ser adaptados às ocasiões rotineiras, sempre desejo dar a eles o ar de serem os menos premeditados possíveis.

As expectativas de Mr. Bennet foram totalmente atendidas. Seu primo era tão ridículo quanto esperara, e ele o ouvia com o maior prazer, mantendo ao mesmo tempo a mais resoluta compostura em seu semblante e, exceto por um olhar ocasional para Elizabeth, não necessitava de ninguém com quem compartilhar o seu prazer.

Na hora do chá, no entanto, a dose fora o suficiente, e Mr. Bennet alegrou-se em levar seu convidado para a sala de visitas novamente e, terminado o chá, convidou-o a ler em voz alta para as damas. Mr. Collins concordou prontamente, e um livro lhe foi entregue; mas, ao contemplá-lo (pois tudo indicava ser de uma biblioteca ambulante), recuou e, pedindo perdão, protestou alegando que jamais lia romances. Kitty o encarou e Lydia exclamou. Outros livros foram trazidos e, após alguma deliberação, ele escolheu os *Sermões* de Fordyce. Lydia ficou boquiaberta quando ele abriu o volume e, antes que ele, com solenidade muito monótona, lesse três páginas, ela o interrompeu com:

— Sabia, mamãe, que meu tio Phillips fala em mandar Richard embora; e se o fizer, Coronel Forster irá contratá-lo. Minha tia me disse isso ela mesma no sábado. Caminharei até Meryton amanhã para saber mais sobre isso e perguntar quando Mr. Denny voltará da cidade.

Lydia recebeu ordens de suas duas irmãs mais velhas para segurar a língua; mas Mr. Collins, muito ofendido, deixou seu livro de lado e disse:

— Tenho observado com frequência como as jovens damas se interessam muito pouco por livros de cunho sério, embora escritos apenas para seu benefício. Espanta-me, confesso; pois, certamente, não pode haver nada tão vantajoso para elas quanto a instrução. Mas não mais importunarei minha jovem prima.

Então, voltando-se para Mr. Bennet, ofereceu-se para jogar gamão com ele. Mr. Bennet aceitou o desafio, observando que ele agiu com muita sabedoria ao deixar as meninas com seus próprios divertimentos triviais. Mrs. Bennet e suas filhas se desculparam com toda a cordialidade pela interrupção de Lydia e prometeram que isso não ocorreria novamente se ele retomasse seu livro; mas Mr. Collins, depois de assegurar-lhes que não estava aborrecido com sua jovem prima e que não considerava o comportamento dela uma afronta, sentou-se em outra mesa com Mr. Bennet e preparou-se para o gamão.

Capítulo 15

Mr. Collins não era um homem sensato, e a deficiência de sua natureza tinha sido pouco auxiliada pela educação ou sociedade; a maior parte de sua vida foi passada sob a orientação de um pai analfabeto e avarento; e embora ele houvesse frequentado uma universidade, obteve apenas as notas necessárias para passar nas matérias, sem formar nenhum conhecimento útil. A submissão sob a qual seu pai o havia criado deu-lhe no início grande humildade em seus modos; mas agora estava contrabalançada em muito pela presunção de uma cabeça fraca, vivendo em um lugar afastado, e pelos consequentes sentimentos de prosperidade precoce e inesperada. Um feliz acaso o recomendara a Lady Catherine de Bourgh quando o cargo de pároco de Hunsford ficara vago; o respeito que ele sentia pela alta posição dela, e sua veneração por ela como sua benfeitora, misturando-se com uma alta consideração por si mesmo, por sua autoridade como clérigo e seu direito como pároco, faziam dele uma mistura de orgulho e obsequiosidade, presunção e humildade.

Tendo agora uma boa casa e uma renda muito suficiente, ele pretendia casar-se; e, ao buscar uma reconciliação com a família de Longbourn, ele tinha em vista conseguir uma esposa, pois pretendia escolher uma das filhas, se as achasse tão bonitas e amáveis quanto ouvira dizer que eram. Esse era seu plano de reconciliação — de reparação — por herdar a propriedade de seu pai; e achou-o excelente, cheio de elegibilidade e idoneidade, e excessivamente generoso e desinteressado de sua parte.

Seu plano não mudou ao vê-las. O lindo rosto de Miss Bennet confirmou suas opiniões e se adequou minuciosamente ao que ele esperava da mais velha; e durante a primeira noite *ela* foi a sua escolha. Na manhã seguinte, porém, mudou de ideia; pois em um quarto de hora de um *tête-à-tête* com Mrs. Bennet antes do café da manhã, uma conversa que começara com sua casa paroquial e levara naturalmente à confissão de suas esperanças — de que uma esposa pudesse ser encontrada em Longbourn —, fez com que ela lhe desse, em meio a sorrisos muito complacentes e encorajadores, uma advertência contra a escolha dele por Jane. "Quanto às suas filhas *mais novas*, ela não podia dizer ao certo, ela não poderia lhe dar uma resposta afirmativa, mas não *sabia* de nenhum pretendente à vista; sua filha *mais velha*, no entanto, ela precisava mencionar, sentia que essa era sua incumbência, provavelmente ficaria noiva muito em breve."

Mr. Collins precisou apenas mudar de Jane para Elizabeth — e logo ficou acertado, enquanto Mrs. Bennet colocava lenha na fogueira. Elizabeth, próxima de Jane em idade e beleza, a sucedeu naturalmente.

Mrs. Bennet apreciou a insinuação e confiou que em breve poderia ter duas filhas casadas; e o homem de quem ela não suportava falar no dia anterior agora havia caído em suas graças.

A intenção de Lydia de caminhar até Meryton não foi esquecida; todas as irmãs, exceto Mary, concordaram em ir com ela; e Mr. Collins iria acompanhá-las, a pedido de Mr. Bennet, que estava bastante ansioso para se livrar dele e ter sua biblioteca para si; para lá o Mr. Collins o seguiu depois do café da manhã; e lá ele continuaria, nominalmente ocupado com um dos maiores fólios da coleção, mas na verdade falando com Mr. Bennet, de forma quase ininterrupta, sobre sua casa e jardim em Hunsford. Tais coisas perturbavam imensamente Mr. Bennet. Em sua biblioteca ele sempre tinha a certeza de ter paz e tranquilidade; e embora preparado, como disse a Elizabeth, para se deparar com a tolice e a vaidade em todos os outros cômodos da casa, estava acostumado a ficar livre disso ali; sua cordialidade, portanto, prontamente convidou Mr. Collins a se juntar às filhas em sua caminhada; e Mr. Collins, sendo de fato muito mais propenso a caminhar do que a ler, ficou extremamente satisfeito em fechar seu grande livro e sair.

Entre pomposidades sem sentido do lado dele, e assentimentos cordiais do lado de suas primas, passou o tempo até chegarem a Meryton. A atenção das mais jovens não seria mais conquistada por *ele*. Seus olhos imediatamente vagaram pela rua em busca dos oficiais, e nada menos do que um *bonnet* muito elegante, ou uma musselina que fosse realmente uma novidade em uma vitrine, poderia atrair o interesse delas.

Mas a atenção de todas as damas logo foi cativada por um jovem que elas nunca tinham visto antes, de aparência muito cavalheiresca, andando com outro oficial do lado oposto do caminho. O oficial era o próprio Mr. Denny, cujo retorno de Londres Lydia viera investigar, e ele fez uma reverência quando se cruzaram. Todos ficaram impressionados com o ar do estranho, e se perguntaram quem ele poderia ser; e Kitty e Lydia, decididas a descobrir, abriram caminho pela rua, sob o pretexto de querer algo em uma loja à frente, e felizmente tinham acabado de chegar à calçada quando os dois cavalheiros, após darem meia-volta, chegaram ao mesmo local.

Mr. Denny dirigiu-se a elas diretamente e pediu permissão para apresentar seu amigo, Mr. Wickham, que havia retornado com ele no dia anterior da cidade, e estava feliz em dizer que ele havia aceitado um posto em seu regimento. Isso era exatamente como deveria ser; pois o jovem entrara para o regimento com o único intuito de que isso o tornasse completamente encantador. Sua aparência lhe era muito favorável; tinha tudo de melhor em termos de beleza, um belo semblante, uma boa constituição física e modos muito agradáveis.

A apresentação foi seguida, de sua parte, por uma feliz prontidão à conversa — uma prontidão ao mesmo tempo perfeitamente correta e despretensiosa; e o grupo todo ainda estava em pé e conversando muito agradavelmente quando o som de cavalos chamou sua atenção, e Darcy e Bingley foram vistos cavalgando pela rua. Ao distinguir as damas no grupo, os dois cavalheiros se dirigiram diretamente a elas e iniciaram as costumeiras cortesias. Bingley era o principal orador e Miss Bennet, seu principal alvo. Ele estava, segundo disse, a caminho de Longbourn com o intuito de ter notícias dela.

Mr. Darcy confirmou com uma reverência, e estava prestes a decidir não fixar os olhos em Elizabeth quando seu olhar foi subitamente capturado pela visão do estranho. Elizabeth por acaso viu o semblante de ambos enquanto se entreolhavam, um grande espanto foi o resultado do encontro. Ambos mudaram de cor, um parecia branco, o outro, vermelho. Mr. Wickham, depois de alguns momentos, tocou o chapéu — uma saudação que Mr. Darcy mal se dignou em devolver. Qual poderia ser o significado disso? Era impossível imaginar; era impossível não desejar saber.

No instante seguinte, Mr. Bingley, aparentemente sem ter notado o que aconteceu, despediu-se e seguiu viagem com seu amigo.

Mr. Denny e Mr. Wickham acompanharam as jovens damas até a porta da casa de Mr. Phillip, e então fizeram suas reverências, apesar das súplicas insistentes de Miss Lydia para que entrassem, e mesmo apesar de Mrs. Phillip ter aberto a janela da sala e repetido em alto e bom som o convite.

Mrs. Phillips sempre ficava feliz em ver suas sobrinhas; e as duas mais velhas, por consequência de sua recente ausência, foram particularmente bem--vindas. Ela estava expressando alegremente sua surpresa pelo súbito retorno delas para casa, sobre o qual, como sua própria carruagem não as levara, ela não teria como saber a respeito, se não tivesse visto por acaso o mensageiro de Mr. Jones na rua, que lhe dissera que não deviam enviar mais bilhetes para Netherfield porque as Bennets tinham ido embora, quando sua cordialidade foi reivindicada em relação a Mr. Collins pela apresentação dele por Jane.

Ela o recebeu com sua maior polidez, que ele retribuiu ainda mais, desculpando-se pela intromissão de visitá-la sem ter sido apresentado previamente a ela, o que poderia ser justificado, no entanto, por seu relacionamento, do qual se orgulhava, com as jovens damas que o apresentaram a ela. Mrs. Phillips ficou muito impressionada com tamanho excesso de boa educação; mas sua contemplação de um estranho logo foi interrompida por exclamações e perguntas sobre o outro; de quem, no entanto, ela só podia contar às sobrinhas o que elas já sabiam, que Mr. Denny o trouxera de Londres e que teria o cargo de tenente no condado. Ela o estava observando na última hora, disse, enquanto ele andava para cima e para baixo na rua, e se Mr. Wickham tivesse aparecido, Kitty e Lydia certamente teriam feito o mesmo, mas infelizmente ninguém passou pelas janelas naquele instante, exceto oficiais, que, em comparação com o estranho, tornaram-se "sujeitos estúpidos e desagradáveis".

Alguns deles iriam jantar com os Phillips no dia seguinte, e a tia prometeu fazer o marido visitar Mr. Wickham, e fazer-lhe um convite também, se a família de Longbourn viesse à noite. Isso foi acordado, e Mrs. Phillips declarou que eles teriam um bom e confortável jogo barulhento de bilhetes de loteria, e um jantar quente depois. A possibilidade de tais deleites era muito animadora, e eles se separaram de mútuo bom humor. Mr. Collins repetiu suas desculpas ao deixar a sala, e foi assegurado com incansável cordialidade que elas eram perfeitamente desnecessárias.

Enquanto caminhavam para casa, Elizabeth contou a Jane o que tinha visto acontecer entre os dois cavalheiros; mas embora Jane defendesse um deles ou ambos, caso parecessem estar errados, ela não poderia explicar tal comportamento mais do que sua irmã.

Mr. Collins em seu retorno gratificou muito Mrs. Bennet ao admirar as maneiras e a polidez de Mrs. Phillips. Ele protestou que, exceto por Lady Catherine e sua filha, ele nunca tinha visto mulher mais elegante; pois ela não apenas o recebera com a maior cordialidade, mas inclusive o incluiu incisivamente em seu convite para a noite seguinte, embora ele fosse um completo desconhecido para ela antes. Algo que, ele supôs, poderia ser atribuído ao seu parentesco com eles, mas ainda assim ele nunca havia recebido tanta atenção em toda a sua vida.

Capítulo 16

omo nenhuma objeção foi feita ao compromisso das jovens com sua tia, e todos os escrúpulos de Mr. Collins de deixar Mr. e Mrs. Bennet por uma única noite durante sua visita foram contestados com firmeza, a carruagem o transportou com suas cinco primas em uma hora adequada para Meryton; e as meninas tiveram o prazer de saber, ao entrarem na sala de visitas, que Mr. Wickham aceitara o convite do tio e estava na residência.

Quando essa informação foi dada, e todos sentaram-se, Mr. Collins ficou à vontade para circunspeccionar e admirar o cômodo, e ficou tão impressionado com o tamanho e a mobília que declarou que quase poderia se imaginar na pequena sala de desjejum de verão em Rosings; uma comparação que a princípio não gerou muita gratificação; mas quando Mrs. Phillips entendeu o que era Rosings e quem era sua proprietária — quando ela ouviu a descrição de apenas uma das salas de visitas de Lady Catherine e descobriu que só a chaminé custava oitocentas libras —, ela sentiu toda a força do elogio e dificilmente se ressentiria de uma comparação com o quarto da governanta.

Ao lhe descrever toda a grandeza de Lady Catherine e sua mansão, com ocasionais divagações em louvor de sua própria humilde morada e das melhorias que ela estava recebendo, Mr. Collins ficou felizmente ocupado até que os cavalheiros se juntaram a eles; e encontrou em Mrs. Phillips uma ouvinte muito atenta, cuja opinião sobre a importância dele aumentava com o que ela ouvia, e que estava decidindo-se a compartilhar tudo com os seus vizinhos assim que pudesse. Para as moças, que não podiam ouvir o primo, e que não tinham nada a fazer senão desejar um instrumento e examinar suas próprias imitações indiferentes de porcelana na lareira, o intervalo de espera parecera muito longo. Finalmente acabou, no entanto.

Os cavalheiros se aproximaram, e quando Mr. Wickham entrou na sala, Elizabeth sentiu que não o tinha visto antes, nem pensado nele desde então, com o menor grau de admiração irracional. Os oficiais do condado eram, em geral, um grupo muito respeitável e cavalheiresco, e os melhores deles estavam ali reunidos; mas Mr. Wickham estava tão além de todos em termos de personalidade, aparência, aspecto e porte, quanto os *outros* oficiais eram superiores ao tio Phillips e seu rosto largo e enfadonho, com um bafo de vinho do Porto que os seguiu até a sala.

Mr. Wickham era o felizardo para quem quase todos os olhares femininos se voltavam, e Elizabeth era a felizarda perto de quem ele finalmente se sentou; e a maneira agradável com que ele imediatamente iniciou uma conversa, embora fosse apenas a respeito de a noite ser chuvosa, fez com que ela sentisse que o assunto mais comum, mais monótono e puído poderia se tornar interessante pela habilidade do orador.

Com rivais como Mr. Wickham e os oficiais, Mr. Collins parecia afundar na insignificância; para as moças ele certamente não era nada; mas ainda encontrava, de vez em quando, uma boa ouvinte em Mrs. Phillips e, por sua vigilância, era abundantemente suprido de café e *muffins*. Quando as mesas de cartas foram colocadas, ele teve a oportunidade de agradecê-la, sentando-se para jogar uíste.

— Conheço pouco do jogo no momento — disse ele —, mas ficarei feliz em melhorar, pois em minha situação atual... — Mrs. Phillips estava muito feliz por sua participação, mas não podia esperar por sua explicação.

Mr. Wickham não jogava uíste, e com prazer imediato foi recebido na outra mesa entre Elizabeth e Lydia. A princípio, parecia haver o perigo de Lydia ocupá-lo completamente, pois era uma falante muito determinada; mas tendo também grande interesse por bilhetes de loteria, ela logo ficou muito interessada no jogo, muito ansiosa para fazer apostas e clamar por prêmios para manter a atenção em alguém. Estando ela absorta pelo jogo, Mr. Wickham ficou, portanto, à vontade para conversar com Elizabeth, que estava muito disposta a ouvi-lo, embora não esperasse que ele lhe contasse o que ela mais ansiava saber — a história de sua relação com Mr. Darcy. Ela não ousou sequer mencionar aquele cavalheiro. Sua curiosidade, no entanto, foi inesperadamente aliviada. O próprio Mr. Wickham tocou no assunto. Ele perguntou a que distância Netherfield estava de Meryton; e, depois de receber sua resposta, perguntou de maneira hesitante há quanto tempo Mr. Darcy estava hospedado lá.

— Cerca de um mês — disse Elizabeth; e então, por não querer deixar o assunto de lado, acrescentou: — Ele é um homem de grandes propriedades em Derbyshire, pelo que sei.

— Sim — respondeu Mr. Wickham —; sua propriedade ali é bem nobre. Uns claros dez mil por ano. Não poderia ter encontrado uma pessoa mais capaz de lhe dar certas informações sobre esse assunto do que eu, pois sou muito próximo de sua família desde a minha infância.

Elizabeth não pôde deixar de parecer surpresa.

— É de se esperar que se surpreenda, Miss Bennet, com tal afirmação, depois de ver, como provavelmente viu, a frieza de nosso encontro ontem. Conhece bem Mr. Darcy?

— Muito mais do que gostaria — exclamou Elizabeth muito calorosamente. — Passei quatro dias na mesma casa que ele e me parece ser muito desagradável.

— Não tenho o direito de dar *minha* opinião — disse Wickham — quanto a ele ser agradável ou não. Não estou qualificado para formar uma opinião. Eu o conheço há muito tempo e bem demais para poder julgar. É impossível para *mim* ser imparcial. Mas acredito que sua opinião sobre ele em geral surpreenderia, e talvez não a expressasse tão fortemente em nenhum outro lugar. Aqui está entre seus familiares.

— Por Deus, não digo mais *aqui* do que diria em qualquer casa da vizinhança, exceto Netherfield. Ele não é nada querido em Hertfordshire. Todos estão desgostosos com seu orgulho. Não encontrará uma opinião mais favorável de ninguém.

— Não posso fingir que sinto muito — disse Wickham, após uma breve interrupção —, por ele ou qualquer homem não ser julgado além de seus méritos; mas com *ele* acredito que isso não aconteça com frequência. O mundo está cego por sua fortuna e prestígio, ou acovardado por seus modos altivos e imponentes, e o vê apenas como ele escolhe ser visto.

— Eu o considero, mesmo que *eu* o conheça pouco, um homem mal-humorado. — Wickham apenas balançou a cabeça.

— Eu me pergunto — disse ele, na próxima oportunidade de falar — se ele provavelmente permanecerá nesta redondeza por muito mais tempo.

— Não faço ideia; mas eu não *ouvi* nada a respeito de ele partir quando estive em Netherfield. Espero que seus planos de ficar no condado não sejam alterados por ele estar na vizinhança.

— Ah, não! Não cabe a *mim* ir embora por conta de Mr. Darcy. Se *ele* deseja evitar *me* ver, é ele quem deve ir. Não estamos em bons termos, e sempre me dói encontrá-lo, mas não tenho nenhuma razão para evitá-lo, a não ser o que eu poderia proclamar diante de todo o mundo, a sensação de ter sido tratado de maneira muito cruel e lamentações muito dolorosas por ele ser o que é. O pai dele, Miss Bennet, o falecido Mr. Darcy, foi um dos melhores homens que já viveram, e o amigo mais verdadeiro que já tive; e nunca poderei estar na companhia desse Mr. Darcy sem ficar profundamente magoado por mil lembranças ternas. Seu comportamento comigo foi deplorável; mas eu realmente acredito que poderia perdoá-lo por tudo, em vez de ele decepcionar as esperanças e desonrar a memória de seu pai.

Elizabeth percebeu que seu interesse pelo assunto aumentava e escutou com todo o coração; mas sua delicadeza a impediu de fazer mais perguntas.

Mr. Wickham começou a falar sobre assuntos mais gerais, Meryton, a vizinhança, as pessoas, parecendo muito satisfeito com tudo o que tinha visto, e falando delas com uma galhardia gentil, mas muito compreensível.

— Foi a perspectiva de boa e constante sociedade — acrescentou ele — meu principal incentivo para vir ao condado. Eu sabia se tratar de um regimento muito respeitável e agradável, e meu amigo Denny me tentou ainda mais com o relato de seus aposentos, as grandes atenções e excelentes conhecidos que havia adquirido em Meryton. A sociedade, eu admito, é necessária para mim. Tenho sido um homem desapontado e meu espírito não suporta a solidão. Eu *preciso* ter um emprego e companhia. Uma vida militar não é o que eu pretendia, mas as circunstâncias agora a tornaram elegível. A igreja deveria ter sido minha profissão, fui criado para a igreja, e eu deveria estar na posição muito valiosa de pároco, se isso agradasse ao cavalheiro de quem estávamos falando agora.

— Não diga!

— Sim, o falecido Mr. Darcy me legou ser o próximo a ser apresentado como pároco da melhor paróquia como seu presente. Ele era meu padrinho, e excessivamente apegado a mim. Não posso fazer justiça à sua bondade. Ele pretendia me prover amplamente, e pensou que tinha feito isso; mas quando ele nos deixou, isso foi dado a outra pessoa.

— Deus do céu! — exclamou Elizabeth —; mas como *isso* pode ser? Como sua vontade poderia ser desconsiderada? Por que não buscou reparação legal?

— Houve certo grau de informalidade nos termos do legado que não me deu nenhuma esperança de recorrer à lei. Um homem de honra não poderia ter duvidado de que era a sua intenção, mas Mr. Darcy preferiu duvidar, ou tratá-la como uma recomendação meramente condicional, e afirmar que eu havia perdido toda a reivindicação por extravagância, imprudência, em suma, qualquer outro motivo. Certo é que o posto de pároco ficou vago há dois anos, exatamente quando tive idade suficiente para ocupá-lo, e que foi dado a outro homem; e não menos certo é que não posso me acusar de ter realmente feito algo para merecer perdê-lo. Tenho um temperamento caloroso e cândido, e posso ter dito minha opinião *sobre* ele, e *para* ele, muito abertamente. Não me lembro de nada pior. Mas o fato é que somos dois homens muito diferentes, e que ele me odeia.

— Isso é muito chocante! Ele merece ser desonrado publicamente.

— Em algum momento ou outro ele *será*, mas não por *mim*. Até que eu possa esquecer seu pai, jamais poderei desafiá-lo ou expô-lo.

Elizabeth o admirou por tais sentimentos e o considerou mais bonito do que nunca ao expressá-los.

— Mas qual — disse ela, depois de uma pausa — pode ter sido o motivo dele? O que pode tê-lo levado a ser tão cruel?

— Uma completa e determinada antipatia por mim, uma antipatia que não posso deixar de atribuir em certa medida ao ciúme. Se o falecido Mr. Darcy tivesse gostado menos de mim, seu filho poderia ter me suportado mais; mas a ligação incomum de seu pai comigo o irritou, acredito, desde muito cedo em sua vida. Ele não tinha um temperamento capaz de suportar o tipo de competição em que estávamos, o tipo de preferência que muitas vezes me era dada.

— Eu não achava que Mr. Darcy fosse tão ruim assim, embora nunca tenha gostado dele. Não tinha pensado tão mal dele. Eu supunha que ele desprezava seus semelhantes em geral, mas não suspeitei que seria capaz de se rebaixar a tal vingança maliciosa, tal injustiça, tamanha desumanidade como essa.

Após alguns minutos de reflexão, no entanto, ela continuou:

— Eu me *lembro* de ele se gabar um dia, em Netherfield, da implacabilidade de seus ressentimentos, de ter um temperamento irreconciliável. Seu gênio deve ser terrível.

— Não posso confiar em mim mesmo nesse quesito — respondeu Wickham —; *eu* dificilmente poderei ser justo com ele.

Elizabeth ficou novamente absorta em pensamentos e, depois de um tempo, exclamou:

— Tratar dessa maneira o afilhado, o amigo, o favorito de seu pai! — Ela poderia ter acrescentado: "Um jovem também, como *você*, cujo próprio semblante pode atestar sua amabilidade", mas se contentou com: — E quem também, provavelmente, tinha sido seu companheiro de infância, ligados um ao outro, conforme creio que disse, da maneira mais próxima!

— Nascemos na mesma freguesia, no mesmo sesmo; passamos juntos a maior parte de nossa juventude; moramos na mesma casa, compartilhamos os mesmos divertimentos, objetos do mesmo cuidado parental. *Meu* pai começou a vida na profissão em que seu tio, Mr. Phillips, parece ter se saído tão bem, mas ele abriu mão de tudo para ser útil ao falecido Mr. Darcy e dedicou todo o seu tempo aos cuidados da propriedade Pemberley. Ele era muito estimado por Mr. Darcy, um amigo muito próximo e no qual ele confiava grandemente. Mr. Darcy muitas vezes reconhecia dever muito pela veemente superintendência de meu pai, e quando, imediatamente antes da morte deste, Mr. Darcy lhe fez voluntariamente a promessa de me prover, estou convencido de que sentiu que era tanto uma dívida de gratidão ao *meu pai*, quanto por sua afeição por mim.

— Que estranho! — exclamou Elizabeth. — Que abominável! Eu me pergunto como o próprio orgulho desse Mr. Darcy não o levou a ser justo com o senhor! Se não for por motivo melhor, ele não deveria ser ao menos orgulhoso demais para ser desonesto, pois desonestidade é como devo chamar isso.

— *É de espantar* — respondeu Wickham —, pois quase todas as suas ações podem ser atribuídas ao orgulho; e o orgulho muitas vezes tinha sido seu melhor amigo. Isso o associou mais à virtude do que a qualquer outro sentimento. Mas nenhum de nós é consistente, e em seu comportamento comigo havia impulsos mais fortes até do que orgulho.

— Pode um orgulho tão abominável como o dele ter feito bem alguma vez?

— Sim. Muitas vezes, isso o levou a ser benevolente e generoso, a dar seu dinheiro espontaneamente, a demonstrar hospitalidade, a ajudar seus inquilinos e a aliviar os pobres. O orgulho de sua família e orgulho *filial*, pois ele tem muito orgulho de quem seu pai era, fizeram isso. Não aparentar desonrar sua família, ser destituído das qualidades mais desejáveis ou perder a influência de Pemberley House é um motivo poderoso. Ele também tem orgulho *fraternal*, que, com *certa* afeição fraternal, faz dele um guardião muito gentil e cuidadoso de sua irmã, e de modo geral ouvirá ele ser clamado como o mais atencioso e melhor dos irmãos.

— Que tipo de menina é Miss Darcy?

Ele balançou sua cabeça.

— Gostaria de poder dizer que ela é amável. Dói-me falar mal de alguém da família Darcy. Mas ela é muito parecida com o irmão, muito, muito orgulhosa. Quando criança, era afetuosa e agradável, e gostava muito de mim; dediquei horas e horas à sua diversão. Mas ela não é nada para mim agora. É uma menina bonita, com cerca de quinze ou dezesseis anos, e, ao meu entender, extremamente talentosa. Desde a morte de seu pai, sua casa tem sido Londres, onde uma dama mora com ela e supervisiona sua educação.

Depois de muitas pausas e muitas tentativas de outros assuntos, Elizabeth não pôde deixar de voltar mais uma vez ao primeiro e dizer:

— Estou surpresa com a proximidade de Mr. Darcy e Mr. Bingley! Como pode Mr. Bingley, a própria definição do bom humor, sendo, como eu realmente acredito, verdadeiramente amável, ser amigo de um homem assim? Como eles podem conviver bem um com o outro? Conhece Mr. Bingley?

— De forma alguma.

— Ele é um homem de temperamento doce, amável e encantador. Ele não deve saber quem Mr. Darcy realmente é.

— Provavelmente não; mas Mr. Darcy pode agradar quando o quer. Não lhe faltam habilidades. Ele pode ser um companheiro muito agradável de conversa se achar que vale a pena. Entre aqueles que são seus iguais em prestígio, ele é um homem muito diferente do que é para os menos prósperos. Seu orgulho nunca o abandona; mas com os ricos ele é generoso, justo, sincero, racional, honrado e talvez agradável, conforme o grau de riqueza e beleza.

O grupo de uíste logo depois se separou, os jogadores se reuniram em volta da outra mesa e Mr. Collins ocupou seu lugar entre sua prima Elizabeth e Mrs. Phillips, que fez as indagações usuais sobre seu sucesso. Não tinha sido muito bom; ele havia perdido todos os pontos; mas quando Mrs. Phillips começou a expressar sua preocupação com isso, ele assegurou-lhe com muita seriedade que não tinha a menor importância, que ele considerava o dinheiro como sendo apenas uma ninharia, e pediu que ela não se incomodasse com isso.

— Sei muito bem, senhora — disse ele —, que quando as pessoas se sentam para um jogo de cartas, estão propensas a essas coisas e, felizmente, não estou em tais condições que cinco xelins me farão falta. Há, sem dúvida, muitos que não poderiam dizer o mesmo, mas graças a Lady Catherine de Bourgh estou muito além da necessidade de me preocupar com pequenas coisas.

A atenção de Mr. Wickham foi atraída; e depois de observar Mr. Collins por alguns momentos, ele perguntou a Elizabeth em voz baixa se seu parente estava intimamente familiarizado com a família de Bourgh.

— Lady Catherine de Bourgh — respondeu ela — o apontou recentemente como pároco. Não faço ideia de como Mr. Collins foi apresentado a ela, mas ele certamente não a conhece há muito tempo.

— Sabe, é claro, que Lady Catherine de Bourgh e Lady Anne Darcy eram irmãs; consequentemente, que ela é tia do atual Mr. Darcy.

— Não, na verdade, não sabia. Não sabia absolutamente nada das relações de Lady Catherine. Nunca tinha sequer ouvido falar dela até anteontem.

— Sua filha, Miss de Bourgh, terá uma fortuna muito grande, e acredita-se que ela e o primo, Mr. Darcy, unirão as duas propriedades.

Essa informação fez Elizabeth sorrir ao pensar na pobre Miss Bingley. De fato, vãs devem ser todas as suas atenções, vãs e inúteis a afeição dela por sua irmã e seus elogios a ele, se ele já estivesse destinado a se casar com outra.

— Mr. Collins — disse ela — fala muito bem tanto de Lady Catherine quanto de sua filha; mas por alguns detalhes que ele relatou de Sua Senhoria, suspeito que sua gratidão o engane, e que, apesar de ser sua benfeitora, ela é uma mulher arrogante e presunçosa.

— Acredito que ela seja as duas coisas em grande medida — respondeu Wickham —; não a vejo há muitos anos, mas me lembro muito bem que nunca gostei dela, e que seus modos eram ditatoriais e insolentes. Ela tem a reputação de ser extremamente sensata e inteligente; mas acredito que parte de suas habilidades derivam de sua posição e fortuna, e outra de suas maneiras autoritárias e o resto do orgulho de seu sobrinho, que opta por que todos aqueles com quem se relaciona sejam dotados de um conhecimento de alto nível.

Elizabeth admitiu que ele havia feito um relato muito racional, e eles continuaram conversando com satisfação mútua até que o jantar pôs fim ao jogo de cartas, e permitiu que as demais damas pudessem partilhar das atenções de Mr. Wickham. Não podia haver conversa mediante a barulheira do jantar de Mrs. Phillips, mas aos olhos de todos seus modos falavam por si só. Tudo o que ele dizia era bem-dito; e tudo o que fazia, era feito graciosamente. Elizabeth foi embora com ele na cabeça. Não conseguia pensar em nada além de Mr. Wickham, e no que ele havia dito a ela, durante todo o caminho para casa; mas não houve tempo para ela sequer mencionar o nome dele durante o trajeto, pois nem Lydia nem Mr. Collins ficaram em silêncio uma única vez sequer. Lydia falava sem parar dos bilhetes de loteria, dos peixes que perdera e dos peixes que ganhara; e Mr. Collins, empenhado em descrever a cordialidade de Mr. e Mrs. Phillips, protestar que não se importava nem um pouco com suas perdas no uíste, enumerar todos os pratos do jantar e, repetidamente temendo que estivesse apertando suas primas, tinha mais a dizer do que conseguira antes que a carruagem parasse em Longbourn House.

Capítulo 17

No dia seguinte, Elizabeth contou a Jane o que fora relatado por Mr. Wickham. Jane ouviu com espanto e preocupação; ela não conseguia acreditar que Mr. Darcy pudesse ser tão indigno da consideração de Mr. Bingley; tampouco era de sua natureza questionar a veracidade de um jovem de aparência tão afável como Wickham. A possibilidade de ele ter suportado tamanha indelicadeza bastou para instigar a todos os seus sentimentos ternos; portanto, nada restava a fazer, a não ser pensar bem de ambos, defender a conduta de cada um e julgar como fruto do acaso ou engano tudo o que não pudesse ser explicado de outra forma.

— Ambos — disse ela — foram enganados, ouso dizer, de uma forma ou de outra, não podemos imaginar como. As pessoas interessadas talvez tenham deturpado um para o outro. É, em suma, impossível para nós conjecturar as causas ou circunstâncias que podem tê-los feito se indispor um com o outro, sem que nenhum dos lados tenha culpa.

— Precisamente. Agora, minha querida Jane, o que você tem a dizer em nome das pessoas interessadas que provavelmente estiveram envolvidas nisso? Livre-as também, ou seremos obrigadas a pensar mal de alguém.

— Ria o quanto quiser, isso não me fará mudar de opinião. Minha querida Lizzy, apenas considere em que luz vergonhosa isso coloca Mr. Darcy, por estar tratando o favorito de seu pai dessa maneira, alguém a quem seu pai havia prometido prover. É impossível. Nenhum homem com um pouco de humanidade, nenhum homem que desse algum valor à sua reputação, seria capaz disso. Seus amigos mais próximos podem estar tão excessivamente enganados a respeito dele? Ah, não!

— Para mim, é mais fácil acreditar que Mr. Bingley está sendo enganado, do que aceitar que Mr. Wickham tenha inventado tal história sobre ele mesmo como me contou na noite passada; nomes, fatos, tudo mencionado sem cerimônia. Se não for verdade, Mr. Darcy que o contradiga. Além disso, havia verdade em sua aparência.

— É realmente difícil, é angustiante. Não sabemos o que pensar.

— Perdão; sabemos exatamente o que pensar.

Mas Jane só podia pensar com certeza em apenas um ponto — que Mr. Bingley, se tivesse sido enganado, sofreria muito quando o caso viesse a público.

As duas jovens foram chamadas para sair de entre os arbustos, onde essa conversa aconteceu, pela chegada das mesmas pessoas de quem estavam falando; Mr. Bingley e suas irmãs vieram entregar pessoalmente o convite para o baile há muito esperado em Netherfield, que foi marcado para a terça-feira seguinte. As duas damas ficaram encantadas por ver sua querida amiga novamente, disseram que parecia fazer anos desde que se viram pela última vez e repetidamente perguntaram o que ela esteve fazendo desde a separação. Ao resto da família deram pouca atenção; evitando Mrs. Bennet tanto quanto possível, não falando muito com Elizabeth, e nada com as demais. Eles partiram logo, levantando-se de seus assentos, de maneira que pegou seu irmão de surpresa, e se apressando como se estivessem ansiosas para escapar das cordialidades de Mrs. Bennet.

A perspectiva de um baile de Netherfield foi extremamente agradável para todas as mulheres da família. Mrs. Bennet escolheu considerá-lo como um elogio à filha mais velha e ficou particularmente lisonjeada por receber o convite do próprio Mr. Bingley, em vez de um convite cerimonioso. Jane imaginou uma noite feliz na companhia de suas duas amigas e tendo ela os galanteios de seu irmão; e Elizabeth pensou com prazer em dançar muito com Mr. Wickham, e em ver uma confirmação de tudo na aparência e comportamento de Mr. Darcy. A felicidade esperada por Catherine e Lydia dependia menos de um único evento, ou de qualquer pessoa específica, pois embora cada uma delas, como Elizabeth, pretendesse dançar metade da noite com Mr. Wickham, ele não era de forma alguma o único parceiro que poderia satisfazê-las. De toda forma, um baile era um baile. E até Mary podia assegurar à sua família que ela não tinha nenhuma objeção a isso.

— Desde que eu possa fazer o que quiser pela manhã — disse ela —, é o suficiente. Acho que não é nenhum sacrifício participar ocasionalmente de compromissos noturnos. A sociedade tem direitos sobre todas nós; e eu me considero alguém que acredita que os intervalos de recreação e diversão sejam desejáveis para todos.

Elizabeth estava tão animada nessa ocasião que, embora não falasse com Mr. Collins sem que fosse necessário, não pôde deixar de perguntar se ele pretendia aceitar o convite de Mr. Bingley e, se aceitasse, se ele acharia apropriado juntar-se à diversão da noite; e ela ficou bastante surpresa ao descobrir que ele não tinha nenhuma ressalva quanto a isso, e estava muito longe de temer uma repreensão do arcebispo ou de Lady Catherine de Bourgh por se aventurar a dançar.

— Asseguro-lhe que não sou de forma alguma da opinião — disse ele — de que um baile desse tipo, dado por um jovem de caráter a pessoas respeitáveis, pode ter alguma tendência ao mal; longe de mim me opor a dançar e espero ser honrado com as mãos de todas as minhas belas primas no decorrer da noite; aproveito esta oportunidade para solicitar a sua, Miss Elizabeth, especialmente para as duas primeiras danças, uma preferência que acredito que minha prima Jane atribuirá à justa causa, e não a nenhum desrespeito por ela.

Elizabeth ficou completamente decepcionada. Ela estivera confiante em ser chamada por Mr. Wickham para aquelas mesmas danças; e dançar com Mr. Collins em vez disso! Sua animação nunca tivera sido mais mal cronometrada. Não havia o que fazer, no entanto. A felicidade dela e a de Mr. Wickham foi forçosamente adiada por um pouco mais de tempo, e a proposta de Mr. Collins foi aceita com a maior graça possível. Ela não ficara muito satisfeita com sua galanteria também por cogitar que sugeria algo mais. Agora, lhe ocorreu pela primeira vez que *ela* foi selecionada entre suas irmãs como digna de ser a senhora da Paróquia de Hunsford e de ajudar a formar um grupo para jogar quadrilha em Rosings, na falta de visitantes mais elegíveis. A possibilidade logo se tornou certeza, quando notou as crescentes cortesias dele com ela, e ouviu suas frequentes tentativas de elogiar sua inteligência e vivacidade; e embora mais espantada do que satisfeita com esse efeito de seus encantos, não demorou muito para que sua mãe lhe desse a entender que a probabilidade de seu casamento era extremamente agradável para *ela*. Elizabeth, no entanto, preferiu ignorar essa insinuação, estando bem ciente de que uma discussão séria entre elas ocorreria como consequência de qualquer resposta. Mr. Collins poderia nunca fazer a oferta, e até que o fizesse, seria inútil brigar por causa dele.

Se não houvesse um baile de Netherfield para se preparar e do qual falar, as Miss Bennets mais novas estariam em um estado muito lamentável neste momento, pois desde o dia do convite até o dia do baile, uma sucessão de chuvas impediu que elas caminhassem até Meryton sequer uma vez.

Sem a tia, sem oficiais, sem notícias pelas quais buscar, até as rosas para enfeitarem os sapatos em Netherfield foram obtidas por um intermediário. Até mesmo Elizabeth pôde sentir sua paciência ser testada pelo temporal que suspendeu totalmente seu progresso com Mr. Wickham; e nada menos que um baile na terça-feira poderia ter tornado aquela sexta, sábado, domingo e segunda-feira suportáveis para Kitty e Lydia.

Capítulo 18

Até Elizabeth adentrar a sala de visitas de Netherfield e procurar em vão por Mr. Wickham entre o amontoado de casacos vermelhos ali reunidos, a possibilidade de que ele não estaria presente nunca lhe ocorrera. A certeza de vê-lo não havia sido colocada em dúvida por nenhuma daquelas lembranças que poderiam com razão tê-la alarmado. Ela se vestira com mais cuidado do que o habitual e se preparara com a maior animação para conquistar tudo o que ainda não havia sido subjugado no coração dele, confiando que não restava muito mais do que poderia ser conquistado no decorrer da noite. Mas em um instante surgiu a terrível suspeita de que Bingley não o convidara entre os demais oficiais propositalmente para agradar Mr. Darcy; e embora esse não fosse exatamente o caso, a confirmação de sua ausência foi declarada pelo amigo dele, Denny, para quem Lydia perguntou avidamente, e que lhes disse que Wickham havia sido obrigado a ir à cidade a negócios no dia anterior, e ainda não voltara; acrescentando, com um sorriso significativo:

— Não imagino que seus negócios o teriam chamado logo agora, se ele não quisesse evitar certo cavalheiro aqui.

Essa parte da informação, embora não ouvida por Lydia, foi capturada por Elizabeth, e, como lhe assegurava que Darcy não era menos responsável pela ausência de Wickham do que por sua primeira suposição, todo sentimento de desagrado contra ele foi tão aguçado por sua decepção imediata, que ela mal conseguira responder com cordialidade tolerável às perguntas educadas que ele em seguida se aproximou para fazer. Assiduidade, tolerância, paciência com Darcy, significavam ofender Wickham. Ela estava decidida a não ter nenhum tipo de conversa com ele, e se afastou com um grau de mau humor que não conseguiu disfarçar nem mesmo ao falar com Mr. Bingley, cuja parcialidade cega a irritou.

Mas não era do feitio de Elizabeth ficar de mau humor; e embora todas as suas esperanças para aquela noite tivessem sido destruídas, isso não poderia abalar seu ânimo por muito tempo; e tendo contado seus infortúnios a Charlotte Lucas, a quem não via há uma semana, ela logo foi capaz de fazer uma transição voluntária para as esquisitices de seu primo e dedicar a ele toda a sua atenção. As duas primeiras danças, porém, fizeram sua angústia ressurgir; foram danças de mortificação. Mr. Collins, desajeitado e solene, pedindo desculpas em vez de prestar atenção à dança, e muitas vezes se movendo para o lado errado sem estar ciente disso, deu a ela toda a vergonha e sofrimento que um parceiro desagradável para algumas danças poderia dar. O momento que ela se libertou dele foi de êxtase.

Em seguida, ela dançou com um oficial e teve o prazer de falar de Wickham, e de ouvir que ele era querido por todos. Terminadas essas danças, voltou para Charlotte Lucas e estava conversando com ela, quando se viu subitamente abordada por Mr. Darcy. Ele a surpreendeu tanto ao pedir sua mão para dançar que, desnorteada, ela aceitou. Mr. Darcy se afastou imediatamente, e ela foi deixada a sós para se preocupar com sua falta de presença de espírito; Charlotte tentou consolá-la:

— Atrevo-me a dizer que o achará muito agradável.

— Deus me livre! *Isso* seria a maior desgraça de todas! Achar agradável um homem a quem se está determinada a odiar! Não me deseje tal mal.

Quando a dança recomeçou, no entanto, e Darcy se aproximou para reivindicar sua mão, Charlotte não pôde deixar de adverti-la, em um sussurro, para não ser parva a ponto de permitir que sua preferência por Wickham a fizesse parecer desagradável aos olhos de um homem dez vezes mais importante que ele. Elizabeth não respondeu e tomou seu lugar no grupo, espantada com a dignidade à qual fora elevada ao ser permitida ficar diante de Mr. Darcy, e leu, nos olhares de seus vizinhos, o mesmo espanto gerado pela contemplação daquele fato. Eles ficaram algum tempo sem dizer uma palavra sequer; e ela começou a imaginar que o silêncio deles perduraria pelas duas danças, e a princípio resolveu não o quebrar; até que, de repente, imaginando que seria o maior castigo para seu parceiro obrigá-lo a falar, fez uma ligeira observação sobre a dança. Ele respondeu, e ficou novamente em silêncio. Após uma pausa de alguns minutos, ela se dirigiu a ele uma segunda vez com:

— É sua vez de dizer algo agora, Mr. Darcy. *Eu* falei sobre a dança, e *o senhor* deveria fazer algum tipo de observação sobre o tamanho do salão, ou o número de casais.

Ele sorriu e assegurou-lhe que tudo o que ela quisesse que ele dissesse deveria ser dito.

— Muito bem. Essa resposta servirá por enquanto. Talvez no decorrer da dança eu possa comentar que os bailes privados são muito mais agradáveis do que os públicos. Mas *agora* podemos ficar em silêncio.

— Sempre faz questão de falar, então, enquanto dança?

— Às vezes. É preciso falar um pouco, sabe. Seria estranho ficarmos em completo silêncio por meia hora; e, no entanto, para beneficiar *certas* pessoas, a conversa deve transcorrer de modo que eles se incomodem em dizer o mínimo possível.

— Está se referindo aos seus próprios pensamentos no presente caso, ou imagina estar satisfazendo os meus?

— As duas coisas — respondeu Elizabeth maliciosamente —; pois sempre vi uma grande semelhança entre nossa forma de pensar. Nós dois temos um temperamento antissocial e taciturno, relutantes em falar, a menos que esperemos dizer algo que surpreenda todo o salão e que reverbere na posteridade com todo o brilhantismo de um provérbio.

— Isso não condiz de modo algum com sua personalidade, tenho certeza — disse ele. — Quanto a condizer com a *minha*, não sei dizer. *A senhorita* acredita tratar-se de uma retratação fiel, sem dúvida.

— Não cabe a mim decidir sobre meu próprio desempenho.

Ele não respondeu, e eles ficaram novamente em silêncio até o final da dança, quando ele perguntou se ela e suas irmãs costumavam caminhar até Meryton com frequência. Ela respondeu afirmativamente e, incapaz de resistir à tentação, acrescentou:

— Quando nos encontrou lá outro dia, acabávamos de fazer um novo conhecido.

O efeito foi imediato. Um tom mais profundo de *altivez* cobriu suas feições, mas ele não disse uma palavra, e Elizabeth, embora culpando-se por sua própria fraqueza, não pôde continuar. Por fim, Darcy falou e, de maneira constrangida, disse:

— Mr. Wickham é abençoado com modos agradáveis que asseguram a *ele* a facilidade de fazer amigos, se ele é igualmente capaz de *mantê-los*, já não é tão certo.

— Ele teve o azar de perder *sua* amizade — respondeu Elizabeth com ênfase —, e de uma maneira pela qual ele provavelmente sofrerá por toda a vida.

Darcy não respondeu e parecia desejoso de mudar de assunto. Nesse momento, Sir William Lucas apareceu perto deles, com o intuito de passar pelo grupo até o outro lado do salão; mas ao notar Mr. Darcy, ele parou com uma reverência de alta cortesia para elogiá-lo por sua dança e sua parceira.

— Foi para mim uma grata surpresa, meu caro senhor. Habilidades de dança tão superiores não se vê com frequência. É evidente que pertence aos círculos mais altos. Permita-me dizer, no entanto, que sua bela parceira não o desonra, e que espero ter esse prazer muitas outras vezes, especialmente quando determinado evento desejável, minha querida Eliza (olhando para sua irmã e Bingley), ocorrer. Que felicitações fluirão então! Apelo a Mr. Darcy, mas não me deixe interrompê-lo, senhor. Não irá me agradecer por afastá-lo da conversa encantadora daquela jovem, cujos olhos brilhantes também estão me repreendendo.

A última parte desse discurso mal foi ouvida por Darcy, mas a alusão de Sir William a seu amigo parecera atingi-lo com força, e seus olhos foram direcionados com uma expressão muito séria para Bingley e Jane, que estavam dançando juntos. Recuperando-se, no entanto, logo, ele se virou para sua parceira, e disse:

— A interrupção de Sir William me fez esquecer do que estávamos falando.

— Não creio que estivéssemos conversando. Sir William não poderia ter interrompido duas pessoas no salão com menos a dizer entre si. Já tentamos dois ou três assuntos sem sucesso, e não consigo imaginar do que poderemos falar a seguir.

— O que pensa dos livros? — perguntou ele, sorrindo.

— Livros... ah, não! Tenho certeza de que nunca lemos os mesmos, ou não com o mesmo sentimento.

— Sinto muito que pense assim, mas se for esse o caso, não pode haver pelo menos falta de assunto. Podemos comparar nossas diferentes opiniões.

— Não... não posso falar de livros em um salão de baile; minha cabeça está sempre cheia de outra coisa.

— O *presente* sempre a ocupa em tais ocasiões... não é? — disse ele, com um olhar de dúvida.

— Sim, sempre — respondeu ela, sem prestar atenção ao que dizia, pois seus pensamentos haviam divagado do assunto, e logo depois disse de repente: — Lembro-me de ouvi-lo dizer certa vez, Mr. Darcy, que quase nunca perdoava, que uma vez ocasionado seu ressentimento, era inapelável. É muito cauteloso, suponho, quanto a dar margem para *ocasioná-lo*?

— Eu sou — afirmou ele, com uma voz firme.

— E nunca se deixar cegar pelo preconceito?

— Assim espero.

— É particularmente incumbência daqueles que nunca mudam de opinião estarem seguros de julgar corretamente de início.

— Posso perguntar a que essas perguntas se referem?

— Apenas para esclarecer *seu* caráter — disse ela, esforçando-se para disfarçar sua seriedade. — Estou tentando entendê-lo.

— E obteve êxito?

Ela balançou a cabeça.

— Não o entendo nem um pouco. Tenho ouvido tantos relatos divergentes do senhor a ponto de me deixarem excessivamente confusa.

— Consigo acreditar sem hesitações — respondeu ele com seriedade — que os relatos a meu respeito possam variar muito; e poderia desejar, Miss Bennet, que não esboçasse meu caráter no momento presente, pois há razões para temer que fazê-lo não beneficiará nenhum de nós.

— Mas se eu não lhe retratar agora, talvez nunca mais tenha outra oportunidade.

— Eu de forma alguma interromperia qualquer deleite seu — respondeu ele friamente. Ela não disse mais nada, e eles dançaram mais uma vez e se separaram em silêncio; ambos os lados insatisfeitos, embora não no mesmo nível, pois no peito de Darcy havia um sentimento razoavelmente forte em relação a ela, que logo obteve dele o perdão e direcionou toda a sua raiva contra outro.

Eles não haviam se separado há muito tempo, quando Miss Bingley veio em sua direção e, com uma expressão de desdém cordial, abordou-a:

— Então, Miss Eliza, ouvi dizer que está muito encantada por George Wickham! Sua irmã tem falado comigo sobre ele e me feito mil perguntas; e descobri que o jovem se esqueceu de lhe dizer, entre suas outras informações, que ele era filho do velho Wickham, o intendente do falecido Mr. Darcy. Permita-me recomendar-lhe, no entanto, como amiga, que não dê confiança implícita a todas as suas afirmações; pois quanto a Mr. Darcy tê-lo tratado mal, é perfeitamente falso; muito pelo contrário, ele sempre foi extremamente gentil com ele, embora George Wickham tenha tratado Mr. Darcy da maneira mais infame. Não conheço os detalhes, mas sei muito bem que Mr. Darcy não tem a menor culpa, que não suporta ouvir falar de George Wickham e que, embora meu irmão pensasse que não poderia evitar incluí-lo em seu convite aos oficiais, ficou extremamente feliz ao descobrir que ele mesmo escolhera não comparecer. Sua vinda para o campo é uma coisa muito insolente, de fato, e eu me pergunto como ele pôde se atrever a fazê-lo. Tenho pena de você, Miss Eliza, por essa descoberta da culpa de seu favorecido; mas realmente, considerando sua descendência, não se poderia esperar muito dele.

— Sua culpa e sua descendência parecem ser a mesma coisa segundo seu relato — disse Elizabeth irritada —; pois não a ouvi acusá-lo de nada pior do que ser filho do intendente de Mr. Darcy, e *disso*, posso lhe assegurar, ele mesmo me informou.

— Peço desculpas — respondeu Miss Bingley, virando-se com um sorriso de escárnio. — Perdoe minha interferência, foi bem-intencionada.

— Mulher insolente! — disse Elizabeth para si mesma. — Está muito enganada se espera me influenciar com um ataque tão insignificante como esse. Não vejo nada além de sua própria ignorância deliberada e a malícia de Mr. Darcy.

— Ela então procurou a irmã mais velha, que havia se comprometido a fazer perguntas sobre o mesmo assunto para Bingley.

Jane a recebeu com um sorriso de complacência tão doce, um brilho de expressão tão feliz, denotando suficientemente como ela estava satisfeita com os acontecimentos da noite. Elizabeth instantaneamente leu seus pensamentos, e naquele momento a solicitude por Wickham, o ressentimento contra seus inimigos e tudo mais cederam diante da esperança de Jane estar no caminho mais certo para a felicidade.

— Quero saber — disse ela, com um semblante não menos sorridente que o da irmã — o que descobriu sobre Mr. Wickham. Mas talvez tenha estado muito agradavelmente ocupada para pensar em qualquer outra pessoa; nesse caso pode ter a certeza do meu perdão.

— Não — respondeu Jane —, não o esqueci; mas não tenho nada satisfatório para lhe dizer. Mr. Bingley não conhece toda a sua história e ignora as circunstâncias que ofenderam principalmente Mr. Darcy; mas ele garantirá a boa conduta, a probidade e a honra de seu amigo, e está perfeitamente convencido de que Mr. Wickham mereceu muito menos atenção de Mr. Darcy do que recebeu; e lamento dizer por seu relato, assim como pelo de sua irmã, que Mr. Wickham não é de forma alguma um jovem respeitável. Receio que ele tenha sido muito imprudente e que mereceu perder a consideração de Mr. Darcy.

— Mr. Bingley não conhece Mr. Wickham pessoalmente?

— Não; ele nunca o vira até outra manhã em Meryton.

— Esse relato então é o que ele recebeu de Mr. Darcy. Estou satisfeita. Mas o que foi que ele disse sobre a vaga de pároco?

— Ele não se lembra exatamente das circunstâncias, embora as tenha ouvido de Mr. Darcy mais de uma vez, mas acredita que foi deixado para ele apenas *condicionalmente*.

— Não tenho dúvidas da sinceridade de Mr. Bingley — disse Elizabeth calorosamente —; mas precisa me desculpar por não estar convencida por nada mais que alegações. Mr. Bingley defende o amigo com muita habilidade, ouso dizer; mas como ele não está familiarizado com várias partes da história e soube do resto por meio do próprio amigo, vou me atrever a continuar pensando em ambos os cavalheiros como antes.

Ela então mudou o assunto para um mais agradável para cada uma, e sobre o qual não poderia haver divergência de opinião. Elizabeth escutou com prazer as esperanças felizes, embora modestas, que Jane nutria da consideração de Mr. Bingley, e disse tudo ao seu alcance para aumentar sua confiança nisso. Ao serem acompanhadas pelo próprio Mr. Bingley, Elizabeth dirigiu-se para Miss Lucas; a cuja pergunta, sobre o quão agradável fora seu último parceiro, ela mal pôde responder antes que Mr. Collins se aproximasse delas e lhes dissesse com grande exultação que ele acabara de ter a sorte de fazer uma descoberta muito importante.

— Descobri — disse ele —, por um acidente singular, que há agora no salão um parente próximo de minha benfeitora. Por acaso ouvi o próprio cavalheiro mencionar à jovem que faz as honras da casa os nomes de sua prima, Miss de Bourgh, e de sua mãe, Lady Catherine. Quão maravilhosamente ocorrem essas coisas! Quem teria pensado em meu encontro com, talvez, um sobrinho de Lady Catherine de Bourgh neste baile! Estou muito agradecido pela descoberta ter sido feita a tempo de eu prestar meus respeitos a ele, o que farei agora, e confio que ele me desculpará por não o ter feito antes. Minha completa ignorância do seu parentesco deve justificar minhas desculpas.

— Não irá apresentar-se a Mr. Darcy!

— De fato, irei. Vou pedir-lhe perdão por não o ter feito antes. Acredito que ele seja o *sobrinho* de Lady Catherine. Estará em meu poder assegurar-lhe que Sua Senhoria estava muito bem na noite da semana passada.

Elizabeth se esforçou para dissuadi-lo de tal intuito, assegurando-lhe que Mr. Darcy consideraria o fato de se dirigir a ele sem apresentação como uma liberdade impertinente, em vez de um elogio à tia; que não era nem um pouco necessário que houvesse qualquer constatação de ambos os lados; e que, se fosse, deveria caber a Mr. Darcy, superior em posição, iniciar a apresentação. Mr. Collins escutou-a determinado a seguir sua própria vontade e, quando ela parou de falar, respondeu-lhe assim:

— Minha cara Miss Elizabeth, tenho a mais alta consideração do mundo pelo seu excelente julgamento em todos os assuntos dentro do escopo de sua compreensão; mas permita-me dizer que deve haver uma grande diferença entre as formas de cerimônia estabelecidas entre os laicos e aquelas que se aplicam para o clero; pois permita-me observar que considero o ofício clerical igual em dignidade ao posto mais alto do reino... desde que ao mesmo tempo seja mantida uma humildade adequada de comportamento. A senhorita deve, portanto, permitir que eu siga os ditames de minha consciência nesta ocasião, o que me leva a cumprir o que considero ser uma questão de dever. Perdoe-me por deixar de seguir seu conselho, que em todos os outros assuntos será meu guia constante, embora neste caso me considere mais apto pela educação e estudo habitual a decidir o que é certo do que uma jovem como a senhorita. — E com uma reverência baixa ele a deixou para atacar Mr. Darcy, cuja recepção de seus avanços ela observava ansiosamente, e cujo espanto por ser assim endereçado era muito evidente. Seu primo prefaciou seu discurso com uma reverência solene e, embora ela não pudesse ouvir uma palavra, sentiu como se estivesse ouvindo tudo, e viu no movimento de seus lábios as palavras "perdão", "Hunsford" e "Lady Catherine de Bourgh". Irritou-a vê-lo expondo-se a tal homem. Mr. Darcy estava olhando para ele com espanto incontido, e quando finalmente Mr. Collins lhe deu tempo para falar, respondeu com um ar de cordialidade distante. Mr. Collins, no entanto, não se desencorajou de falar novamente, e o desprezo de Mr. Darcy pareceu aumentar abundantemente com a duração de seu segundo discurso, e no final ele apenas fez uma ligeira reverência e foi para o outro lado. Mr. Collins então se voltou para Elizabeth.

— Não tenho motivos, asseguro-lhe — disse ele —, para estar insatisfeito com minha recepção. Mr. Darcy parecia muito satisfeito com a atenção. Ele me respondeu com a maior cordialidade e até me fez o elogio de dizer que estava tão convencido do discernimento de Lady Catherine a ponto de ter certeza de que ela nunca poderia conceder um favor indignamente. Foi de verdade um pensamento muito bonito. No geral, estou muito satisfeito com ele.

Como Elizabeth não tinha mais nenhum interesse próprio a buscar, voltou sua atenção quase inteiramente para sua irmã e Mr. Bingley; e a série de reflexões agradáveis que suas observações trouxeram à luz a fez talvez quase tão feliz quanto Jane. Ela a imaginou instalada naquela mesma casa, com toda a felicidade que um casamento de afeto verdadeiro poderia conceder; e sentia-se capaz, sob tais circunstâncias, de até mesmo tentar gostar das duas irmãs de Bingley.

Os pensamentos de sua mãe, ela podia ver, claramente pendiam para a mesma direção, e decidiu não se aventurar perto dela, para que não ouvisse demais. Quando eles se sentaram para jantar, portanto, considerou uma perversidade de muita má sorte o fato de terem sido alocadas com apenas uma pessoa entre elas; e ficou profundamente irritada ao descobrir que sua mãe estava falando com aquela pessoa (Lady Lucas), de modo livre e desimpedido, de nada mais além de sua expectativa de que Jane logo se casaria com Mr.

Bingley. Era um assunto animador, e Mrs. Bennet parecia incapaz de se cansar ao enumerar as vantagens do casamento. O fato de ser um jovem tão encantador, tão rico, e viver a apenas cinco quilômetros deles, foi o primeiro ponto de autogratificação; e então que era um grande conforto pensar no quanto as duas irmãs gostavam de Jane, e de ter a certeza de que elas deveriam desejar a união tanto quanto ela. Além disso, era uma coisa tão promissora para suas filhas mais novas, pois com um casamento tão bom Jane deve colocá-las no caminho de outros homens ricos; e, por fim, que era tão agradável em sua idade poder entregar suas filhas solteiras aos cuidados de sua irmã, para que ela não fosse obrigada a conviver em sociedade mais do que gostaria. Era preciso fazer dessas circunstâncias uma questão prazerosa, porque em tais ocasiões é o que manda a etiqueta; mas ninguém tinha menos probabilidade do que Mrs. Bennet de encontrar conforto em ficar em casa em qualquer época de sua vida. Ela concluiu com muitos votos de que Lady Lucas pudesse em breve ser igualmente afortunada, embora evidente e triunfantemente acreditando que não havia a menor chance de isso ocorrer.

Em vão Elizabeth tentou conter a rapidez com que fluíam as palavras de sua mãe, ou persuadi-la a descrever sua felicidade em um sussurro menos audível; pois, para seu inexprimível aborrecimento, ela percebeu que a maior parte fora ouvida por Mr. Darcy, que estava sentado de frente para elas. Sua mãe apenas a repreendeu por estar sendo absurda.

— Que tenho eu que ver com Mr. Darcy, me diga, por que eu teria medo dele? Tenho certeza de que não devemos a ele nenhuma cordialidade especial a ponto de sermos obrigadas a não dizer nada que *ele* possa não gostar de ouvir.

— Pelo amor de Deus, mamãe, fale mais baixo. O que ganhará ofendendo Mr. Darcy? Nunca será bem-vista por seu amigo fazendo isso!

Nada do que ela pudesse dizer, no entanto, teve qualquer efeito. Sua mãe falava de seus pontos de vista no mesmo tom inteligível. Elizabeth corou uma e outra vez, envergonhada e aborrecida. Ela não podia deixar de olhar frequentemente para Mr. Darcy, embora cada olhar a convencesse do que ela temia; pois embora ele nem sempre estivesse olhando para a mãe dela, ela estava convencida de que sua atenção estava invariavelmente fixada nela. A expressão do rosto dele mudou gradualmente de desprezo indignado para uma seriedade serena e firme.

Por fim, contudo, Mrs. Bennet não teve mais nada a dizer; e Lady Lucas, que há muito bocejava com a repetição de deleites de que não via probabilidade de partilhar, foi deixada para se reconfortar com presunto e frango. Elizabeth agora começou a recuperar a sua cor natural. Mas não foi longo o intervalo de tranquilidade; pois, terminada a ceia, falava-se em cantar, e ela teve a mortificação de ver Mary, depois de pouquíssimas súplicas, preparando-se para entreter os presentes.

Através de muitos olhares expressivos e clamores silenciosos, ela esforçou-se para impedir tal demonstração de complacência, mas em vão; Mary fingiu não os entender; tal oportunidade de exposição era deslumbrante para ela, e começou sua canção. Os olhos de Elizabeth estavam fixos nela com as sensações mais dolorosas, e ela a observava progredir através das várias estrofes com uma impaciência que foi muito mal recompensada no final; e Mary, ao receber, entre os agradecimentos da mesa, a mera insinuação de uma esperança de que ela pudesse ser persuadida a favorecê-los novamente, após a pausa de meio minuto começou outra.

As habilidades de Mary não eram de forma alguma adequadas para tal exibição; sua voz estava fraca e seus modos afetados. Elizabeth estava em agonia. Ela olhou para Jane, para ver como ela estava lidando com aquilo; mas Jane estava conversando com Bingley com muita serenidade. Ela olhou para as duas irmãs dele e as viu fazendo sinais de escárnio uma para a outra, e para Darcy, que continuava, no entanto, imperturbavelmente sério. Ela olhou para o pai para implorar por sua interferência, para que Mary não ficasse cantando a noite toda. Ele entendeu seu sinal, e quando Mary terminou sua segunda música, disse em voz alta:

— Isso bastará, criança. Já nos deleitou por tempo suficiente. Deixe as outras moças terem tempo de apresentarem-se.

Mary, embora tenha fingido que não ouviu, ficou um pouco desconcertada; e Elizabeth, com pena dela e lamentando a fala de seu pai, temera que sua ansiedade acabara não acarretando bem algum. Outras pessoas do grupo foram agora solicitadas a tocar.

— Se eu — disse Mr. Collins — tivesse a sorte de poder cantar, teria grande prazer, tenho certeza, em agradar a companhia com uma ária; pois considero a música uma diversão muito inocente e perfeitamente compatível com a profissão de um clérigo. Não quero, contudo, afirmar que se justifica dedicarmos muito do nosso tempo à música, pois certamente há outras coisas que requerem nossa atenção. Um pároco responsável por uma paróquia tem muito o que fazer. Em primeiro lugar, ele deve propor um acordo para os dízimos que possa ser benéfico para si mesmo e não ofensivo ao seu benfeitor. Ele deve escrever seus próprios sermões; e o tempo que lhe resta não será muito para os seus deveres paroquiais, além do tempo para o cuidado e melhoria da sua residência, que não pode ser dispensado de se tornar o mais confortável possível. E não creio ser de pouca importância que ele seja atencioso e conciliador para com todos, especialmente com aqueles a quem deve sua posição. Não posso absolvê-lo desse dever, nem poderia pensar bem do homem omisso na ocasião em que deve testemunhar seu respeito para com qualquer pessoa ligada à família. — E, com uma reverência para Mr. Darcy, ele concluiu o seu discurso, que tinha sido dito tão alto a ponto de ser ouvido por metade do salão. Muitos o encararam, outros muitos sorriam; mas ninguém parecia mais entretido do que o próprio Mr. Bennet, enquanto sua esposa elogiou seriamente Mr. Collins por ter falado tão sensatamente, e observou, em meio sussurro para Lady Lucas, que ele era um jovem notavelmente inteligente e bom.

Para Elizabeth parecia que, se a sua família tivesse feito um acordo para se expor o máximo possível durante a noite, teria sido impossível para eles desempenharem o seu papel com mais ânimo ou sucesso; e ela pensou ser um alívio para Bingley e sua irmã que parte da exposição tivesse passado despercebida por este, e que seus sentimentos não eram tais quais poderiam incomodar-se com o desatino que ele deve ter testemunhado. Já era ruim o suficiente que suas duas irmãs e Mr. Darcy, no entanto, tivessem essa oportunidade de ridicularizar seus parentes, e ela não conseguia determinar se o desprezo silencioso do cavalheiro ou os sorrisos insolentes das damas eram-lhe mais insuportáveis.

O resto da noite trouxe-lhe pouca diversão. Ela irritara-se graças a Mr. Collins, que permaneceu perseverantemente ao seu lado, e embora não pudesse convencê-la a dançar com ele novamente, ocasionou que ela não pudesse dançar com outros. Em vão ela lhe solicitou para que ficasse ao lado de outra pessoa e se ofereceu para apresentá-lo a qualquer jovem dama no salão. Ele assegurou-lhe que, quanto à dança, era-lhe perfeitamente indiferente; que seu objetivo principal era, por meio de delicados galanteios, ser bem-visto por ela, portanto, fazia questão de permanecer perto dela a noite inteira. Não havia como dissuadi-lo de tal propósito. Ela devia seu maior alívio à amiga Miss Lucas, que muitas vezes se juntava a eles, e bondosamente atraía a conversa de Mr. Collins para si.

Pelo menos, ela estava livre da ofensa de ser notada outra vez por Mr. Darcy; embora muitas vezes parado a pouca distância dela, completamente sozinho, ele nunca se aproximava o suficiente para lhe falar. Elizabeth pensou que era a provável consequência de suas alusões a Mr. Wickham, e se alegrou com isso.

O grupo de Longbourn foi o último de toda a companhia a partir e, por uma manobra de Mrs. Bennet, tiveram que esperar pela carruagem um quarto de hora depois de todos os outros já terem ido embora, o que lhes deu tempo de ver com que entusiasmo alguns membros da família desejavam que fossem logo embora. Mrs. Hurst e sua irmã mal abriam a boca, exceto para reclamar de fadiga, e estavam evidentemente impacientes para ter a casa só para elas. Elas rejeitaram todas as tentativas de conversa de Mrs. Bennet e, ao fazê-lo, lançaram um langor em todo o grupo, o que foi muito pouco aliviado pelos longos discursos de Mr. Collins, que estava elogiando Mr. Bingley e suas irmãs pela elegância do seu entretenimento, e pela hospitalidade e polidez que demarcaram seu comportamento com seus convidados. Darcy não disse nada. Mr. Bennet, em igual silêncio, apreciava a cena. Mr. Bingley e Jane estavam juntos, um pouco afastados dos demais, e falavam apenas um com o outro. Elizabeth manteve um silêncio tão firme quanto o de Mrs. Hurst ou de Miss Bingley; e até Lydia estava cansada demais para proferir mais do que uma exclamação ocasional de "Senhor, como estou cansada!" acompanhada de um intenso bocejo.

Quando finalmente eles se levantaram para se despedir, Mrs. Bennet mostrou-se muito educada ao proferir que esperava ver toda a família em breve em Longbourn, e dirigiu-se especialmente a Mr. Bingley para assegurar-lhe o quanto os faria felizes comparecendo a um jantar em família com eles a qualquer hora, sem a cerimônia de um convite formal. Bingley ficou muito agradecido, e prontamente se comprometeu a aproveitar a primeira oportunidade de atendê-la, após seu retorno de Londres, para onde seria obrigado a ir no dia seguinte por pouco tempo.

Mrs. Bennet ficou perfeitamente satisfeita e deixou a casa sob a deliciosa crença de que, levando em conta os preparativos necessários de matrimônio, novas carruagens e roupas de casamento, ela sem dúvida veria sua filha instalada em Netherfield no decorrer de três ou quatro meses. Quanto a ter outra filha casada com Mr. Collins, ela pensou com igual certeza e com um prazer considerável, embora não equivalente. Elizabeth era a menos querida de todas as suas filhas; e embora o homem e o casamento fossem bastante bons para *ela*, o valor de cada um foi eclipsado por Mr. Bingley e Netherfield.

Capítulo 19

No dia seguinte, um novo cenário abriu-se em Longbourn. Mr. Collins fez sua declaração oficial. Tendo resolvido fazê-la sem perda de tempo, pois sua licença se estendia apenas até o sábado seguinte, e não tendo nenhum sentimento de insegurança que tornasse penoso para si fazer aquela declaração naquele momento, ele começou de maneira muito ordenada, com todas as observâncias que supunha serem comuns àquele assunto. Ao encontrar Mrs. Bennet, Elizabeth e uma das meninas mais novas juntas, logo após o café da manhã, dirigiu-se à mãe com estas palavras:

— Posso contar, senhora, com seu apoio em relação à sua bela filha Elizabeth, ao solicitar a honra de uma conversa privada com ela durante esta manhã?

Antes que Elizabeth tivesse tempo para qualquer coisa além de um rubor de surpresa, Mrs. Bennet respondeu instantaneamente:

— Ah, meu Deus! Sim, certamente. Tenho certeza de que Lizzy ficará muito feliz, estou certa de que ela não poderá ter nenhuma objeção. Venha, Kitty, suba as escadas.

E enquanto juntava seu material de bordar e saía apressada, Elizabeth a chamou:

— Prezada senhora, não vá. Imploro que não vá. Mr. Collins deve me desculpar. Ele não pode ter nada a me dizer que alguém mais não possa ouvir. Eu mesma estou de saída.

— Não, não, bobagem, Lizzy. Quero que fique onde está. — E embora Elizabeth parecesse estar realmente aborrecida, envergonhada e prestes a fugir, ela acrescentou: — Lizzy, eu *insisto* que fique e ouça Mr. Collins.

Elizabeth não teve como se opor a tal injunção — e um momento de reflexão fez com que ela se desse conta de que seria mais sensato acabar com isso o mais rápido e tranquilamente possível. Sentou-se novamente e tentou esconder, com um esforço incessante, seus sentimentos, que se dividiam entre a angústia e a diversão. Mrs. Bennet e Kitty saíram, e assim que elas se foram, Mr. Collins começou a falar.

— Acredite em mim, minha querida Miss Elizabeth, que sua modéstia, longe de lhe prestar qualquer desserviço, na verdade acrescenta às suas outras perfeições. A senhorita teria sido menos amável aos meus olhos se não houvesse essa pequena relutância; mas permita-me assegurar-lhe que tenho a permissão de sua respeitada mãe para esta abordagem. Dificilmente pode duvidar do propósito do meu discurso, por mais que sua delicadeza natural possa levá-la a fingir não saber; minhas atenções foram explícitas demais para passarem despercebidas. Tão logo entrei nesta casa, eu a escolhi como a companheira de minha vida futura. Mas antes de me deixar levar por meus sentimentos sobre esse assunto, talvez seja aconselhável que eu exponha minhas razões para me casar e, além disso, para vir para Hertfordshire com o objetivo de escolher uma esposa, como certamente o fiz.

A ideia de Mr. Collins, com toda a sua compostura solene, sendo dominado por seus sentimentos, quase fez Elizabeth rir e por isso ela não pôde aproveitar a curta pausa que ele fez para tentar detê-lo, portanto ele continuou:

— Minhas razões para me casar são, em primeiro lugar, que acho correto que todo clérigo em circunstância tranquila (como eu) dê o exemplo do matrimônio em sua paróquia; em segundo lugar, que estou convencido de que isso aumentará muito a minha felicidade; e em terceiro lugar, que talvez eu devesse ter mencionado antes, é que se trata do conselho e recomendação particular da muito nobre dama que tenho a honra de chamar de benfeitora. Por duas vezes ela condescendeu em me dar sua opinião (não solicitada também!) sobre esse assunto; e foi apenas na noite de sábado antes de eu deixar Hunsford, entre nossos jogos de quadrilha, enquanto Mrs. Jenkinson estava arrumando o escabelo de Miss de Bourgh, que ela disse: "Mr. Collins, precisa se casar. Um clérigo como o senhor deve se casar. Escolha bem, escolha *pelo meu bem-estar* uma nobre dama; e pelo *seu*, que ela seja uma pessoa ativa e útil, que não tenha sido educada para casar-se com um homem rico, e sim que seja capaz de fazer muito com pouco dinheiro. Este é o meu conselho. Encontre uma mulher assim o mais rápido possível, traga-a para Hunsford, e eu a visitarei". Permita-me, a propósito, observar, minha bela prima, que não considero a atenção e a gentileza de Lady Catherine de Bourgh como uma das menores vantagens que posso lhe prover. A senhorita verá que suas maneiras estão além de qualquer coisa que eu seja capaz de descrever; e sua inteligência e vivacidade, creio, devem ser aceitáveis para ela, especialmente quando atenuadas pelo silêncio e o respeito que sua posição inevitavelmente incitará. E isso resume a minha intenção geral em favor do matrimônio; resta-me contar o motivo pelo qual essas minhas perspectivas foram direcionadas para Longbourn em vez das cercanias onde moro, onde posso garantir que há muitas jovens amáveis. Mas o fato é que, sendo eu, como sou, herdeiro desta propriedade após a morte de seu honrado pai (que, no entanto, pode viver muitos anos mais), eu não poderia me contentar se não escolhesse uma esposa entre suas filhas, para que essa perda para elas seja a menor possível, quando o evento melancólico ocorrer, o que, no entanto, como já disse, pode tardar vários anos. Esse tem sido o meu motivo, minha bela prima, e me gabo de que não irá me diminuir aos seus olhos. E agora não me resta mais nada senão assegurar-lhe com o maior entusiasmo da intensidade do meu afeto. Quanto à fortuna, sou perfeitamente indiferente e não farei nenhuma exigência dessa natureza a seu pai, pois estou bem ciente de que ela não pode ser cumprida; e também sei que aquelas mil libras das quais quatro por cento ao ano lhe serão concedidas, que não serão suas até depois da morte de sua mãe, serão tudo a que a senhorita terá direito. Quanto a isso, portanto, ficarei uniformemente em silêncio; e pode ter certeza de que nenhuma censura mesquinha jamais passará por meus lábios quando nos casarmos.

Era absolutamente necessário interrompê-lo agora.

— Está precipitando-se, senhor — exclamou ela. — Esquece-se de que eu não lhe dei uma resposta. Deixe-me fazê-lo sem mais delongas. Aceite meus agradecimentos pelo elogio que está me fazendo. Estou muito honrada por seu pedido, mas me é impossível fazer outra coisa senão recusá-lo.

— Não é de agora que sei bem — respondeu Mr. Collins, com um aceno formal da mão — que é comum às moças rejeitarem as abordagens do homem a quem secretamente pretendem aceitar, quando ele lhes pede seu favorecimento pela primeira vez. Portanto, não estou de forma alguma desanimado com o que acabou de dizer, e espero levá-la ao altar em breve.

— Por Deus, senhor — exclamou Elizabeth —, sua esperança é bastante extraordinária após minha declaração. Asseguro-lhe que não sou uma dessas moças (se é que existem tais moças) que ousam arriscar sua felicidade com a esperança de ouvirem o pedido uma segunda vez. Estou sendo perfeitamente séria em minha recusa. O senhor não poderia *me* fazer feliz, e estou convencida de que sou a última mulher no mundo que poderia fazê-lo feliz. Não, se sua amiga Lady Catherine me conhecesse, tenho certeza de que ela me acharia em todos os aspectos mal qualificada para tal.

— Se fosse certo que Lady Catherine pensaria assim — disse Mr. Collins muito gravemente —, mas não posso imaginar que Sua Senhoria desaprovaria minha escolha. E a senhorita pode ter certeza de que quando eu tiver a honra de vê-la novamente, falarei muito bem de sua modéstia, economia e outras qualificações amáveis.

— De fato, Mr. Collins, todos os elogios a mim serão desnecessários. Deve me dar permissão para julgar eu mesma e me fazer o favor de acreditar no que digo. Desejo-lhe muita felicidade e muita fortuna e, ao recusar sua mão, faço tudo o que está em meu alcance para impedir que o senhor não o seja. Ao me fazer a oferta, deve ter satisfeito a delicadeza de seus sentimentos em relação à minha família, e pode tomar posse da propriedade de Longbourn quando ela for herdada pelo senhor sem nenhum remorso. Esse assunto pode ser considerado, portanto, definitivamente encerrado. — E, levantando-se enquanto dizia isso, ela teria saído da sala, se Mr. Collins não se dirigisse a ela:

— Quando eu me der a honra de falar novamente com a senhorita sobre o assunto, espero receber uma resposta mais favorável do que essa que me deu agora. Estou longe de acusá-la de crueldade no momento, porque sei que é o costume estabelecido por seu sexo rejeitar um homem na primeira solicitação, e talvez tenha dito isso tudo para encorajar meu processo tanto quanto seria consistente com a verdadeira delicadeza da natureza feminina.

— Realmente, Mr. Collins — exclamou Elizabeth com algum ardor —, o senhor me intriga muito. Se o que eu disse até agora pode lhe aparecer uma forma de encorajamento, eu não sei como expressar minha recusa de maneira a convencê-lo de que é isso que ela é.

— Deve me dar permissão para tomar sua recusa, minha querida prima, apenas por meras palavras, é claro. Minhas razões para acreditar nisso são brevemente estas: não me parece que minha mão seja indigna de sua aceitação, ou que o acordo que posso oferecer não seja altamente desejável. Minha posição na vida, minhas conexões com a família de Bourgh e minha relação com a sua são circunstâncias altamente a meu favor; e deve levar em consideração que, apesar de seus múltiplos atrativos, não é de forma alguma certo que outra oferta de casamento possa lhe ser feita. Infelizmente, seu dote é tão pequeno que provavelmente desfará os efeitos de sua beleza e qualificações amáveis. Assim devo, portanto, concluir que não está sendo séria ao me rejeitar. Escolherei atribuir o gesto ao seu desejo de aumentar meu amor pelo suspense, de acordo com a prática usual das mulheres elegantes.

— Asseguro-lhe, senhor, que não tenho nenhuma pretensão a esse tipo de elegância que consiste em atormentar um homem respeitável. Prefiro receber o elogio de ser considerada sincera. Agradeço-lhe uma e outra vez a honra que me concedeu com seu pedido, mas aceitá-lo é absolutamente impossível. Meus sentimentos em todos os aspectos me impedem de fazê-lo. Posso ser mais direta?

Não me considere agora como uma mulher elegante, com a intenção de atormentá-lo, mas como uma criatura racional, falando a verdade de seu coração.

— A senhorita é uniformemente charmosa! — exclamou ele, com um ar de galanteria desajeitada. — E estou convencido de que, quando sancionado pela autoridade expressa de seus dois excelentes pais, meu pedido não deixará de ser aceitável.

A tal perseverança no autoengano deliberado, Elizabeth não respondeu, e imediatamente e em silêncio retirou-se; determinada, caso ele persistisse em considerar suas repetidas recusas como encorajamento lisonjeiro, a se dirigir a seu pai, cuja negativa poderia ser proferida de maneira decisiva, e cujo comportamento pelo menos não poderia ser confundido com fingimento e coquetismo de uma mulher elegante.

Capítulo 20

Mr. Collins não foi deixado muito tempo a sós para a contemplação silenciosa de seu amor bem-sucedido; pois Mrs. Bennet, tendo se demorado na antessala para esperar o fim da conversa, assim que viu Elizabeth abrir a porta e passar por ela com passos rápidos em direção à escada, entrou na sala de café da manhã e parabenizou a ele e a si mesma em termos acolhedores sobre a feliz perspectiva de estreitarem seus laços familiares. Mr. Collins recebeu e retribuiu essas felicitações com igual prazer, e então passou a relatar os detalhes da conversa, cujo resultado ele acreditava ter todos os motivos para estar satisfeito, já que a recusa que sua prima lhe tinha dado com firmeza naturalmente era fruto de sua modéstia tímida e a delicadeza genuína de seu caráter.

Essa informação, no entanto, surpreendeu Mrs. Bennet; ela teria ficado feliz por estar igualmente satisfeita com o fato de sua filha ter pretendido encorajá-lo protestando contra seu pedido, mas não ousava acreditar nisso e não podia deixar de dizê-lo.

— Mas acredite, Mr. Collins — acrescentou ela —, que Lizzy irá pensar melhor no assunto. Falarei com ela sobre isso imediatamente. Ela é uma moça muito teimosa e tola, e desconhece seus próprios interesses, mas eu hei de *fazê-la* ver isso.

— Perdoe-me por interrompê-la, senhora — disse Mr. Collins —; mas se ela realmente é teimosa e tola, não sei se seria uma esposa muito desejável para um homem na minha situação, que naturalmente procura a felicidade no casamento. Se, portanto, ela de fato insiste em rejeitar meu pedido, talvez fosse melhor não a forçar a me aceitar, porque, se sujeita a tais defeitos de temperamento, ela não poderia contribuir muito para minha felicidade.

— O senhor me entendeu mal — disse Mrs. Bennet, preocupada. — Lizzy é apenas teimosa em assuntos como esses. Em todo o resto, é a moça mais bem-humorada do mundo. Irei diretamente a Mr. Bennet, e muito em breve resolveremos isso com ela, estou certa.

Ela não lhe deu tempo de responder, mas, correndo instantaneamente para o marido, gritou ao entrar na biblioteca:

— Ah, Mr. Bennet! Preciso do senhor imediatamente; estamos todos em polvorosa. Precisa vir e fazer Lizzy se casar com o Mr. Collins, pois ela jura que não o aceitará, e se você não se apressar, quem irá mudar de ideia e não a aceitará será *ele*.

Mr. Bennet ergueu os olhos do livro quando ela entrou e fixou-os em seu rosto com uma calma despreocupada que não foi nem um pouco alterada pelo que ela lhe disse.

— Não tive o prazer de entendê-la — respondeu ele, quando ela terminou seu discurso. — Do que está falando?

— De Mr. Collins e Lizzy. Lizzy declara que não aceitará Mr. Collins, e Mr. Collins começa a dizer que não quer mais se casar com Lizzy.

— E o que devo fazer a respeito? Parece um assunto sem esperança.

— Fale com Lizzy sobre isso você mesmo. Diga a ela que você insiste em que ela se case com ele.

— Peça para que a chamem aqui. Ela ouvirá minha opinião.

Mrs. Bennet tocou a sineta e Miss Elizabeth foi chamada à biblioteca.

— Venha aqui, criança — exclamou seu pai quando ela apareceu. — Mandei chamá-la para um assunto importante. Entendo que Mr. Collins fez uma oferta de casamento. É verdade? — Elizabeth respondeu que sim. — Muito bem, e essa oferta de casamento você recusou?

— Recusei sim, senhor.

— Muito bem. Chegamos agora ao ponto principal. Sua mãe insiste que você aceite. Não é, Mrs. Bennet?

— Sim, ou nunca mais quero vê-la.

— Uma alternativa infeliz está diante de você, Elizabeth. A partir deste dia você deve ser uma estranha para um de seus pais. Sua mãe nunca mais a verá se você *não* se casar com Mr. Collins, e eu nunca mais a verei se você *aceitar* casar-se com ele.

Elizabeth não pôde deixar de sorrir diante de tal conclusão, mas Mrs. Bennet, que se convencera antes de que seu marido encarava o caso da mesma maneira que ela, ficou extremamente desapontada.

— O que quer dizer, Mr. Bennet, com isso? Você me prometeu *insistir* que ela se casasse com ele.

— Minha querida — respondeu o marido —, tenho dois pequenos favores a pedir. Primeiro, que você me permita usufruir livremente de meu discernimento na presente ocasião; e em segundo lugar, do meu cômodo. Ficarei feliz em ser deixado a sós na biblioteca o mais rápido possível.

Contudo, apesar de sua decepção com o marido, Mrs. Bennet ainda não desistira do assunto. Ela falou com Elizabeth uma e outra vez; tentou persuadi-la e a ameaçou alternadamente. Ela esforçou-se para que Jane ficasse de seu lado; mas Jane, com toda a suavidade possível, recusou-se a interferir; e Elizabeth, ora com verdadeira seriedade, ora de forma brincalhona, respondia aos seus ataques. Embora a maneira de responder mudasse, no entanto, ela permanecera firme na sua decisão.

Mr. Collins, enquanto isso, ponderava em solidão sobre o ocorrido. Ele era vaidoso demais para compreender os motivos que poderiam levar sua prima a recusá-lo; e exceto por seu orgulho ferido, não sofria por nenhum outro motivo. Sua consideração por ela era bastante imaginária; e a possibilidade de ela merecer a reprovação da mãe o impedia de sentir qualquer remorso.

Enquanto a família estava nessa confusão, Charlotte Lucas veio passar o dia com eles. Ela foi recebida na antessala por Lydia, que, voando até ela, disse em meio sussurro:

— Estou feliz que tenha vindo, pois há tanta diversão por aqui! O que acha que aconteceu esta manhã? Mr. Collins pediu Lizzy em casamento, e ela não aceitou.

Charlotte mal teve tempo de responder, quando Kitty se juntou a elas, vindo dar a mesma notícia; e assim que elas entraram na sala de desjejum, onde Mrs. Bennet estava sozinha, ela também começou a falar sobre o assunto, pedindo a Miss Lucas por sua compaixão e suplicando-lhe que persuadisse sua amiga Lizzy a cumprir os desejos de todos de sua família.

— Por favor, minha querida Miss Lucas — acrescentou ela, em tom melancólico —, pois ninguém está do meu lado, ninguém me ajuda. Estou sendo tratada com crueldade, ninguém tem pena de meus pobres nervos.

A resposta de Charlotte foi poupada pela entrada de Jane e Elizabeth.

— Sim, lá vem ela — continuou Mrs. Bennet —, totalmente despreocupada, não se importando mais conosco do que se estivéssemos em York, desde que ela possa fazer o que quiser. Mas eu lhe digo, Miss Lizzy, se colocar na cabeça que deve continuar recusando todas as ofertas de casamento dessa maneira, nunca conseguirá um marido, e tenho certeza de que não sei quem irá sustentá-la depois que seu pai morrer. *Eu* não poderei sustentá-la, portanto estou lhe avisando. Não quero mais saber de você a partir de hoje. Eu lhe disse na biblioteca, você sabe, que eu nunca mais falaria com você, e verá que hei de manter minha palavra. Não tenho prazer em conversar com crianças indisciplinadas. Não que eu tenha muito prazer, de fato, em conversar com qualquer um. As pessoas que sofrem dos nervos como eu não podem ter grande propensão para conversa. Ninguém sabe como sofro! Mas é sempre assim. Os que não reclamam são sempre esquecidos.

Suas filhas ouviram em silêncio essa efusão, conscientes de que qualquer tentativa de argumentar ou acalmá-la só a deixaria ainda mais irritada. Ela continuou falando, portanto, sem interrupção de nenhuma delas, até Mr. Collins se juntar a elas. Ele entrou na sala com um ar mais majestoso do que o habitual, e ao vê-lo, Mrs. Bennet disse às meninas:

— Ora, eu realmente exijo que vocês, todas vocês, segurem suas línguas e deixem eu e Mr. Collins conversarmos um pouco a sós.

Elizabeth saiu silenciosamente da sala, Jane e Kitty a seguiram, mas Lydia se manteve firme, determinada a ouvir tudo o que pudesse; e Charlotte, detida primeiro pela cordialidade de Mr. Collins, cujas perguntas sobre ela e toda a sua família foram muito minuciosas, e depois por um pouco de curiosidade, contentou-se em ir até a janela e fingir não estar ouvindo. Com uma voz triste, Mrs. Bennet começou a conversa prevista:

— Ah, Mr. Collins!

— Minha querida senhora — respondeu ele —, fiquemos em silêncio para sempre quanto a esse assunto. Estou muito longe — continuou ele, com uma voz que demonstrava seu descontentamento — de me ressentir pelo comportamento de sua filha. A resignação aos males inevitáveis é dever de todos nós; dever especialmente vindo de um jovem que foi tão afortunado quanto eu ao ser nomeado pároco; e tenho certeza de estar de fato resignado. Talvez não por duvidar da possibilidade de obter felicidade caso minha bela prima tivesse me honrado com sua mão; pois tenho observado muitas vezes que a resignação nunca é tão perfeita como quando a bênção negada começa a perder um pouco de seu valor aos nossos olhos. Espero que não considere um desrespeito à sua família, minha querida senhora, que eu retire minhas pretensões para com sua filha sem ter solicitado à senhora ou ao Mr. Bennet o elogio de lhes pedir que interponham a sua autoridade em meu nome. Minha conduta pode, receio, estar sujeita a ser censurada por eu ter aceitado minha recusa dos lábios de sua filha em vez dos seus. Mas todos estamos sujeitos a erros. Eu certamente tive boas intenções durante todo o ocorrido. Meu objetivo foi conseguir uma companheira amável para mim, com a devida consideração que seria em prol de toda a sua família, e se meus *modos* foram repreensíveis, venho por meio deste pedir-lhe perdão.

Capítulo 21

A discussão a respeito do pedido de Mr. Collins estava agora quase no fim, e Elizabeth tinha apenas que suportar os sentimentos desconfortáveis que necessariamente advinham, vez ou outra, com algumas alusões rabugentas de sua mãe. Quanto ao próprio cavalheiro, *seus* sentimentos foram expressos não por constrangimento ou desânimo, ou por tentar evitá-la, mas sobretudo por modos cerimoniosos e um silêncio ressentido. Ele quase nunca falava com ela, e as atenções assíduas que ele tanto tinha ressaltado foram transferidas pelo resto do dia para Miss Lucas, cuja cordialidade em ouvi-lo foi um alívio oportuno para todos, especialmente para sua amiga.

O dia seguinte não diminuiu o mau humor ou melhorou o estado de saúde de Mrs. Bennet. Mr. Collins também estava no mesmo estado de orgulho raivoso. Elizabeth esperava que seu ressentimento pudesse encurtar sua visita, mas seu plano não parecia nem um pouco afetado pelo ocorrido. Ele sempre tivera o plano de ir embora no sábado, e até o sábado ele pretendia ficar.

Depois do café da manhã, as meninas foram até Meryton para perguntar se Mr. Wickham havia retornado e lamentar sua ausência no baile de Netherfield. Este se juntou a elas na entrada da cidade e as acompanhou até a casa da tia, onde seu arrependimento, aborrecimento e a preocupação de todas foram muito comentados. Para Elizabeth, no entanto, ele voluntariamente reconheceu que a necessidade de sua ausência *tinha* sido autoimposta.

— Descobri — disse ele —, à medida que a hora se aproximava, que era melhor não me encontrar com Mr. Darcy; que estar na mesma sala, na mesma companhia que ele por tantas horas, poderia ser mais do que eu poderia suportar, e que as lembranças suscitadas pudessem ser desagradáveis demais para mim.

Ela aprovou seu diferimento e eles tiveram tempo para esgotar o assunto, e para todos os elogios que concederam um ao outro, enquanto Wickham e outro oficial caminhavam com elas de volta para Longbourn, e durante a caminhada ele lhe devotou especialmente a sua atenção. Acompanhá-las era uma dupla vantagem; ela sentiu toda a força dos elogios que ele lhe fazia, e era uma ocasião mais aceitável para apresentá-lo a seu pai e sua mãe.

Assim que chegaram, uma carta foi entregue a Miss Bennet; viera de Netherfield. O envelope continha uma folha de papel elegante, pequeno e prensado quente, bem-coberto com uma caligrafia bonita e fluida de uma dama; e Elizabeth viu o semblante de sua irmã mudar enquanto ela o lia, e viu que ela se concentrava em algumas passagens em particular. Jane se recompôs logo e, ao guardar a carta, tentou participar da conversa com sua habitual alegria; mas Elizabeth sentiu tamanha ansiedade pelo assunto que desviou sua atenção até mesmo de Wickham; e assim que ele e seu companheiro se despediram, um olhar de Jane a convidou a segui-la escada acima. Quando chegaram ao quarto delas, Jane pegou a carta e disse:

— É de Caroline Bingley; seu conteúdo me surpreendeu bastante. A essa altura, o grupo inteiro já deixou Netherfield e está a caminho da cidade, sem nenhuma intenção de voltar. Irá ouvir o que ela disse.

Ela então leu a primeira frase em voz alta, que incluía a informação de que eles tinham acabado de resolver seguir seu irmão imediatamente para a cidade, e de sua intenção de jantar na Grosvenor Street, onde Mr. Hurst tem uma casa. A parte seguinte foi com estas palavras: "Não finjo lamentar por qualquer coisa que deixarei em Hertfordshire, exceto sua companhia, minha querida amiga; mas esperamos, em algum momento futuro, desfrutar de muitos reencontros com aquela deliciosa conversa de que desfrutamos, e enquanto isso podemos diminuir a dor da separação por uma correspondência muito frequente e sem reservas. Conto com a sua cooperação para isso". A essas manifestações sublimes, Elizabeth escutou com toda a insensibilidade da desconfiança; e, embora a partida repentina deles a tivesse surpreendido, ela não viu nada por que realmente se lamentar; não era de supor que sua ausência de Netherfield impediria a presença de Mr. Bingley ali; e quanto à perda de sua companhia, ela estava convencida de que Jane deveria deixar de considerá-la, quando substituída pela dele.

— É triste — disse ela, após uma breve pausa — que não possa ver suas amigas antes de deixarem o campo. Mas não podemos esperar que o período de felicidade futura ao qual Miss Bingley espera que chegue mais cedo do que imagina, e que a deliciosa conversa da qual desfrutaram como amigas seja renovada com satisfação ainda maior como irmãs? Mr. Bingley não será detido em Londres por elas.

— Caroline decididamente diz que ninguém do grupo retornará a Hertfordshire neste inverno. Lerei para você:

"Quando meu irmão nos deixou ontem, ele imaginou que o negócio que o levou a Londres poderia ser concluído em três ou quatro dias; mas como estamos certas de que isso não será possível, e ao mesmo tempo convencidas de que, quando Charles chegar à cidade, não terá pressa em deixá-la novamente, decidimos ir com ele para lá, para que ele não seja obrigado a gastar suas horas vagas em um hotel sem conforto. Muitos dos meus conhecidos já estão lá para o inverno; gostaria de poder ouvir que você, minha querida amiga, teria a intenção de fazer parte desse grupo, mas ao pensar nisso me desespero. Desejo sinceramente que seu Natal em Hertfordshire seja repleto das alegrias que essa época geralmente traz, e que seus pretendentes sejam tão numerosos a ponto de evitarem que sinta falta dos três cavalheiros dos quais iremos privá-la."

— Com isso fica evidente — acrescentou Jane — que ele não voltará mais neste inverno.

— Fica evidente apenas que Miss Bingley não *quer* que ele volte.

— Por que pensa assim? Deve ser por vontade dele. Ele faz o que bem entender. Mas ainda não sabe de *tudo*. Lerei para você a passagem que me magoou particularmente. Não esconderei nada de *você*.

"Mr. Darcy está impaciente para ver a irmã; e, para dizer a verdade, *nós* não estamos menos ansiosas para reencontrá-la. Realmente creio que Georgiana Darcy não tenha rival em termos de beleza, elegância e realizações; e o carinho que ela inspira em Louisa e em mim torna-se algo ainda mais interessante, a partir da esperança que ousamos nutrir de que ela seja nossa irmã no futuro. Não sei se alguma vez mencionei meus sentimentos sobre esse assunto; mas não deixarei o campo sem confessá-los, e espero que não os considere descabidos. Meu irmão já admira muito Miss Darcy; agora ele terá muitas oportunidades de conviver mais com ela; todos os parentes dela desejam essa união tanto quanto os dele; e a parcialidade de uma irmã não me deixa enganar, creio eu, quando digo que Charles é muito capaz de conquistar o coração de qualquer mulher. Com todas essas circunstâncias para favorecer a união deles, e nada para impedi-los, estou errada, minha querida Jane, em ceder à esperança de um evento que garantirá a felicidade de tantos?"

— O que me diz *dessa* frase, minha querida Lizzy? — disse Jane ao terminar a carta. — Não está claro o suficiente? Não declara expressamente que Caroline não espera nem deseja que eu seja sua irmã; que ela está perfeitamente convencida da indiferença de seu irmão; e que se ela suspeita da natureza dos meus sentimentos por ele, e tem o intuito de (muito gentilmente!) me avisar? Pode haver alguma outra opinião quanto ao assunto?

— Sim, pode; pois a minha é totalmente diferente. Quer ouvi-la?

— Adoraria.

— Vou lhe dizer em poucas palavras. Miss Bingley vê que seu irmão está apaixonado por você e quer que ele se case com Miss Darcy. Ela foi com ele para a cidade na esperança de mantê-lo lá e está tentando convencê-la de que ele não se importa com você.

Jane balançou a cabeça.

— De fato, Jane, você deveria acreditar em mim. Ninguém que já os viu juntos pode duvidar de seu afeto. Miss Bingley, tenho certeza, não pode. Ela não é tão parva. Se ela pudesse ver metade desse amor em Mr. Darcy em relação a ela, já teria encomendado suas roupas de casamento. Mas o caso é este: não somos suficientemente ricas ou grandiosas para eles; e ela está mais ansiosa para assegurar Miss Darcy para seu irmão, pela ideia de que, quando houver *um* casamento entre as famílias, ela pode ter menos dificuldade em conseguir um segundo; para o qual haveria certamente um grau de engenhosidade, e ouso dizer que teria sucesso, se Miss de Bourgh estivesse fora do caminho. Mas, minha querida Jane, você não pode pensar seriamente que, porque Miss Bingley lhe diz que seu irmão admira muito Miss Darcy, ele está menos ciente do *seu* mérito do que quando se despediu de você na terça-feira, ou que será possível para ela persuadi-lo de que, em vez de estar apaixonado por você, ele está muito apaixonado pela amiga dela.

— Se nós pensássemos o mesmo de Miss Bingley — respondeu Jane —, sua opinião de tudo isso poderia me deixar bastante despreocupada. Mas eu sei que o embasamento não é verdadeiro. Caroline seria incapaz de enganar intencionalmente alguém; e tudo o que posso esperar nesse caso é que ela esteja enganando a si mesma.

— Você está certa. Eu não poderia ter incitado uma ideia mais feliz, já que não quer se confortar com a minha. Acredite que ela está enganada, fique à vontade. Você agora cumpriu seu dever com ela e não deve se preocupar mais.

— Mas, minha querida irmã, mesmo supondo o melhor, posso ser feliz ao aceitar um homem cujas irmãs e amigos desejam que ele se case com outra?

— Precisa decidir isso sozinha — disse Elizabeth —; e se, após uma deliberação madura, achar que a infelicidade de desagradar as irmãs desse homem é mais do que equivalente à felicidade de ser esposa dele, eu lhe aconselho a recusá-lo a todo custo.

— Como pode falar assim? — perguntou Jane, com um sorriso abatido. — Você deve saber que, apesar de ficar extremamente triste com a desaprovação delas, não poderia hesitar.

— Não pensei que hesitaria; e sendo esse o caso, não posso me compadecer muito da sua situação.

— Mas se ele não retornar mais neste inverno, minha escolha nunca será necessária. Mil coisas podem ocorrer em seis meses!

A ideia de que ele não voltaria mais foi completamente menosprezada por Elizabeth. Parecia-lhe apenas a sugestão dos desejos e interesses de Caroline, e ela não podia nem por um momento supor que esses desejos, por mais que fossem expressos aberta ou habilmente, pudessem influenciar um jovem tão independente de todos.

Com toda veemência de que era capaz, Elizabeth contou para sua irmã o que ela pensava sobre o assunto, e logo teve o prazer de ver seu efeito agradável. Não era da natureza de Jane desanimar-se, e ela foi gradualmente levada ao otimismo, embora a desconfiança do afeto às vezes superasse a esperança de que Bingley retornaria a Netherfield e atenderia a todos os desejos de seu coração.

Elas concordaram que Mrs. Bennet deveria apenas saber da partida da família, sem se inquietar com pormenores relacionados à conduta do cavalheiro; mas mesmo essa informação parcial a preocupou muito, e ela lamentou ser uma grande pena as damas irem embora logo quando elas estavam ficando tão próximas. Depois de queixar-se, no entanto, por algum tempo, ela foi consolada com o fato de que Mr. Bingley voltaria em breve e jantaria em Longbourn, e a conclusão de tudo foi a declaração confortável de que, embora ele tivesse sido convidado apenas para um jantar em família, ela cuidaria para que tivessem dois pratos principais.

Capítulo 22

Os Bennets tinham se comprometido a jantar com os Lucas, e novamente Miss Lucas teve a gentileza de ser a ouvinte de Mr. Collins. Elizabeth aproveitou a oportunidade para agradecê-la:

— Isso o mantém de bom humor — disse ela —, e estou mais agradecida do que posso expressar.

Charlotte assegurou à amiga sua satisfação em lhe ser útil, e que isso a recompensava amplamente pelo pequeno sacrifício de seu tempo. Isso foi muito amável, mas a bondade de Charlotte estendia-se para além do que Elizabeth imaginava; seu objetivo nada mais era do que protegê-la de qualquer investida de Mr. Collins, atraindo-as para si mesma. Tal era o plano de Miss Lucas; e as aparências eram tão favoráveis que, quando se separaram à noite, ela teria tido quase certeza de ter obtido sucesso se ele não tivesse que deixar Hertfordshire tão cedo.

Mas aqui ela julgou mal a força e a independência do caráter de Mr. Collins, pois, com esse intuito, ele fugira de Longbourn House na manhã seguinte sorrateiramente e correra para Lucas Lodge a fim de se jogar aos pés dela. Ele ansiava passar despercebido pelas primas, com a convicção de que, se elas o vissem partir, não poderiam deixar de conjecturar seu desígnio, e ele não queria que soubessem de sua tentativa a menos que fosse bem-sucedida; pois embora tivesse quase certeza de que obteria êxito, e com razão, pois Charlotte tinha sido razoavelmente encorajadora, ele estava inseguro desde a tentativa de quarta-feira. Sua recepção, no entanto, foi do tipo mais lisonjeiro. Miss Lucas o viu de uma janela superior enquanto ele caminhava em direção a casa, e imediatamente partiu para forjar um encontro casual na alameda. Mas mal ousara esperar que tanto amor e eloquência a esperassem ali.

Em tão pouco tempo quanto permitiam os longos discursos de Mr. Collins, tudo foi acertado entre eles para satisfação de ambos; e, ao entrarem na casa, ele pediu-lhe com fervor que nomeasse o dia que o faria o mais feliz dos homens; e embora tal solicitação devesse ser dispensada naquele momento, a dama não estava disposta a brincar com a felicidade dele. A estupidez com a qual fora agraciado por natureza impedia que seu cortejo tivesse qualquer encanto que pudesse fazer uma mulher desejar sua prorrogação; e Miss Lucas, que o aceitara apenas pelo puro e desinteressado desejo de se estabelecer, não se importava com a rapidez com que isso aconteceria.

Sir William e Lady Lucas foram rapidamente solicitados a darem seu consentimento; o qual foi concedido com o mais alegre entusiasmo. A posição atual de Mr. Collins tornava-o um par muito promissor para sua filha, cujo dote não era grande fortuna; e suas perspectivas financeiras eram bastante modestas. Lady Lucas começou a calcular imediatamente, com mais interesse no assunto que jamais tivera antes, por quantos anos Mr. Bennet ainda viveria; e Sir William deu como sua opinião decidida que, quando Mr. Collins estivesse em posse da propriedade de Longbourn, seria altamente conveniente que ele e sua esposa comparecessem a St. James. Toda a família, em suma, estava devidamente radiante com a ocasião. As meninas mais novas criaram esperanças de *debutarem* um ou dois anos antes do que teriam feito; e os meninos foram aliviados da apreensão de Charlotte morrer solteirona. A própria Charlotte estava razoavelmente serena. Ela atingira seu objetivo, e teve tempo para pensar nisso. Suas reflexões foram em geral satisfatórias. Mr. Collins, com certeza, não era nem sensato, nem agradável; sua companhia era cansativa, e sua afeição por ela só podia ser imaginária. Ainda assim ele seria seu marido. Charlotte nunca tivera grande consideração por homens ou pelo matrimônio, mas o casamento sempre fora seu objetivo; era a única provisão para moças bem-educadas de pouco dinheiro e, por mais incerta que fosse em gerar felicidade, deveria ser para elas a proteção mais agradável contra a miséria. Essa proteção ela agora tinha obtido; e aos vinte e sete anos, sem nunca ter sido bonita, e sentia toda a sorte disso.

O aspecto menos agradável do assunto era a surpresa que seria para Elizabeth Bennet, cuja amizade Charlotte valorizava mais do que a de qualquer outra pessoa. Elizabeth se surpreenderia e provavelmente a culparia; e embora sua resolução permanecesse inabalada, seus sentimentos seriam feridos por tal desaprovação. Miss Lucas resolveu dar-lhe a informação ela mesma e, portanto, solicitou a Mr. Collins, quando voltasse a Longbourn para jantar, que não desse nenhuma pista do que havia acontecido para nenhum membro da família. Uma promessa de sigilo foi feita com muita pompa, é claro, mas não pôde ser mantida sem dificuldade; pois a curiosidade despertada por sua longa ausência irrompeu em perguntas tão diretas quando ele voltou que exigiram certa engenhosidade para divergi-las, e ele estava ao mesmo tempo exercendo grande abnegação, pois ansiava divulgar seu amor bem-sucedido.

Como ele partiria cedo demais na manhã seguinte para ver qualquer membro da família, a cerimônia de despedida foi realizada antes que as damas se retirassem para dormir; e Mrs. Bennet, com grande polidez e cordialidade, disse que ficariam felizes em vê-lo novamente em Longbourn, sempre que seus compromissos permitissem que ele os visitasse.

— Minha querida senhora — respondeu ele —, esse convite é particularmente gratificante, porque é o que eu esperava receber; e pode ter certeza de que hei de me valer dele o mais rápido possível.

Todos ficaram surpresos; e Mr. Bennet, que de forma alguma poderia desejar um retorno tão rápido, imediatamente disse:

— Mas não há perigo de desaprovação de Lady Catherine, meu bom senhor? É melhor negligenciar seus parentes do que correr o risco de ofender sua benfeitora.

— Meu caro senhor — respondeu Mr. Collins —, fico particularmente grato ao senhor por essa amistosa cautela, e pode contar com o fato de eu não dar um passo tão importante sem a anuência de Sua Senhoria.

— Não se pode ser cuidadoso demais. Arrisque qualquer coisa menos o desagrado dela; e se achar que o risco de nos visitar novamente é alto, o que eu acho extremamente provável, preserve-se em sua casa e tenha certeza de que *nós* não nos ofenderemos.

— Acredite em mim, meu caro senhor, minha gratidão é calorosamente inflamada por tal atenção afetuosa; e pode ter certeza de que receberá o quanto antes de minha parte uma carta de agradecimento por isso e por todas as outras demonstrações de sua consideração durante minha estadia em Hertfordshire. Quanto às minhas belas primas, embora minha ausência não seja longa o suficiente para torná-lo necessário, tomo agora a liberdade de desejar-lhes saúde e felicidade, inclusive à minha prima Elizabeth.

Com as devidas cortesias, as damas se retiraram; todas igualmente surpresas por ele planejar um retorno rápido. Mrs. Bennet preferiu entender que ele pensava em fazer um pedido de casamento a uma de suas filhas mais novas, e Mary poderia ter sido convencida a aceitá-lo. Ela tinha maior consideração pelas habilidades dele do que qualquer uma das outras; havia uma solidez nas reflexões do primo que muitas vezes a impressionava, e embora não fosse tão inteligente quanto ela, Mrs. Bennet acreditava que, se encorajado a ler e melhorar a si mesmo por um exemplo como o dela, ele poderia se tornar um companheiro muito agradável. Mas na manhã seguinte, qualquer esperança nesse sentido foi dissipada. Miss Lucas apareceu após o café da manhã e, em uma conversa particular com Elizabeth, relatou o evento do dia anterior.

A possibilidade de Mr. Collins imaginar-se apaixonado por sua amiga ocorreu uma vez a Elizabeth nos últimos dias; mas que Charlotte pudesse encorajá-lo parecia uma ideia quase tão distante quanto imaginar que ela mesma poderia tê-lo feito, e seu espanto foi, portanto, tão grande a ponto de superar os limites do decoro, e ela não pôde deixar de gritar:

— Noiva de Mr. Collins! Minha querida Charlotte... impossível!

O semblante firme com que Miss Lucas havia contado sua história deu lugar a uma expressão momentânea de confusão ao receber uma censura tão direta; porém, como não era mais do que já esperava, logo recuperou a compostura e respondeu calmamente:

— Por que está surpresa, minha querida Eliza? Acha impossível que Mr. Collins seja capaz de obter a boa opinião de qualquer mulher porque ele não foi tão feliz a ponto de conquistar a sua?

Mas Elizabeth havia se recomposto e, fazendo um grande esforço, foi capaz de assegurar com firmeza tolerável que a perspectiva de seu relacionamento era muito gratificante para ela, e que lhe desejava toda a felicidade imaginável.

— Sei o que está pensando — respondeu Charlotte. — Deve estar surpresa, muito surpresa... há tão pouco tempo Mr. Collins almejava casar-se com você. Mas quando tiver tempo para pensar a respeito, espero que aprove o que fiz. Não sou romântica, você sabe; nunca fui. Quero apenas um lar confortável; e considerando o caráter, as relações e a situação de vida de Mr. Collins, estou convencida de que minha chance de ser feliz com ele é tão grande quanto a maioria das pessoas pode se gabar ao se casar.

Elizabeth calmamente respondeu:

— Sem dúvida. — E, depois de uma pausa constrangedora, elas voltaram para se juntar ao resto da família. Charlotte não ficou muito mais tempo, e Elizabeth ficou então refletindo sobre o que ouvira. Passou muito tempo até que ela aceitasse a ideia de um casamento tão inadequado. O estranhamento de Mr. Collins fazer duas ofertas de casamento em três dias não era nada em comparação com ele ter sido aceito. Elizabeth sempre sentiu que ela e Charlotte não compartilhavam exatamente da mesma opinião sobre o matrimônio, mas não supôs ser possível, quando dada a oportunidade, que ela sacrificasse todo o seu bom senso por vantagens mundanas. Charlotte sendo esposa de Mr. Collins era uma imagem muito humilhante! E à dor de uma amiga que se desonrava e afundava em sua estima somava-se a angustiante convicção de que era impossível aquela amiga ser minimamente feliz no destino que escolhera.

Capítulo 23

Elizabeth estava sentada com a mãe e as irmãs, refletindo sobre o que ouvira e se perguntando se estava autorizada a mencioná-lo, quando o próprio Sir William Lucas apareceu, enviado por sua filha, para anunciar o noivado à família. Com muitos cumprimentos a eles e muita autogratificação pela perspectiva de uma união entre as casas, ele desdobrou o assunto — para uma audiência não apenas confusa, mas incrédula; pois Mrs. Bennet, com mais perseverança do que polidez, protestou que ele devia estar inteiramente enganado; e Lydia, sempre descuidada e muitas vezes grosseira, exclamou ruidosamente:

— Meu Deus! Sir William, como pode contar uma história dessas? Não sabe que Mr. Collins quer se casar com Lizzy?

Nada menos do que a complacência de um cortesão poderia ter suportado sem cólera tal tratamento; mas a boa educação de Sir William o ajudou a passar por tudo; e, mesmo pedindo educadamente para que acreditassem na veracidade de sua informação, ouviu todo tipo de impertinência com a mais tolerante cortesia.

Elizabeth, sentindo que cabia a ela livrá-lo de uma situação tão desagradável, prontificou-se para confirmar seu relato, mencionando seu conhecimento prévio através da própria Charlotte; e se esforçou para pôr fim às exclamações de sua mãe e irmãs com a seriedade de suas felicitações a Sir William, nas quais ela foi prontamente acompanhada por Jane, e fazendo uma variedade de comentários sobre a felicidade que se poderia esperar do casamento, o excelente caráter de Mr. Collins e a conveniente distância de Hunsford a Londres.

Mrs. Bennet ficou de fato muito sobrecarregada para dizer qualquer coisa enquanto Sir William permaneceu ali; mas assim que ele as deixou, seus sentimentos encontraram uma rápida vazão. Em primeiro lugar, ela persistiu desacreditando; em segundo, ela tinha certeza de que Mr. Collins havia sido enganado; em terceiro, ela presumia que eles nunca seriam felizes juntos; e em quarto lugar, que o noivado poderia ser desfeito. Duas inferências, no entanto, foram claramente deduzidas do todo: uma, que Elizabeth era a verdadeira causa do mal; e a outra foi de que ela mesma havia sido barbaramente maltratada por todos eles; e nesses dois pontos ela insistiu principalmente pelo resto do dia. Nada poderia consolá-la tampouco apaziguá-la. Nem aquele dia desgastou seu ressentimento. Uma semana se passou antes que ela pudesse ver Elizabeth sem repreendê-la, um mês se passou antes que ela pudesse falar com Sir William ou Lady Lucas sem ser rude, e muitos meses se passaram antes que ela pudesse perdoar a filha deles.

As emoções de Mr. Bennet estavam muito mais tranquilas naquela ocasião e, tal como ele de fato acreditava ser, declarou que a notícia era muito agradável, pois regozijou-se em descobrir, disse ele, que Charlotte Lucas, a quem costumava acreditar ser razoavelmente sensata, era tão tola quanto sua esposa, e mais tola que sua filha!

Jane admitiu estar um pouco surpresa com o noivado; mas falou menos de seu espanto do que de seu desejo sincero de que eles fossem felizes; nem Elizabeth conseguiu persuadi-la a considerar isso como improvável. Kitty e Lydia estavam longe de invejar Miss Lucas, pois Mr. Collins era apenas um clérigo; e isso as afetava apenas como sendo uma notícia a ser divulgada em Meryton.

Lady Lucas não podia deixar de triunfar por poder revidar Mrs. Bennet com o conforto de ter uma filha bem-casada; e ela aparecia em Longbourn com mais frequência do que de costume para dizer como estava feliz, embora os olhares azedos e os comentários ranzinzas de Mrs. Bennet pudessem ter sido suficientes para afastar sua felicidade.

Entre Elizabeth e Charlotte havia uma contenção que as mantinha em silêncio mútuo quanto ao assunto; e Elizabeth tinha a certeza de que nenhuma confiança real poderia subsistir entre elas novamente.

Sua decepção com Charlotte fez com que ela se voltasse com mais carinho para a irmã, de cuja retidão e delicadeza ela tinha certeza de que nunca poderia fazê-la rebaixar-se ao seu ver, e por cuja felicidade ela ficava cada vez mais ansiosa, já que Bingley estava fora há uma semana e não tinham ouvido falar nada sobre ele voltar.

Jane havia enviado a Caroline uma resposta rápida à sua carta, e estava contando os dias até que ela pudesse razoavelmente esperar ter notícias. A prometida carta de agradecimento de Mr. Collins chegou na terça-feira, endereçada ao pai delas, e escrita com toda a solenidade de gratidão que uma residência de doze meses com a família poderia ter motivado. Depois de descarregar sua consciência em sua resposta, ele seguiu para informá-las, com muitas expressões de êxtase, de sua felicidade por ter obtido o afeto de sua amável vizinha, Miss Lucas, e então explicou que era apenas com o objetivo de desfrutar da companhia dela que se devia sua prontidão em aceitar o gentil convite de vê-lo novamente em Longbourn, para onde esperava poder retornar na segunda-feira subsequente; pois Lady Catherine, ele acrescentou, aprovou seu casamento com tanto entusiasmo, que ela desejava que acontecesse o mais rápido possível, o que ele acreditava que não acarretaria nenhuma discussão com sua amável Charlotte para que ela apontasse uma data em breve para torná-lo o mais feliz dos homens.

O retorno de Mr. Collins a Hertfordshire não era mais uma questão de prazer para Mrs. Bennet. Pelo contrário, ela estava tão disposta a reclamar disso quanto o marido. Era muito estranho que ele viesse a Longbourn em vez de a Lucas Lodge; também era muito inconveniente e extremamente problemático. Ela odiava receber visitas na casa enquanto não estava bem de saúde, e noivos eram de todas as pessoas os mais desagradáveis. Tais eram os murmúrios suaves de Mrs. Bennet, e eles cederam apenas para a crescente angústia causada pela ausência contínua de Mr. Bingley.

Nem Jane nem Elizabeth sentiam-se confortáveis com esse assunto. Os dias se passavam sem trazer nenhuma notícia dele além do relato que logo prevaleceu em Meryton de que ele não voltaria a Netherfield durante todo o inverno; um relato que enfureceu muito Mrs. Bennet, e que ela nunca deixava de contradizer como sendo uma mentira das mais descabidas.

Até Elizabeth começou a temer, não que Bingley fosse indiferente, mas que suas irmãs conseguissem mantê-lo longe. Por mais que não quisesse admitir uma ideia tão destrutiva para a felicidade de Jane e tão desonrosa para a constância de seu amado, ela não pôde evitar que lhe ocorresse com frequência. Os esforços conjuntos de suas duas irmãs insensíveis e de seu poderoso amigo, auxiliados pelos atrativos de Miss Darcy e as diversões de Londres, poderiam ser demais, ela temia, para a força de seu afeto.

Quanto a Jane, *sua* ansiedade sob esse suspense era, é claro, mais dolorosa do que a de Elizabeth, mas, o que quer que ela sentisse, estava ávida para esconder, e entre ela e Elizabeth, portanto, o assunto nunca era mencionado. Mas como tal delicadeza não refreava sua mãe, raramente passava uma hora sem que ela falasse de Bingley, expressasse sua impaciência pela chegada dele, ou mesmo pedisse a Jane que admitisse que, se ele não voltasse, ela iria se sentir muito maltratada. Foi preciso que Jane angariasse toda a sua afabilidade para suportar esses ataques com uma tranquilidade tolerável.

Mr. Collins voltou pontualmente na segunda-feira subsequente, mas sua recepção em Longbourn não foi tão graciosa quanto em sua primeira aparição.

Ele estava demasiadamente feliz, no entanto, para precisar de muita atenção; e para a alegria dos demais, os assuntos do cortejo os aliviara em grande parte de sua companhia. A maior parte dos dias ele passou em Lucas Lodge, e às vezes ele voltava a Longbourn apenas a tempo de se desculpar por sua ausência antes que a família fosse dormir.

Mrs. Bennet estava realmente em um estado deplorável. A simples menção de qualquer coisa a respeito do casamento a lançava em uma agonia mal-humorada e, aonde quer que fosse, tinha a certeza de que ouviria falar disso. A mera visão de Miss Lucas lhe era detestável. Como sua sucessora naquela casa, Mrs. Bennet a olhava com aversão ciumenta. Sempre que Charlotte vinha vê-los, concluía que ela estava antecipando a hora de tomar posse da propriedade; e sempre que conversava em voz baixa com Mr. Collins, estava convencida de que estavam falando da propriedade de Longbourn e decidindo expulsá-la e a suas filhas da casa, assim que Mr. Bennet morresse. Ela reclamou amargamente de tudo isso para o marido.

— De fato, Mr. Bennet — disse ela —, é muito difícil pensar que Charlotte Lucas será dona desta casa, que *eu* serei forçada a abrir caminho para *ela*, e viver para vê-la tomar seu lugar nela!

— Minha querida, não ceda a pensamentos tão sombrios. Esperemos por coisas melhores. Vamos nos gabar de que possa ser *eu* o sobrevivente.

Isso não foi muito consolador para Mrs. Bennet e, portanto, em vez de dar qualquer resposta, ela continuou o que dizia antes.

— Não suporto pensar que eles terão toda esta propriedade. Se não fosse pelo gravame, eu não me incomodaria.

— Com o que não se incomodaria?

— Não me incomodaria com absolutamente nada.

— Sejamos gratos por você ter sido preservada de um estado de tal insensibilidade.

— Eu nunca poderei ser grata, Mr. Bennet, por qualquer coisa relacionada ao gravame. Como alguém pode ter a consciência de expulsar de uma propriedade suas próprias filhas, não consigo entender; e tudo por causa de Mr. Collins também! Por que *ele* deveria herdar a casa mais do que qualquer outra pessoa?

— Deixo a seu encargo determinar isso — disse Mr. Bennet.

Capítulo 24

A carta de Miss Bingley chegou e pôs fim às dúvidas. A primeira frase transmitia a certeza de que estavam todos instalados em Londres para o inverno e terminava com as desculpas de seu irmão por não ter tido tempo de se despedir dos seus amigos em Hertfordshire antes de deixar o campo.

A esperança estava acabada, completamente acabada; e quando Jane conseguiu ler o restante da carta, encontrou pouco, exceto a afeição declarada de quem a escreveu, que pudesse lhe dar algum conforto. O elogio a Miss Darcy ocupou a maior parte. Seus diversos atrativos foram mais uma vez referidos, e Caroline se gabou alegremente do quão próximas estavam ficando, e aventurou-se a prever a realização dos desejos que haviam sido revelados em sua carta anterior. Escreveu também, com grande prazer, que o irmão estava hospedado na casa de Mr. Darcy e mencionou com entusiasmo alguns planos deste último em obter móveis novos.

Elizabeth, a quem Jane logo contou a maior parte, ouviu com indignação silenciosa. Seu coração estava dividido entre a preocupação com a irmã e o ressentimento contra todos os outros. À afirmação de Caroline de que seu irmão tinha uma parcialidade por Miss Darcy, ela não deu nenhum crédito. Que ele realmente gostava de Jane, ela não duvidava mais agora do que antes; e por mais que ela sempre estivesse disposta a gostar dele, não conseguia pensar sem raiva, dificilmente sem desprezo, naquele temperamento fácil, naquela falta de resolução firme, que agora o tornava escravo de seus amigos astutos e o levava a sacrificar sua própria felicidade ao capricho da vontade deles. Se sua própria felicidade, no entanto, fosse o único sacrifício, ele poderia se divertir da maneira que achasse melhor, mas a irmã dela estava envolvida nisso, por isso achava que ele também deveria ser sensato. Era um assunto, em suma, sobre o qual a reflexão seria longamente indulgente, porém inútil. Ela não conseguia pensar em mais nada; e, no entanto, se a consideração de Bingley realmente tivesse acabado ou sido suprimida pela interferência de seus amigos; se ele estivesse ciente do afeto de Jane, ou se isso escapou de sua observação; qualquer que fosse o caso, embora sua opinião sobre ele deva ser materialmente afetada pela diferença, a situação de sua irmã permanecia a mesma, sua paz de espírito igualmente perturbada.

Um ou dois dias se passaram antes que Jane tivesse coragem de contar seus sentimentos para Elizabeth; por fim, quando Mrs. Bennet as deixou a sós, depois de uma irritação maior do que de costume sobre Netherfield e seu dono, ela não pôde deixar de dizer:

— Ah, quisera que minha querida mãe pudesse se controlar! Ela não faz ideia da dor que me causa por suas contínuas reflexões sobre ele. Mas não hei de me queixar. Não pode durar muito. Ele será esquecido e ficaremos todos como éramos antes.

Elizabeth olhou para a irmã com uma amabilidade descrente, mas não disse nada.

— Você duvida de mim — disse Jane, ligeiramente corada —; na verdade, não tem motivo para tal. Ele pode viver em minha memória como o homem mais amável que já conheci, e nada mais. Não tenho nada a esperar ou temer, e nada por que censurá-lo. Graças a Deus! *Essa* dor não tenho. Um pouco de tempo, portanto, e certamente hei de superar isso.

Com uma voz mais forte, ela logo acrescentou:

— Tenho esse consolo imediatamente, que não foi mais do que um erro da minha imaginação e que não fez mal a ninguém além de mim mesma.

— Minha querida Jane! — exclamou Elizabeth. — Você é boa demais. Sua doçura e desinteresse são realmente angelicais; não sei o que dizer para você. Sinto como se nunca tivesse sido justa com você, ou te amado como merece.

Miss Bennet avidamente rejeitou todo mérito extraordinário e devolveu o elogio ao afeto caloroso de sua irmã.

— Não — disse Elizabeth —, isso não é justo. *Você* gosta de acreditar que todo mundo é respeitável, e fica magoada se eu falar mal de alguém. *Eu* só acredito que *você* é perfeita, e você se opõe a isso. Não tenha medo de que eu incorra em excessos, de que eu interfira com sua prerrogativa de boa vontade universal. Você não precisa. Há poucas pessoas que eu realmente amo, e menos ainda das quais eu penso bem. Quanto mais vejo do mundo, mais inconformada fico com ele; e cada dia se confirma minha crença na incoerência de caráter de todos os humanos e do quão pouco se pode apostar em sua aparência de mérito ou bom senso. Encontrei dois casos recentemente, um que não mencionarei; o outro é o casamento de Charlotte. É inexplicável! Por todas as perspectivas é inexplicável!

— Minha querida Lizzy, não dê vazão a sentimentos como esses. Eles vão arruinar sua felicidade. Você não faz concessões suficientes para diferenças de situação e temperamento. Considere a respeitabilidade de Mr. Collins e o caráter firme e prudente de Charlotte. Lembre-se de que ela pertence a uma família numerosa; que, quanto a questões financeiras, é um noivado muito elegível; e esteja pronta para acreditar, pelo bem de todos, que ela pode sentir algo como consideração e estima por nosso primo.

— Para agradá-la, tentaria acreditar em quase tudo, mas ninguém mais poderia ser beneficiado por uma crença como essa; pois, se eu estivesse convencida de que Charlotte tinha alguma consideração por ele, só teria uma opinião pior de sua percepção do que agora tenho do coração dela. Minha querida Jane, Mr. Collins é um homem convencido, pomposo, tacanho e tolo; você sabe que é, tão bem quanto eu; e você deve pensar, tanto quanto eu, que a mulher que se casou com ele não pode ter uma maneira adequada de pensar. Você não deve defendê-la, embora seja Charlotte Lucas. Você não deve, por causa de um indivíduo, mudar o significado de princípio e integridade, nem tentar persuadir a si mesma ou a mim de que o egoísmo é o mesmo que prudência e a inconsciência do risco o mesmo que a certeza de felicidade.

— Creio que seu linguajar seja muito forte ao falar de ambos — respondeu Jane —; e espero que você se convença disso ao vê-los felizes juntos. Mas chega disso. Você aludiu a outra coisa. Você mencionou *duas* circunstâncias. Não posso fingir tê-la entendido mal, mas suplico a você, querida Lizzy, que não me machuque pensando *naquela pessoa* como sendo culpada, e dizendo que ele foi rebaixado em sua opinião. Não devemos ser tão rápidas ao nos imaginar intencionalmente feridas. Não devemos esperar que um jovem alegre seja sempre tão cauteloso e circunspecto. Muitas vezes é nossa própria vaidade que nos engana. As mulheres imaginam que a admiração é mais do que realmente significa.

— E os homens cuidam para que elas assim imaginem.

— Se for intencional, eles não podem ser perdoados; mas não creio que haja tanta crueldade no mundo quanto alguns imaginam.

— Estou longe de julgar qualquer parte da conduta de Mr. Bingley como sendo intencionalmente maliciosa — disse Elizabeth —; mas mesmo sem a intenção de fazer mal, ou de tornar os outros infelizes, pode haver erro e sofrimento. A falta de consideração, a falta de atenção aos sentimentos de outras pessoas e a falta de resolução terão esse resultado.

— E você atribui isso a algum desses?

— Sim; ao último. Mas se eu continuar, irei desagradá-la dizendo o que penso das pessoas que você estima. Pare-me enquanto pode.

— Você insiste, então, em supor que suas irmãs o influenciam?

— Sim, em conjunto com seu amigo.

— Não posso acreditar nisso. Por que tentariam influenciá-lo? Eles podem desejar sua felicidade apenas; e se ele está apegado a mim, nenhuma outra mulher pode lhe garantir isso.

— Sua primeira suposição é falsa. Eles podem desejar muitas coisas além de sua felicidade; podem desejar seu aumento de riqueza e prestígio; podem desejar que ele se case com uma mulher que tem toda a importância que o dinheiro traz, grandes conexões e orgulho.

— Sem dúvida, eles desejam que ele escolha Miss Darcy — respondeu Jane —; mas isso pode vir de intenções melhores do que está supondo. Eles a conhecem há muito mais tempo do que a mim; não me admira se eles a prezam mais. Mas, quaisquer que sejam seus próprios desejos, é muito improvável que se opusessem aos de seu irmão. Que irmã acreditaria ter a liberdade de fazer isso, a menos que houvesse algo muito censurável? Se acreditassem que ele tinha se afeiçoado a mim, não tentariam nos separar; se ele de fato estivesse, eles não poderiam ter sucesso. Ao supor tal afeição, você faz com que todos ajam de maneira perversa e errada, e me faz parecer estar mais infeliz do que realmente estou. Não me aflija com essa ideia. Não me envergonho de ter me enganado, ou, pelo menos, é algo leve, não é nada em comparação com o que eu sentiria ao pensar mal dele ou de suas irmãs. Deixe-me vê-lo pelo melhor ângulo, na perspectiva em que é compreensível.

Elizabeth não podia se opor a tal desejo; e desde então o nome de Mr. Bingley raramente foi mencionado entre elas.

Mrs. Bennet ainda continuava a perguntar e lamentar a falta de retorno de Mr. Bingley, e embora dificilmente passasse um dia em que Elizabeth não lhe explicasse com toda clareza, havia poucas chances de a mãe encarar esse fato com menos perplexidade. A filha tentou convencê-la do que ela mesma não acreditava que as atenções dele com Jane tivessem sido apenas o efeito de uma admiração comum e passageira, que cessou quando ele não a viu mais; mas, embora a probabilidade da afirmação fosse admitida na época, ela repetia a mesma história todos os dias. O melhor consolo para Mrs. Bennet seria que Mr. Bingley voltaria no verão.

Mr. Bennet tratou o assunto de forma diferente.

— Então, Lizzy — disse ele um dia —, sua irmã está apaixonada, creio eu. Eu a parabenizo. Além de casar-se, uma moça gosta de ser um pouco contrariada no amor de vez em quando. É algo para se pensar, e isso lhe dá uma espécie de distinção entre as outras. Quando é que a sua vez chegará? Você dificilmente se contentará por muito tempo em ser superada por Jane. Agora é a sua vez. Temos oficiais suficientes em Meryton para decepcionar todas as jovens do campo. Deixe que Wickham seja o homem para isso. Ele é um sujeito agradável e a iludiria com maestria.

— Obrigada, senhor, mas um homem menos agradável me satisfaria. Nem todas devem esperar ter a boa sorte de Jane.

— É verdade — disse Mr. Bennet —, mas é um conforto pensar que, o que quer que lhe aconteça, você tem uma mãe carinhosa que aproveitará ao máximo o ocorrido.

A companhia de Mr. Wickham prestou um serviço substancial em dissipar a melancolia que as últimas ocorrências perversas lançaram sobre muitos membros da família Longbourn. Elas o viam com frequência, e aos seus outros atrativos agora acrescentava-se o de ser amplamente franco. Tudo o que Elizabeth tinha ouvido, suas reivindicações sobre Mr. Darcy e tudo o que ele sofrera por causa dele, agora era dito abertamente e questionado em público; e todos ficaram satisfeitos em saber o quanto sempre detestaram Mr. Darcy antes de saberem qualquer coisa sobre o assunto.

Miss Bennet era a única criatura que podia supor que poderia haver alguma circunstância atenuante no caso, desconhecida da sociedade de Hertfordshire; sua candura suave e firme sempre buscava desculpas, e argumentava pela possibilidade de um equívoco, mas, para todos os demais, Mr. Darcy foi condenado como sendo o pior dos homens.

Capítulo 25

Depois de uma semana passada em profissões de amor e planos de felicidade, Mr. Collins foi obrigado a se separar de sua amável Charlotte em virtude da chegada do sábado. A dor da separação, no entanto, poderia ser aliviada, da parte dele, pelos preparativos para a recepção de sua noiva, pois tinha motivos para esperar que, logo após seu retorno a Hertfordshire, seria fixado o dia que o tornaria o mais feliz dos homens. Ele se despediu de seus parentes em Longbourn com tanta solenidade quanto antes; desejou novamente saúde e felicidade a suas belas primas e prometeu ao pai outra carta de agradecimento.

Na segunda-feira seguinte, Mrs. Bennet teve o prazer de receber seu irmão e sua esposa, que vieram como de costume passar o Natal em Longbourn. Mr. Gardiner era um homem sensato e cavalheiresco, muito superior à sua irmã, tanto por natureza quanto por educação. As damas de Netherfield teriam dificuldade em acreditar que um homem que vivia do comércio, e que era visto com frequência em seus próprios armazéns, pudesse ser tão bem-educado e agradável. Mrs. Gardiner, que era vários anos mais nova que Mrs. Bennet e Mrs. Phillips, era uma mulher amável, inteligente e elegante, e uma grande favorita de todas as suas sobrinhas de Longbourn. Entre as duas mais velhas, especialmente, havia uma consideração particular. Elas costumavam ficar na casa dela na cidade.

A primeira parte dos afazeres de Mrs. Gardiner quando chegava era distribuir seus presentes e descrever a última moda. Isso feito, ela tinha um papel menos ativo a desempenhar. Era a sua vez de ouvir. Mrs. Bennet tinha muitas queixas a relatar e muito a reclamar. Todas elas tinham sido muito maltratadas desde a última vez que vira sua cunhada. Duas de suas filhas estiveram prestes a se casar e, por fim, não resultara em nada.

— Eu não culpo Jane — continuou ela —, pois Jane teria aceitado Mr. Bingley se pudesse. Mas Lizzy! Ah, cunhada! É muito difícil pensar que agora mesmo ela poderia ser a esposa de Mr. Collins, não fosse por sua própria perversidade. Ele lhe fez um pedido de casamento neste mesmo cômodo, e ela o recusou. A consequência disso é que Lady Lucas terá uma filha casada antes de mim, e que a propriedade de Longbourn será tirada de nós definitivamente. Os Lucas são de fato pessoas muito astutas, cunhada. Estão sempre pensando em tirar o maior proveito de tudo. Lamento dizer isso deles, mas é verdade. Fico muito nervosa e indisposta por ser tão contrariada por minha própria família e por ter vizinhos que pensam mais em si mesmos do que em qualquer outra pessoa. No entanto, sua vinda neste momento é o maior dos confortos, e fiquei muito feliz em ouvir o que nos contou sobre as mangas compridas.

Mrs. Gardiner, que já sabia da maior parte dessas notícias por meio das cartas que recebera de Jane e Elizabeth, deu à cunhada uma resposta breve e, pelo bem de suas sobrinhas, mudou de assunto.

Quando ficou sozinha com Elizabeth, depois, ela falou mais sobre o assunto.

— Parece provável que tenha sido um casamento desejável para Jane — disse ela. — Lamento não ter se concretizado. Mas essas coisas acontecem com tanta frequência! Um jovem, como você descreve Mr. Bingley, se apaixona tão facilmente por uma moça bonita por algumas semanas, e quando o acaso os separa, tão facilmente a esquece, que esse tipo de inconsistência é muito frequente.

— Um excelente consolo à sua maneira — respondeu Elizabeth —, mas não servirá para *nós*. Não sofremos por *acaso*. Não é frequente que a interferência de amigos convença um jovem independente de fortuna a não pensar mais em uma moça por quem ele se apaixonou intensamente pouco tempo antes.

— Mas essa expressão, "se apaixonou intensamente", é tão banal, tão duvidosa, tão indefinida, que me dá muito pouco em que pensar. É usada amiúde tanto para descrever um sentimento que surge de uma convivência de meia hora, quanto a um afeto real e forte. Diga, quão *intenso foi mesmo* o amor de Mr. Bingley?

— Nunca vi um sentimento mais promissor; ele estava ficando cada vez mais desatento às outras pessoas, e totalmente encantado por ela. Cada vez que se encontravam, era mais óbvio e notável. Em seu próprio baile, ofendeu duas ou três moças por não as convidar para dançar; e eu mesma falei com ele duas vezes, sem obter resposta. Poderia haver sintomas mais sutis? A falta de cordialidade com todos os outros não é a própria essência do amor?

— Ah, sim! Desse tipo de amor que suponho que ele tenha sentido. Pobre Jane! Lamento por ela, porque, com seu temperamento, ela pode não superar isso imediatamente. Seria melhor se tivesse acontecido com *você*, Lizzy; você teria rido disso logo. Mas acha que podemos convencê-la a voltar conosco? A mudança de ares pode lhe fazer bem, e talvez ficar longe de casa possa ser o melhor remédio.

Elizabeth ficou extremamente satisfeita com essa proposta e acreditou na pronta aquiescência de sua irmã.

— Espero — acrescentou Mrs. Gardiner — que nenhum pensamento em relação a esse jovem a influencie. Moramos em uma parte tão diferente da cidade, todos os nossos conhecidos são tão diferentes e, como você bem sabe, saímos tão pouco, que é muito improvável que eles se encontrem, a menos que ele realmente venha vê-la.

— E *isso* é deveras improvável; pois ele está agora sob custódia de seu amigo, e Mr. Darcy não permitiria que ele visitasse Jane em tal parte de Londres! Minha querida tia, como pode pensar nisso? Mr. Darcy pode talvez ter ouvido falar de um lugar tal qual Gracechurch Street, mas dificilmente pensaria que um mês de ablução seria suficiente para limpá-lo de suas impurezas se ele entrasse ali alguma vez; e acredite, Mr. Bingley não vai a lugar algum sem o amigo.

— Melhor assim. Espero que eles não se encontrem. Mas Jane não se corresponde com sua irmã? *Ela* não poderá deixar de visitá-la.

— Certamente ela não o fará.

Mas, apesar da certeza com que Elizabeth parecia afirmar isso, bem como da possibilidade de que Bingley fosse impedido de ver Jane, ela sentiu certa preocupação sobre o assunto e se convenceu, após reflexão, de que não considerava ser totalmente impossível. Era possível, e às vezes ela achava até provável, que a afeição pudesse se reacender, e a influência de seus amigos ser combatida com êxito pela influência mais natural dos atrativos de Jane.

Miss Bennet aceitou com prazer o convite da tia; e se os Bingleys passaram por seus pensamentos naquele instante, foi apenas na esperança de que, por Caroline não estar na mesma casa que seu irmão, ela pudesse ocasionalmente passar uma manhã com a amiga, sem que houvesse perigo de vê-lo.

Os Gardiner ficaram uma semana em Longbourn; e com os Phillips, os Lucas e os oficiais, não havia um dia em que não fossem convidados para algum jantar. Mrs. Bennet providenciara com tanto cuidado o entretenimento de seu irmão e irmã, que eles não se sentaram uma vez sequer para um jantar em família. Quando o jantar era em sua casa, alguns dos oficiais sempre faziam parte dele — dos quais Mr. Wickham certamente seria um; e nessas ocasiões, Mrs. Gardiner, desconfiada pelos elogios calorosos de Elizabeth, observava atentamente os dois. Sem supor que eles, pelo que ela viu, estivessem seriamente apaixonados, a preferência de um pelo outro era clara o suficiente para deixá-la um pouco preocupada; e ela resolveu falar com Elizabeth sobre o assunto antes de deixar Hertfordshire, e apresentar-lhe a imprudência de encorajar tal afeto.

Wickham tinha um meio de proporcionar interesse a Mrs. Gardiner sem relação com seus atrativos variados. Cerca de dez ou doze anos atrás, antes de seu casamento, ela passou um tempo considerável naquela mesma parte de Derbyshire de onde ele era. Eles tinham, portanto, muitos conhecidos em comum; e embora Wickham tenha ido poucas vezes para lá depois da morte do pai de Darcy, ainda podia dar informações mais atualizadas sobre seus antigos amigos do que ela poderia descobrir de outro modo.

Mrs. Gardiner tinha visto Pemberley e conhecia perfeitamente bem o caráter do falecido Mr. Darcy. Isso era, consequentemente, um assunto inesgotável. Ao comparar sua lembrança de Pemberley com a descrição minuciosa que Wickham podia dar, e ao prestar seu tributo de louvor ao caráter de seu falecido proprietário, ela estava encantando tanto a ele quanto a si mesma. Ao ser informada sobre o tratamento que o atual Mr. Darcy lhe dera, ela tentou se lembrar um pouco da reputada disposição daquele cavalheiro quando era criança, e estava finalmente confiante de que se lembrava de ter ouvido que Mr. Fitzwilliam Darcy fora mencionado anteriormente como sendo um menino muito orgulhoso e difícil.

Capítulo 26

A advertência de Mrs. Gardiner a Elizabeth foi pontual e gentilmente dada na primeira ocasião favorável que tiveram para conversar a sós; depois de lhe dizer honestamente o que pensava, ela assim continuou:

— Você é uma moça muito sensata, Lizzy, para se apaixonar apenas porque foi advertida a não o fazer; e, portanto, não tenho medo de falar abertamente. De verdade, eu gostaria que tomasse cuidado. Não se envolva nem tente envolvê-lo em uma afeição que a falta de dinheiro tornaria tão imprudente. Não tenho nada a dizer contra *ele* em si; é um jovem muito interessante; e se ele tivesse a fortuna que deveria ter, creio que não encontraria ninguém melhor. Mas, da maneira que está, você não deve deixar-se levar. Você tem bom senso, e todos nós esperamos que você o use. Seu pai confiaria na *sua* resolução e boa conduta, tenho certeza. Não deve decepcionar seu pai.

— Minha querida tia, você está falando sério.

— Sim, e espero persuadi-la a levar isso a sério também.

— Bem, então, não precisa se preocupar. Cuidarei de mim e de Mr. Wickham também. Ele não irá se apaixonar por mim, se eu puder evitar.

— Elizabeth, não está levando isso a sério.

— Perdão, tentarei outra vez. No momento não estou apaixonada por Mr. Wickham; não, eu certamente não estou. Mas ele é, sem dúvida, o homem mais agradável que já vi, e se ele realmente se apaixonar por mim, acredito que será melhor do que se ele não o fizer. Eu vejo a imprudência disso. Ah, *aquele* abominável Mr. Darcy! A confiança que meu pai tem em mim me dá a maior honra, e eu ficaria muito infeliz em perdê-la. Meu pai, no entanto, gosta de Mr. Wickham. Em suma, minha querida tia, eu lamentaria muito ser o motivo da infelicidade de qualquer um de vocês; mas, como vemos todos os dias que, onde há afeto, os jovens raramente são impedidos de noivar por falta imediata de

dinheiro, como posso prometer ser mais sábia do que tantas de minhas semelhantes se for tentada, ou como saberei que seria sábio resistir? Tudo o que
posso prometer, portanto, é não me precipitar. Não me precipitarei em acreditar que sou objeto de sua afeição. Quando estiver na companhia dele, não dese-
jarei ser. Resumindo, farei o meu melhor.

— Talvez seja bom se você desencorajar que ele venha aqui com tanta frequência. Ao menos, não deve *lembrar* sua mãe de convidá-lo.

— Como fiz no outro dia — disse Elizabeth com um sorriso consciente —,
é verdade, será sábio de minha parte me abster *disso*. Mas não imagine que ele
vem aqui com tanta frequência. É por sua causa que ele foi convidado com
tanta frequência esta semana. Você sabe o que minha mãe pensa sobre a necessidade de companhia constante para seus amigos. Mas realmente, e eu juro,
tentarei fazer o que acho ser o mais sábio; e agora espero que esteja satisfeita.

Sua tia assegurou-lhe que sim, e Elizabeth agradeceu a gentileza de sua
advertência, elas se separaram; um maravilhoso exemplo de um conselho dado
sem gerar ressentimento.

Mr. Collins voltou para Hertfordshire logo depois que os Gardiners e Jane
foram embora; mas assim que ele passou a hospedar-se com os Lucas, sua chegada não era uma grande inconveniência para Mrs. Bennet. O casamento dele
estava se aproximando rapidamente, e ela enfim se resignou a ponto de pensar
que era inevitável, e até mesmo dizia repetidamente, em um tom mal-humorado, que ela "*desejava* que eles fossem felizes". Quinta-feira seria o dia do
casamento, e na quarta-feira Miss Lucas fez sua visita de despedida. Quando
ela se levantou para se despedir, Elizabeth, envergonhada pelas felicitações inde-
licadas e relutantes de sua mãe, e sinceramente comovida, acompanhou-a para
fora da sala. Ao descerem juntas, Charlotte disse:

— Espero que me escreva com frequência, Eliza.

— *Isso* eu certamente farei.

— Tenho outro favor para lhe pedir. Você virá me ver?

— Vamos nos encontrar muitas vezes, espero, em Hertfordshire.

— Não é provável que deixe Kent por algum tempo. Prometa-me, portanto,
vir a Hunsford.

Elizabeth não pôde recusar, embora previsse pouca satisfação em fazer tal
visita.

— Meu pai e Maria virão me visitar em março — acrescentou Charlotte
— e espero que você concorde em vir com eles. De fato, Eliza, você será tão
bem-vinda quanto qualquer um deles.

O casamento aconteceu; a noiva e o noivo partiram para Kent da porta da igreja, e todos tinham tanto a dizer, ou ouvir, sobre o assunto como de costume. Elizabeth logo teve notícias de sua amiga; e sua correspondência continuou tão regular e frequente como antes; que continuasse igualmente sem reservas era impossível. Elizabeth nunca poderia se dirigir a ela sem sentir que todo o conforto da intimidade havia acabado e, embora decidida a não ser insuficiente como correspondente, ela o fazia pelo que havia sido, e não pelo que era. As primeiras cartas de Charlotte foram recebidas com bastante avidez; não podia deixar de haver curiosidade para saber como ela falaria de seu novo lar, o que acharia de Lady Catherine e quão feliz ousaria se declarar; porém, quando as cartas foram lidas, Elizabeth sentiu que Charlotte expressou-se em todos os pontos exatamente como ela poderia ter previsto. Ela escrevia alegremente, parecia cercada de confortos e não mencionava nada que não pudesse elogiar. A casa, os móveis, a vizinhança e as estradas eram todos de seu gosto, e o comportamento de Lady Catherine era muito amigável e simpático. Era a imagem que Mr. Collins descrevera de Hunsford e Rosings racionalmente suavizada; e Elizabeth percebeu que deveria esperar pela sua própria visita lá para saber o resto.

Jane já havia escrito algumas linhas para sua irmã a fim de anunciar sua chegada a Londres em segurança; e quando voltou a escrever, Elizabeth esperava que estivesse em seu poder dizer algo sobre os Bingleys.

Sua impaciência por essa segunda carta foi tão bem-recompensada quanto a impaciência geralmente é. Jane estava há uma semana na cidade sem ver ou ter notícias de Caroline. Ela explicou, no entanto, com uma suposição de que sua última carta de Longbourn para a amiga havia se perdido por algum acidente.

— Minha tia — ela continuou — irá amanhã para aquela parte da cidade, e eu aproveitarei a oportunidade para visitá-la em Grosvenor Street.

Ela escreveu novamente depois da visita, e de ver Miss Bingley. "Caroline me pareceu desanimada", foram suas palavras, "mas ela ficou muito feliz em me ver e me censurou por não ter lhe dado nenhum aviso de minha vinda a Londres. Eu estava certa, portanto, minha última carta não chegou a ela. Perguntei pelo irmão delas, é claro. Ele estava bem, mas tão ocupado com Mr. Darcy que elas quase nunca o viam. Descobri que Miss Darcy era esperada para jantar. Eu gostaria de poder vê-la. Minha visita não foi longa, pois Caroline e Mrs. Hurst estavam de saída. Atrevo-me a dizer que as verei em breve por aqui."

Elizabeth balançou a cabeça ao ler a carta, e se convenceu de que apenas o acaso poderia revelar para Mr. Bingley que sua irmã estava na cidade.

Quatro semanas se passaram sem que Jane o visse. Ela se esforçou para se convencer de que não se importava com isso; mas não podia mais fechar os olhos para a negligência de Miss Bingley. Depois de fazê-la esperar em casa todas as manhãs durante quinze dias e inventar todas as noites uma nova desculpa, a visitante finalmente apareceu; porém a brevidade de sua visita e, mais ainda, a alteração de seus modos não permitiram que Jane continuasse a se enganar. A carta que ela escreveu nesta ocasião para sua irmã demonstrará o que ela sentiu.

"Minha querida Lizzy será, tenho certeza, incapaz de triunfar por ter um melhor julgamento, à minha custa, quando eu confessar ter estado totalmente enganada em relação à consideração de Miss Bingley por mim. Mas, minha querida irmã, embora o evento tenha provado que você está certa, não me julgue obstinada se eu ainda afirmar que, considerando o comportamento dela, minha confiança era tão natural quanto suas suspeitas. Não compreendo de modo algum os motivos que a levaram a querer se aproximar de mim; e se as mesmas circunstâncias voltassem a acontecer, tenho certeza de que seria enganada novamente. Caroline não retornou minha visita até ontem; e nem um bilhete, uma linha sequer, recebi nesse meio-tempo. Quando ela veio, ficou muito evidente que o fazia sem o menor prazer. Ela se desculpou breve e formalmente por não ter vindo antes, não disse uma palavra sobre querer me ver mais uma vez, e em todos os aspectos me pareceu uma criatura tão mudada que, quando foi embora, eu estava perfeitamente decidida a não insistir em manter relações com ela. Sinto pelo ocorrido, embora não possa deixar de culpá-la. Ela estava muito errada em se aproximar de mim como fez; posso dizer com segurança que toda tentativa de ficarmos mais próximas foi iniciada por ela. Mas tenho pena dela, porque deve sentir que está agindo errado e porque tenho certeza de que a preocupação com seu irmão é a causa disso. Não preciso me explicar mais. E embora *saibamos* que essa preocupação é totalmente desnecessária, ainda assim, se ela a sentir, isso facilmente explicará seu comportamento para mim; e tão merecidamente querido como ele é para sua irmã, qualquer preocupação que ela deva sentir com ele é natural e amável. Não posso deixar de me admirar, no entanto, que ela continue a ter esses medos agora, porque, se ele se importasse comigo, teríamos nos encontrado há muito tempo. Ele sabe que estou na cidade, tenho certeza, por algo que ela mesma disse; e ainda assim, pelo modo como ela fala, parece que queria se convencer de que ele é realmente parcial a Miss Darcy. Não consigo entender isso. Se eu não tivesse medo de julgar com severidade, quase me sentiria tentada a dizer que há uma forte aparência de duplicidade em tudo isso. Mas me esforçarei para banir todo pensamento doloroso e pensar apenas no que me fará feliz, sua afeição e a bondade invariável de meus queridos tios. Espero que me responda em breve. Miss Bingley disse algo sobre ele nunca mais voltar a Netherfield, sobre desistir da casa, mas não deu certeza. É melhor não mencionarmos isso. Estou extremamente feliz que você tenha relatos tão agradáveis de nossos amigos em Hunsford. Por favor, vá vê-los, com Sir William e Maria. Tenho certeza de que você ficará muito confortável lá. Sua, etc."

Essa carta causou em Elizabeth um pouco de dor; mas seu ânimo voltou quando ela entendeu que Jane não seria mais enganada, pelo menos não pela irmã de Mr. Bingley. Todas as expectativas quanto ao irmão estavam agora absolutamente extintas. Ela nem mesmo desejaria que as atenções dele fossem retomadas. Seu caráter a decepcionava mais em cada nova revisão; e como um castigo para ele, bem como uma possível vantagem para Jane, ela esperava seriamente que ele pudesse se casar em breve com a irmã de Mr. Darcy, pois, pelo relato de Wickham, ela o faria arrepender-se profundamente do que havia jogado fora.

Nessa época, Mrs. Gardiner lembrou Elizabeth de sua promessa a respeito daquele cavalheiro e exigiu informações; e Elizabeth lhe enviou relatos que deram mais contentamento à sua tia do que a si mesma. Sua aparente parcialidade havia diminuído, suas atenções haviam acabado, ele se tornara admirador de outra pessoa. Elizabeth estava atenta o suficiente para ver tudo, mas podia ver e escrever sobre isso sem grande pesar. Seu coração havia sido levemente tocado, e sua vaidade estava satisfeita em acreditar que *ela* teria sido sua única escolha se questões financeiras lhe permitissem. A aquisição repentina de dez mil libras era o encanto mais notável da jovem a quem ele agora dedicava seus encantos; mas Elizabeth, talvez menos perspicaz neste caso do que no de Charlotte, não o repreendeu por seu desejo de independência. Nada, ao contrário, poderia ser mais natural; e embora quisesse supor que lhe custasse um pouco abandoná-la, ela estava pronta para permitir que fosse uma medida sábia e desejável para ambos, e podia sinceramente desejar-lhe felicidade.

Tudo isso foi contado a Mrs. Gardiner; e depois de relatar as circunstâncias, ela continuou assim: "Estou agora convencida, minha querida tia, de que nunca estive muito apaixonada; pois, se eu realmente tivesse experimentado essa paixão pura e ascendente, neste momento detestaria seu próprio nome e lhe desejaria todo tipo de mal. Mas meus sentimentos não são apenas cordiais com *ele*; são até mesmo imparciais em relação a Miss King. Não consigo odiá-la nem um pouco, nem posso dizer que não estou disposta a considerá-la um bom tipo de moça. Não pode haver amor em tudo isso. Minha vigilância tem sido eficaz; e embora eu certamente seria um objeto mais interessante para todos os meus conhecidos se estivesse perdidamente apaixonada por ele, não posso dizer que lamento minha relativa insignificância. A relevância às vezes pode custar muito caro. Kitty e Lydia levam essa deserção muito mais a sério do que eu. Elas são jovens e inexperientes e ainda não estão abertas à convicção mortificante de que os rapazes bonitos precisam tanto de dinheiro quanto os que não o são".

Capítulo 27

Sem eventos maiores do que esses na família Longbourn e sem variedade além das caminhadas até Meryton, os meses de janeiro e fevereiro, ora lamacentos e ora gelados, passaram. Março levaria Elizabeth para Hunsford. A princípio, ela não havia pensado muito seriamente em ir até lá; mas Charlotte, ela logo soube, estava ansiosa por sua chegada e aos poucos esforçou-se a considerar com mais boa vontade e maior certeza.

A ausência aumentou seu desejo de ver Charlotte novamente e enfraqueceu seu desgosto por Mr. Collins. Havia certa novidade no plano, e sendo sua mãe como era e sendo suas demais irmãs tais com quem ela não conseguia socializar, seu lar não estava perfeito, e uma pequena mudança de ares não era indesejável. Além disso, a viagem lhe daria uma oportunidade de ver Jane rapidamente. Em suma, à medida que a hora de partir se aproximava, qualquer atraso a deixaria muito triste. Tudo, no entanto, transcorreu sem problemas e foi finalmente resolvido de acordo com o que Charlotte planejara. Ela acompanharia Sir William e sua segunda filha. Houve tempo para acrescentar uma noite em Londres, e o plano ficou o mais perfeito possível.

Seu único pesar fora deixar o pai, que certamente sentiria sua falta e que, quando chegou o momento, gostou tão pouco de sua partida, que pediu à filha que lhe escrevesse e quase prometeu responder à carta.

A despedida entre ela e Mr. Wickham foi perfeitamente amigável; ainda mais da parte dele. Sua atual pretendente não podia fazê-lo esquecer que Elizabeth tinha sido a primeira a chamar e a merecer sua atenção, a primeira a ouvi-lo e a ter pena dele, a primeira a ser admirada; e em sua maneira de despedir-se dela, desejando-lhe todos os prazeres, lembrando-lhe o que ela deveria esperar de Lady Catherine de Bourgh, e confiando que a opinião deles sobre ela — a opinião deles sobre todos — sempre coincidiria, havia uma solicitude, um interesse que Elizabeth pensou que sempre o faria se lembrar dela com a mais sincera consideração; e ela se separou do oficial convencida de que, casado ou solteiro, ele sempre seria seu ideal de pessoa gentil e agradável.

No dia seguinte, seus companheiros de viagem não eram do tipo que fariam Mr. Wickham parecer menos agradável. Sir William Lucas e sua filha Maria, uma moça bem-humorada, mas cabeça oca como ele, não tinham nada a dizer que valesse a pena ouvir, e eram ouvidos com tanto prazer quanto seria o chacoalhar da carruagem. Elizabeth adorava absurdos, mas conhecia os de Sir William há muito tempo. Ele não podia contar a ela nada de novo sobre as maravilhas de sua apresentação e título de cavaleiro; e sua cordialidade estava desgastada, assim como sua informação.

Foi uma viagem de apenas 40 quilômetros, e eles começaram tão cedo que ao meio-dia já estavam na Gracechurch Street. Enquanto se dirigiam para a porta de Mr. Gardiner, Jane estava na janela da sala de visitas observando sua chegada; quando entraram no corredor, ela estava lá para recebê-los, e Elizabeth, observando cuidadosamente seu rosto, ficou feliz em vê-lo saudável e lindo como sempre. Na escada havia um bando de pequenos meninos e meninas, cuja ânsia pela aparição da prima não lhes permitia esperar na sala de visitas, e cuja timidez, como não a viam há doze meses, impedia que descessem. Tudo era alegria e gentilezas. O dia passou agradavelmente; a manhã em agitação e compras, e a noite em um dos teatros.

Elizabeth então conseguiu sentar-se ao lado de sua tia. Sua primeira preocupação era a irmã; e ela ficou mais triste do que surpresa ao ouvir, em resposta às suas perguntas minuciosas, que embora Jane sempre lutasse para manter o ânimo, havia períodos em que se deixava abater. Era razoável, no entanto, esperar que não durassem muito. Mrs. Gardiner deu-lhe também os detalhes da visita de Miss Bingley em Gracechurch Street, e as repetidas conversas que ocorreram em diferentes momentos entre Jane e ela, o que provou que a primeira havia, de coração, desistido de manter relações com Miss Bingley.

Mrs. Gardiner então reanimou a sobrinha sobre a deserção de Wickham e a elogiou por lidar com ela tão bem.

— Mas, minha querida Elizabeth — acrescentou ela —, que tipo de moça é Miss King? Eu lamentaria ter de pensar que nosso amigo é um mercenário.

— Por favor, minha querida tia, qual é a diferença, nos assuntos matrimoniais, entre o mercenário e o prudente? Onde termina a discrição e começa a avareza? No Natal passado você estava com medo de que ele se casasse comigo, porque seria imprudente; e agora, porque ele está tentando casar-se com uma moça com apenas dez mil libras, está sugerindo que ele é um mercenário.

— Se você apenas me disser que tipo de moça é Miss King, saberei o que pensar.

— Ela é uma boa moça, creio eu. Nunca ouvi nada de ruim dela.

— Mas ele não prestou a menor atenção nela até que a morte de seu avô a fez dona dessa fortuna.

— Não... por que deveria? Se não lhe era permitido ganhar *meus* afetos porque eu não tinha dinheiro, que motivo poderia haver para ele cortejar uma moça com quem ele não se importava e que era igualmente pobre?

— Mas parece haver uma indelicadeza em dirigir suas atenções para ela tão logo após esse evento.

— Um homem desamparado não tem tempo para todos aqueles elegantes decoros que outras pessoas podem manter. Se *ela* não se opõe a isso, por que *nós* deveríamos?

— *Ela* não se opor não o justifica. Isso só mostra que falta a ela bom senso ou sensibilidade.

— Bem — disse Elizabeth —, como quiser então. *Ele* será um mercenário, e *ela* será uma tola.

— Não, Lizzy, essa é a opção que eu *não* escolheria. Eu lamentaria, você sabe, pensar mal de um jovem que viveu tanto tempo em Derbyshire.

— Ah! Se isso for tudo, eu tenho uma opinião muito ruim de jovens que vivem em Derbyshire; e seus amigos próximos que vivem em Hertfordshire não são muito melhores. Estou farta de todos eles. Graças a Deus, amanhã encontrarei um homem que não tem uma única qualidade agradável, que não tem nem bons modos nem bom senso que o tornem agradável. Homens estúpidos são os únicos que valem a pena conhecer, afinal.

— Cuidado, Lizzy; esse discurso tem um forte cheiro de decepção.

Antes que elas fossem separadas pela conclusão da peça, ela teve a felicidade inesperada de um convite para acompanhar seu tio e tia em um passeio de lazer que eles planejavam fazer no verão.

— Não determinamos até onde iremos — disse Mrs. Gardiner —, mas, talvez, para a região dos Lagos.

Nenhum plano poderia ter sido mais agradável para Elizabeth, e sua resposta ao convite foi imediata e muito agradecida.

— Ah, minha querida, estimada tia — exclamou ela, entusiasmada —, que maravilha, que alegria! Você me deixou revigorada. Adeus à decepção e às desavenças. O que são rapazes perto de rochas e montanhas? Ah, quantas horas em viagem passaremos! E quando voltarmos, não seremos como outros viajantes, incapazes de contar qualquer coisa com precisão. Saberemos *sim* para onde fomos, lembraremos *sim* o que vimos. Lagos, montanhas e rios não serão confundidos em nossas imaginações; nem começaremos a discutir por discordar dos detalhes quando tentarmos descrever qualquer cenário em particular. Que *nossas* primeiras efusões sejam menos insuportáveis do que as da maioria dos viajantes.

Capítulo 28

Cada objeto na jornada do dia seguinte era novo e interessante para Elizabeth; e seu ânimo estava em estado de alegria; pois ela tinha visto a irmã tão bem a ponto de banir toda a preocupação com sua saúde, e a expectativa por sua viagem ao Norte era uma fonte constante de deleite.

Quando deixaram a estrada principal rumo à alameda para Hunsford, todos os olhos estavam em busca do Presbitério, e em cada curva a expectativa de vê-lo. As paliçadas de Rosings Park eram sua fronteira de um lado. Elizabeth sorriu ao se lembrar de tudo o que ouvira sobre seus habitantes.

Por fim, avistou-se o Presbitério. O jardim pendendo rumo à estrada, a casa sobre ele, a cerca verde e a sebe de louros, tudo anunciava que estavam chegando. Mr. Collins e Charlotte apareceram na porta, e a carruagem parou no pequeno portão que levava por um caminho curto de cascalho até a casa, em meio aos acenos e sorrisos de todo o grupo. Dentro de pouco tempo eles estavam todos fora da carruagem, regozijando-se ao se verem novamente. Mrs. Collins recebeu sua amiga com o maior prazer, e Elizabeth estava cada vez mais satisfeita em vir, ao ser tão carinhosamente recebida. Instantaneamente, notou que os modos de seu primo não foram alterados pelo casamento; sua cordialidade formal continuava a mesma, e ele a deteve alguns minutos no portão para ouvi-la e satisfazer suas perguntas sobre toda a família dela. Eles foram, então, sem mais demora além de ele apontar a limpeza da entrada, levados para dentro da casa; e assim que chegaram ao salão, ele os recebeu pela segunda vez, com ostensiva formalidade em sua humilde morada, e repetiu ponto a ponto todas as ofertas de aperitivos de sua esposa.

Elizabeth estava preparada para vê-lo em sua glória; e ela não podia deixar de imaginar que, exibindo a boa proporção do quarto, seu aspecto e sua mobília, ele se dirigia particularmente a ela, como se desejasse fazê-la sentir o que ela havia perdido ao recusá-lo. Mas, embora tudo parecesse limpo e confortável, ela não foi capaz de satisfazê-lo com nenhum suspiro de arrependimento, e olhou com admiração para a amiga por ela conseguir manter um ar tão alegre com tal companheiro. Quando Mr. Collins dizia qualquer coisa de que sua esposa pudesse com razão envergonhar-se, o que de fato não era raro, ela involuntariamente voltava os olhos para Charlotte. Uma ou duas vezes pôde discernir um leve rubor; mas, em geral, Charlotte sabiamente fingia não ter ouvido. Depois de ficarem sentados tempo suficiente para admirar cada peça de mobília da sala, do aparador ao guarda-fogo, para contar de sua viagem e tudo o que havia acontecido em Londres, Mr. Collins os convidou a dar um passeio pelo jardim, que era grande e bem definido, e do cultivo do qual ele próprio cuidava. Trabalhar nesse jardim era um de seus prazeres mais respeitáveis; e Elizabeth admirou a postura com que Charlotte falava da salubridade do exercício e confessou que o encorajava tanto quanto possível. Aqui, liderando o caminho por cada caminhada e travessia, e mal lhes permitindo um intervalo para proferir os elogios que ele solicitava, cada vista era apontada com tamanha minúcia que lhe tirava toda a beleza. Ele numerava os campos em todas as direções e dizia quantas árvores havia na moita mais distante. Mas, de todas as vistas que seu jardim, ou que o campo ou o reino podiam ostentar, nenhuma se comparava com a vista de Rosings, proporcionada por uma abertura nas árvores que margeavam o jardim quase em frente à sua casa. Era um belo edifício moderno, bem situado em terreno elevado.

De seu jardim, Mr. Collins os teria conduzido ao redor de seus dois prados; mas as damas, cujos sapatos não eram adequados para passar pela geada branca remanescente, voltaram; e enquanto Sir William o acompanhava, Charlotte levou a irmã e a amiga para verem a casa, muito satisfeita, provavelmente, por ter a oportunidade de mostrá-la sem a ajuda do marido. Era pequena, mas bem construída e conveniente; e tudo foi arrumado e ordenado com uma limpeza e consistência que Elizabeth inferiu ser obra de Charlotte. Quando Mr. Collins podia ser esquecido, havia realmente um ar de grande conforto por toda parte e, pelo evidente prazer de Charlotte com isso, Elizabeth supôs que ele devia ser esquecido com frequência.

Ela já sabia que Lady Catherine ainda estava no campo. Foi mencionado novamente enquanto jantavam, quando Mr. Collins, juntando-se a eles, observou:

— Sim, Miss Elizabeth, a senhorita terá a honra de ver Lady Catherine de Bourgh no próximo domingo na igreja, e não preciso dizer que ficará encantada com ela. Ela é muito afável e condescendente, e não duvido que será honrada com uma parcela de sua atenção quando o culto terminar. Não hesito em dizer que ela incluirá a senhorita e minha cunhada Maria em todos os convites com que nos honra durante sua estadia aqui. O tratamento que ela dá à minha querida Charlotte é encantador. Jantamos em Rosings duas vezes por semana e ela nunca permite voltarmos para casa a pé. A carruagem de Sua Senhoria é regularmente solicitada para nós. Eu *deveria* dizer uma das carruagens de Sua Senhoria, pois ela tem várias.

— Lady Catherine é realmente uma mulher muito respeitável e sensata — acrescentou Charlotte — e uma vizinha muito atenciosa.

— É verdade, minha querida, isso é exatamente o que eu digo. Ela é o tipo de mulher que não se pode considerar com deferência demasiada.

A noite foi passada principalmente entre conversas sobre as notícias de Hertfordshire e relatos repetidos do que já havia sido escrito; e quando terminou, Elizabeth, na solidão de seu quarto, precisou ponderar sobre o grau de contentamento de Charlotte para entender seus modos ao guiá-la e a compostura ao lidar com seu marido, e reconhecer que tudo foi feito muito bem. Ela também tinha que prever como sua visita iria transcorrer, o tom calmo de suas atividades habituais, as interrupções vexatórias de Mr. Collins e as alegrias das visitas a Rosings. Uma imaginação vívida logo resolveu tudo.

Por volta da metade do dia seguinte, enquanto ela estava em seu quarto preparando-se para uma caminhada, um barulho repentino lá embaixo pareceu deixar toda a casa em confusão; e, depois de ouvir por um instante, ela escutou alguém subindo as escadas com muita pressa e chamando-a em voz alta. Ela abriu a porta e encontrou Maria no patamar, que, sem fôlego de agitação, exclamou:

— Ah, minha querida Eliza! Por favor, apresse-se e venha para a sala de jantar, pois há uma visão tão grandiosa para se ver! Não lhe direi o que é. Apresse-se e desça agora mesmo.

Elizabeth fez perguntas em vão; Maria não lhe disse mais nada, e desceram correndo para a sala de jantar, que dava para a rua, em busca dessa maravilha; eram duas damas parando em um faetonte baixo no portão do jardim.

— É só isso? — perguntou Elizabeth. — Eu esperava pelo menos que os porcos tivessem escapado para o jardim, e aqui não há nada além de Lady Catherine e sua filha.

— Ora, minha querida! — disse Maria, bastante chocada com seu equívoco. — Não é a Lady Catherine. A velha senhora é Mrs. Jenkinson, que mora com elas; a outra é Miss de Bourgh. Olhe para ela. Ela é uma criatura tão pequena. Quem teria imaginado que seria tão magra e pequena?

— Ela é abominavelmente rude por manter Charlotte fora de casa com todo esse vento. Por que ela não entra?

— Ah, Charlotte diz que ela quase nunca o faz. É o maior dos favores quando Miss de Bourgh entra.

— Gosto da aparência dela — disse Elizabeth, com outras ideias perpassando sua mente. — Ela parece doente e mal-humorada. Sim, ela combina muito bem com ele. Ela lhe fará uma esposa muito adequada.

Mr. Collins e Charlotte estavam no portão conversando com as damas; e Sir William, para grande diversão de Elizabeth, estava parado na porta, em séria contemplação da grandeza diante dele, e constantemente curvando-se sempre que Miss de Bourgh olhava para aquele lado.

Por fim, não havia mais nada a ser dito; as damas seguiram em frente e os demais voltaram para dentro de casa. Assim que Mr. Collins viu as duas moças, começou a parabenizá-las por sua boa sorte, o que Charlotte explicou informando que todos foram convidados para jantar em Rosings no dia seguinte.

Capítulo 29

O triunfo de Mr. Collins, em consequência desse convite, foi completo. O poder de exibir a grandeza de sua benfeitora para seus visitantes maravilhados, e de deixá-los ver a cordialidade com que ele e sua esposa eram tratados, era exatamente o que ele desejava; e que uma oportunidade de fazê-lo fosse dada tão cedo era tal exemplo de condescendência de Lady Catherine que ele não sabia como apreciar o suficiente.

— Confesso — disse ele — que não deveria ter ficado nada surpreso por Sua Senhoria nos convidar no domingo para tomar chá e passar o entardecer em Rosings. Já esperava, pelo que conheço da afabilidade dela, que isso aconteceria. Mas quem poderia prever uma atenção como essa? Quem poderia imaginar que receberíamos um convite para jantar lá (um convite, inclusive, incluindo todos) tão logo após a chegada de vocês!

— Estou menos surpreso com o ocorrido — respondeu Sir William — por ter ciência de quais são realmente os modos dos grandes, a qual minha situação na vida me permitiu adquirir. Na corte, tais casos de educação elegante não são incomuns.

Quase nada foi dito durante o dia ou a manhã seguinte, senão sobre a visita a Rosings. Mr. Collins estava instruindo-os cuidadosamente sobre o que deveriam esperar, para que a visão daqueles quartos, criados e um jantar tão esplêndido não os chocasse em demasia.

Quando as damas estavam separando-se para a toalete, ele disse a Elizabeth:

— Não se preocupe, minha querida prima, com suas roupas. Lady Catherine está longe de exigir de nós aquela elegância de vestimenta que cai tão bem a ela e sua filha. Aconselho-a apenas a vestir qualquer roupa que seja superior ao resto, não há ocasião para mais nada. Lady Catherine não pensará mal por estar vestida com simplicidade. Ela gosta de manter a distinção hierárquica.

Enquanto se vestiam, ele veio duas ou três vezes às suas diferentes portas, para recomendar que fossem rápidas, pois Lady Catherine se opunha muito a ficar esperando pelo seu jantar. Tais relatos formidáveis de Sua Senhoria e seu modo de vida assustaram muito Maria Lucas, que estava pouco acostumada à companhia, e ela aguardava sua apresentação em Rosings com tanta apreensão quanto seu pai em sua apresentação em St. James.

Como o tempo estava bom, fizeram uma agradável caminhada de cerca de oitocentos metros pelo jardim. Cada canto tinha sua beleza e vista próprias; e Elizabeth viu muito com o que se agradar, embora não pudesse estar em tamanho êxtase quanto Mr. Collins esperava que o cenário inspirasse, e foi pouco afetada por sua enumeração das janelas na frente da casa e seu relato de quanto o envidraçamento tinha custado a Sir Lewis de Bourgh.

Quando subiram os degraus para o salão, o nervosismo de Maria passou a aumentar a cada instante, e nem mesmo Sir William parecia perfeitamente calmo. A coragem de Elizabeth não falhou. Ela não tinha ouvido falar nada de Lady Catherine que a descrevesse como tendo qualquer talento extraordinário ou virtude milagrosa, e sua mera pompa acarretada pelo dinheiro ou posição ela pensou que poderia testemunhar sem apreensão.

Do hall de entrada, do qual Mr. Collins apontou, com ar arrebatador, a bela proporção e os ornamentos acabados, seguiram os criados por uma antecâmara, até o cômodo onde Lady Catherine, sua filha e Mrs. Jenkinson estavam sentadas. Sua Senhoria, com grande condescendência, levantou-se para recebê-los; e como Mrs. Collins havia acertado com o marido que o ofício de apresentação deveria ser dela, assim foi feito de maneira apropriada, sem nenhuma daquelas desculpas e agradecimentos que ele teria considerado necessários.

Apesar de ter estado em St. James, Sir William ficou tão impressionado com a grandeza que o rodeava, que teve apenas coragem suficiente para fazer uma reverência muito baixa e sentar-se sem dizer uma palavra; e sua filha, quase apavorada, sentou-se na beirada da cadeira, sem saber para que lado olhar. Elizabeth viu-se perfeitamente à altura do cenário e pôde observar as três damas diante dela com serenidade. Lady Catherine era uma mulher alta e grande, com feições bem demarcadas, que poderia ter sido considerada bela algum dia. Seu ar não era conciliador, nem sua maneira de recebê-los era tal que fizesse seus visitantes esquecerem-se de sua posição inferior. O silêncio não a tornara formidável; mas tudo o que ela disse era falado em um tom tão autoritário, que demarcava sua presunção, e trouxe Mr. Wickham imediatamente à mente de Elizabeth; e pela observação do decorrer do dia, ela acreditou que Lady Catherine era exatamente como ele a representara.

Quando, depois de examinar a mãe, em cujo semblante e comportamento logo encontrou alguma semelhança com Mr. Darcy, voltou os olhos para a filha, quase poderia ter se juntado ao espanto de Maria por ela ser tão magra e tão pequena. Não havia nem em suas figuras nem em seus rostos nenhuma semelhança entre as damas. Miss de Bourgh era pálida e lânguida; suas feições, embora não fossem feias, eram inexpressivas; e ela falou muito pouco e somente em voz baixa com Mrs. Jenkinson, cuja aparência não tinha nada de notável e que estava inteiramente ocupada em ouvir o que ela dizia e colocar um biombo na direção correta diante dos olhos dela.

Depois de alguns minutos sentados, todos foram encaminhados para uma das janelas a fim de admirarem a vista. Mr. Collins os auxiliou mostrando suas belezas, e Lady Catherine gentilmente informando que valia muito mais a pena apreciá-la no verão.

O jantar foi excessivamente elegante, e lá estavam todos os criados e todas as peças de jogo de jantar que Mr. Collins havia prometido; e, como ele também havia predito, sentou-se à cabeceira da mesa, por desejo de Sua Senhoria, e aparentava acreditar que a vida não poderia ser mais generosa. Ele cortou, comeu e elogiou com um furor encantado; e cada prato foi exaltado, primeiro por ele e depois por Sir William, que agora estava suficientemente recuperado para ecoar o que seu genro dissesse, de maneira tal que Elizabeth se perguntou como Lady Catherine poderia suportar. Mas Lady Catherine parecia honrada pela admiração demasiada e dava sorrisos muito graciosos, sobretudo quando qualquer prato na mesa era uma novidade para eles. O grupo não rendeu muita conversa. Elizabeth estava pronta para falar sempre que havia uma brecha, mas estava sentada entre Charlotte e Miss de Bourgh — a primeira estava ocupada em ouvir Lady Catherine, e a última não lhe dirigiu uma palavra durante todo o jantar. Mrs. Jenkinson estava ocupada principalmente em observar como Miss de Bourgh comia pouco, insistindo para que ela experimentasse outro prato e temendo que estivesse indisposta. Para Maria, falar estava fora de cogitação, e os cavalheiros não fizeram nada além de comer e admirar.

Quando as damas voltaram para a sala de visitas, pouco havia a fazer a não ser ouvir Lady Catherine falar, o que ela fez sem nenhum intervalo até que o café chegasse, dando sua opinião sobre todos os assuntos de maneira tão decisiva que se podia inferir que ela não estava acostumada a ter seu julgamento questionado. Indagou de maneira familiar e minuciosa sobre as preocupações domésticas de Charlotte, deu-lhe muitos conselhos sobre a gestão de todas elas; disse-lhe como tudo deveria ser controlado em uma família tão pequena como a dela, e a instruiu quanto ao cuidado de suas vacas e aves. Elizabeth descobriu que nada era indigno da atenção dessa grande dama, desde que pudesse lhe fornecer uma ocasião para mandar nos outros. Nos intervalos de seu discurso com Mrs. Collins, ela fez uma série de perguntas para Maria e Elizabeth, mas especialmente para esta última, de cujas relações sabia menos, e sobre quem ela comentou para Mrs. Collins ser um tipo de moça muito refinada e bonita. Ela lhe perguntou, em diferentes momentos, quantas irmãs ela tinha, se eram mais velhas ou mais novas do que ela, se alguma delas já tinha algum pretendente, se eram bonitas, onde haviam sido educadas, que carruagem seu pai tinha, e qual era o nome de solteira de sua mãe? Elizabeth sentiu toda a impertinência de suas perguntas, mas respondeu com muita serenidade. Lady Catherine então observou:

— A propriedade de seu pai será herdada por Mr. Collins, creio eu. Por sua causa — comentou, virando-se para Charlotte —, fico feliz por isso; mas, de outro modo, não vejo motivo para impedir que propriedades sejam herdadas por mulheres. Não foi considerado necessário na família de Sir Lewis de Bourgh. Sabe tocar e cantar, Miss Bennet?

— Um pouco.

— Ah! Então, em algum momento, ficaremos felizes em ouvi-la. Nosso instrumento é um dos melhores, provavelmente superior a... Deve experimentá-lo algum dia. Suas irmãs tocam e cantam?

— Uma delas sim.

— Por que todas não aprenderam? Todas deveriam ter aprendido. Todas as Miss Webbs tocam, e o pai delas não tem uma renda tão boa quanto a sua. Sabe desenhar?

— Não sei.

— O quê? Nenhuma das irmãs sabe?

— Nenhuma.

— Isso é muito estranho. Mas suponho que não teve a oportunidade. Sua mãe deveria tê-la levado à cidade toda primavera para aprender.

— Minha mãe não teria nenhuma objeção, mas meu pai odeia Londres.

— Sua preceptora a deixou?

— Nunca tivemos uma preceptora.

— Não tiveram uma preceptora! Como isso é possível? Cinco filhas criadas em casa sem uma preceptora! Nunca ouvi falar de tal coisa. Sua mãe deve ter sido uma escrava da educação de vocês.

Elizabeth mal pôde deixar de sorrir ao lhe assegurar que não fora o caso.

— Então, quem as ensinou? Quem as auxiliou? Sem uma preceptora, devem ter sido negligenciadas.

— Em comparação com algumas famílias, acredito que sim; mas para as que desejavam aprendizado, entre nós nunca nos faltaram meios. Sempre fomos incentivadas a ler, e tínhamos todos os professores necessários. Aquelas que escolheram ficar ociosas, certamente foram.

— Sim, sem dúvida; mas isso é o que uma preceptora impediria, e se eu conhecesse sua mãe, eu a teria aconselhado com mais veemência a contratar uma. Eu sempre digo que nada se consegue em termos de educação sem instrução constante e regular, e ninguém, a não ser uma preceptora, pode fazê-lo. É maravilhoso quantas famílias tenho sido o meio de suprir dessa maneira. Fico sempre feliz por ter uma jovem bem-encaminhada. Quatro sobrinhas de Mrs. Jenkinson estão muito bem situadas graças a mim; e outro dia mesmo recomendei outra moça, que me foi mencionada apenas por acaso, e a família está muito satisfeita com ela. Mrs. Collins, eu lhe contei sobre a visita de Lady Metcalf ontem para me agradecer? Ela disse que Miss Pope é um tesouro. "Lady Catherine", disse ela, "a senhora me deu um tesouro." Alguma de suas irmãs mais novas já foi apresentada à sociedade, Miss Bennet?

— Sim, senhora, todas.

— Todas! O quê? Todas as cinco de uma vez? Muito estranho! E a senhorita é apenas a segunda. As mais novas foram apresentadas antes de as mais velhas se casarem! Suas irmãs mais novas são muito jovens?

— Sim, minha irmã caçula não tem dezesseis anos. Talvez *ela* seja jovem demais para estar em sociedade com frequência. Mas realmente, senhora, creio que seria muito difícil para as irmãs mais novas não terem sua parte na sociedade e na diversão, porque a mais velha pode não ter meios ou vontade de se casar cedo. A caçula tem tanto direito aos prazeres da juventude quanto a primogênita. E ser detida por *tal* motivo! Creio que seria muito provável que não promovesse afeição fraternal ou bons sentimentos.

— Deus do céu — disse Sua Senhoria —, dá sua opinião de forma muito decidida para uma pessoa tão jovem. Diga, qual é a sua idade?

— Com três irmãs mais novas crescidas — respondeu Elizabeth, sorrindo —, Vossa Senhoria não pode esperar que eu lhe diga.

Lady Catherine parecia bastante surpresa por não receber uma resposta direta; e Elizabeth suspeitava ser a primeira criatura que se atreveu a brincar com tanta impertinência digna.

— Não pode ter mais de vinte anos, tenho certeza, portanto não precisa esconder sua idade.

— Tenho quase vinte e um.

Quando os cavalheiros se juntaram a elas e o chá terminou, as mesas de jogo foram colocadas. Lady Catherine, Sir William e Mr. e Mrs. Collins sentaram-se para uma partida de quadrilha; e como Miss de Bourgh escolheu jogar cassino, as duas moças tiveram a honra de ajudar Mrs. Jenkinson a compor o grupo. A mesa delas era exageradamente quieta. Quase não se pronunciava uma única sílaba que não se relacionasse com o jogo, exceto quando Mrs. Jenkinson expressava seus temores de que Miss de Bourgh estivesse com muito calor ou frio, ou com muita ou pouca luz. A outra mesa era completamente diferente. Lady Catherine era a que mais falava, relatando os erros dos outros três ou contando alguma anedota de si mesma. Mr. Collins estava empenhado em concordar com tudo que Sua Senhoria dizia, agradecendo-lhe por cada peixe que ganhava e se desculpando se achava que tinha ganhado muitos. Sir William falou pouco. Ele estava armazenando em sua memória anedotas e nomes nobres.

Quando Lady Catherine e sua filha se fartaram de tanto jogar, as mesas foram desfeitas. A carruagem oferecida a Mrs. Collins foi aceita com gratidão e imediatamente solicitada. O grupo então se reuniu ao redor da lareira para ouvir Lady Catherine determinar o tempo que eles teriam no dia seguinte. A partir dessas instruções, eles foram convocados pela chegada da carruagem; e com muitos discursos de agradecimento do lado de Mr. Collins e muitas reverências do lado de Sir William, eles partiram. Assim que passaram pela porta, Elizabeth foi convidada pelo primo a dar sua opinião sobre tudo o que tinha visto em Rosings, o que, pelo bem de Charlotte, ela respondeu de modo mais favorável do que realmente era. Mas seu elogio, embora dado com alguma relutância, de modo algum satisfez Mr. Collins, e ele logo foi obrigado a tomar o elogio de Sua Senhoria em suas próprias mãos.

Capítulo 30

Sir William ficou apenas uma semana em Hunsford, mas sua visita foi longa o suficiente para convencê-lo de que sua filha estava acomodada da maneira mais confortável e de que ela possuía um marido e uma vizinha que não se encontrava com facilidade. Enquanto Sir William estava com eles, Mr. Collins dedicou sua manhã levando-o em sua carruagem gig conduzida por ele mesmo, e a mostrar-lhe o campo; mas quando Sir William partiu, toda a família voltou às suas atividades habituais, e Elizabeth sentiu-se grata ao descobrir que não veriam mais seu primo desde então, pois a maior parte do tempo entre o café da manhã e o jantar ele também passaria trabalhando no jardim ou lendo, escrevendo cartas, e olhando pela janela de sua própria biblioteca que dava para a estrada. A sala em que as damas se sentavam ficava do lado contrário. Elizabeth a princípio se perguntou por que Charlotte não preferia a sala de estar para uso comum; era uma sala mais ampla, e tinha um aspecto mais agradável; mas ela logo viu que sua amiga tinha uma excelente razão para o que fazia, pois Mr. Collins sem dúvida teria ficado muito menos tempo em seu próprio aposento se eles estivessem em um local igualmente animado; e ela parabenizou Charlotte em pensamento pelo arranjo.

Da sala de visitas não podiam distinguir nada na alameda, e foi graças a Mr. Collins que souberam quais carruagens passavam e com que frequência Miss de Bourgh passava em seu faetonte — ele nunca deixava de informá-los a respeito, embora acontecesse quase todos os dias. Ela frequentemente parava no Presbitério e conversava por alguns minutos com Charlotte, mas raramente podia ser convencida a sair da carruagem.

Pouquíssimos dias se passaram sem que Mr. Collins fosse a Rosings, e não menos sem que sua esposa achasse necessário ir também; e até Elizabeth se lembrar que poderia haver outros meios de vida da família que necessitavam ser ditados, ela não conseguia entender a necessidade de se sacrificar tantas horas. De vez em quando eram honrados com uma visita de Sua Senhoria, e nada que acontecia no cômodo escapava à observação dela durante esses momentos. Lady Catherine examinava suas atividades, olhava seus bordados e aconselhava-as a fazer diferente; encontrava falhas no posicionamento dos móveis; ou detectava negligências por parte da criada; e se ela aceitasse algum aperitivo, parecia fazê-lo apenas para descobrir que as porções de carne de Mrs. Collins eram grandes demais para sua família.

Elizabeth logo percebeu que, embora essa grande dama não estivesse na comissão da paz do condado, ela era uma magistrada muito ativa em sua própria paróquia, a quem as menores preocupações eram levadas por Mr. Collins; e sempre que algum dos camponeses ficava briguento, descontente ou pobre demais, ela saía para o povoado para resolver seus conflitos, silenciar suas queixas e repreendê-los até ficarem em harmonia e fartura.

Os jantares em Rosings aconteciam cerca de duas vezes por semana; e, levando em conta a perda de Sir William, e havendo apenas uma mesa de carteado à noite, todos esses entretenimentos eram a contrapartida do primeiro. Seus outros compromissos eram poucos, pois o estilo de vida na vizinhança em geral estava além do alcance de Mr. Collins. Isso, no entanto, não era nenhum mal para Elizabeth e, no geral, ela passou seu tempo confortável o suficiente; havia meia hora de conversa agradável com Charlotte, e o tempo estava tão bom para a época do ano que ela costumava desfrutar muito do ar livre. Seu passeio favorito, e para onde ela frequentemente ia enquanto os outros visitavam Lady Catherine, era ao longo do bosque aberto que margeava aquele lado do jardim, onde havia um belo caminho coberto, que ninguém parecia valorizar além dela, e onde se sentia fora do alcance da curiosidade de Lady Catherine.

Dessa forma tranquila, a primeira quinzena de sua visita logo passou. A Páscoa estava chegando, e a semana seguinte traria um acréscimo à família em Rosings, que em um círculo tão pequeno deveria ser importante. Elizabeth tinha ouvido logo após sua chegada que Mr. Darcy era esperado dentro de algumas semanas, e embora não houvesse outro de seus conhecidos que ela preferisse não ver, sua vinda forneceria alguém comparativamente novo para se observar entre o grupo em Rosings. Ela poderia se divertir ao ver como eram inúteis os desígnios de Miss Bingley em relação a ele através de seu comportamento com a prima, com quem ele estava evidentemente predestinado a se casar por vontade de Lady Catherine, a qual falava de sua vinda com a maior satisfação, em termos da mais alta admiração, e parecia quase zangada ao descobrir que ele já tinha sido visto com frequência por Miss Lucas e Elizabeth.

A notícia de sua chegada foi logo recebida no Presbitério; pois Mr. Collins estava andando a manhã inteira por onde as casas davam para Hunsford Lane, a fim de ser o primeiro a saber, e depois de fazer sua reverência quando a carruagem entrou no jardim, correu para casa com a grande novidade. Na manhã seguinte, ele se apressou a Rosings para prestar seus respeitos. Havia dois sobrinhos de Lady Catherine para requisitá-los, pois Mr. Darcy trouxera consigo um Coronel Fitzwilliam, o filho mais novo de seu tio Lorde..., e, para a grande surpresa de todos, quando Mr. Collins voltou, os cavalheiros o acompanharam. Do quarto do marido, Charlotte os tinha visto atravessando a rua, e imediatamente correu para contar para as moças que honra estavam prestes a receber, acrescentando:

— Devo lhe agradecer, Eliza, por essa cordialidade. Mr. Darcy nunca teria vindo tão cedo para visitar a mim.

Elizabeth mal teve tempo de negar ter algum direito ao lisonjeio, antes que sua aproximação fosse anunciada pela sineta da porta, e pouco depois os três cavalheiros entraram no cômodo. Coronel Fitzwilliam, que liderou o caminho, tinha cerca de trinta anos, não era bonito, mas em personalidade e modos definitivamente era um cavalheiro. Mr. Darcy parecia ser exatamente o mesmo que em Hertfordshire — fez seus cumprimentos a Mrs. Collins com sua reserva habitual, e quaisquer que fossem seus sentimentos em relação a Elizabeth, a cumprimentou com toda a aparência de compostura. Elizabeth apenas fez uma reverência sem dizer uma palavra.

Coronel Fitzwilliam começou a conversar imediatamente com a prontidão e a facilidade de um homem bem-educado, e falou muito agradavelmente; mas seu primo, depois de ter feito uma ligeira observação sobre a casa e o jardim a Mrs. Collins, ficou algum tempo sem falar com ninguém. Por fim, porém, sua cordialidade foi despertada a ponto de perguntar a Elizabeth sobre a saúde de sua família. Ela respondeu-lhe da maneira habitual e, depois de um momento de pausa, acrescentou:

— Minha irmã mais velha está na cidade há três meses. Por acaso chegou a encontrá-la por lá?

Ela sabia perfeitamente que não; mas queria ver se ele demonstraria ter alguma ciência do que havia acontecido entre os Bingleys e Jane, e ela achou que ele parecia um pouco confuso ao responder que não tivera a sorte de encontrar Miss Bennet. O assunto não foi levado adiante, e os cavalheiros logo depois foram embora.

Capítulo 31

Coronel Fitzwilliam e suas boas maneiras foram muito admirados no Presbitério, e todas as damas achavam que ele aumentava consideravelmente o prazer de seus compromissos em Rosings. Passaram-se alguns dias, no entanto, antes de receberem qualquer convite, pois enquanto houvesse visitantes na casa, eles não poderiam ser necessários; e foi só no dia de Páscoa, quase uma semana após a chegada dos cavalheiros, que eles foram honrados com tal atenção, e sendo simplesmente convidados ao saírem da igreja para irem lá à noite. Na última semana tinham visto muito pouco Lady Catherine ou sua filha. Coronel Fitzwilliam tinha visitado o Presbitério mais de uma vez durante esse período, mas só tinham visto Mr. Darcy na igreja.

O convite foi aceito, é claro, e na hora certa eles se juntaram ao grupo na sala de visitas de Lady Catherine. Sua Senhoria os recebeu cordialmente, mas estava claro que a companhia deles não era tão desejável quanto tinha sido na ausência de outros convidados; e ela estava, de fato, absorta por seus sobrinhos, falando com eles, especialmente com Darcy, muito mais do que com qualquer outra pessoa na sala.

Coronel Fitzwilliam parecia muito feliz em vê-los; qualquer coisa era um alívio bem-vindo para ele em Rosings; e a bela amiga de Mrs. Collins, além disso, tinha lhe chamado bastante a atenção. Ele agora estava sentado ao lado dela e falava tão agradavelmente de Kent e Hertfordshire, de viajar e ficar em casa, de novos livros e música, que Elizabeth nunca tinha estado tão bem entretida naquela sala antes; e conversaram com tanto ânimo e fluidez, que chamaram a atenção da própria Lady Catherine, bem como de Mr. Darcy. *Seus* olhos logo e repetidamente se voltaram para eles com curiosidade; e Sua Senhoria, depois de um tempo, compartilhou do mesmo sentimento, embora o reconhecesse mais abertamente, pois não teve escrúpulos em exclamar:

— O que está dizendo, Fitzwilliam? Do que está falando? O que está dizendo a Miss Bennet? Deixe-me saber o que é.

— Estamos falando de música, senhora — disse ele, quando não conseguiu mais evitar dar-lhe uma resposta.

— De música! Então, por favor, fale mais alto. É de todos os assuntos o meu preferido. Devo participar da conversa, se está falando de música. Há poucas pessoas na Inglaterra, suponho, que tenham mais verdadeiro prazer pela música que eu, ou um melhor gosto natural. Se eu tivesse aprendido, teria sido um grande talento. E Anne também, se sua saúde permitisse que ela se dedicasse. Tenho certeza de que ela teria um desempenho delicioso. Como vai Georgiana, Darcy?

Mr. Darcy falou com elogios afetuosos da habilidade de sua irmã.

— Fico muito feliz em ouvir um relato tão bom dela — disse Lady Catherine. — Por favor, diga a ela, por mim, que não pode esperar se destacar se não praticar muito.

— Asseguro-lhe, senhora — respondeu ele —, que ela não precisa de tal conselho. Ela pratica com muita constância.

— Muito melhor. Não pode ser feito demais; e da próxima vez que eu escrever para ela, vou pedir-lhe que não negligencie isso de forma alguma. Costumo dizer às moças jovens que não se pode adquirir excelência na música sem prática constante. Já disse várias vezes a Miss Bennet que ela nunca tocará muito bem a menos que pratique mais; e embora Mrs. Collins não tenha nenhum instrumento, ela é muito bem-vinda, como eu sempre lhe disse, para vir a Rosings todos os dias e tocar piano no quarto de Mrs. Jenkinson. Ela não atrapalharia ninguém naquela parte da casa.

Mr. Darcy parecia um pouco envergonhado com a falta de educação de sua tia e não respondeu.

Quando o café terminou, Coronel Fitzwilliam lembrou Elizabeth que ela havia prometido tocar para ele; e ela sentou-se imediatamente ao instrumento. Ele puxou uma cadeira para perto dela. Lady Catherine escutou meia canção e depois continuou falando, como antes, com seu outro sobrinho; até que ele se afastou dela e, deliberadamente, foi em direção ao pianoforte e colocou-se em uma posição que lhe permitisse ter uma visão completa do semblante da bela intérprete. Elizabeth viu o que ele estava fazendo e, na primeira pausa conveniente, virou-se para ele com um sorriso malicioso e disse:

— Pretende me assustar, Mr. Darcy, vindo dessa maneira para me ouvir? Não ficarei preocupada, ainda que sua irmã toque *tão* bem. Há uma teimosia em mim que não suporta sentir medo, se isso der satisfação aos outros. Minha coragem sempre aumenta a cada tentativa de intimidação.

— Não direi que está enganada — respondeu ele —, porque não pode realmente acreditar que eu tenha qualquer intenção de assustá-la; e tive o prazer de conhecê-la por tempo suficiente para saber que a senhorita tem grande prazer em professar opiniões nas quais nem sempre acredita de verdade.

Elizabeth riu sinceramente desse retrato dela mesma e disse a Coronel Fitzwilliam:

— Seu primo lhe dará uma bela noção de mim e o ensinará a não acreditar em uma palavra do que eu disser. Fui particularmente infeliz em encontrar uma pessoa tão capaz de expor meu verdadeiro caráter em uma parte do mundo por onde eu esperava passar sendo dotada de algum mérito. Na verdade, Mr. Darcy, é muito pouco generoso de sua parte mencionar tudo o que soube em Hertfordshire para me colocar em desvantagem, e, permita-me dizer, muito indelicado também, pois está me provocando a retaliar, e certas coisas que irão chocar seus parentes podem vir à tona.

— Não tenho medo da senhorita — disse ele, sorrindo. — Por favor, deixe-me ouvir as coisas de que o acusa — completou Coronel Fitzwilliam. — Gostaria de saber como ele se comporta entre estranhos.

— Ouvirá então, mas se prepare para algo muito terrível. A primeira vez que o vi em Hertfordshire, deve saber, foi em um baile... e nesse baile, o que acha que ele fez? Ele dançou apenas quatro danças, embora os cavalheiros fossem escassos; e, que eu saiba, mais de uma jovem estivesse sentada à procura de um parceiro. Mr. Darcy, não pode negar o fato.

— Naquela época, não tinha a honra de conhecer nenhuma dama do baile além das que estavam em meu grupo.

— É verdade; e ninguém pode ser apresentado em um salão de baile. Bem, Coronel Fitzwilliam, o que tocarei a seguir? Meus dedos esperam suas ordens.

— Talvez — disse Darcy —, eu teria julgado melhor se tivesse buscado uma apresentação; mas não tenho grandes habilidades em me dirigir a estranhos.

— Devemos perguntar ao seu primo o motivo disso? — perguntou Elizabeth, ainda se dirigindo a Coronel Fitzwilliam. — Devemos perguntar a ele por que um homem de bom senso e bem-educado, e bem-vivido, não está qualificado para se dirigir a estranhos?

— Posso responder à sua pergunta — disse Fitzwilliam — sem recorrer a ele. É porque ele não se daria ao trabalho.

— Certamente não tenho o talento que algumas pessoas possuem — respondeu Darcy — de conversar facilmente com pessoas que nunca vi antes. Não consigo entender o tom da conversa ou parecer interessado em suas preocupações, como muitas vezes vejo sendo feito.

— Meus dedos — disse Elizabeth — não se movem sobre este instrumento da maneira magistral com que vejo tantas mulheres fazerem. Eles não têm a mesma força ou rapidez, e não produzem a mesma expressão. Mas sempre supus que era minha própria culpa, porque não me dei ao trabalho de praticar. Não é que eu não acredite que *meus* dedos sejam tão capazes de execução superior quanto os de qualquer outra mulher.

Darcy sorriu e disse:

— Está perfeitamente certa. Tem empregado seu tempo de forma muito melhor. Ninguém que teve o privilégio de a ouvir pode pensar que deixa a desejar. Nem eu, nem a senhorita, nos apresentamos para estranhos.

Aqui eles foram interrompidos por Lady Catherine, que os chamou para saber do que eles estavam falando. Elizabeth imediatamente recomeçou a tocar. Lady Catherine se aproximou e, depois de ouvir por alguns minutos, disse a Darcy:

— Miss Bennet não tocaria mal se praticasse mais e pudesse ter um professor de Londres. Ela tem uma noção muito boa de dedilhado, embora seu gosto não seja igual ao de Anne. Anne tocaria de forma encantadora, se sua saúde lhe permitisse aprender.

Elizabeth olhou para Darcy a fim de ver com que cordialidade ele concordara com o elogio à prima; mas nem naquele momento nem em nenhum outro ela pôde discernir qualquer sintoma de amor; e de todo o comportamento dele com Miss de Bourgh ela extraiu este conforto para Miss Bingley, de que ele teria a mesma probabilidade de se casar com *ela*, se fosse sua parente.

Lady Catherine continuou suas observações sobre o desempenho de Elizabeth, misturando muitas instruções sobre execução e bom gosto. Elizabeth as recebeu com toda a tolerância da cordialidade e, a pedido dos cavalheiros, permaneceu no instrumento até que a carruagem de Sua Senhoria estivesse pronta para levá-los para casa.

Capítulo 32

lizabeth estava sentada sozinha na manhã seguinte, escrevendo para Jane enquanto Mrs. Collins e Maria estavam indo a negócios para o povoado, quando foi surpreendida pelo ressoar da sineta da porta, o sinal certo de um visitante. Como não tinha ouvido nenhuma carruagem, ela não considerou improvável que fosse Lady Catherine, e sob essa apreensão estava guardando sua carta inacabada para que pudesse escapar de todas as perguntas impertinentes quando a porta se abriu e, para sua grande surpresa, Mr. Darcy, e apenas Mr. Darcy, entrou na sala.

Ele também pareceu surpreso ao encontrá-la sozinha e se desculpou por sua intrusão, informando-a que ele acreditava que todas as damas estariam em casa.

Então se sentaram e, quando Elizabeth concluiu suas perguntas sobre Rosings, eles pareciam em perigo de recair no silêncio absoluto. Era definitivamente necessário, portanto, pensar em algo, e nessa emergência, lembrando-se de *quando* o vira pela última vez em Hertfordshire, e sentindo-se curiosa para saber o que ele diria sobre o assunto de sua partida apressada, ela observou:

— Quão repentinamente todos deixaram Netherfield em novembro passado, Mr. Darcy! Deve ter sido uma surpresa muito agradável para Mr. Bingley ver que todos resolveram partir com ele tão cedo; pois, se bem me lembro, ele partira no dia anterior. Ele e suas irmãs estavam bem, espero, quando os deixou em Londres?

— Perfeitamente, obrigado.

Ela percebeu que não receberia outra resposta e, após uma breve pausa, acrescentou:

— Creio ter entendido que Mr. Bingley não tem muita intenção de voltar a Netherfield?

— Eu nunca o ouvi dizer isso; mas é provável que ele passe pouco tempo lá no futuro. Ele tem muitos amigos, e está em um momento da vida em que os amigos e os compromissos estão aumentando continuamente.

— Se ele pretende ficar pouco em Netherfield, seria melhor para a vizinhança que ele desistisse completamente do lugar, pois então poderíamos ter uma família estabelecida lá. Mas, talvez, Mr. Bingley não tenha tomado a casa tanto para a conveniência da vizinhança quanto para sua própria, e devemos esperar que ele a mantenha ou a abandone pelo mesmo princípio.

— Eu não ficaria surpreso — disse Darcy — se ele desistisse do lugar assim que surgir qualquer oferta de compra elegível.

Elizabeth não respondeu. Ela estava com medo de falar mais sobre seu amigo; e, não tendo mais nada a dizer, estava agora determinada a deixar para ele o problema de encontrar um assunto.

Ele entendeu a indireta e logo começou:

— Esta parece uma casa muito confortável. Lady Catherine, acredito, fez muitas reformas nela quando Mr. Collins veio a Hunsford.

— Acredito que sim, e tenho certeza de que ela não poderia ter concedido sua bondade a uma pessoa mais grata.

— Mr. Collins parece ter tido muita sorte ao escolher sua esposa.

— Sim, de fato, os amigos dele podem muito bem se alegrar por ele ter encontrado uma das poucas mulheres sensatas que o teriam aceitado; e, tendo-o aceitado, capaz de fazê-lo feliz. Minha amiga é extremamente sensata, embora eu não esteja segura de que considero seu casamento com Mr. Collins a coisa mais sábia que ela já fez. Ela parece perfeitamente feliz, no entanto, e sob a perspectiva da prudência certamente é um casamento muito bom para ela.

— Deve ser muito agradável para ela estabelecer-se a uma distância tão cômoda de sua própria família e amigos.

— Uma distância cômoda, é como o senhor a nomeou? São mais de oitenta quilômetros.

— E o que são oitenta quilômetros de boa estrada? Pouco mais de meio dia de viagem. Sim, eu considero isso uma distância muito cômoda.

— Eu nunca teria considerado a distância como uma das *vantagens* desse casamento — disse Elizabeth. — Nunca teria dito que Mrs. Collins estava instalada *perto* de sua família.

— É uma prova de seu próprio apego a Hertfordshire. Qualquer coisa além da vizinhança de Longbourn, suponho, lhe pareceria distante.

Enquanto ele falava, havia uma espécie de sorriso que Elizabeth imaginou ter entendido; ele deve estar supondo que ela esteja pensando em Jane e Netherfield, e ela corou ao responder:

— Não quero dizer que uma mulher não possa se estabelecer muito perto de sua família. O distante e o próximo devem ser relativos e dependem de

153

muitas circunstâncias variadas. Onde há fortuna para tornar as despesas de viagem sem importância, a distância não se torna um mal. Mas esse não é o caso *aqui*. Mr. e Mrs. Collins têm uma renda confortável, mas não uma renda que permita viagens frequentes, e estou convencida de que minha amiga não se consideraria *perto* de sua família por ao menos metade da distância atual.

Mr. Darcy puxou sua cadeira um pouco para perto dela e disse:

— *A senhorita* não pode ter direito a um apego local tão forte. *A senhorita* não pode ter estado sempre em Longbourn.

Elizabeth pareceu surpresa. O cavalheiro se recompôs; puxou a cadeira para trás, pegou um jornal da mesa e, olhando por cima dele, disse, em um tom mais calmo:

— Está gostando de Kent?

Seguiu-se um breve diálogo sobre o assunto do campo, calmo e conciso de ambos os lados — e logo foi encerrado pela entrada de Charlotte e sua irmã, recém-chegadas de sua caminhada. O *tête-à-tête* as surpreendeu. Mr. Darcy relatou o erro que ocasionou seu incômodo a Miss Bennet, e depois de ficar sentado por mais alguns minutos sem falar muito com ninguém, foi embora.

— Qual pode ser o significado disso? — disse Charlotte, assim que ele se foi. — Minha querida Eliza, ele deve estar apaixonado por você, ou ele nunca teria nos visitado com tanta intimidade.

Mas quando Elizabeth falou de seu silêncio, não parecia muito provável, mesmo para os desejos de Charlotte, que fosse o caso; e depois de várias conjecturas, elas só podiam supor que sua visita procedesse da dificuldade de encontrar algo para fazer, o que era o mais provável para a época do ano. Todos os esportes de campo haviam terminado. Dentro de casa havia Lady Catherine, livros e uma mesa de bilhar, mas os cavalheiros nem sempre podem ficar dentro de casa; e seja por causa da proximidade do Presbitério, ou do prazer da caminhada até lá, ou das pessoas que nele moravam, os dois primos viam-se tentados nesse período a caminhar até lá quase todos os dias. Faziam visitas em vários horários pela manhã, às vezes separadamente, às vezes juntos, e de vez em quando acompanhados de sua tia. Estava claro para todos que Coronel Fitzwilliam vinha porque se deleitava com a companhia delas, uma sugestão que naturalmente o fazia ser visto com ainda mais bons olhos; e a própria satisfação que Elizabeth sentia ao estar com ele, bem como a evidente admiração ele mostrava ter por ela, a fez lembrar de seu antigo favorito George Wickham; e embora, ao compará-los, ela visse que havia menos suavidade cativante nas maneiras de Coronel Fitzwilliam, parecia a ela que este talvez fosse mais culto.

Mas por que Mr. Darcy vinha com tanta frequência ao Presbitério era mais difícil de entender. Não poderia ser pela companhia, pois era comum ele ficar sentado dez minutos sem abrir a boca; e quando falava, parecia mais um efeito da necessidade do que uma escolha — um sacrifício ao decoro, não um prazer para si mesmo. Ele raramente parecia animado de verdade. Mrs. Collins não sabia o que pensar. O fato de Coronel Fitzwilliam ocasionalmente zombar da sisudez do primo provava que ele estava diferente, coisa que o pouco que Charlote conhecia dele não seria suficiente para lhe dizer; e como ela queria poder acreditar nessa mudança como sendo devida ao amor, e o objeto desse amor sua amiga Eliza, com afinco ela se pôs a trabalhar para descobrir. Ela o observava sempre que estavam em Rosings e quando ele vinha a Hunsford; mas sem muito sucesso. Ele claramente olhava muito para a amiga, mas a expressão desse olhar era incerta. Parecia sério e firme, mas muitas vezes ela duvidava que houvesse muita admiração nele, e vez ou outra não parecia nada além de distração.

Ela havia sugerido uma ou duas vezes a Elizabeth a possibilidade de ele estar interessado nela, mas Elizabeth sempre ria da ideia; e Mrs. Collins não achou certo insistir no assunto, pelo perigo de criar expectativas que só poderiam terminar em decepção; pois, em sua opinião, não havia dúvida de que toda a antipatia de sua amiga desapareceria se ela acreditasse que ele estava ao seu alcance.

Em seus planos amáveis para Elizabeth, Charlote às vezes organizava seu casamento com Coronel Fitzwilliam. Ele era sem comparação o homem mais agradável; certamente a admirava, e sua situação na vida era muito propícia; mas, para contrabalançar essas vantagens, Mr. Darcy tinha uma influência considerável na igreja, e seu primo não tinha nenhuma.

Capítulo 33

Mais de uma vez, em seu passeio pelo jardim, Elizabeth foi surpreendida ao encontrar Mr. Darcy. Ela sentiu toda a perversidade do infortúnio que o levara aonde ninguém mais fora levado e, para evitar que isso acontecesse outra vez, teve o cuidado de prontamente informá-lo que aquele era um dos seus lugares favoritos. Que isso pudesse ocorrer uma segunda vez, portanto, era muito estranho! No entanto, ocorreu, e até mesmo uma terceira. Parecia uma má vontade intencional, ou uma penitência voluntária, pois nessas ocasiões ele não fazia apenas algumas perguntas formais, uma pausa embaraçosa, e depois ia embora; ele realmente achava necessário voltar e caminhar com ela. Ele nunca falava muito, tampouco ela se dava ao trabalho de falar ou ouvir muito; mas ocorreu-lhe durante o terceiro encontro que ele estava fazendo algumas perguntas estranhas e desconexas — sobre seu prazer em estar em Hunsford, seu amor por caminhadas solitárias e sua opinião sobre a felicidade de Mr. e Mrs. Collins; e que, ao falar de Rosings e a respeito de ela não simpatizar completamente com a casa, ele parecia esperar que, sempre que ela voltasse a Kent, ela também se hospedasse *lá*. Suas palavras pareciam implicar isso. Ele poderia estar fazendo essas perguntas pensando em Coronel Fitzwilliam? Ela supôs que, se ele queria dizer alguma coisa, devia significar uma alusão ao que poderia ocorrer naquele trimestre. Isso a afligiu um pouco, e ela ficou muito feliz por se encontrar no portão na paliçada em frente ao Presbitério.

Certo dia, ela estava ocupada enquanto caminhava, examinando a última carta de Jane e refletindo sobre algumas passagens que demonstravam que a irmã não havia escrito com muito ânimo, quando, em vez de ser novamente surpreendida por Mr. Darcy, ela viu ao erguer os olhos que era Coronel Fitzwilliam que vinha até ela. Guardando a carta imediatamente e forçando um sorriso, ela disse:

— Não sabia que andava por aqui.

— Venho andando até passar por todo o jardim — respondeu ele — como geralmente faço todos os anos, e pretendo encerrá-lo com uma visita ao Presbitério. Pretende caminhar muito mais?

— Não, eu já deveria ter voltado.

E consequentemente ela se virou, e eles caminharam juntos em direção ao Presbitério.

— É certo que deixará Kent no sábado? — perguntou ela.

— Sim, se Darcy não adiar nossa partida mais uma vez. Mas estou à disposição dele. Ele faz o que bem entender.

— E se ele não conseguir agradar a si mesmo, pelo menos tem o prazer de possuir o grande poder de escolha. Desconheço alguém que pareça gostar mais do poder de fazer o que gosta do que Mr. Darcy.

— Ele gosta muito de ter as coisas do seu jeito — respondeu Coronel Fitzwilliam. — Mas todos nós gostamos. É só que ele tem melhores meios de obtê-lo do que muitos outros, porque é rico, e muitos outros são pobres. Sei do que estou falando. Um filho mais novo, você sabe, deve estar acostumado à abnegação e à dependência.

— Na minha opinião, o filho mais novo de um conde pode saber muito pouco de ambos. De verdade, o que o senhor sabe sobre abnegação e dependência? Quando foi impedido, por falta de dinheiro, de ir aonde quisesse, ou de adquirir qualquer coisa que desejasse?

— Essas são questões domésticas, e talvez eu não possa dizer que experimentei muitas dificuldades dessa natureza. Mas em questões de maior peso, posso sofrer de falta de dinheiro. Filhos mais novos não podem se casar com quem quiserem.

— A menos que gostem de mulheres de fortuna, o que creio que costumam fazer.

— Nossos hábitos de gastos nos tornam muito dependentes, e não há muitos em minha posição de vida que possam se dar ao luxo de se casar sem pensar em dinheiro.

Isso, pensou Elizabeth, *foi dito propositalmente a mim?* E ela corou com a ideia; mas, recuperando-se, disse em tom brincalhão:

— E, diga, qual é o preço normal do filho mais novo de um conde? A menos que o irmão mais velho esteja muito doente, suponho que não pediria mais de cinquenta mil libras.

Ele respondeu no mesmo estilo, e então o assunto terminou. Para interromper um silêncio que poderia fazê-lo imaginar que ela fora afetada pelo que havia ocorrido, Elizabeth logo disse:

— Imagino que seu primo o trouxe com ele principalmente para ter alguém à sua disposição. Me pergunto por que ele não se casa, para garantir uma conveniência duradoura desse tipo. Bom, talvez sua irmã o ocupe no momento e, como ela está sob seus cuidados, ele pode fazer o que quiser com ela.

— Não — disse Coronel Fitzwilliam —, essa é uma vantagem que ele deve dividir comigo. Partilho a tutela de Miss Darcy com ele.

— É mesmo? Diga, que tipo de tutores são? Sua tutelada lhe dá muitos problemas? Jovens moças de sua idade às vezes são um pouco difíceis de lidar, e se ela tem o verdadeiro espírito de Darcy, ela pode gostar de fazer o que quer.

Enquanto falava, ela percebeu que ele fixara nela um olhar sério; e a maneira como imediatamente perguntou por que ela supunha que Miss Darcy provavelmente lhes causaria algum desconforto convenceu-a de que, de uma forma ou de outra, chegara bem perto da verdade. Ela respondeu imediatamente:

— Não precisa se assustar. Nunca ouvi nada maldoso sobre ela; e ouso dizer que é uma das criaturas mais dóceis do mundo. Ela tem grande favoritismo entre algumas damas que conheço, Mrs. Hurst e Miss Bingley. Creio que ouvi o senhor dizer que as conhece.

— Eu as conheço um pouco. O irmão delas é um cavalheiro agradável, ele é um grande amigo de Darcy.

— Ah, sim! — disse Elizabeth em um tom seco. — Mr. Darcy é extraordinariamente gentil com Mr. Bingley e cuida muito bem dele.

— Cuida dele! Sim, eu realmente acredito que Darcy *cuida* dele nos pontos em que ele mais requer cuidados. Por algo que ele me contou em nossa viagem até aqui, tenho motivos para pensar que Bingley deve muito a ele. Mas devo pedir-lhe perdão, pois não tenho o direito de supor que Bingley fosse a pessoa em questão. Foi só uma suposição.

— O que quer dizer?

— É uma circunstância que Darcy não gostaria que fosse recontada, porque se chegasse à família da dama, seria desagradável.

— Pode ter certeza de que eu não a mencionarei.

— E lembre-se de que não tenho muitas razões para supor que seja Bingley. O que ele me disse foi apenas isto: que estava feliz por ter recentemente salvado um amigo dos inconvenientes de um casamento muito imprudente, mas sem mencionar nomes ou quaisquer outros detalhes, e eu só suspeitei se tratar de Bingley por acreditar que é o tipo de jovem que entraria em uma enrascada desse tipo, e por saber que eles estiveram juntos durante todo o verão passado.

— Mr. Darcy lhe deu os motivos dessa interferência?

— Pelo que entendi, havia algumas objeções muito fortes contra a dama.

— E quais artimanhas ele usou para separá-los?

— Ele não me falou de suas próprias artimanhas — disse Fitzwilliam, sorrindo. — Ele só me contou o que eu já lhe disse.

Elizabeth não respondeu e continuou andando, com o coração cheio de indignação. Depois de observá-la um pouco, Fitzwilliam perguntou por que ela estava tão pensativa.

— Estou absorvendo o que acabou de me contar — disse ela. — Não concordo com a conduta de seu primo. Quem é ele para julgar?

— Está realmente disposta a chamar sua interferência de intromissão?

— Não vejo que direito Mr. Darcy tinha de decidir se a preferência de seu amigo era adequada ou não, ou por que, com base apenas em seu próprio julgamento, ele deveria determinar e direcionar de que maneira seu amigo deveria ser feliz. Mas — continuou ela, recompondo-se —, como não conhecemos os pormenores, não é justo condená-lo. Não se deve supor que houvesse muita afeição no caso.

— Não é uma suposição impossível — disse Fitzwilliam —, mas é uma diminuição da honra do triunfo de meu primo, lamentavelmente.

Isso foi dito em tom de brincadeira; mas parecia para ela pintar uma imagem tão exata de Mr. Darcy que ela não confiava em si mesma para dar uma resposta e, portanto, mudando abruptamente de assunto, conversaram sobre tópicos indiferentes até chegarem ao Presbitério. Ali, fechada em seu próprio quarto, assim que o visitante foi embora, ela pôde pensar sem interrupção em tudo o que ouvira. Não poderia supor que as pessoas em questão eram outras além das quais ela conhecia. Não poderia existir no mundo *dois* homens sobre os quais Mr. Darcy pudesse ter tamanha influência. De que ele estivesse envolvido nas medidas tomadas para separar Bingley e Jane, ela nunca duvidou; mas sempre atribuíra tal esquema e sua execução a Miss Bingley. Se a própria vaidade de Mr. Bingley, no entanto, não o enganara, *Mr. Darcy* foi o motivo, seu orgulho e capricho foram a causa de tudo o que Jane havia sofrido e ainda continuava a sofrer. Ele havia arruinado por um tempo toda esperança de felicidade para o coração mais afetuoso e generoso do mundo; e ninguém poderia dizer quão duradouro seria o mal que ele pode ter-lhe infligido.

"Havia algumas objeções muito fortes contra a dama" foram as palavras de Coronel Fitzwilliam; e essas fortes objeções provavelmente eram o fato de ela ter um tio que era advogado no interior e outro que era comerciante em Londres.

— A Jane em si — exclamou ela — não havia possibilidade de objeção; tão amável e bondosa que ela é! Seu conhecimento excelente, sua mente cultivada e suas maneiras encantadoras. Tampouco se pode alegar nada contra meu pai, que, embora tenha suas peculiaridades, tem habilidades de que o próprio Mr. Darcy não pode desdenhar, e uma respeitabilidade que provavelmente nunca alcançará. Quando ela pensou em sua mãe, sua confiança cedeu um pouco; mas ela não permitiria que quaisquer objeções *ali* tivessem peso material para Mr. Darcy, cujo orgulho, ela estava convencida, receberia uma ferida mais profunda pela falta de importância nas relações de seu amigo do que pela falta de bom senso; e ela estava decidida, por fim, que ele tinha sido regido em parte por esse pior tipo de orgulho, e em parte pelo desejo de assegurar Mr. Bingley para sua irmã.

A agitação e as lágrimas que o assunto ocasionou provocaram-lhe dor de cabeça; e a situação piorou tanto à noite que, somada à sua falta de vontade de ver Mr. Darcy, culminou em sua recusa a acompanhar seus primos a Rosings, onde foram convidados a tomar chá. Mrs. Collins, vendo que ela estava realmente indisposta, não insistiu para que ela fosse e, tanto quanto possível, impediu que seu marido insistisse; mas Mr. Collins não conseguia esconder sua apreensão de que Lady Catherine ficasse bastante descontente com sua ausência.

Capítulo 34

Quando eles se foram, Elizabeth, como se pretendesse se exasperar o máximo possível contra Mr. Darcy, escolheu como passatempo o exame de todas as cartas que Jane lhe escrevera desde que estivera em Kent. Elas não continham nenhuma queixa real, nem houve qualquer relembrança de ocorrências passadas, ou qualquer comunicado de sofrimento atual. Mas em todas, e em quase todas as linhas de cada uma, faltava aquela alegria que era característica em seu estilo de escrita e que, procedendo da serenidade de uma mente livre de autocensura e bondosa com todos, quase nunca havia sido enuviada. Elizabeth notou que cada frase transmitia a ideia de inquietação, com uma atenção que mal lhe dera na primeira leitura. A vergonhosa arrogância de Mr. Darcy a respeito da miséria que conseguira infligir deu a ela uma percepção mais aguçada dos sofrimentos de sua irmã. Era um consolo pensar que sua visita a Rosings terminaria no dia seguinte... e, ainda maior, que em menos de quinze dias ela estaria de novo com Jane, e seria capaz de contribuir para a recuperação de seu ânimo, através de tudo o que seu afeto podia fazer.

Ela não conseguia pensar em Darcy deixando Kent sem lembrar que seu primo iria com ele; mas Coronel Fitzwilliam deixara claro que ele não tinha nenhuma intenção com ela, e por mais agradável que ele fosse, ela não pretendia ficar infeliz por causa dele.

Enquanto se decidia nesse ponto, foi subitamente despertada pelo som da sineta da porta, e seu ânimo ficou um pouco agitado com a ideia de ser o próprio Coronel Fitzwilliam, que uma vez antes fizera uma visita tarde da noite, e agora poderia estar vindo para perguntar particularmente por ela. Mas essa ideia logo foi dissipada, e seu ânimo foi afetado de maneira muito diferente, quando, para sua grande surpresa, ela viu Mr. Darcy entrar na sala. De maneira apressada, começou imediatamente a perguntar sobre a saúde dela, atribuindo sua visita a um desejo de saber se ela estava melhor. Ela respondeu com fria cordialidade. Sentou-se por alguns momentos e, depois, levantou-se e andou pela sala. Elizabeth ficou surpresa, mas não disse uma palavra. Depois de um silêncio prolongado, ele foi em sua direção de maneira agitada, e assim começou:

— Em vão relutei. Nada pude fazer. É impossível reprimir meus sentimentos. Permita-me que eu lhe diga o quanto a admiro e amo ardentemente.

O espanto de Elizabeth estava além de palavras. Ela o olhou fixamente, corou, duvidou e ficou em silêncio. Isso ele considerou encorajamento suficiente; e a confissão de tudo o que ele sentia, há muito por ela, seguiu imediatamente. Ele falou bem; mas havia sentimentos além dos do coração a serem detalhados; e ele não era mais eloquente quando o assunto era ternura do que quando se tratava de orgulho. Sua percepção da inferioridade dela — de que era uma degradação — e dos obstáculos familiares que sempre se opuseram à sua predileção por ela foram relatados com um fervor que parecia ser devido à sua própria importância sendo ferida, mas que era pouco provável que o ajudasse em seu pedido.

Apesar de sua antipatia profundamente arraigada, ela não podia ficar impassível ao elogio que era ter a afeição de tal homem e, embora suas intenções não vacilassem nem por um instante, ela inicialmente lamentou pela dor com a qual ele seria infligido; até que, despertada ao ressentimento pelo discurso subsequente dele, toda sua compaixão se tornou raiva. Ela tentou, no entanto, recompor-se para responder-lhe com paciência, quando ele terminasse. Ele concluiu apresentando-lhe a força daquele afeto que, apesar de todos os seus esforços, achara impossível dominar; e expressando sua esperança de que agora seria recompensado por ela aceitar sua mão. Enquanto ele dizia isso, ela podia ver facilmente que ele não tinha dúvidas de uma resposta favorável. Ele *falou* de apreensão e ansiedade, mas seu semblante expressava uma segurança genuína. Tal circunstância só poderia exasperá-la ainda mais e, quando ele terminou, um rubor cobriu suas bochechas, e ela disse:

— Em casos como este, creio que é esperado expressar agradecimento pelos sentimentos confessados, por mais que não sejam recíprocos. É esperado que se fique grata, e se eu pudesse *sentir* gratidão, eu lhe agradeceria agora. Mas não posso... nunca almejei seu apreço, e o senhor certamente o concedeu muito a contragosto. Lamento ter lhe causado dor. No entanto, foi feito da forma mais inconsciente, e espero que seja de curta duração. Os sentimentos que, segundo o senhor me diz, há muito o impedem de reconhecer seu afeto, podem tornar mais fácil sua superação após esta explicação.

Mr. Darcy, que estava encostado na lareira com os olhos fixos no rosto dela, pareceu captar suas palavras com o mesmo grau de ressentimento e de surpresa. Sua tez ficou pálida de raiva, e a perturbação de sua mente era visível em cada traço. Ele estava lutando para aparentar compostura, e não abriria os lábios até que acreditasse ter conseguido. A pausa foi terrível para os sentimentos de Elizabeth. Por fim, com uma voz de calma forçada, disse:

— E essa é toda a resposta que tenho a honra de esperar! Eu poderia, talvez, querer ser informado por que, com tão pouco *esforço* de ser cordial, fui assim rejeitado. Mas é de pouca importância.

— Eu poderia perguntar — respondeu ela — por que, com um desejo tão evidente de me ofender e insultar, o senhor escolheu me dizer que gostava de mim contra sua vontade, contra sua razão e até mesmo contra sua natureza? Isso não seria uma licença para a minha falta de cordialidade, se *é* que assim fui? Mas tenho outros motivos. O senhor sabe que tenho. Se meus sentimentos não tivessem se decidido contra o senhor, se tivessem sido indiferentes, ou mesmo favoráveis, acha que qualquer consideração me tentaria a aceitar o homem que foi o meio de arruinar, talvez para sempre, a felicidade de uma irmã tão querida?

Ao pronunciar essas palavras, Mr. Darcy mudou de cor; mas a emoção durou pouco, e ele escutou sem tentar interrompê-la enquanto ela prosseguia:

— Tenho todas as razões do mundo para pensar mal do senhor. Nenhum motivo pode desculpar a parte injusta e mesquinha que teve *ali*. O senhor não ousa, não pode negar, que foi o principal, se não o único, meio de separá-los, de expor um à censura do mundo por capricho e inconstância; e a outra ao escárnio por ter suas esperanças frustradas, e levando assim ambos ao sofrimento do tipo mais profundo.

Ela fez uma pausa e viu com grande indignação que ele a estava ouvindo com um ar que o provava totalmente indiferente a qualquer sentimento de remorso. Ele até olhou para ela com um sorriso de incredulidade presunçosa.

— Pode negar que o senhor fez isso? — repetiu ela.

Com uma suposta tranquilidade, ele então respondeu:

— Não desejo negar que fiz tudo ao meu alcance para separar meu amigo de sua irmã, ou que me regozijo com meu sucesso. Com *ele* eu tenho sido mais gentil do que comigo mesmo.

Elizabeth assumiu a aparência de não ter notado essa reflexão cordial, mas seu significado não lhe escapou, nem era provável que lhe acalmasse.

— Mas não é apenas nesse caso — continuou ela — que minha antipatia se baseia. Muito antes disso acontecer, minha opinião sobre o senhor foi formada. Seu caráter me foi revelado no relato que recebi há muitos meses de Mr. Wickham. Sobre esse assunto, o que o senhor pode me dizer? Em que ato imaginário de amizade pode se defender? Ou sob qual deturpação pode aqui colocar a culpa nos outros?

— A senhorita se interessa muito pelas preocupações desse cavalheiro — disse Darcy, em um tom menos tranquilo e com um rubor mais intenso.

— E acaso quem sabe de seus infortúnios pode deixar de interessar-se?

— Seus infortúnios! — repetiu Darcy com desdém. — Sim, seus infortúnios foram de fato enormes.

— E infligidos pelo senhor — gritou Elizabeth com energia. — O senhor o reduziu ao seu estado atual de pobreza, pobreza relativa. O senhor reteve as vantagens que deve saber que foram designadas para ele. O senhor o privou nos melhores anos de sua vida daquela independência que não era só dele por direito, mas por merecimento. O senhor fez tudo isso! E, no entanto, ainda trata a menção de seu infortúnio com desprezo e escárnio.

— E essa — exclamou Darcy, enquanto caminhava com passos rápidos pela sala — é a opinião que tem de mim! É isso que pensa de mim! Agradeço por explicar tão bem. Meus defeitos, de acordo com esta avaliação, são realmente muito pesados! Mas talvez — acrescentou ele, parando de andar e voltando-se para ela — essas ofensas pudessem ter passado despercebidas, se seu orgulho não tivesse sido ferido por minha honesta confissão dos escrúpulos que há muito me impediram de formular qualquer desígnio sério. Essas acusações amargas poderiam ter sido evitadas se eu, com maior prudência, tivesse ocultado meus próprios embates e tê-la feito crer que fui impelido por um afeto sem reservas e puro; tanto pela razão quanto pela reflexão e por tudo o mais. Mas tenho aversão a todo tipo de dissimulação. Também não me envergonho dos sentimentos que relatei. São naturais e verdadeiros. A senhorita poderia esperar que eu me alegrasse com a inferioridade de suas relações? Que me felicitasse pela esperança de me relacionar com pessoas cuja condição de vida está decididamente abaixo da minha?

Elizabeth sentia-se cada vez mais zangada; no entanto, ela tentou ao máximo falar com compostura quando disse:

— O senhor está enganado, Mr. Darcy, se supõe que o modo como se declarou me afetou de uma forma ou de outra, além de me poupar a preocupação que eu poderia sentir ao recusá-lo, caso o senhor tivesse se comportado de maneira mais cavalheiresca.

Ela o viu abrir a boca como se fosse responder, mas por fim não disse nada, e ela continuou:

— O senhor não poderia ter feito a oferta de sua mão de nenhuma maneira que me persuadisse a aceitá-la.

Novamente seu espanto era óbvio; e ele a olhou com uma expressão que era um misto de incredulidade e mortificação. Ela continuou:

— Posso dizer que desde o início, desde o primeiro instante que o conheci, seus modos impuseram a mim a mais plena convicção de sua arrogância, sua presunção e seu desdém egoísta pelos sentimentos dos outros foram tais que serviram de base para a desaprovação sobre a qual os eventos seguintes construíram uma antipatia tão inabalável; e eu não o conhecia há nem um mês quando senti que o senhor era o último homem no mundo com quem eu poderia me casar.

— Já disse o suficiente, senhorita. Compreendo perfeitamente seus sentimentos, e agora só me resta envergonhar-me pelos meus. Perdoe-me por ter tomado tanto do seu tempo e aceite meus melhores votos de saúde e felicidade.

E com essas palavras ele saiu apressadamente da sala, e Elizabeth o ouviu no momento seguinte abrir a porta da frente e sair da casa.

O tumulto de sua mente agora era dolorosamente grande. Ela não conseguia manter-se em pé e, por uma fraqueza real, sentou-se e chorou por meia hora. Seu espanto, enquanto refletia sobre o que havia acontecido, aumentava a cada relembrança. Ela receber uma oferta de casamento de Mr. Darcy! Ele estaria apaixonado por ela por tantos meses! Amava-a tanto a ponto de querer casar-se com ela, apesar de todas as objeções que o fizeram impedir o casamento do amigo com a irmã dela!

Era agradável ter inspirado inconscientemente uma afeição tão forte. Mas o orgulho dele, seu orgulho abominável; a confissão descarada do que havia feito em relação a Jane; sua imperdoável presunção ao reconhecer sua crueldade injustificada com Wickham, a qual sequer tentou negar, e a maneira insensível com que o mencionara, logo a fez superar a compaixão que a consideração por seu afeto havia ocasionado brevemente. Ela continuou em reflexões muito agitadas até que o som da carruagem de Lady Catherine a fez perceber que não estava apta para lidar com o escrutínio de Charlotte, e apressou-se para seu quarto.

Capítulo 35

Elizabeth acordou na manhã seguinte com os mesmos pensamentos e ponderações que lhe rondavam quando enfim fechou os olhos. Ela ainda não conseguira se recuperar da surpresa do ocorrido; era impossível pensar em outra coisa; e, totalmente indisposta para qualquer atividade, resolveu, logo após o café da manhã, espairecer com ar livre e caminhada. Ela estava seguindo diretamente para seu caminho favorito, quando a lembrança de Mr. Darcy às vezes passando por lá a interrompeu, e em vez de entrar no jardim, ela virou alameda acima, que levava para mais longe da estrada. A paliçada do jardim ainda era o limite de um lado, e ela logo passou por um dos portões até um terreno.

Depois de caminhar duas ou três vezes por aquela parte da alameda, sentiu-se tentada, pela agradabilidade da manhã, a parar nos portões e olhar o jardim. Nas cinco semanas que ela passara em Kent, muito tinha mudado no campo, e a cada dia as primeiras árvores ficavam mais verdes. Ela estava a ponto de continuar sua caminhada quando vislumbrou um cavalheiro parcialmente encoberto pela espécie de arvoredo que margeava o jardim; ele estava se movendo naquela direção; e, com medo de ser Mr. Darcy, ela imediatamente voltou. Mas a pessoa estava agora perto o suficiente para vê-la e, aproximando-se com ansiedade, proferiu seu nome. Ela tinha se virado; mas ao ouvir que a chamavam, embora com uma voz que era a de Mr. Darcy, ela moveu-se novamente em direção ao portão. A essa altura, ele também o havia alcançado e, estendendo uma carta, que ela instintivamente pegou, disse, com um olhar de compostura altiva:

— Tenho andado no bosque há algum tempo na esperança de encontrá-la. Me daria a honra de ler essa carta? — E então, com uma ligeira reverência, virou-se novamente para a plantação e logo desapareceu de vista.

Sem nenhuma expectativa de prazer, mas com a maior curiosidade, Elizabeth abriu a carta e, para seu espanto cada vez maior, deparou-se com um envelope que continha duas folhas de papel de carta, totalmente preenchidas, em uma caligrafia apertada. O próprio envelope também estava cheio. Seguindo seu caminho ao longo da alameda, ela então começou a ler. Fora datado de Rosings, às oito horas da manhã, e seu conteúdo era o seguinte:

"Não se preocupe, senhorita, ao receber esta carta, pela apreensão de que ela contenha qualquer repetição daqueles sentimentos ou renovação daquelas ofertas que ontem à noite lhe foram tão repugnantes. Escrevo sem a intenção de lhe afligir ou me humilhar com desejos que, para a felicidade de ambos, quanto antes forem esquecidos, melhor; o esforço de escrever e de a senhorita ler esta carta poderia ser poupado, se meu caráter não exigisse que fosse escrita e lida. A senhorita deve, portanto, perdoar a liberdade com que exijo sua atenção; seus sentimentos, eu sei, a concederão de má vontade, mas exijo isso de seu senso de justiça.

"Duas ofensas de naturezas muito diferentes, e de magnitude igualmente desigual, a senhorita denotou ontem à noite como sendo de minha responsabilidade. A primeira mencionada foi que, a despeito dos sentimentos de ambos, eu havia separado Mr. Bingley de sua irmã; e a outra, que eu tinha, desafiando várias reivindicações, ferindo a honra e a humanidade, arruinado a prosperidade imediata e futura de Mr. Wickham.

"Deliberada e arbitrariamente ter expulsado meu amigo de infância, reconhecido como favorito de meu pai, um jovem que quase não tinha outros meios de subsistência senão a nossa proteção, e que havia sido criado para esperar seu implemento, seria um descaramento, ao qual a separação de dois jovens, cuja afeição seria fruto de apenas algumas semanas, não pode ser comparado. Mas da gravidade da culpa que foi concedida ontem à noite com tanta facilidade, a respeito de cada circunstância, espero estar livre no futuro, quando o seguinte relato de minhas ações e seus motivos for lido. Se, ao explicá-los, o que devo a mim mesmo, me incorrer a necessidade de relatar sentimentos que possam ofender os seus, posso apenas dizer que sinto muito. A necessidade deve ser obedecida, e pedir mais desculpas seria um contrassenso.

"Eu não estava há muito tempo em Hertfordshire, antes de ver, assim como outras pessoas viram, que Bingley preferia sua irmã mais velha a qualquer outra jovem das redondezas. Mas foi só na noite do baile em Netherfield que tive qualquer apreensão de que ele sentia um afeto sério. Eu o tinha visto muitas vezes apaixonado antes. Naquele baile, enquanto eu tinha a honra de dançar com a senhorita, fiquei sabendo, pela informação fortuita de Sir William Lucas, que as atenções de Bingley em relação à sua irmã haviam gerado uma expectativa geral de casamento entre eles. Ele falou nisso como um evento certo, do qual só havia

167

dúvidas sobre o tempo que levaria para ocorrer. A partir daquele momento observei atentamente o comportamento de meu amigo; e então pude perceber que sua preferência por Miss Bennet estava além do que eu já havia testemunhado no caso dele. Também observei sua irmã. Seu olhar e seus modos eram francos, alegres e cativantes como sempre, mas sem nenhum sintoma de consideração mais profunda, e fiquei convencido, pelo escrutínio da noite, de que, embora ela recebesse suas atenções com prazer, ela não as convidava por qualquer reciprocidade de sentimento. Se *a senhorita* não se enganou aqui, *eu* devo ter me enganado. Seu maior conhecimento de sua irmã deve fazer com que essa possibilidade seja mais provável. Se for assim, se ao me enganar por tal erro infligi dor a ela, seu ressentimento não foi descabido. Mas não hesitarei em afirmar que a serenidade do semblante e o ar de sua irmã eram tais que poderiam ter dado ao observador mais perspicaz a convicção de que, por mais amável que fosse seu temperamento, seu coração provavelmente não seria tocado facilmente.

"Que eu desejava acreditar que ela lhe era indiferente é certo, mas me atrevo a dizer que minha apuração e minhas decisões geralmente não são influenciadas por minhas esperanças ou medos. Não acreditei que ela fosse indiferente porque assim desejava; acreditei por convicção imparcial, tão verdadeiramente quanto desejei em razão. Minhas objeções ao casamento não eram meramente aquelas que eu reconheci ontem à noite terem exigido uma enorme força de paixão para deixar de lado, no meu próprio caso; a falta de relações importantes não poderia ser um mal tão grande para meu amigo quanto seria para mim. Mas havia outras causas de relutância; causas que, embora ainda existissem, e existissem em igual grau em ambos os casos, fiz o possível para tentar esquecer, porque não me diziam respeito. Essas causas devem ser mencionadas, embora brevemente.

"A situação da família de sua mãe, embora contestável, não era nada em comparação com aquela total falta de decoro tão frequente, tão quase uniformemente demonstrada por ela, por suas três irmãs mais novas e ocasionalmente até por seu pai. Perdoe-me. Dói-me ofender-te. Mas, em meio à sua preocupação com os defeitos de seus parentes mais próximos e seu descontentamento com essa imagem deles, que lhe sirva de consolo considerar que, ao terem se comportado de modo a evitar qualquer parte dessa mesma censura, esse elogio não é com menos frequência concedido por todos à senhorita e à sua irmã mais velha, mérito do bom senso e da índole de ambas. Prosseguirei dizendo apenas que, por tudo o que ocorreu naquela noite, minha opinião sobre todos foi confirmada, e todos me induziram ainda mais a fazer o que já pretendia antes em termos de proteger meu amigo do que eu considerava um casamento muito infeliz. Ele partiu de Netherfield para Londres no dia seguinte, como a senhorita deve certamente lembrar-se, com a intenção de retornar em breve.

"A parte que me coube agora deve ser explicada. A inquietação das irmãs dele era comparável à minha; a coincidência de nossos sentimentos logo foi descoberta e, igualmente conscientes de que não poderíamos perder tempo para separar seu irmão, logo resolvemos nos juntar a ele imediatamente em Londres. Assim, fomos, e lá eu prontamente me prestei ao ofício de apontar ao meu amigo os certos males de tal escolha. Eu as descrevi e argumentei com sinceridade. Mas, por mais que essa oposição o tenha feito hesitar ou atrasado sua resolução, não creio que teria de fato impedido o casamento, se não tivesse sido apoiada pela garantia que eu não hesitei em dar da indiferença de sua irmã. Ele já havia acreditado que ela retribuía seu afeto com sinceridade, se não com igual consideração. Mas Bingley tem uma grande modéstia natural, com uma dependência mais forte do meu julgamento do que do seu próprio. Convencê-lo, portanto, de que ele havia se enganado não foi muito difícil. Convencê-lo a não retornar a Hertfordshire, depois desse argumento, no entanto, não foi nada fácil.

"Não posso me culpar por ter feito tudo isso. Há apenas uma parte de minha conduta em todo o caso sobre a qual não reflito com satisfação; é que recorri a artimanhas para esconder dele que sua irmã estava na cidade. Eu mesmo soube, assim como Miss Bingley soube; mas seu irmão ainda ignora o fato. Que eles possam ter se encontrado sem consequências ruins é talvez provável; mas o afeto dele não me pareceu suficientemente extinto para que possa vê-la sem correr perigo. Talvez essa ocultação, essa dissimulação, estivesse abaixo de mim; está feito, no entanto, e foi melhor assim. Sobre esse assunto não tenho mais nada a dizer, nenhum outro pedido de desculpas a oferecer. Se feri os sentimentos de sua irmã, foi sem intenção e, embora os motivos que me guiassem possam parecer-lhe muito naturalmente insuficientes, ainda não consigo condená-los.

"Quanto a essa outra acusação mais pesada, de ter prejudicado Mr. Wickham, só posso refutá-la expondo à senhorita toda a relação dele com minha família. Do que ele me acusou *particularmente* não sei; mas quanto à verdade do que irei relatar, posso convocar mais de uma testemunha de sua veracidade indubitável.

"Mr. Wickham é filho de um homem muito respeitável, que por muitos anos administrou todas as propriedades de Pemberley e cuja boa conduta no cumprimento de seu encargo naturalmente fez com que meu pai quisesse prestar-lhe algum favor; e a George Wickham, que era seu afilhado, sua bondade foi, portanto, generosamente concedida. Meu pai o sustentou durante a escola e depois em Cambridge, uma assistência de suma importância, pois seu próprio pai, sempre pobre em virtude das extravagâncias de sua esposa, não teria sido capaz de lhe proporcionar a educação de um cavalheiro. Meu pai não só gostava da companhia desse jovem, cujos modos foram sempre envolventes; ele também tinha a mais alta consideração por ele, e esperando que a igreja fosse sua profissão, pretendia provê-lo nela.

"Quanto a mim, faz muitos, muitos anos desde que passei a pensar nele de maneira bem diferente. As propensões ao vício e a falta de princípios, que ele teve o cuidado de esconder do conhecimento de seu melhor amigo, não podiam escapar da observação de um jovem quase da mesma idade que ele, e que teve oportunidades de vê-lo em momentos incautos, que Mr. Darcy não poderia ter visto. Aqui novamente eu lhe infligirei dor, até que ponto apenas a senhorita pode dizer. Mas quaisquer que sejam os sentimentos que Mr. Wickham tenha gerado, a suspeita da natureza deles não me impedirá de revelar seu verdadeiro caráter, pelo contrário, acrescenta-me outro motivo. Meu excelente pai morreu há cerca de cinco anos; e seu apego a Mr. Wickham continuou firme até o fim, tanto que em seu testamento ele me recomendou particularmente promover seu progresso da melhor maneira que sua profissão permitisse, e se ele entrasse para a igreja, desejava que uma paróquia de grande valor fosse dele assim que ficasse vaga.

"Havia também um legado de mil libras. Seu próprio pai não sobreviveu por muito tempo depois do meu, e dentro de meio ano após esses eventos, Mr. Wickham me escreveu para informar que, tendo finalmente decidido não entrar para a igreja, ele esperava que eu não achasse irracional da parte dele esperar alguma vantagem pecuniária mais imediata, em vez da sua nomeação a pároco, com a qual ele não poderia ser beneficiado. Ele tinha alguma intenção, acrescentou, de estudar Direito, e que eu deveria estar ciente de que os juros de mil libras seriam muito insuficientes para tal. Eu mais desejava do que acreditava que ele estivesse sendo sincero; mas, de qualquer forma, estava perfeitamente disposto a concordar com sua proposta. Eu sabia que Mr. Wickham não tinha vocação para ser clérigo; o assunto foi, portanto, logo resolvido, ele renunciou a todas as reivindicações de assistência na igreja, caso fosse possível que ele estivesse em situação de recebê-la, e aceitou em troca três mil libras.

"Toda a relação entre nós parecia agora dissolvida. Eu tinha uma opinião ruim demais dele para convidá-lo a vir até Pemberley, ou para ter sua companhia na cidade. Na cidade era onde ele passava a maior parte do tempo, mas estudar Direito era um mero pretexto, e estando agora livre de qualquer restrição, vivia uma vida de ociosidade e desregramento. Por cerca de três anos ouvi falar pouco dele; mas com o falecimento do titular da paróquia que havia sido designada para ele, Wickham me pediu novamente por carta para nomeá-lo. Sua situação, ele me assegurou e eu não tive dificuldade em acreditar, era extremamente ruim.

Estudar Direito tinha sido para ele pouco lucrativo, e agora estava absolutamente decidido a entrar para a igreja, se eu o nomeasse à paróquia em questão, nomeação essa que ele tinha a certeza de obter, pois estava bem ciente de que eu não tinha outra pessoa a quem prover e eu não poderia ter esquecido as intenções do meu reverenciado pai. Dificilmente a senhorita me culpará por me recusar a atender essa súplica, ou por resistir a cada repetição dela. Seu ressentimento foi proporcional ao desespero de sua situação, e ele foi sem dúvida tão violento ao falar mal de mim para os outros quanto em suas censuras enviadas a mim. Após esse período, todas as aparências de sermos conhecidos foram descartadas. Como ele viveu eu não sei. Mas no verão passado ele foi outra vez dolorosamente trazido à minha atenção.

"Devo agora mencionar uma circunstância que eu gostaria de esquecer, e que nenhuma obrigação menor do que a presente me levaria a revelar a qualquer ser humano. Dito isso, não tenho dúvidas de seu sigilo. Minha irmã, que é mais de dez anos mais nova que eu, foi deixada à guarda do sobrinho de minha mãe, Coronel Fitzwilliam, e a mim. Cerca de um ano atrás, ela foi tirada da escola e preparativos foram feitos para recebê-la em Londres; e no verão passado ela e a dama que era sua preceptora foram para Ramsgate; e para lá também foi Mr. Wickham, sem dúvida propositalmente; pois foi provado haver um conhecimento prévio entre ele e Mrs. Younge, sobre cujo caráter infelizmente nos enganamos; e por sua conivência e ajuda, ele ganhou a afeição de Georgiana, cujo coração gentil guardava uma forte lembrança de sua bondade com ela quando criança, e foi persuadida a acreditar que estava apaixonada e a consentir em uma fuga.

"Ela tinha então apenas quinze anos, o que precisa servir-lhe como desculpa; e depois de declarar sua imprudência, fico feliz em acrescentar que tomei conhecimento disso por ela mesma. Juntei-me a eles inesperadamente um ou dois dias antes da fuga pretendida, e então Georgiana, incapaz de suportar a ideia de entristecer e ofender um irmão que ela quase considerava como um pai, admitiu tudo para mim. A senhorita pode imaginar o que senti e como agi. A consideração pela reputação e pelos sentimentos de minha irmã impediu qualquer exposição pública; mas escrevi para Mr. Wickham, que deixou o local imediatamente, e Mrs. Younge, é claro, foi afastada de seu cargo. O objetivo principal de Mr. Wickham era, sem dúvida, a fortuna de minha irmã, que é de trinta mil libras; mas não posso deixar de supor que a esperança de se vingar de mim foi um forte incentivo. Ele teria obtido sua vingança, de fato.

"Esta, senhorita, é uma narrativa fiel de cada evento com relação a nós dois; e se não a rejeitar absolutamente como falsa, irá, espero, me absolver de agora em diante de crueldade em relação a Mr. Wickham. Eu desconheço a maneira e qual foi exatamente a mentira que lhe foi contada; mas não me admiro que tenham tido êxito. A senhorita, por não saber anteriormente de tudo relacionado a ambos, não poderia detectar mentira, e a suspeita certamente não é do seu feitio.

"A senhorita pode se perguntar por que tudo isso não lhe foi dito na noite passada; mas eu não tinha então controle suficiente de mim mesmo para discernir o que poderia ou deveria revelar. Quanto à verdade de tudo aqui relatado, posso apelar mais particularmente para o testemunho de Coronel Fitzwilliam, que, por nosso relacionamento próximo e constante intimidade, e, ainda mais, como um dos executores do testamento de meu pai, inevitavelmente soube de cada pormenor desses eventos. Se sua aversão a *mim* tornar *minhas* afirmações sem valor, não pode ser impedida pelo mesmo motivo de confiar em meu primo; e para que haja a possibilidade de consultá-lo, tentarei encontrar alguma oportunidade de colocar esta carta em suas mãos no decorrer da manhã. Acrescentarei apenas, Deus lhe abençoe."

FITZWILLIAM DARCY

Capítulo 36

Se, quando Mr. Darcy lhe deu a carta, Elizabeth não esperava encontrar uma renovação de suas ofertas, também não tinha a menor ideia de qual poderia ser seu conteúdo. Mas, sendo o que era, pode-se supor com que avidez ela leu tudo e quantas emoções contraditórias lhe infligiu. Seus sentimentos enquanto ela lia mal podiam ser definidos. Com espanto, ela primeiro entendeu que ele acreditava poder se desculpar; e estava firmemente convencida de que ele não poderia ter nenhuma explicação a dar, já que fazê-lo lhe acarretaria um sentimento bem fundamentado de vergonha.

Com um forte preconceito contra tudo o que ele pudesse dizer, ela começou a ler seu relato sobre o que havia acontecido em Netherfield. Ela lia com uma avidez que mal lhe dava tempo de entender o que estava escrito e, por impaciência de saber o que a próxima frase poderia trazer, era incapaz de prestar atenção ao sentido do que estava diante de seus olhos. A crença que ele tinha na indiferença de sua irmã ela instantaneamente resolveu ser falsa; e seu relato das verdadeiras, as piores objeções ao casamento, deixou-a zangada demais para ter qualquer desejo de ser justa. Ele não expressou arrependimento pelo que havia feito, o que a satisfez; seu estilo não era penitente, mas altivo. Era todo orgulho e insolência.

Mas quando esse assunto foi sucedido por seu relato sobre Mr. Wickham — o qual ela leu com um pouco mais de atenção uma relação de eventos que, se verdadeiros, acabariam com todas as opiniões acalentadas sobre seu valor, e que tinham uma similaridade tão alarmante com a história que ele mesmo contara —, os sentimentos dela foram ainda mais dolorosos e mais difíceis de definir. Espanto, apreensão e até horror a afligiram. Ela gostaria de desacreditá-lo por completo, exclamando repetidamente:

— Deve ser mentira! Não pode ser! Só pode ser a mais deslavada mentira! — E depois de ler a carta inteira, embora mal tenha conseguido ler a última ou duas últimas páginas, guardou-a apressadamente, protestando que não a levaria em conta, que nunca olharia para ela novamente.

Nesse estado de espírito perturbado, com pensamentos que não podiam encontrar consolo em nada, ela continuou andando; mas não adiantou; em meio minuto a carta foi desdobrada novamente, e recompondo-se o melhor que podia, ela recomeçou a leitura mortificante de tudo relacionado a Wickham, e controlou-se para ler com cuidado cada frase.

O relato de sua relação com a família Pemberley era exatamente o que ele mesmo havia descrito; e a gentileza do falecido Mr. Darcy, embora ela não soubesse antes de sua extensão, concordava igualmente bem com as palavras dele. Até agora, cada narrativa confirmava a outra; mas quando ela chegou ao testamento, a diferença foi grande. O que Wickham dissera sobre a paróquia estava fresco em sua memória e, ao recordar das palavras dele, era impossível não pensar que havia uma enorme duplicidade de um lado ou do outro; e, por alguns momentos, ela se gabou de que seus desejos não estavam equivocados.

Mas quando ela leu e releu com máxima atenção os detalhes imediatamente após Wickham renunciar a todas as pretensões da paróquia, de receber em troca uma soma tão considerável quanto três mil libras, novamente ela foi forçada a hesitar. Ela largou a carta, analisou cada circunstância com uma tentativa de imparcialidade — julgou a probabilidade de cada afirmação — mas com pouco sucesso. Em ambos os lados se tratava apenas de uma afirmação. Mais uma vez retomou a leitura; mas cada linha provava mais claramente que o caso, no qual ela acreditara ser impossível que qualquer artifício pudesse ser apresentado a fim de tornar a conduta de Mr. Darcy menos que infame, foi capaz de uma reviravolta que o tornaria completamente inocente em todos os aspectos.

A extravagância e a devassidão geral que ele teve escrúpulos em não colocar a cargo de Mr. Wickham a chocaram muito; tanto mais o fato de que ela não tinha nenhuma prova de sua injustiça. Ela nunca tinha ouvido falar dele antes de seu ingresso no regimento da milícia do condado, no qual ele havia entrado graças à persuasão de um jovem que, ao se encontrarem por acaso na cidade, haviam renovado um breve conhecimento. De seu antigo modo de vida nada se sabia em Hertfordshire além do que ele mesmo dissera. Quanto ao seu verdadeiro caráter, se a informação estivesse em seu poder, ela nunca sentira vontade de analisar. Seu semblante, voz e modos o estabeleceram imediatamente como dotado de todas as virtudes.

Ela tentou se lembrar de algum exemplo de bondade, algum traço distinto de integridade ou benevolência, que pudesse resgatá-lo dos ataques de Mr. Darcy; ou pelo menos, pela predominância da virtude, expiar aqueles erros casuais que ela se esforçaria para classificar conforme Mr. Darcy havia descrito como a ociosidade e o vício ao longo de muitos anos. Mas nenhuma recordação a ajudou. Ela podia vê-lo instantaneamente diante dela, com toda sua postura e modos encantadores; mas não conseguia se lembrar de nenhum traço de bondade mais substancial além da aprovação geral da vizinhança e da consideração que seus poderes sociais lhe haviam conquistado pelos arredores.

Depois de fazer uma pausa considerável nesse ponto, ela mais uma vez continuou a ler. Mas, que infortúnio! A história que se seguiu, de seus estratagemas em relação a Miss Darcy, recebeu alguma confirmação do que transpassara entre o Coronel Fitzwilliam e ela na manhã anterior; e por fim ela foi encaminhada para verificar a veracidade de cada detalhe com o próprio Coronel Fitzwilliam — de quem ela havia recebido anteriormente a informação de sua participação em todos os assuntos de seu primo, e cujo caráter ela não tinha motivos para questionar. A certa altura, ela quase resolvera pedir esclarecimentos a ele, mas a ideia foi refreada pelo embaraço da solicitação e, por fim, totalmente banida pela convicção de que Mr. Darcy nunca teria arriscado tal sugestão se não tivesse certeza da corroboração de seu primo.

Ela se lembrava perfeitamente de tudo o que havia acontecido na conversa entre Wickham e ela em sua primeira noite na casa de Mr. Phillips. Muitas de suas expressões ainda estavam frescas em sua memória. Ela estava *agora* impressionada com a inconveniência de ele dizer tais coisas a uma estranha, e se perguntou como ela não percebera isso antes. Enxergou a indelicadeza de se expor como ele havia feito, e a inconsistência de suas declarações com sua conduta. Ela se lembrou de que ele se gabava de não ter medo de ver Mr. Darcy, que Mr. Darcy que deixasse o campo se quisesse, mas que *ele* se manteria firme; no entanto, ele havia evitado ir ao baile de Netherfield na semana seguinte. Lembrou-se também de que, até a família Netherfield deixar o campo, ele não contara sua história a ninguém além dela; mas que, depois de irem embora, o assunto havia sido discutido em todos os lugares; que ele então não tivera mais reservas, nem escrúpulos, em manchar o caráter de Mr. Darcy, embora tivesse assegurado a ela que o respeito pelo pai sempre o impediria de expor o filho.

Tudo relacionado a ele parecia tão diferente agora! Suas atenções para Miss King se tornaram consequência de visões única e odiosamente mercenárias; e a mediocridade de sua fortuna não era mais prova da moderação de seus desejos, mas sua ânsia de agarrar qualquer coisa. Seu comportamento com ela agora não poderia ter motivo tolerável; ele havia se enganado em relação à fortuna dela, ou estava inflando seu próprio ego ao encorajar a preferência que ela acreditava ter demonstrado tão incautamente. Cada luta prolongada em seu favor ficava cada vez mais fraca; e para justificar ainda mais Mr. Darcy, ela não podia deixar de admitir que Mr. Bingley, quando questionado por Jane, há muito havia afirmado sua inocência no caso; por mais orgulhoso e repulsivo que fossem seus modos, ela nunca, em todo o tempo pelo qual o conhecera — o qual ultimamente tinha sido muito mais próximo e dado a ela uma espécie de familiaridade com seus modos —, vira qualquer coisa que demonstrasse que ele era sem princípios ou injusto — qualquer coisa que demonstrasse nele hábitos irreligiosos ou imorais; que entre suas próprias relações ele era estimado e valorizado que até mesmo Wickham admitira que ele tinha seus méritos como irmão, e que muitas vezes o ouvira falar tão afetuosamente de sua irmã a ponto de provar que ele era capaz de algum sentimento amável; se suas ações fossem como Mr. Wickham as representara, uma violação tão grosseira de tudo que é certo dificilmente poderia ter sido ocultada do mundo; e essa amizade entre uma pessoa capaz disso e um homem tão amável como Mr. Bingley era incompreensível.

Ela ficou absolutamente envergonhada de si mesma. Nem em Darcy nem em Wickham ela podia pensar sem sentir que tinha sido cega, parcial, preconceituosa, absurda.

— De que forma tão desprezível agi! — ela gritou. — Eu, que me orgulho de meu discernimento! Eu, que dou tanto valor às minhas habilidades! Que muitas vezes desdenhei da franqueza generosa de minha irmã e gratifiquei minha vaidade com uma desconfiança inútil ou censurável! Quão humilhante é essa descoberta! No entanto, que humilhação merecida! Se eu estivesse apaixonada, não poderia ter sido mais miseravelmente cega! Mas a vaidade, não o amor, tem me feito de tola. Satisfeita com a preferência de um e ofendida com a rejeição do outro, assim que nos conhecemos, cortejei a predisposição e a ignorância ao mesmo tempo em que afastei a razão, no que dizia respeito a qualquer um. Até este momento eu não conhecia a mim mesma.

De si mesma para Jane — e de Jane para Bingley —, seus pensamentos estavam alinhados de tal forma que logo a trouxeram à lembrança de que a explicação de Mr. Darcy *ali* parecia muito insuficiente, e ela a leu novamente. Muito diferente foi o efeito de uma segunda leitura. Como ela poderia negar dar crédito às afirmações dele em um caso, e obrigar-se a dar no outro? Ele se declarou totalmente ignorante do afeto de sua irmã; e ela não podia deixar de lembrar da opinião de Charlotte quanto ao assunto. Tampouco podia negar a justiça da descrição que fizera da irmã. Ela sentiu que os sentimentos de Jane,

176

embora fervorosos, eram pouco exibidos, e que havia uma constante complacência em sua maneira de portar-se e em seus modos que muitas vezes não eram muito emotivos.

Quando ela chegou àquela parte da carta em que sua família era mencionada em termos de censura tão mortificante, mas merecida, sentiu-se imensamente envergonhada. A justiça da acusação atingiu-a com força demais para ser negada, e as circunstâncias às quais ele aludiu particularmente, tendo ocorrido no baile de Netherfield e confirmando toda sua primeira desaprovação, não poderiam ter causado uma impressão mais forte nele do que nela.

O elogio a si mesma e à irmã não passou despercebido. Acalmou, mas não pôde consolá-la pelo desprezo que fora, graças a eles mesmos, atribuído ao resto de sua família; e enquanto ela ponderava sobre como a decepção de Jane tinha sido na verdade obra de seus familiares mais próximos, e refletiu como a reputação de ambas deve ser substancialmente prejudicada por tal improbidade de conduta, ela se sentiu mais deprimida do que qualquer coisa que já experimentara antes.

Depois de duas horas vagando pela alameda, dando vazão a toda variedade de pensamentos — reconsiderando os acontecimentos, determinando probabilidades e se reconciliando da melhor forma que podia com uma mudança tão repentina e tão importante —, a fadiga e a lembrança de que sua ausência já era prolongada a fizeram finalmente voltar; e ela entrou na casa com o desejo de parecer alegre como de costume, e com a resolução de reprimir tais reflexões que a tornariam inapta para conversar.

Ela foi imediatamente informada de que os dois cavalheiros de Rosings haviam feito uma visita durante sua ausência para se despedir; Mr. Darcy, apenas por alguns minutos, mas que Coronel Fitzwilliam havia sentado com eles por pelo menos uma hora, esperando que ela voltasse, e quase fora atrás dela para encontrá-la. Elizabeth pôde apenas *fingir* que sentiria falta dele; mas na verdade ela se alegrou com isso. Ela não se importava mais com Coronel Fitzwilliam; só conseguia pensar na carta.

Capítulo 37

Os dois cavalheiros partiram de Rosings na manhã seguinte, e Mr. Collins esperou perto dos alojamentos para lhes fazer sua reverência de despedida, e foi capaz de trazer para casa a agradável informação de que eles pareciam estar em muito boa saúde e com ânimos tão toleráveis como se podia esperar, depois da cena melancólica vivida recentemente em Rosings. Apressou-se então a Rosings, para consolar Lady Catherine e sua filha; e em seu retorno trouxe de volta, com grande satisfação, uma mensagem de Sua Senhoria, informando que ela se sentia tão aborrecida a ponto de fazê-la desejar muito que todos eles jantassem com ela.

Elizabeth não podia ver Lady Catherine sem lembrar que, se ela o tivesse escolhido, poderia ter sido apresentada a ela como sua futura sobrinha; nem podia pensar, sem um sorriso, qual seria o tamanho da indignação de Sua Senhoria. *O que ela teria dito? Como ela teria se comportado?*, eram perguntas com as quais ela se divertia.

Seu primeiro assunto foi a diminuição do grupo de Rosings:

— Asseguro-lhe que sinto muito — disse Lady Catherine. — Acredito que ninguém sente a perda de amigos tanto quanto eu. Mas sou particularmente apegada a esses jovens, e sei que eles são tão apegados a mim quanto! Eles lamentaram muitíssimo ter de ir! Mas é sempre assim. O querido Coronel animou-se toleravelmente até o último instante; mas Darcy pareceu sentir de forma mais aguda, até mais, eu acho, do que no ano passado. Seu apego a Rosings certamente aumentou.

Mr. Collins fez então um elogio e uma alusão, que tiveram como respostas gentis um sorriso dado pela mãe e pela filha.

Lady Catherine observou, depois do jantar, que Miss Bennet parecia desanimada, e imediatamente ofereceu uma explicação por ela, supondo que era devido ao fato de que ela não queria voltar para casa tão cedo, e acrescentou:

— Mas se for esse o caso, deve escrever para sua mãe e pedir para ficar um pouco mais. Mrs. Collins ficará muito feliz com sua companhia, tenho certeza.

— Fico muito agradecida a Vossa Senhoria por seu amável convite — respondeu Elizabeth —, mas não está em meu poder aceitá-lo. Preciso estar na cidade no próximo sábado.

— Ora, mas sendo assim, ficou aqui apenas seis semanas. Eu esperava que ficasse dois meses. Disse isso a Mrs. Collins antes de a senhorita vir. Não pode haver motivo para ir tão cedo. Mrs. Bennet certamente não se importará que fique por mais quinze dias.

— Mas meu pai se importaria. Ele escreveu na semana passada para apressar meu retorno.

— Ah! Seu pai, é claro, não se importará se sua mãe também não. As filhas nunca são tão importantes para um pai. E se ficar mais um *mês* inteiro, estará em meu poder levar uma de vocês até Londres, pois estou indo para lá no início de junho, por uma semana; e como Dawson não se opõe à carruagem barrouche, haverá espaço mais que suficiente para uma das duas, e, de fato, se o tempo estiver frio, eu não irei me opor a levar as duas, já que nenhuma ocupa muito espaço.

— É muita bondade de sua parte, senhora; mas acredito que devemos seguir nosso plano original.

Lady Catherine parecia resignada.

— Mrs. Collins, precisa enviar um criado com elas. Sabe que eu sempre falo o que penso, e não posso suportar a ideia de duas moças viajarem sozinhas na carruagem. É extremamente impróprio. Precisa dar um jeito de enviar alguém. Tenho a maior antipatia do mundo por esse tipo de coisa. As moças jovens devem ser sempre devidamente protegidas e auxiliadas, de acordo com sua situação de vida. Quando minha sobrinha Georgiana foi para Ramsgate no verão passado, fiz questão de que ela fosse acompanhada por dois criados. Miss Darcy, filha de Mr. Darcy, de Pemberley, e Lady Anne não poderiam ter comparecido decorosamente de outra maneira. Sou excessivamente atenta a todas essas coisas. Deve enviar John com as moças, Mrs. Collins. Estou feliz por ter me ocorrido mencioná-lo; pois seria realmente vergonhoso para *a senhora* deixá-las ir sozinhas.

— Meu tio enviará um criado para nos acompanhar.

— Ah! Seu tio! Ele tem um criado, é? Estou muito feliz por ter alguém que pensa nessas coisas. Onde fará a troca de cavalos? Ah! Bromley, é claro. Se mencionar meu nome ao tocar a sineta, será bem atendida.

Lady Catherine tinha muitas outras perguntas a fazer a respeito de sua viagem, e como ela mesma não respondeu a todas, foi necessário dar-lhe atenção, o que Elizabeth acreditava ser uma sorte para ela; de outro modo, se perderia em seus pensamentos e poderia se esquecer de onde estava. A reflexão deve ser reservada para horas solitárias; sempre que estava sozinha, fazia isso como o maior alívio; e não se passava um dia sem um passeio solitário, no qual ela pudesse se entregar a todo o prazer de lembranças desagradáveis.

A carta de Mr. Darcy ela estava prestes a saber de cor. Analisou cada frase; e às vezes seus sentimentos em relação ao escritor eram muito divergentes. Quando ela se lembrava de como foi sua abordagem, se enchia de indignação; mas quando considerou quão injustamente ela o havia condenado e repreendido, sua raiva se voltava para si mesma; e os sentimentos desapontados dele tornavam-se objeto de compaixão. Seu afeto incitava gratidão, seu caráter, respeito; mas ela não podia aprová-lo; nem por um momento ela poderia se arrepender de sua recusa, ou sentir a menor vontade de vê-lo novamente. Em seu próprio comportamento passado, havia uma fonte constante de vergonha e arrependimento; e nos defeitos infelizes de sua família, um assunto de desgosto ainda mais pesado. Eles estavam aquém de qualquer esperança de mudarem um dia. Seu pai, que se contentava em rir delas, nunca se esforçaria para conter a futilidade desenfreada de suas filhas mais novas; e sua mãe, ela própria com maneiras tão longe de serem corretas, era inteiramente insensível a esse mal. Elizabeth muitas vezes se juntou a Jane em um esforço para conter a imprudência de Catherine e Lydia; mas enquanto elas eram apoiadas pela indulgência de sua mãe, que chance poderia haver de melhora?

Catherine, influenciável, irritadiça e completamente sob a orientação de Lydia, sempre se sentira ofendida por seus conselhos; e Lydia, obstinada e descuidada, mal os ouvia. Elas eram ignorantes, desocupadas e vaidosas. Enquanto houvesse um oficial em Meryton, elas flertariam com ele; e enquanto Meryton estivesse a poucos passos de Longbourn, elas iriam para lá por todo o sempre.

A ansiedade por causa de Jane era outra preocupação predominante; e a explicação de Mr. Darcy, ao restaurar Bingley à boa opinião que ela tivera dele antes, aumentou a sensação do que Jane havia perdido. Ao que tudo indicava, sua afeição tinha sido sincera, e sua conduta isenta de qualquer culpa, a menos que alguma culpa pudesse ser atribuída à sua implícita confiança em seu amigo. Como era doloroso pensar que, de uma situação tão desejável em todos os aspectos, tão repleta de vantagens, tão promissora para a felicidade dela, Jane tivesse sido privada, pela tolice e falta de decoro de sua própria família!

Quando a essas lembranças foi acrescentada a descoberta do real caráter de Wickham, pode-se facilmente acreditar que o ânimo alegre que antes raramente ficara melancólico estava agora tão triste que era quase impossível para ela parecer minimamente alegre.

Seus compromissos em Rosings foram tão frequentes durante a última semana de sua estadia quanto tinham sido no início. A última noite foi passada lá; e Lady Catherine novamente perguntou minuciosamente sobre os detalhes da viagem, deu-lhes instruções sobre o melhor método de guardar suas roupas, e foi tão enfática na necessidade de colocar os vestidos de uma única maneira correta, que Maria se sentiu obrigada, ao retornar, a desfazer todo o trabalho da manhã e arrumar seu baú novamente.

Quando se separaram, Lady Catherine, com grande condescendência, desejou-lhes uma boa viagem e convidou-as a voltar a Hunsford no ano seguinte; e Miss de Bourgh se esforçou para fazer uma reverência e estender a mão para ambas.

Capítulo 38

o sábado de manhã, Elizabeth e Mr. Collins encontraram-se para o café da manhã alguns minutos antes de os outros aparecerem; e ele aproveitou a oportunidade para prestar as cortesias de despedida que considerou indispensavelmente necessárias.

— Eu não sei, Miss Elizabeth — disse ele —, se Mrs. Collins já expressou seu agradecimento pela bondade que teve em vir até nós; mas tenho certeza de que não sairá de casa sem receber os agradecimentos dela. O benefício de sua companhia foi muito apreciado, eu lhe asseguro. Sabemos quão pouco há para atrair alguém à nossa humilde morada. Nossa maneira simples de viver, nossos quartos pequenos, os parcos criados e o pouco que vemos do mundo devem tornar Hunsford extremamente entediante para uma jovem como a senhorita; mas espero que acredite que somos gratos pela condescendência e que fizemos tudo ao nosso alcance para evitar que passasse seu tempo de maneira desagradável.

Elizabeth foi rápida com seus agradecimentos e garantias de felicidade. Ela havia passado seis semanas com grande satisfação; e o prazer de estar com Charlotte, e as atenções gentis que recebeu, a deixaram muito agradecida. Mr. Collins ficou satisfeito e, com uma solenidade mais sorridente, respondeu:

— É um grande prazer saber que passou seu tempo de forma não desagradável. Certamente fizemos o nosso melhor; e, felizmente, tendo em nosso poder apresentá-la a uma companhia muito superior, e, por nossa ligação com Rosings, o meio frequente de variar a humilde cena doméstica, creio que podemos nos gabar de que sua visita a Hunsford não pode ter sido inteiramente enfadonha. Nossa situação em relação à família de Lady Catherine é de fato o tipo de vantagem e bênção extraordinárias de que poucos podem se gabar. A senhorita vê em que pé estamos. Vê como somos continuamente solicitados lá. Na verdade, devo reconhecer que, com todas as desvantagens desta humilde casa paroquial, não penso que alguém que nela habite seja digno de pena, já que são participantes de nossa intimidade em Rosings.

As palavras eram insuficientes para a elevação dos sentimentos dele; e ele foi obrigado a andar pela sala, enquanto Elizabeth tentava unir cordialidade e verdade em algumas frases curtas.

— A senhorita pode, de fato, levar um relatório muito favorável de nós para Hertfordshire, minha querida prima. Eu me gabo pelo menos de que a senhorita será capaz de fazê-lo. As grandes atenções de Lady Catherine para com Mrs. Collins, das quais a senhorita tem sido testemunha diária; e, de modo geral, acredito que não parece que sua amiga tenha tido má sorte, mas quanto a esse ponto será melhor ficar em silêncio. Permita-me apenas assegurar-lhe, minha querida Miss Elizabeth, que posso, de coração e cordialmente, desejar-lhe a mesma felicidade no casamento. Minha querida Charlotte e eu temos uma única mente e a mesma forma de pensar. Há em tudo uma notável semelhança de caráter e ideias entre nós. Parece que fomos feitos um para o outro.

Elizabeth podia dizer com segurança que era uma grande felicidade quando esse era o caso, e com igual sinceridade poderia acrescentar que ela acreditava firmemente e se alegrava com seus confortos domésticos. Ela não lamentou, no entanto, ter o discurso deles interrompido pela senhora sobre quem falavam. Pobre Charlotte! Era melancólico deixá-la em tal companhia! Mas ela o havia escolhido de olhos abertos; e embora evidentemente lamentasse que seus visitantes fossem embora, não parecia pedir sua compaixão. Sua casa e seus cuidados domésticos, sua paróquia e suas aves e todas as preocupações a seu cargo ainda não haviam perdido seus encantos.

Por fim, a carruagem chegou, os baús foram amarrados a ela, os pacotes introduzidos e foi declarado que tudo estava pronto. Depois de uma despedida afetuosa entre as amigas, Elizabeth foi auxiliada a subir na carruagem por Mr. Collins, e enquanto caminhavam pelo jardim ele estava mandando suas melhores saudações a toda sua família, não esquecendo seus agradecimentos pela gentileza que havia recebido em Longbourn no inverno, e seus cumprimentos a Mr. e Mrs. Gardiner, embora desconhecidos para ele. Ele então a deixou, Maria a seguiu, e a porta estava prestes a ser fechada, quando de repente ele lhes lembrou, com alguma consternação, que até então elas haviam esquecido de deixar qualquer mensagem para as damas de Rosings.

— Mas — acrescentou — é claro que a senhorita desejará que seus humildes cumprimentos sejam entregues a elas, com seus agradecimentos por sua gentileza para com a senhorita enquanto esteve aqui.

Elizabeth não fez objeções; a porta foi então fechada e a carruagem partiu.

— Meu Deus! — exclamou Maria, após alguns minutos de silêncio. — Parece que apenas um ou dois dias passaram desde que chegamos! E, no entanto, quantas coisas aconteceram!

— Muitas, de fato — disse sua companheira com um suspiro.

— Jantamos nove vezes em Rosings, além de tomarmos chá lá duas vezes! Quanta coisa terei para contar!

Elizabeth acrescentou em pensamento: *E quanto terei eu para esconder!*

A viagem foi realizada sem muita conversa e nenhum sobressalto; e, quatro horas depois de partirem de Hunsford, chegaram à casa de Mr. Gardiner, onde permaneceriam alguns dias.

Jane parecia estar bem, e Elizabeth teve poucas oportunidades de analisar seu ânimo, em meio aos vários compromissos que a bondade de sua tia havia providenciado para elas. Mas Jane iria para casa com ela, e em Longbourn haveria tempo suficiente para observação.

Não foi sem esforço, entretanto, que ela conseguiu esperar até chegarem em Longbourn para contar à irmã sobre o pedido de casamento de Mr. Darcy. Saber que ela tinha o poder de revelar algo que surpreenderia tanto a Jane e que deveria, ao mesmo tempo, gratificar tanto sua própria vaidade — até que ponto ela ainda não tivera tempo para mensurar — era uma tentação de abrir-se com a irmã que nada poderia ter evitado, exceto o estado de indecisão em que permanecia quanto à extensão do que deveria contar; e seu medo, se ela entrasse no assunto, de sem querer dizer algo de Bingley que apenas entristeceria ainda mais sua irmã.

Capítulo 39

Era a segunda semana de maio, na qual as três moças partiram juntas de Gracechurch Street para a cidade de..., em Hertfordshire; e, ao se aproximarem da estalagem designada onde a carruagem de Mr. Bennet iria encontrá-las, rapidamente perceberam, como um sinal da pontualidade do cocheiro, Kitty e Lydia olhando para fora de uma sala de jantar no andar de cima. Essas duas moças estavam há mais de uma hora no local, alegremente ocupadas em visitar uma chapeleira na frente, observando um sentinela a postos e colocando molho sobre uma salada de pepino.

Depois de dar as boas-vindas às irmãs, elas exibiram triunfantes uma mesa posta com tantos tipos de carnes frias quanto uma estalagem costuma oferecer, exclamando:

— Isso não é ótimo? Não é uma agradável surpresa?

— E queremos oferecer a todas vocês — acrescentou Lydia —, mas precisam nos emprestar o dinheiro, pois acabamos de gastar o nosso na loja lá fora. — Então, mostrando suas compras: — Olhem aqui, comprei este *bonnet*. Não achei muito bonito; mas pensei que seria melhor comprá-lo. Irei desmontá-lo assim que chegar em casa e ver se consigo deixá-lo melhor.

E quando suas irmãs o chamaram de feio, ela acrescentou, com perfeita despreocupação:

— Ah! Mas havia dois ou três muito mais feios na loja; e quando eu comprar um cetim de cores mais bonitas para enfeitá-lo, creio que ficará muito apresentável. Além disso, não importará muito o que eu vestir neste verão, depois que o regimento deixar Meryton, e eles partirão em quinze dias.

— Eles irão partir! — exclamou Elizabeth, com a maior satisfação.

— Eles vão acampar perto de Brighton; e eu quero tanto que papai nos leve lá para passar o verão! Seria tão delicioso; e ouso dizer que dificilmente custaria muito. Além do mais, mamãe também iria querer ir! Apenas pense que verão miserável nos espera se não formos!

Sim, pensou Elizabeth, *isso seria realmente delicioso, e muito propício também. Meu Deus! Brighton e um acampamento cheio de soldados, para essas meninas, que já ficaram deslumbradas com um pobre regimento da milícia e com os bailes mensais de Meryton!*

— Agora tenho novidades para vocês — disse Lydia, enquanto se sentavam à mesa. — O que acham disso? É uma excelente notícia, notícia importante, e sobre certa pessoa de que todas gostamos!

Jane e Elizabeth se entreolharam, e o garçom foi informado de que não precisava ficar. Lydia riu e disse:

— Sim, típico de vocês com sua formalidade e discrição. Acho que o garçom não deveria ouvir, como se ele se importasse! Atrevo-me a dizer que muitas vezes ele ouve coisas piores do que eu direi. Mas ele é um sujeito feio! Estou feliz que se foi. Eu nunca vi um queixo tão comprido em minha vida. Bem, mas agora para minhas notícias; é sobre o querido Wickham; boa demais para o garçom, não é? Não há perigo de Wickham casar-se com Mary King. Aí está! Ela foi para casa do tio em Liverpool: foi para ficar. Wickham está seguro.

— E Mary King está segura! — acrescentou Elizabeth. — A salvo de um casamento imprudente quanto à fortuna.

— Ela é uma grande tola por ir embora, se gostava dele.

— Mas espero que não haja forte afeição em nenhum dos lados — disse Jane.

— Tenho certeza de que não há do lado *dele*. Estou segura disso, ele nunca se importou nem um pouco com ela, quem *poderia* se importar com uma coisinha sardenta tão desagradável?

Elizabeth ficou chocada ao pensar que, por mais incapaz que ela mesma fosse de dizer *tamanha* grosseria, aqueles *sentimentos* não eram menos grosseiros do que os que havia abrigado em seu próprio peito e imaginado generosos!

Assim que todos comeram e as mais velhas pagaram, a carruagem foi solicitada; e depois de certa dificuldade, o grupo todo, com todas as suas caixas, bolsas e embrulhos, e a adição indesejada das compras de Kitty e Lydia, estava acomodado nela.

— Como estamos todas bem apertadas — exclamou Lydia. — Estou feliz por ter comprado meu *bonnet*, mesmo que seja apenas pela diversão de ter outra chapeleira! Bem, agora vamos ficar bem confortáveis e aconchegadas, conversar e rir durante todo o trajeto para casa. E em primeiro lugar, vamos ouvir o que aconteceu com todas vocês desde que partiram. Viram algum homem agradável? Houve algum flerte? Eu tinha grandes esperanças de que uma de vocês tivesse arranjado um marido antes de voltar. Jane será considerada uma solteirona em breve, eu lhe digo. Ela já tem quase vinte e três anos! Senhor, como eu estaria envergonhada por não ter me casado antes dos vinte e três! Minha tia Phillips quer muito que vocês consigam maridos, nem imagina o quanto. Ela disse que era melhor Lizzy ter ficado com Mr. Collins; mas *eu* não acho que haveria alguma diversão nisso. Senhor! Como eu gostaria de me casar antes de qualquer uma de vocês; e então eu as *acompanharia* em todos os bailes. Deus do céu! Nos divertimos muito outro dia na casa do Coronel Forster. Kitty e eu iríamos passar o dia lá, e Mrs. Forster prometeu dançar um pouco à noite (a propósito, Mrs. Forster e eu somos *tão* amigas!); e então ela pediu aos dois Harringtons que viessem, mas Harriet estava doente, e então Pen precisou vir sozinho; e então, o que acha que fizemos? Vestimos Chamberlayne com roupas de mulher de propósito para se passar por uma dama, pensem só que divertido! Ninguém sabia disso, exceto Coronel e Mrs. Forster, Kitty e eu, e também minha tia, pois tivemos que pedir emprestado um de seus vestidos; e você não pode imaginar o quão bem ele ficou! Quando Denny, Wickham, Pratt e mais dois ou três homens entraram, eles não o reconheceram nem um pouco. Senhor! Como eu ri! E Mrs. Forster também. Achei que iria morrer. E *isso* fez os homens suspeitarem de algo, e então eles logo descobriram o que era.

Com esse tipo de histórias de suas festas e boas piadas, Lydia, auxiliada pelas dicas e acréscimos de Kitty, se esforçou para divertir suas companheiras durante todo o caminho até Longbourn. Elizabeth escutou o menos que pôde, mas não havia como escapar da frequente menção do nome de Wickham.

A recepção delas em casa foi muito gentil. Mrs. Bennet regozijou-se ao ver Jane com sua beleza inalterada; e mais de uma vez durante o jantar Mr. Bennet disse voluntariamente a Elizabeth:

— Estou feliz que tenha voltado, Lizzy.

O grupo na sala de jantar era grande, pois quase todos os Lucas vieram para ver Maria e ouvir as novidades; e vários eram os assuntos que os ocupavam: Lady Lucas estava perguntando a Maria sobre o bem-estar e as aves domésticas de sua filha mais velha; Mrs. Bennet estava duplamente ocupada, por um lado com um relato da última moda de Jane, que estava sentada um pouco abaixo dela, e, por outro, recontando tudo para as Lucas mais jovens; e Lydia, em uma voz mais alta que a de qualquer outra pessoa, estava enumerando os vários prazeres da manhã para quem quisesse ouvi-la.

— Ah! Mary — disse ela —, quisera você tivesse ido conosco, pois nos divertimos tanto! Enquanto estávamos a caminho, Kitty e eu fechamos as cortinas e fingimos que não havia ninguém na carruagem; e eu teria ido assim até o fim, se Kitty não tivesse ficado indisposta; e quando chegamos à estalagem, acho que nos comportamos muito bem, pois oferecemos às outras três a melhor porção de carnes frias do mundo, e se você tivesse ido, nós teríamos lhe oferecido também. E então, quando saímos, foi tão divertido! Pensei que nunca conseguiríamos entrar na carruagem. Estava prestes a morrer de rir. E então ficamos tão felizes durante todo o caminho para casa! Nós conversamos e rimos tão alto que qualquer um poderia ter nos ouvido a quinze quilômetros de distância!

A isso Mary respondeu com muita seriedade:

— Longe de mim, minha querida irmã, depreciar tais prazeres! Sem dúvida, seriam compatíveis com a maioria das mentes femininas. Mas confesso que não teriam nenhum encanto para *mim*, eu preferiria infinitamente um livro.

Mas dessa resposta Lydia não ouviu uma palavra. Ela raramente ouvia alguém por mais de meio minuto e nunca prestava atenção em Mary.

À tarde, Lydia insistiu com as demais moças para caminharem até Meryton e ver como todos estavam; mas Elizabeth se opôs firmemente a isso. Não só pelo fato de as Miss Bennets não conseguirem estar em casa nem meio dia antes de correrem atrás dos oficiais. Havia também outra razão para ela se opor. Ela não queria ver Mr. Wickham mais uma vez, e estava decidida a evitá-lo o máximo possível. O conforto para *ela* da partida do regimento que se aproximava era de fato além do que palavras podiam exprimir. Em quinze dias eles partiriam — e uma vez que fossem embora, ela esperava que não houvesse mais nada para atormentá-la por causa dele.

Não passara muitas horas em casa quando descobriu que o plano de Brighton, sobre o qual Lydia lhes falara na estalagem, estava sendo discutido com frequência entre seus pais. Elizabeth viu logo que seu pai não tinha a menor intenção de ceder; mas suas respostas eram ao mesmo tempo tão vagas e equívocas, que sua mãe, embora muitas vezes desencorajada, nunca se desesperara de finalmente conseguir o que queria.

Capítulo 40

A impaciência de Elizabeth para informar Jane sobre o que havia acontecido não podia mais ser controlada; e por fim, resolvendo suprimir todos os detalhes em que sua irmã estava envolvida, e preparando-a para ser surpreendida, contou a ela na manhã seguinte o principal do que ocorrera entre Mr. Darcy e ela.

O espanto de Miss Bennet logo foi diminuído pela forte parcialidade fraternal que fazia qualquer admiração por Elizabeth parecer perfeitamente natural; e toda surpresa logo se perdeu em outros sentimentos. Ela lamentou que Mr. Darcy tivesse expressado seus sentimentos de uma maneira tão pouco adequada para recomendá-los; mas ainda mais ela estava triste pela infelicidade que a recusa de sua irmã deve ter causado a ele.

— Ele estar tão seguro de seu sucesso foi errado — disse ela —, e certamente não deveria ter deixado isso transparecer; mas considere o quanto isso deve aumentar sua decepção!

— De fato — respondeu Elizabeth —, sinto muito por ele; mas ele tem outros sentimentos, que provavelmente logo amenizarão sua consideração por mim. Você não me recrimina, no entanto, por recusá-lo?

— Recriminá-la! Ah, não.

— Mas você me censura por ter falado tão calorosamente de Wickham?

— Não, eu não sei se você estava errada ao dizer o que disse.

— Mas irá saber quando contar o que aconteceu no dia seguinte.

Ela então falou da carta, repetindo todo o seu conteúdo no que dizia respeito a George Wickham. Que golpe foi isso para a pobre Jane! Que de bom grado teria continuado sua vida sem acreditar que existia tanta maldade em toda a raça humana, como aqui fora reunida em um único indivíduo. Tampouco saber que Darcy não era culpado, embora fosse agradável aos seus sentimentos, foi capaz de consolá-la por tal descoberta. Muito fervorosamente ela tentou induzir tudo à probabilidade de um equívoco, e procurou esclarecer tudo para um, sem comprometer o outro.

— Não adiantará — disse Elizabeth. — Você nunca será capaz de justificar ambos ao mesmo tempo. Faça a sua escolha, mas precisa contentar-se com apenas uma. Existe apenas tal quantidade de mérito entre eles; apenas o suficiente para fazer um bom tipo de homem; e ultimamente isso tem mudado bastante. De minha parte, estou disposta a acreditar que pertencem todos a Darcy; mas você pode fazer o que quiser.

Levou algum tempo, no entanto, até que um sorriso pudesse ser tirado de Jane.

— Nunca fiquei tão chocada — disse ela. — Wickham é muito ruim! É quase difícil de se acreditar. E pobre Mr. Darcy! Querida Lizzy, considere apenas o que ele deve ter sofrido. Que decepção! E sabendo que sua opinião se voltou contra ele, também! E ter de relatar tal coisa sobre sua irmã! É realmente muito angustiante. Tenho certeza de que concorda comigo.

— Ah, não! Meu arrependimento e compaixão foram erradicados ao vê-la tão cheia de ambos. Eu sei que você fará tanta justiça a ele, que estou ficando a cada momento mais despreocupada e indiferente. Sua profusão me poupa; e se você se lamentar por ele por muito mais tempo, meu coração ficará leve como uma pluma.

— Pobre Wickham! Há uma tal expressão de bondade em seu semblante! Tamanha franqueza e gentileza em seus modos!

— Certamente houve grande desmazelo na educação desses dois jovens. Um tem toda a bondade e o outro toda a aparência de tal.

— Nunca pensei que Mr. Darcy fosse tão deficiente na *aparência* como você costumava pensar.

— E, no entanto, eu me achava extraordinariamente inteligente em ter uma antipatia tão decidida por ele, sem qualquer razão. É um estímulo para o intelecto, uma abertura para a inteligência, ter uma antipatia desse tipo. Alguém pode ser continuamente abusivo sem dizer nada justo; mas não se pode estar sempre rindo de um homem sem de vez em quando tropeçar em algo sagaz.

— Lizzy, quando você leu essa carta pela primeira vez, tenho certeza de que não poderia tratar o assunto como faz agora.

— De fato, não pude. Fiquei bastante desconfortável, posso dizer até infeliz. E sem ninguém para falar sobre o que eu sentia, sem Jane para me confortar e dizer que eu não tinha sido tão fraca, vaidosa e absurda como eu sabia que tinha! Ah! Como eu queria que você estivesse lá!

— Que pena que você tenha usado expressões tão fortes ao falar de Wickham para Mr. Darcy, pois agora elas parecem *totalmente* imerecidas.

— Certamente. Mas a infelicidade de falar com amargura é a consequência mais natural dos preconceitos que eu vinha fomentando. Há um ponto em que eu quero o seu conselho. Quero que me diga se devo, ou não, fazer com que nossos conhecidos em geral saibam do caráter de Wickham.

Miss Bennet fez uma pequena pausa e então respondeu:

— Certamente não pode haver motivo para expô-lo tão terrivelmente. Qual é a sua opinião?

— Que não deve ser feito. Mr. Darcy não me autorizou a tornar público o que me contou. Pelo contrário, cada detalhe relacionado à sua irmã deveria ser mantido o máximo possível em segredo; e se eu tentar desiludir as pessoas quanto ao resto de sua conduta, quem acreditará em mim? O preconceito geral contra Mr. Darcy é tão intenso que seria um martírio para metade das boas pessoas em Meryton tentar vê-lo sob uma perspectiva amigável. Não irei conseguir. Wickham logo partirá; e, portanto, não importará para ninguém aqui o que ele realmente é. Daqui a algum tempo tudo será descoberto, e então poderemos rir da estupidez deles por não saberem antes. No momento, não direi nada sobre isso.

— Você está certa. Ter seus erros tornados públicos poderia arruiná-lo para sempre. Ele está agora, talvez, arrependido pelo que fez e ansioso para restabelecer seu caráter. Não devemos deixá-lo desesperado.

O tumulto da mente de Elizabeth foi acalmado por essa conversa. Ela havia se livrado de dois dos segredos que pesaram sobre ela durante quinze dias, e tinha certeza de que Jane seria uma boa ouvinte sempre que quisesse falar novamente sobre qualquer um deles. Mas ainda havia algo à espreita, cuja prudência proibia a divulgação. Ela não se atreveu a relatar a outra metade da carta de Mr. Darcy, nem explicar para sua irmã o quão sinceramente ela tinha sido valorizada pelo amigo dele. Ali estava uma informação cujo peso não podia compartilhar com ninguém; e ela sabia que nada menos que um perfeito entendimento entre eles poderia justificar que ela se livrasse desse último empecilho de mistério. *E então,* pensou ela, *se esse evento muito improvável acontecer, eu apenas serei capaz de dizer o que Bingley pode ele mesmo contar de uma maneira muito mais agradável. Não posso ter a liberdade de contar-lhe isso não até que a informação tenha perdido todo o seu valor!*

Ela estava agora, ao se acomodar em casa, livre para observar o real estado de ânimo de sua irmã. Jane não estava feliz. Ela ainda nutria uma afeição muito terna por Bingley. Nunca tendo se apaixonado antes, seu olhar possuía todo o calor da primeira paixão, e, por consequência de sua idade e seu temperamento, maior firmeza do que a maioria das primeiras paixões costumam se gabar de ter; e ela valorizava tão fervorosamente a lembrança dele e o preferia a qualquer outro homem, que todo o seu bom senso e toda a sua atenção aos sentimentos de seus amigos eram necessários para controlar a indulgência daqueles arrependimentos que devem ter sido prejudiciais à saúde e à tranquilidade dela.

— Bem, Lizzy — disse Mrs. Bennet um dia —, qual é a sua opinião *agora* sobre esse triste assunto relacionado a Jane? De minha parte, estou determinada a nunca mais falar disso com ninguém. Eu disse isso à minha irmã Phillips outro dia. Mas não consigo descobrir se Jane o viu em Londres. Bem, ele é um jovem muito indigno, e eu não suponho que haja a menor chance no mundo de ela conseguir ficar com ele agora. Não se fala de sua vinda a Netherfield novamente no verão; e eu perguntei a todos que poderiam saber.

— Acredito que ele nunca mais voltará a Netherfield.

— Ah, bem! Que ele faça como quiser. Ninguém quer que ele venha. Embora insistirei em dizer que ele tratou minha filha extremamente mal; e se eu fosse ela, não teria tolerado tal tratamento. Bem, meu consolo é que tenho certeza de que Jane morrerá por seu coração partido; e então ele se arrependerá do que fez.

Mas como Elizabeth não podia se consolar com tal expectativa, não respondeu.

— Bem, Lizzy — continuou sua mãe, logo depois —, e então os Collins vivem muito confortáveis, não é? Ora, ora, só espero que dure. E que tipo de mesa eles têm? Charlotte é uma excelente administradora, ouso dizer. Se ela tiver metade da habilidade de sua mãe, ela está economizando o suficiente. Não há nada de extravagante na arrumação da casa *deles*, ouso dizer.

— Não, absolutamente nada.

— Uma ótima administração, pode apostar. Sim, sim. *Eles* cuidarão para não ultrapassarem seus rendimentos. *Eles* nunca ficarão aflitos por causa de dinheiro. Bem, que bom para eles! E então, suponho, eles costumam falar com frequência sobre ficarem com Longbourn quando seu pai estiver morto. Eles já a consideram como se fosse deles, ouso dizer, sempre que falam nisso.

— Era um assunto que eles não podiam mencionar na minha frente.

— Não; teria sido estranho se tivessem; mas não tenho dúvidas de que muitas vezes conversam sobre isso entre si. Bem, se eles podem falar com tranquilidade sobre uma propriedade que não é legalmente sua, tanto melhor. *Eu* teria vergonha de herdar uma propriedade apenas por causa de um gravame.

Capítulo 41

 primeira semana após seu retorno logo passou. A segunda começou. Era a última da estadia do regimento em Meryton, e todas as moças da vizinhança estavam cada dia mais tristonhas. O desânimo foi quase universal. Só as Miss Bennets mais velhas ainda eram capazes de comer, beber e dormir, e seguir o curso normal de suas atividades. Muitas vezes elas eram repreendidas por essa insensibilidade por Kitty e Lydia, cuja própria tristeza era extrema e não conseguiam compreender tamanha dureza de coração nos demais membros da família.

— Deus do céu! O que será de nós? O que faremos? — Elas muitas vezes exclamavam na amargura da aflição. — Como pode estar sorrindo assim, Lizzy?

Sua afetuosa mãe compartilhou toda a sua dor; e lembrou-se do que ela mesma havia sofrido em uma ocasião semelhante, vinte e cinco anos atrás.

— Tenho certeza — disse ela — de que chorei por dois dias inteiros quando o regimento de Coronel Miller foi embora. Achei que meu coração iria se partir ao meio.

— Tenho certeza de que o *meu* irá — respondeu Lydia.

— Se pudéssemos ir a Brighton! — observou Mrs. Bennet.

— Ah, sim! Se pudéssemos ir a Brighton! Mas papai é tão desagradável.

— Um pouco de banho de mar me deixaria feliz para sempre.

— E minha tia Phillips tem certeza de que *me* faria muito bem — acrescentou Kitty.

Esse era o tipo de lamentação que ressoava perpetuamente em Longbourn House. Elizabeth tentou se distrair com elas; mas toda a sensação de prazer se perdeu na vergonha. Ela sentiu novamente como as objeções de Mr. Darcy eram bem fundadas; e nunca esteve tão disposta a perdoar sua interferência nas opiniões de seu amigo.

Mas a melancolia das possibilidades de Lydia logo se dissiparam; pois ela recebeu um convite de Mrs. Forster, a esposa do coronel do regimento, para acompanhá-la a Brighton. Essa amiga inestimável era uma mulher muito jovem, e muito recentemente casada. Uma semelhança de bom humor e animação havia feito dela e Lydia boas amigas, e tendo se conhecido por *três* meses, ficaram amigas próximas por *dois*.

O entusiasmo de Lydia nessa ocasião, sua adoração por Mrs. Forster, o deleite de Mrs. Bennet e a mortificação de Kitty dificilmente podem ser descritos. Totalmente desatenta aos sentimentos da irmã, Lydia voava pela casa em êxtase inquieto, pedindo a todos que lhe parabenizassem, rindo e falando com mais intensidade do que nunca; enquanto a desafortunada Kitty continuava na sala lamentando seu destino em termos tão irracionais quanto seu tom era rabugento.

— Não consigo entender por que Mrs. Forster não *me* convidaria assim como a Lydia — disse ela —, embora eu *não* seja sua amiga íntima. Tenho tanto direito de ser convidada quanto ela, e mais também, pois sou dois anos mais velha.

Em vão, Elizabeth tentou persuadi-la a ser razoável, e Jane, a ser resignada. Quanto à própria Elizabeth, esse convite estava tão longe de despertar nela os mesmos sentimentos que em sua mãe e Lydia, que ela o considerou como a sentença de morte de toda possibilidade de bom senso para esta última; e por mais detestável que tal comportamento a tornasse perante os olhos delas, não podia deixar de secretamente aconselhar seu pai a não as deixar ir. Ela lhe apontou toda a falta de decoro do comportamento de Lydia em geral, a pouca vantagem que podia tirar da amizade de uma mulher como Mrs. Forster, e a probabilidade de ser ainda mais imprudente com tal companheira em Brighton, onde as tentações seriam maiores do que em casa. Ele a ouviu com atenção e então disse:

— Lydia nunca se acalmará até que ela se exponha em algum lugar público ou outro, e não podemos esperar que ela faça isso sem causar despesa ou inconveniência para sua família como nas atuais circunstâncias.

— Se você estivesse ciente — disse Elizabeth — da grande desvantagem para todas nós que deve surgir da divulgação pública dos modos descuidados e imprudentes de Lydia, aliás não... que já surgiu, tenho certeza de que você julgaria de maneira diferente o caso.

— Já surgiu? — repetiu Mr. Bennet. — O que foi, ela espantou alguns de seus pretendentes? Pobre Lizzy! Mas não se deixe abater. Esses jovens melindrosos que não suportam estarem relacionados a um pouco de absurdo não merecem sua lamentação. Venha, conte-me a lista de sujeitos lamentáveis que foram mantidos a distância pelo desatino de Lydia.

— Na verdade está enganado. Não tenho tais infortúnios com que me ressentir. Não se trata de males particulares, mas de males gerais, dos quais agora me queixo. Nosso renome, nossa respeitabilidade no mundo serão afetados pela volatilidade desenfreada, a presunção e o desdém por toda contenção que marcam o caráter de Lydia. Desculpe-me, mas preciso falar francamente. Se o senhor, meu querido pai, não se der ao trabalho de controlar seu espírito exuberante e de ensiná-la que seus objetivos atuais não devem ser o seu propósito de vida, ela logo estará além do alcance da correção. Seu caráter será estabelecido, e ela, aos dezesseis anos, será a coquete mais determinada que já envergonhou a si mesma ou a sua família; uma coquete, também, no pior e mais mesquinho sentido; sem nenhum atrativo além da juventude e uma pessoa que é apenas tolerada; e, pela ignorância e vazio de sua mente, totalmente incapaz de afastar qualquer porção daquele desprezo universal que seu anseio por admiração despertará. Kitty também corre esse perigo. Ela irá aonde quer que Lydia a leve. Vaidosa, ignorante, desocupada e absolutamente descontrolada! Ah, meu querido pai, acha possível que elas não sejam censuradas e desprezadas aonde quer que forem? E que suas irmãs não sejam frequentemente envolvidas nessa desgraça?

Mr. Bennet viu que ela falava no assunto de coração e, carinhosamente, pegando a mão dela, disse em resposta:

— Não se preocupe, meu amor. Onde quer que você e Jane estejam, serão respeitadas e valorizadas; e você não será diminuída por ter duas, ou devo dizer, três irmãs muito tolas. Não teremos paz em Longbourn se Lydia não for a Brighton. Deixe-a ir, então. Coronel Forster é um homem sensato e a manterá longe de qualquer travessura real; e felizmente ela é pobre demais para ser cobiçada por alguém com má intenção. Em Brighton, ela terá menos importância ainda do que tem aqui, mesmo como uma coquete comum. Os oficiais encontrarão mulheres mais dignas de atenção. Esperemos, portanto, que sua presença ali lhe ensine sua própria insignificância. De qualquer forma, ela não pode piorar muito, sem nos dar motivos para prendê-la em casa pelo resto de sua vida.

Com essa resposta, Elizabeth foi forçada a se contentar; mas a opinião dela continuou a mesma, e, decepcionada e triste, deixou o pai. Não era de sua natureza, no entanto, aumentar suas aflições remoendo-as. Ela tinha a certeza de ter cumprido seu dever, e se preocupar com males inevitáveis, ou aumentá-los pela ansiedade, não fazia parte de seu temperamento.

Se Lydia e sua mãe soubessem o teor de sua conversa com seu pai, sua indignação dificilmente teria encontrado expressão em sua volubilidade unida. Na imaginação de Lydia, uma visita a Brighton compreendia todas as possibilidades de felicidade terrena. Ela via, com o olhar imaginativo da fantasia, as ruas daquele balneário alegre cobertas de oficiais. Ela se via o objeto de atenção de dezenas e milhares de oficiais desconhecidos. Viu todas as glórias do acampamento, suas tendas estendidas em uma bela linha uniforme, cheias de jovens alegres, e deslumbrantes com o escarlate; e, para completar a visão, ela se viu sentada debaixo de uma tenda, flertando ternamente com pelo menos seis oficiais ao mesmo tempo.

Se ela soubesse que sua irmã procurava arrancá-la de tais perspectivas e de realidades como essas, como se sentiria? Só poderia ter sido compreendida por sua mãe, que teria sentido quase o mesmo. A ida de Lydia para Brighton era seu único consolo para a melancólica convicção de que seu marido nunca pretendia ir para lá.

Mas elas ignoravam inteiramente o que havia acontecido; e seu entusiasmo continuou, com pouco intervalo, até o dia em que Lydia deixou a casa.

Elizabeth iria ver Mr. Wickham pela última vez. Tendo estado frequentemente na companhia dele desde seu retorno, sua inquietude havia praticamente terminado; a inquietude gerada por sua antiga preferência inteiramente desvanecida. Ela até aprendera a detectar, na própria gentileza que primeiro a encantara, uma presunção e um traço de desdém e tédio. Além disso, seu comportamento atual com ela lhe gerara uma nova fonte de desagrado, pois a tendência que ele logo demonstrou de renovar as intenções presentes quando se conheceram pela primeira vez serviram apenas, depois do que já havia ocorrido, para irritá-la. Ela perdeu todo o interesse por ele ao se ver assim selecionada como objeto de tal galanteio frívolo e fútil; e enquanto ela o reprimia firmemente, não podia deixar de sentir a reprovação contida na crença dele de que, independentemente do tempo ou do motivo pelo qual suas atenções fossem retiradas, a vaidade dela seria reconquistada e sua preferência garantida a qualquer momento mediante sua renovação.

No último dia de permanência do regimento em Meryton, ele jantou, com outros oficiais, em Longbourn; e Elizabeth estava tão pouco disposta a se separar dele de bom humor que, ao fazer algumas perguntas sobre a maneira como seu tempo havia passado em Hunsford, ela mencionou que Coronel Fitzwilliam e Mr. Darcy haviam passado três semanas em Rosings, e perguntou-lhe se conhecia o primeiro.

Ele pareceu surpreso, descontente, assustado; mas se recompôs dentro de um instante e, sorrindo, respondeu que já o vira muitas vezes; e, depois de observar que ele era um homem muito cavalheiresco, perguntou o que ela achara dele. A resposta dela foi calorosamente a seu favor. Com um ar de indiferença, ele logo depois acrescentou:

— Há quanto tempo disse que ele permaneceu em Rosings?

— Quase três semanas.

— E a senhorita o via com frequência?

— Sim, quase todos os dias.

— Seus modos são muito diferentes dos de seu primo.

— Sim, muito diferentes. Mas creio que Mr. Darcy melhora quanto mais se convive com ele.

— Ah, sim! — exclamou Mr. Wickham com um olhar que não escapou a ela. — Se não se importa, permita-me perguntar... — Mas controlando-se, ele acrescentou, em um tom mais alegre — é em termos de tratamento que ele melhora? Ele se dignou a acrescentar um pouco de cordialidade aos seus modos costumazes? Pois não ouso esperar — continuou ele em um tom mais baixo e mais sério — que ele seja melhorado em termos de fundamentos.

— Ah, não! — disse Elizabeth. — Em termos de fundamentos, creio, ele continua sendo como sempre foi.

Enquanto ela falava, Wickham parecia mal saber se deveria se alegrar com suas palavras ou desconfiar de seu significado. Havia algo em seu semblante que o fez ouvir com atenção apreensiva e ansiosa, enquanto ela acrescentava:

— Quando eu disse que ele melhora conforme a convivência, não quis dizer que sua mente ou seus modos tinham melhorado, mas que, conhecendo-o melhor, seu temperamento é mais bem compreendido.

O espanto de Wickham agora transparecia em uma tez ruborizada e um olhar agitado; por alguns minutos ele ficou em silêncio, até que, livrando-se de seu embaraço, ele virou-se para ela novamente e disse da forma mais gentil possível:

— A senhorita, que conhece tão bem meus sentimentos em relação a Mr. Darcy, compreenderá prontamente com que sinceridade devo me alegrar por ele ser sábio o suficiente para assumir ao menos a *aparência* do que é certo. Seu orgulho, nesse sentido, pode lhe ser útil, se não para si mesmo, para muitos outros, pois isso deve apenas impedi-lo de uma má conduta tão vil como a que eu sofri. Só temo que o tipo de cautela a que a senhorita, imagino, aludiu, seja apenas adotado em suas visitas à tia, com cuja boa opinião e julgamento ele muito se importa. Seu medo dela sempre funcionou, eu sei, quando eles estavam juntos; e muito deve ser atribuído ao seu desejo de encaminhar o casamento com Miss de Bourgh, pelo qual tenho certeza de que ele tem grande aspiração.

Elizabeth não pôde reprimir um sorriso ao ouvir isso, mas respondeu apenas com uma leve inclinação da cabeça. Ela percebeu que ele queria envolvê-la no antigo assunto de suas queixas, e não estava com disposição para satisfazê-lo. O resto da noite passou com ele mantendo as *aparências*, sua habitual alegria, mas sem mais nenhuma tentativa de se aproximar de Elizabeth; e eles finalmente separaram-se com cordialidade mútua, e possivelmente um desejo recíproco de nunca mais se encontrarem.

Quando o grupo se separou, Lydia voltou com Mrs. Forster para Meryton, de onde partiriam na manhã seguinte. A separação entre ela e sua família foi mais barulhenta do que emotiva. Kitty foi a única que derramou lágrimas; mas ela chorou por desgosto e inveja. Mrs. Bennet foi profusa em seus votos de felicidade para a filha, e expressiva em suas injunções de que ela não deveria perder a oportunidade de se divertir o máximo possível — conselho que havia todos os motivos para acreditar que seria seguido; e na alegria clamorosa da própria Lydia ao se despedir, os "adeus" mais suaves de suas irmãs foram proferidos sem ser ouvidos.

Capítulo 42

Se os parâmetros de Elizabeth fossem tirados de sua própria família, ela não poderia ter formado uma opinião muito agradável sobre felicidade conjugal ou conforto doméstico. Seu pai, cativado pela juventude e pela beleza, e aquela aparência de bom humor que a juventude e a beleza geralmente dão, casou-se com uma mulher cujo fraco entendimento e mente pouco cultivada, muito cedo no casamento, puseram fim a toda afeição real por ela. Respeito, estima e confiança haviam desaparecido para sempre; e todas as suas perspectivas de felicidade doméstica foram arruinadas. Mas Mr. Bennet não estava disposto a buscar conforto para a decepção que sua própria imprudência havia causado em nenhum daqueles prazeres que muitas vezes consolam os desafortunados por sua tolice ou erro. Gostava do campo e dos livros; e desses gostos surgiram seus principais prazeres. Ele devia muito pouco à sua esposa, a não ser quando a sua ignorância e tolice contribuíam para sua diversão. Esse não é o tipo de felicidade que um homem em geral desejaria dever à sua esposa; mas onde faltam outras fontes de entretenimento, o verdadeiro filósofo obterá benefícios dos que lhe são dados.

Elizabeth, no entanto, nunca foi cega para a inconveniência do comportamento de seu pai como marido. Ela sempre o vira com pesar; mas, respeitando suas habilidades e grata pelo tratamento afetuoso que ele lhe dava, esforçou-se para esquecer aquilo que não podia ignorar e banir de seus pensamentos aquele descumprimento contínuo de obrigação e compostura conjugais que, ao expor sua esposa ao desprezo de suas próprias filhas, o tornava altamente repreensível. Mas ela nunca sentira tão fortemente como agora as desvantagens com que devem lidar os filhos de um casamento tão inadequado, nem nunca esteve tão plenamente consciente dos males decorrentes de um direcionamento tão mal avaliado de talentos; talentos que, se bem empregados, poderiam pelo menos ter preservado a respeitabilidade de suas filhas, ainda que incapazes de ampliar a mente de sua esposa.

Quando Elizabeth se regozijou com a partida de Wickham, ela encontrou poucos outros motivos para satisfação na perda do regimento. O grupo de pessoas com quem encontravam-se ficou menos variado do que antes, e em casa ela tinha uma mãe e uma irmã cujas queixas constantes sobre a monotonia de tudo ao seu redor lançavam uma verdadeira melancolia em seu círculo doméstico; e, embora Kitty pudesse com o tempo recuperar seu nível de bom senso inerente, já que quem perturbava seu cérebro foi embora, sua outra irmã, de cujo temperamento poderiam temer um mal maior, provavelmente ficaria ainda pior em relação à toda sua tolice e presunção diante de uma situação de um perigo duplo como um balneário e um acampamento. No geral, portanto, ela acabava por descobrir, como já havia feito outras vezes, que um evento pelo qual esperara com impaciente desejo não trouxera, ao acontecer, toda a satisfação que ela havia prometido a si mesma. Consequentemente, era necessário nomear algum outro período para o início da felicidade real — para ter algum outro ponto em que seus desejos e esperanças pudessem ser fixados e, novamente, desfrutando do prazer da antecipação, consolar-se no presente e preparar-se para outra decepção. Sua excursão aos lagos era agora o objeto de seus pensamentos mais felizes; era seu melhor consolo para todas as horas incômodas que o descontentamento de sua mãe e Kitty tornavam inevitáveis; e se ela pudesse ter incluído Jane na viagem, cada parte dela teria sido perfeita.

Mas é uma sorte, pensou ela, *que eu tenha algo pelo qual ansiar. Se o plano todo estivesse completo, minha decepção seria certa. Mas aqui, carregando comigo uma fonte incessante de lamentação pela ausência de minha irmã, posso razoavelmente esperar ter todas as minhas expectativas de prazer realizadas. Um planejamento em que cada parte promete satisfação nunca pode ser bem-sucedido; e a decepção geral só é repelida pela defesa de algum pequeno e peculiar aborrecimento.*

Quando Lydia foi embora, prometeu escrever com muita frequência e minuciosamente para sua mãe e Kitty; mas suas cartas eram sempre muito esperadas e muito curtas. As de sua mãe continham pouco mais do que o fato de que acabaram de voltar da biblioteca, onde tais e tais oficiais as haviam acompanhado, e onde ela havia visto tão belos ornamentos que a deixaram bastante desenfreada; que ela tinha um vestido novo, ou um guarda-sol novo, que ela teria descrito mais detalhadamente, mas fora obrigada a sair com uma pressa extrema, já que Mrs. Forster a estava chamando, e elas estavam indo para o acampamento; e de sua correspondência com sua irmã, havia ainda menos detalhes — pois suas cartas para Kitty, embora um pouco mais longas, continham coisas demais nas entrelinhas para serem divulgadas.

Após duas ou três semanas de sua ausência, a saúde, o bom humor e a alegria começaram a reaparecer em Longbourn. Tudo tinha um aspecto mais feliz. As famílias que estiveram na cidade no inverno voltaram, e surgiram as roupas e os compromissos de verão. Mrs. Bennet foi restaurada à sua costumeira serenidade queixosa; e, em meados de junho, Kitty estava tão recuperada que pôde entrar em Meryton sem lágrimas; um evento tão promissor que fez Elizabeth esperar que no Natal seguinte ela pudesse estar tão toleravelmente razoável a ponto de não mencionar um oficial mais que uma vez por dia, a menos que, por algum planejamento cruel e malicioso do Ministério da Guerra, outro regimento fosse aquartelado em Meryton. A hora marcada para o início de sua viagem ao Norte estava agora se aproximando rapidamente, e faltavam apenas quinze dias, quando chegou uma carta de Mrs. Gardiner, que ao mesmo tempo atrasou seu início e reduziu sua extensão. Mr. Gardiner fora impedido por negócios de partir até quinze dias depois, em julho, e precisaria estar em Londres novamente dentro de um mês, e como isso deixaria um período muito curto para irem tão longe e verem tudo o que tinham proposto, ou pelo menos para vê-lo com a tranquilidade e conforto que tinham planejado, eles foram obrigados a desistir de ir para os lagos, e substituí-los por um passeio menor, e, de acordo com o presente plano, não iriam mais ao norte do que Derbyshire. Naquele condado havia o suficiente para ser visto para ocupar a maior parte de suas três semanas; e para Mrs. Gardiner tinha uma atração peculiarmente forte. A cidade onde ela havia passado alguns anos de sua vida, e onde eles iriam passar alguns dias, era provavelmente um objeto de sua curiosidade tão grande quanto todas as célebres belezas de Matlock, Chatsworth, Dovedale ou Peak.

Elizabeth ficou excessivamente decepcionada; ela estava esperançosa em ver os lagos, e ainda achava que poderiam ter tempo suficiente. Mas não lhe restou alternativa a não ser contentar-se — e certamente era de seu temperamento ficar feliz; e tudo logo estaria bem novamente.

A menção de Derbyshire lhe trouxe muitos pensamentos. Era impossível para ela ouvir a palavra sem pensar em Pemberley e em seu dono.

Mas seguramente, pensou ela, *posso entrar impunemente no condado dele e roubar algumas pedras sem que ele me note.*

O período de expectativa agora foi dobrado. Quatro semanas se passariam antes da chegada do tio e da tia. Mas elas passaram, e Mr. e Mrs. Gardiner, com seus quatro filhos, finalmente apareceram em Longbourn. As crianças, duas meninas de seis e oito anos, e dois meninos mais novos, seriam deixadas

201

sob os cuidados de sua prima Jane, que era a favorita de todos, e cujo temperamento sereno e doce a tornava perfeita para cuidar deles de todas as maneiras — ensinando-os, brincando com eles e dando-lhes carinho.

Os Gardiners ficaram apenas uma noite em Longbourn e partiram na manhã seguinte com Elizabeth em busca de novidades e diversão. Um prazer era certo — o da adequação dos companheiros de viagem; uma adequação que compreendia saúde e temperamento para suportar inconveniências — alegria para aumentar todos os prazeres — e afeto e inteligência, que poderiam supri-los entre si se houvesse decepções do lado de fora.

Não é o objetivo desta obra dar uma descrição de Derbyshire, nem de lugares notáveis por onde nenhum deles passou em sua rota; Oxford, Blenheim, Warwick, Kenilworth, Birmingham etc. são suficientemente conhecidos. Uma pequena parte de Derbyshire será o foco aqui. Para a pequena cidade de Lambton, cenário da antiga residência de Mrs. Gardiner, e onde ela descobrira que alguns conhecidos ainda permaneciam, eles foram, depois de terem visto todas as principais maravilhas do campo; e a menos de oito quilômetros de Lambton, Elizabeth descobriu por sua tia que era onde Pemberley ficava. Não estava no caminho deles, nem a mais de um ou dois quilômetros para além dele. Ao falar sobre sua rota na noite anterior, Mrs. Gardiner expressou uma vontade de ver o lugar novamente. Mr. Gardiner disse estar disposto a ir, e Elizabeth foi solicitada a dar sua aprovação.

— Meu amor, não gostaria de ver um lugar sobre o qual tanto ouviu? — perguntou sua tia. — Um lugar, também, com o qual muitos de seus conhecidos estão ligados. Wickham passou toda a sua juventude lá, você sabe.

Elizabeth ficou aflita. Ela sentiu que não tinha por que ir a Pemberley e foi obrigada a assumir sua relutância em ir. Ela teve de admitir que estava cansada de ver grandes casas; depois de passar por tantas, e que realmente não tinha prazer algum em ver tapetes finos ou cortinas de cetim.

Mrs. Gardiner protestou contra sua tolice.

— Se fosse apenas uma bela casa ricamente mobiliada — disse ela —, eu mesma não me importaria com isso; mas os jardins são deliciosos. Lá estão alguns dos mais lindos bosques do país.

Elizabeth não disse mais nada, mas sua mente não podia concordar. A possibilidade de encontrar Mr. Darcy enquanto via o local lhe ocorreu instantaneamente. Seria terrível! Ela corou com a ideia e pensou que seria melhor explicar tudo à sua tia do que correr tal risco. Mas contra isso ela tinha objeções; e finalmente resolveu que lhe contaria apenas em último caso, se, ao perguntar sobre a ausência da família, obtivesse resposta favorável.

Assim, quando ela se recolheu à noite, perguntou à criada de quarto se Pemberley não era um lugar muito requintado. Qual era o nome de seu dono? E, não sem grande inquietação, se a família estava lá para passar o verão? Uma negativa muito bem-vinda seguiu-se à última pergunta — e seus medos tendo sido apaziguados, ela estava livre para sentir uma grande curiosidade para ver a casa; e quando o assunto foi reavivado na manhã seguinte, e a opinião dela foi novamente solicitada, pôde responder prontamente, e com um certo ar de indiferença, que ela não tinha realmente nenhuma antipatia pelo plano. Para Pemberley, portanto, eles iriam.

Capítulo 43

lizabeth, enquanto se dirigiam até lá, aguardava a primeira aparição do bosque de Pemberley com certa aflição; e quando finalmente chegaram ao alojamento, sentia-se bastante agitada.

O jardim era muito grande e continha uma grande variedade de canteiros. Entraram por um de seus pontos mais baixos e dirigiram por algum tempo por um belo bosque que se prologava por uma grande extensão.

A mente de Elizabeth estava cheia demais para conversar, mas ela viu e admirou cada lugar e ponto de vista notável. Eles subiram gradualmente por cerca de um quilômetro, e então se encontraram no topo de um aclive considerável, onde a floresta terminava, e seu olhar foi imediatamente capturado pela Pemberley House, situada do outro lado de um vale, no qual a estrada abruptamente serpenteava. Era uma construção de pedra grande e bonita, bem-posta em um terreno elevado e acompanhada por uma crista de altas colinas arborizadas; e na frente, um riacho de algum relevo natural fora aumentado, mas sem qualquer aparência artificial. Suas margens não eram formais nem falsamente adornadas. Elizabeth ficou encantada. Ela nunca tinha visto um lugar pelo qual a natureza tivesse feito mais, ou onde a beleza natural tivesse sido tão pouco contrabalançada por um gosto duvidoso. Todos foram calorosos em sua admiração; e naquele momento ela sentiu que ser dona de Pemberley poderia ser muito bom!

Eles desceram a colina, atravessaram a ponte e foram até a porta; e, enquanto examinava o aspecto da casa mais de perto, toda a apreensão de encontrar seu proprietário voltou. Ela temia que a criada de quarto estivesse enganada. Ao pedir para ver o local, eles foram admitidos no salão; e Elizabeth, enquanto esperavam pela governanta, teve tempo de se perguntar por que ela estava onde estava.

A governanta veio; uma senhora idosa de aparência respeitável, muito menos elegante e mais cordial do que ela a imaginara. Eles a seguiram até a sala de estar. Era uma sala grande, bem dimensionada, bem mobiliada. Elizabeth, depois de examiná-la brevemente, foi até uma janela para apreciar sua vista. A colina, coroada com bosques, que haviam descido, era um belo objeto a ser contemplado de longe. Todos os ângulos da vista do terreno eram bons; e ela olhou todo o cenário, o rio, as árvores espalhadas em suas margens e o sinuoso do vale, até onde sua linha de visão permitia-lhe, com prazer. À medida que passavam para outros cômodos, a vista podia ser comtemplada de posições diferentes; mas de todas as janelas havia belezas para serem vistas. Os cômodos eram altos e elegantes, e seus móveis adequados à fortuna de seu proprietário; mas Elizabeth viu, com admiração por seu bom gosto, que não eram nem espalhafatosos nem requintados a ponto de tornarem-se inúteis; com menos esplendor e mais elegância real do que os móveis de Rosings.

E deste lugar, pensou ela, *eu poderia ter sido a dona! Esses cômodos eu poderia conhecer bem agora! Em vez de vê-los como uma estranha, eu poderia ter me alegrado com eles como se fossem meus, e recebido como visitantes meu tio e minha tia. Mas não*, ela se recompôs, *não poderia ser; nunca mais veria meu tio e minha tia; não me teria sido permitido convidá-los.*

Foi bom ela ter se lembrado disso, salvou-a de algo muito parecido com arrependimento.

Ela ansiava por perguntar à governanta se seu amo estava realmente fora, mas não teve coragem para isso. Por fim, porém, a pergunta foi feita por seu tio; e ela se afastou, assustada, quando Mrs. Reynolds respondeu que sim e acrescentou:

— Mas nós o esperamos amanhã, com um grande grupo de amigos. — Quão feliz ficou Elizabeth pelo fato de a viagem dela não ter, por nenhuma circunstância, sido atrasada por um dia!

Sua tia agora a chamava para ver um retrato. Ela se aproximou e viu a imagem de Mr. Wickham, suspensa, entre várias outras miniaturas, sobre a lareira. A tia perguntou-lhe, sorrindo, o que ela achava do retrato. A governanta se adiantou e disse que era uma foto de um jovem cavalheiro, filho do intendente de seu falecido senhor, que havia sido criado por ele à sua própria custa.

— Ele agora foi para o exército — acrescentou. — Mas temo que ele tenha se tornado um tanto quanto desenfreado.

Mrs. Gardiner olhou para a sobrinha com um sorriso, mas Elizabeth não conseguiu retribuir.

— E aquele — disse Mrs. Reynolds, apontando para outra das miniaturas — é meu amo, e ficou muito parecido com ele. Foi desenhado ao mesmo tempo que o outro, cerca de oito anos atrás.

— Ouvi falar muito da bela aparência de seu amo — comentou Mrs. Gardiner, olhando para o retrato —; é um rosto bonito. Mas, Lizzy, você pode nos dizer se parece com ele ou não.

O respeito de Mrs. Reynolds por Elizabeth pareceu aumentar com essa insinuação de que ela conhecia seu amo.

— A jovem dama conhece Mr. Darcy?

Elizabeth corou e disse:

— Um pouco.

— E não acha que ele é um cavalheiro muito bonito, senhorita?

— Sim, muito bonito.

— Tenho certeza de que *eu* não conheço ninguém tão bonito; mas na galeria, subindo as escadas, verá uma foto dele mais bonita e maior do que esta. Este era o quarto favorito do meu falecido amo, e essas miniaturas estão exatamente como costumavam ficar. Ele gostava muito delas.

Isso explicava a Elizabeth o fato de Mr. Wickham estar entre elas.

Mrs. Reynolds então dirigiu sua atenção para uma de Miss Darcy, desenhada quando ela tinha apenas oito anos de idade.

— E Miss Darcy é tão bonita quanto seu irmão? — perguntou Mrs. Gardiner.

— Ah! Sim, a jovem mais bonita que já se viu; e tão prendada! Ela toca e canta o dia todo. Na sala ao lado está um novo instrumento que acabou de chegar para ela, um presente do meu amo; ela virá amanhã com ele.

Mr. Gardiner, cujos modos eram muito tranquilos e agradáveis, encorajou aptidão da governanta para a conversa com suas perguntas e observações; Mrs. Reynolds, por orgulho ou afeto, evidentemente tinha grande prazer em falar de seu amo e a irmã.

— Seu amo passa muito tempo em Pemberley no decorrer do ano?

— Não tanto quanto eu poderia desejar, senhor; mas ouso dizer que ele passa metade de seu tempo aqui; e Miss Darcy sempre vem nos meses de verão.

Exceto, pensou Elizabeth, *quando ela vai para Ramsgate.*

— Se seu amo se casasse, poderia vê-lo mais.

— Sim, senhor; mas não sei quando *isso* acontecerá. Não sei quem poderia ser boa o suficiente para ele.

Mr. e Mrs. Gardiner sorriram. Elizabeth não pôde deixar de dizer:

— É um grande elogio a ele, é claro, que pense assim.

— Não digo mais do que a verdade, e todos que o conhecem dirão o mesmo — respondeu ela.

Elizabeth achou que isso estava indo longe demais; e escutou com espanto crescente quando a governanta acrescentou:

— Eu nunca ouvi uma palavra grosseira dele em minha vida, e eu o conheço desde que ele tinha quatro anos.

Esse elogio foi, entre todos os outros, o mais extraordinário, o que mais se opôs às ideias que fazia dele. Que ele não era um homem bem-humorado tinha sido sua opinião mais firme. Sua atenção absoluta foi despertada; ela ansiava por ouvir mais e ficou grata ao tio por dizer:

— Há pouquíssimas pessoas de quem isso pode ser dito. Tem sorte em ter um amo assim.

— Sim, senhor, sei que tenho. Em nenhum lugar do mundo poderia encontrar um melhor. Mas eu sempre observei que aqueles que são dóceis quando crianças, permanecem assim quando crescem; e ele sempre foi o menino mais doce e generoso do mundo.

Elizabeth quase a encarou. *Será esse o mesmo Mr. Darcy?*, pensou ela.

— O pai dele era um homem excelente — disse Mrs. Gardiner.

— Sim, senhora, ele era mesmo; e seu filho será igual a ele, tão gentil com os pobres quanto o pai.

Elizabeth ouvia, se perguntava, duvidava e estava impaciente por mais. Mrs. Reynolds não conseguia cativar seu interesse em nenhum outro ponto. Ela relatou os assuntos das pinturas, as dimensões dos cômodos e o preço dos móveis, em vão. Mr. Gardiner, tendo se divertido muito com o tipo de preconceito familiar ao qual ele atribuía os elogios excessivos de seu amo, logo voltou novamente ao assunto; e ela foi enérgica em insistir em seus muitos méritos enquanto subiam juntos a grande escadaria.

— Ele é o melhor senhorio e o melhor amo — disse ela — que já existiu; não é como os jovens desenfreados de hoje em dia, que não pensam em nada além de si mesmos. Não há um de seus inquilinos ou criados que não fale bem dele. Algumas pessoas o chamam de orgulhoso; mas tenho certeza de que nunca vi nenhum traço disso nele. A meu ver, é apenas porque ele não é tão falante quanto os outros jovens.

Em que luz amável isso o coloca!, pensou Elizabeth.

— Esse belo relato dele — sussurrou sua tia enquanto caminhavam — não é muito consistente com seu comportamento com nosso pobre amigo.

— Talvez tenhamos sido enganadas.

— Isso não é muito provável; já que ouvimos da própria boca dele.

Ao chegarem ao espaçoso saguão acima, foram conduzidos a uma sala de estar muito bonita, recentemente mobiliada com maior elegância e leveza do que os cômodos abaixo; e foram informados de que fora feita apenas para dar prazer a Miss Darcy, que havia se afeiçoado ao cômodo na última vez que esteve em Pemberley.

— Ele é certamente um bom irmão — disse Elizabeth, enquanto caminhava em direção a uma das janelas.

Mrs. Reynolds antecipou a alegria de Miss Darcy, quando ela entrasse na sala.

— E é sempre assim com ele — acrescentou. — O que quer que possa dar à sua irmã algum prazer certamente será feito em um instante. Não há nada que ele não faria por ela.

A galeria e dois ou três dos quartos principais eram tudo o que restava a ser mostrado. No primeiro havia muitas pinturas bonitas; mas Elizabeth nada entendia sobre elas; e do que já era visível abaixo, ela se virou de boa vontade para olhar alguns desenhos de Miss Darcy, em giz pastel seco, cujos temas eram geralmente mais interessantes, e também mais inteligíveis.

Na galeria havia muitos retratos de família, mas ofereciam pouco para prender a atenção de um estranho. Elizabeth caminhou em busca do único rosto cujas feições seriam reconhecidas por ela. Por fim, isso a manteve interessada, e ela viu uma notável semelhança com Mr. Darcy, com um sorriso no rosto que ela se lembrava de ter visto algumas vezes quando ele olhava para ela. Ela ficou vários minutos diante do retrato, em séria contemplação, e voltou a ele antes que saíssem da galeria. Mrs. Reynolds os informou que ela havia sido feita enquanto seu pai ainda estava vivo.

Certamente havia neste momento, na mente de Elizabeth, uma sensação mais suave em relação ao original do que ela jamais sentira no auge de seu contato com ele. O elogio concedido a ele por Mrs. Reynolds não era de natureza insignificante. Que elogio é mais valioso do que aquele vindo de um criado inteligente? Como irmão, senhorio, amo, ela pensou em quantas pessoas havia cuja felicidade dependia dele! — Quanto de prazer ou de dor estava em seu poder conceder! — Quanto de bem ou de mal poderia ser feito por ele! Todas as ideias apresentadas pela governanta eram favoráveis ao caráter dele, e enquanto ela estava diante da tela em que ele estava representado, e sentia os olhos dele sob si mesma, ela pensou nos sentimentos que ele declarou por ela com uma gratidão mais profunda do que já havia sentido antes; lembrou-se do ardor daquela afeição e suavizou a inconveniência com que foi expressada.

Quando toda a casa que estava aberta a visitas foi vista, eles voltaram para baixo e, despedindo-se da governanta, foram entregues ao jardineiro, que os recebeu na porta da antessala.

Enquanto atravessavam o corredor em direção ao rio, Elizabeth virou-se para olhar novamente; o tio e a tia também pararam e, enquanto o primeiro fazia conjecturas sobre a data da construção, o próprio proprietário subitamente apareceu vindo pelo caminho que atrás dela conduzia aos estábulos.

Eles estavam a menos de vinte metros um do outro, e sua aparição fora tão abrupta que era impossível evitar ser vista por ele. Seus olhos encontraram-se instantaneamente, e as bochechas de ambos estavam cobertas com um rubor intenso. Ele sobressaltou-se e, por um momento, pareceu imóvel de surpresa; mas logo se recuperou, avançou em direção ao grupo e falou com Elizabeth, se não em termos de perfeita compostura, pelo menos de perfeita cordialidade.

Ela se virou instintivamente; mas, parando com a aproximação dele, recebeu seus cumprimentos com um constrangimento impossível de ser superado. Se sua primeira aparição, ou sua semelhança com o retrato que acabavam de examinar, não tivesse sido suficiente para assegurar aos outros dois que então viam Mr. Darcy, a expressão de surpresa do jardineiro, ao contemplar seu amo, os teria feito inferir imediatamente.

Permaneceram um pouco distantes enquanto ele falava com a sobrinha, que, atônita e confusa, mal ousava erguer os olhos para o rosto dele, e não sabia que resposta dar às suas perguntas educadas sobre sua família. Espantada com a alteração de seus modos desde a última vez que se viram, cada frase que ele pronunciava aumentava o constrangimento dela; e todas as ideias da inconveniência de ela ser encontrada lá se repetindo em sua mente, os poucos minutos em que eles continuaram foram alguns dos mais desconfortáveis de sua vida. Nem ele parecia muito mais à vontade; quando falava, seu tom não tinha nada de sua calma habitual; e ele repetiu suas perguntas sobre quando ela deixou Longbourn, e de sua estadia em Derbyshire, tantas vezes, e de maneira tão apressada, que claramente demonstrava o quão atordoados eram seus pensamentos.

Por fim, todas as suas ideias pareceram se esgotar; e, depois de ficar alguns momentos sem dizer uma palavra sequer, de repente ele se recompôs e se despediu.

Os outros então se juntaram a ela e expressaram admiração pela aparência dele; mas Elizabeth não ouviu uma palavra sequer e, totalmente absorta em seus próprios sentimentos, seguiu-os em silêncio. Ela foi dominada por vergonha e aflição. Ter ido até lá foi a coisa mais infeliz e imprudente do mundo! Que estranho deveria parecer para ele! Em que luz vergonhosa isso seria visto por um homem tão vaidoso! Pode parecer que ela se atirou de propósito em seu caminho novamente! Ah! Por que ela viera? Ou, por que ele voltara um dia antes do esperado? Se tivessem chegado apenas dez minutos antes, estariam fora do alcance de serem vistos por ele; pois estava claro que ele naquele momento tinha acabado de chegar — acabado de descer de seu cavalo ou de sua carruagem naquele exato momento. Ela corou de novo e de novo com a perversidade do encontro. E seu comportamento, tão surpreendentemente mudado — o que poderia significar? Que ele tivesse ido falar com ela já era de se espantar! Mas falar com tanta cordialidade, perguntar de sua família! Nunca em sua vida ela tinha visto seus modos tão pouco altivos, ele nunca tinha falado com tanta gentileza como nesse encontro inesperado. Que contraste com a forma como ele se dirigiu a ela em Rosings Park, quando ele colocou a carta na mão dela! Ela não sabia o que pensar, ou como explicar isso.

Eles haviam entrado em um belo passeio à beira da água, e cada passo trazia para adiante uma decaída maior no terreno, ou um alcance mais delicado dos bosques aos quais estavam se aproximando; mas demorou algum tempo até que Elizabeth se desse conta de seus arredores; e, embora respondesse mecanicamente aos repetidos apelos de seu tio e tia, e parecesse dirigir os olhos para onde eles apontavam, ela não distinguia nenhuma parte do cenário. Seus pensamentos estavam todos fixos naquele ponto de Pemberley House, qualquer que fosse, onde Mr. Darcy estava então. Ela ansiava por saber o que se passava na mente dele naquele momento — de que maneira ele pensava nela e se, apesar de tudo, ela ainda lhe era querida. Talvez ele tivesse sido cortês apenas porque se sentiu à vontade; no entanto, havia *algo* em sua voz que não se parecia com estar à vontade. Se ele havia sentido mais dor ou prazer ao vê-la, ela não sabia dizer, mas ele certamente não tinha mantido sua compostura ao vê-la.

Por fim, porém, as observações de seus companheiros sobre sua falta de ânimo a despertaram, e ela sentiu a necessidade de aparentar que estava perfeitamente bem. Eles entraram no bosque e, dando adeus ao rio por um tempo, subiram alguns dos terrenos mais altos; quando, em pontos onde a abertura das árvores dava aos olhos o poder de divagar por muitas vistas encantadoras do vale, das colinas do lado oposto, com a longa extensão de bosques se espalhando por muito e, ocasionalmente, parte do riacho.

Mr. Gardiner expressou o desejo de dar a volta por todo o jardim, mas temeu que pudesse estar além de uma caminhada. Com um sorriso triunfante, foi-lhes dito que circundava por cerca de dezesseis quilômetros. Isso resolveu o assunto; e eles seguiram o circuito costumeiro; que os trouxe novamente, depois de algum tempo, a uma descida entre matas suspensas, até a beira da água, e uma de suas partes mais estreitas. Atravessaram-na por uma ponte simples que condizia com o aspecto geral do cenário; era um local menos adornado do que qualquer outro que eles já tivessem visitado; e o vale, aqui contraído em uma ravina, dava espaço apenas para o riacho, e um caminho estreito entre o bosque rústico de talhadia que o cercava.

Elizabeth ansiava por explorar suas curvas; mas quando eles atravessaram a ponte e perceberam a distância da casa, Mrs. Gardiner, que não era uma grande caminhante, não pôde ir mais longe e pensou apenas em voltar para a carruagem o mais rápido possível. Sua sobrinha foi, portanto, obrigada a submeter-se, e eles seguiram em direção a casa pelo outro lado do rio, pelo caminho mais próximo; mas o progresso deles foi lento, pois Mr. Gardiner, embora raramente capaz de satisfazer seu gosto, gostava muito de pescar e estava tão ocupado em observar o aparecimento ocasional de algumas trutas na água, e falar com o homem sobre elas, que avançou pouco. Enquanto vagavam dessa maneira lenta, eles foram novamente surpreendidos, e o espanto de Elizabeth foi bem igual ao que tivera no início, pela visão de Mr. Darcy se aproximando deles, e não a uma grande distância.

A caminhada sendo aqui menos coberta do que do outro lado, permitiu que eles o vissem antes de se encontrarem. Elizabeth, embora espantada, estava pelo menos mais preparada para um encontro do que antes, e resolveu aparentar e falar com calma, se ele realmente pretendesse ir até eles. Por alguns momentos, na verdade, ela sentiu que ele provavelmente iria seguir algum outro caminho. A ideia durou enquanto uma curva no caminho o escondia da vista deles; depois da virada, ele estava imediatamente diante deles. Com um olhar de relance, ela viu que ele não havia perdido nada de sua recente cordialidade; e, para imitar sua polidez, ela começou, ao se encontrarem, a admirar a beleza do lugar; mas não tinha ido além das palavras "delicioso" e "encantador", quando algumas lembranças infelizes se intrometeram, e ela imaginou que seus elogios a Pemberley poderiam ser mal interpretados. Sua cor mudou, e ela não disse mais nada.

Mrs. Gardiner estava um pouco atrás; e quando ela parou de falar, ele perguntou se ela lhe daria a honra de apresentá-lo a seus amigos. Esse foi um golpe de cordialidade para o qual ela não estava preparada; e mal pôde reprimir um sorriso por ele estar agora buscando o conhecimento de algumas dessas mesmas pessoas contra as quais seu orgulho se revoltara quando lhe fez o pedido. *Qual não será a surpresa dele*, pensou ela, *quando souber quem eles são? Ele acredita agora que são pessoas importantes*.

A apresentação, porém, foi feita imediatamente; e, ao nomear seu parentesco com eles, lançou-lhe um olhar malicioso, para ver como ele reagiria, e tinha a expectativa de que ele se afastasse o mais rápido possível de companheiros tão vergonhosos. Que ele estava *surpreso* com o parentesco deles era evidente; sua reação, no entanto, foi firme, e em vez de ir embora, voltou com eles e começou a conversar com Mr. Gardiner. Elizabeth não podia deixar de ficar satisfeita, não podia deixar de sentir-se triunfante. Era consolador que ele soubesse que ela tinha parentes pelos quais não havia necessidade de corar. Ela ouvia com a maior atenção tudo o que sucedia entre eles e se vangloriava em cada expressão, cada frase de seu tio que demonstrava sua inteligência, seu bom gosto ou suas boas maneiras.

A conversa logo se voltou para a pesca; e ela ouviu Mr. Darcy convidá-lo, com a maior cortesia, para pescar lá quantas vezes ele quisesse enquanto estivesse na vizinhança, oferecendo-se ao mesmo tempo para fornecer-lhe equipamento de pesca e apontando as partes do riacho onde geralmente havia mais peixe. Mrs. Gardiner, que caminhava de braços dados com Elizabeth, lançou-lhe um olhar expressivo de admiração. Elizabeth não disse nada, mas isso a gratificou muito; o elogio deveria ser todo para ela.

Seu espanto, no entanto, era extremo, e ela repetia continuamente para si: *Por que ele está tão mudado? Qual seria o motivo? Não pode ser por mim, não pode ser por* mim *que seus modos foram tão suavizados. Minhas reprovações em Hunsford não poderiam operar uma mudança como essa. É impossível que ele ainda me ame.*

Depois de algum tempo andando assim, as duas damas na frente, os dois cavalheiros atrás, ao retomarem seus lugares, depois de descerem à beira do rio para melhor inspecionar alguma curiosa planta aquática, houve uma pequena alteração. Originou-se de Mrs. Gardiner, que, fatigada pelo exercício da manhã, achou o braço de Elizabeth inadequado para apoiar-se e, consequentemente, preferiu o do marido. Mr. Darcy tomou seu lugar ao lado de sua sobrinha, e eles caminharam juntos. Depois de um breve silêncio, a dama foi a primeira a falar. Ela queria que ele soubesse que ela havia sido assegurada de sua ausência antes de chegar ao local e, portanto, começou por observar que sua chegada havia sido muito inesperada:

— Pois sua governanta — acrescentou ela — nos informou que o senhor certamente não estaria aqui até amanhã; e, de fato, antes de sairmos de Bakewell, entendemos que o senhor não era esperado imediatamente no campo.

Ele reconheceu a verdade de tudo isso e disse que negócios com seu intendente o levaram a vir algumas horas antes do resto do grupo com o qual viajava.

— Eles se juntarão a mim amanhã cedo — continuou ele — e entre os quais estão algumas pessoas que já conhece, Mr. Bingley e suas irmãs.

Elizabeth respondeu apenas com uma leve reverência. Seus pensamentos foram instantaneamente levados de volta para a última vez em que o nome de Mr. Bingley fora mencionado entre eles; e, ao julgar pela aparência *dele*, sua mente não estava ocupada de maneira muito diferente.

— Há também outra pessoa no grupo — continuou ele, após uma pausa — que particularmente deseja conhecê-la. A senhorita me permite, se não for pedir demais, apresentá-la à minha irmã durante sua estadia em Lambton?

A surpresa de tal solicitação foi realmente grande; tão grande que ela nem se deu conta de que maneira ela concordara. Ela imediatamente sentiu que qualquer desejo que Miss Darcy pudesse ter de conhecê-la deveria ser obra de seu irmão e, sem ponderar além disso, foi-lhe satisfatório; gratificante saber que seu ressentimento não o fizera pensar muito mal dela.

Eles agora caminhavam em silêncio, cada um deles profundamente absorto em pensamentos. Elizabeth não estava confortável; isso era impossível; mas ela ficou lisonjeada e satisfeita. Seu desejo de apresentar a irmã a ela era um elogio da mais alta conta. Eles logo ultrapassaram os outros e, quando chegaram à carruagem, Mr. e Mrs. Gardiner estavam a cerca de duzentos metros atrás deles.

Ele então pediu que ela entrasse na casa, mas ela declarou que não estava cansada e eles ficaram juntos no gramado. Naquele momento, muito poderia ter sido dito, e o silêncio era constrangedor. Ela queria conversar, mas parecia haver uma restrição em todos os assuntos. Por fim, ela se lembrou de que estivera viajando, e eles falaram de Matlock e Dove Dale com grande persistência. No entanto, o tempo e sua tia moviam-se lentamente, e sua paciência e suas ideias estavam quase esgotadas antes que o *tête-à-tête* terminasse.

Quando Mr. e Mrs. Gardiner chegaram, todos foram convidados a entrar na casa e comer um aperitivo; mas eles recusaram, e se separaram com extrema polidez de ambos os lados. Mr. Darcy ajudou as damas a subirem na carruagem; e quando partiram, Elizabeth o viu caminhando lentamente em direção a casa.

As observações do tio e da tia começaram então; e cada um declarou que ele era infinitamente superior a qualquer coisa que esperavam.

— Ele é perfeitamente bem-comportado, educado e despretensioso — disse seu tio.

— Há algo um pouco majestoso nele, sem dúvida — respondeu sua tia —, mas inerente a ele e não soa impróprio. Agora posso concordar com a governanta que, embora algumas pessoas possam chamá-lo de orgulhoso, *eu* não vi nada disso nele.

— Nunca fiquei mais surpreso do que com o comportamento dele conosco. Foi mais do que cordial; foi muito atencioso; e não havia necessidade de tal atenção. O fato de ele conhecer Elizabeth era muito trivial para tanto.

— Com certeza, Lizzy — disse sua tia —, ele não é tão bonito quanto Wickham; ou melhor, ele não tem o semblante de Wickham, pois suas feições são perfeitamente bonitas. Mas por qual motivo me disse que ele era tão desagradável?

Elizabeth se desculpou o melhor que pôde; disse que gostara mais dele quando se encontraram em Kent do que antes, e que nunca o tinha visto tão agradável como nesta manhã.

— Mas talvez ele possa ser um pouco extravagante em suas cortesias — respondeu seu tio. — Homens importantes muitas vezes são; e, portanto, não levarei em conta o que ele disse, pois ele pode mudar de ideia outro dia e me expulsar de sua propriedade.

Elizabeth sentiu que eles haviam entendido mal seu caráter, mas não disse nada.

— Pelo que vimos dele — continuou Mrs. Gardiner —, realmente não teria me ocorrido que ele poderia ter se comportado de uma maneira tão cruel com alguém como fez com o pobre Wickham. Ele não tem um olhar maldoso. Pelo contrário, há algo de agradável em sua boca quando fala. E há algo digno em seu semblante que não daria uma ideia desfavorável de seu coração. Mas, com certeza, a boa senhora que nos mostrou sua casa deu uma descrição exagerada de seu caráter! Eu mal podia deixar de rir alto às vezes. Mas ele é um amo generoso, suponho, e *isso* aos olhos de um criado abrange todas as virtudes.

Elizabeth aqui sentiu-se obrigada a dizer algo em defesa de seu comportamento com Wickham; e, portanto, deu-lhes a entender, da maneira mais cautelosa possível, que pelo que ela ouvira de seus parentes em Kent, suas ações permitiam uma interpretação muito diferente; e que seu caráter não era de modo algum tão falho, nem o de Wickham tão amável, como haviam sido considerados em Hertfordshire. Em confirmação disso, ela relatou os detalhes de todas as transações pecuniárias em que eles estavam relacionados, sem citar sua fonte, mas declarando que era confiável.

Mrs. Gardiner ficou surpresa e preocupada; mas, à medida que se aproximavam do cenário de seus prazeres anteriores, cada pensamento cedeu ao encanto da lembrança; e ela estava ocupada demais em mostrar ao marido todos os pontos interessantes em seus arredores para pensar em qualquer outra coisa. Apesar de estarem cansados da caminhada matinal, mal haviam jantado, partiram novamente para encontrar-se com antigos conhecidos de Mrs. Gardiner, e a noite foi passada nas satisfações de um reencontro após muitos anos.

As ocorrências do dia tinham sido interessantes demais para permitir que Elizabeth desse muita atenção para qualquer um desses novos amigos; e ela não podia fazer nada além de pensar, e pensar com admiração, na cordialidade de Mr. Darcy e, acima de tudo, em seu desejo de que ela conhecesse sua irmã.

Capítulo 44

Elizabeth havia combinado que Mr. Darcy traria sua irmã para visitá-la no dia seguinte ao que ela chegasse a Pemberley; e, consequentemente, estava decidida a não perder de vista a estalagem durante toda aquela manhã. Mas suas conjecturas estavam erradas; pois na manhã seguinte à sua chegada a Lambton vieram esses visitantes. Elizabeth e seus tios estiveram andando pelo local com alguns de seus novos amigos, e voltavam para a hospedagem a fim de se vestirem para jantar com aquela mesma família, quando o som de uma carruagem os atraiu para a janela, e viram um cavalheiro e uma dama em uma carruagem curricle* dirigindo pela rua. Elizabeth imediatamente reconheceu a libré**, inferiu o que queria dizer e compartilhou sua grande surpresa com seus parentes, familiarizando-os com a honra que ela esperava. Seu tio e sua tia ficaram maravilhados; e o constrangimento de sua maneira de falar, somado à própria circunstância, e muitas das circunstâncias do dia anterior, abriu-lhes uma nova ideia sobre o assunto. Nada jamais havia sugerido isso antes, mas eles achavam que não havia outra maneira de explicar tais atenções a não ser supondo um interesse por sua sobrinha. Enquanto essas noções recém-surgidas passavam por suas cabeças, a aflição dos sentimentos de Elizabeth aumentava a cada instante. Ela estava bastante espantada com sua própria descompostura; mas, entre outras causas de inquietação, temia que a preferência do irmão tivesse dito demais a seu favor; e, mais do que comumente ansiosa por agradar, ela naturalmente suspeitava que todo poder de agradar lhe falharia.

* Carruagem leve e aberta, com duas rodas e uma capota reversível. Era puxada por um par de cavalos e havia um espaço atrás da capota para o lacaio. (N. da T.)
** Uniforme de um criado de uma casa senhorial; nesse caso, poderia ser do cocheiro ou de um lacaio que iria atrás da carruagem. (N. da T.)

Ela se afastou da janela, com medo de ser vista; e enquanto andava para cima e para baixo na sala, tentando recompor-se, viu tais olhares de surpresa inquisitiva em seu tio e tia que tornaram tudo pior.

Miss Darcy e seu irmão apareceram, e essa apresentação formidável aconteceu. Com espanto, Elizabeth viu que sua nova conhecida estava pelo menos tão envergonhada quanto ela. Desde que estivera em Lambton, ela ouvira dizer que Miss Darcy era extremamente orgulhosa; mas observá-la por alguns minutos a convenceu de que ela era apenas excessivamente tímida. Ela achou difícil obter dela até mesmo uma palavra além de um monossílabo.

Miss Darcy era alta, muito mais alta que Elizabeth; e, embora tivesse pouco mais de dezesseis anos, era bem encorpada e sua aparência, feminina e graciosa. Ela não era tão bonita quanto o irmão; mas havia bom senso e bom humor em seu rosto, e seus modos eram perfeitamente despretensiosos e gentis. Elizabeth, que esperava encontrar nela uma observadora tão perspicaz e resoluta como sempre fora Mr. Darcy, ficou muito aliviada ao identificar sentimentos tão diferentes.

Eles não estavam juntos há muito tempo quando Mr. Darcy disse a ela que Bingley também estava vindo para vê-la; e ela mal teve tempo de expressar sua satisfação e se preparar para tal visitante, quando os passos rápidos de Bingley foram ouvidos na escada, e em um momento ele entrou na sala. Toda a raiva de Elizabeth contra ele havia passado há muito tempo; mas se ela ainda sentisse alguma, dificilmente poderia resistir à cordialidade modesta com que ele se expressou ao vê-la novamente. Ele perguntou de maneira amigável, embora genérica, sobre a família dela, e aparentava e falava com a mesma facilidade bem-humorada de sempre.

Para Mr. e Mrs. Gardiner, ele não era uma pessoa de menos interesse do que para ela. Há muito que desejavam vê-lo. O grupo todo diante deles, de fato, chamou-lhes grande atenção. As suspeitas que acabavam de surgir sobre Mr. Darcy e sua sobrinha dirigiram sua observação para cada um com uma indagação séria, embora cautelosa; e logo tiraram dessas indagações a plena convicção de que pelo menos um deles sabia o que era estar apaixonado. Quanto às sensações da dama ficaram um pouco em dúvida; mas que o cavalheiro transbordava de admiração era bastante evidente.

Elizabeth, por sua vez, tinha muito o que fazer. Ela queria averiguar os sentimentos de cada um de seus visitantes; queria recompor os seus e ser agradável a todos; e neste último objetivo, em que ela mais temia falhar, ela estava mais certa do sucesso, pois aqueles a quem ela tentava dar prazer estavam predispostos a seu favor. Bingley estava disposto, Georgiana desejosa e Darcy decidido a serem satisfeitos.

216

Ao ver Bingley, seus pensamentos naturalmente voaram para sua irmã; e, ah! Quão ardentemente ela ansiava saber se algum dos dele seguira o mesmo rumo dos seus. Às vezes, ela pensava que ele falava menos do que em ocasiões anteriores, e uma ou duas vezes se contentava com a ideia de que, enquanto ele olhava para ela, estava tentando enxergar nela traços da irmã. Mas, embora isso pudesse ser imaginário, ela não podia ser enganada quanto ao comportamento dele com Miss Darcy, que havia sido colocada como rival de Jane. Nenhum olhar apareceu em ambos os lados que expressasse uma consideração particular. Nada ocorreu entre eles que pudesse justificar as esperanças de sua irmã. Nesse ponto, ela logo ficou satisfeita; e duas ou três pequenas circunstâncias ocorreram antes de partirem, o que, em sua ansiosa interpretação, denotava uma lembrança de Jane imbuída em ternura, e um desejo de dizer mais que poderia levar à menção dela, caso ele tivesse ousado. Ele observou para ela, quando os outros conversavam entre si, e em um tom que tinha algo de verdadeiro pesar, que "fazia muito tempo que ele não tinha o prazer de vê-la"; e, antes que ela pudesse responder, ele acrescentou: "Já se passaram mais de oito meses. Não nos encontramos desde 26 de novembro, quando estávamos todos dançando em Netherfield".

Elizabeth ficou satisfeita por ver que sua memória era tão precisa; e mais tarde ele aproveitou a ocasião para perguntar a ela, quando desacompanhado por qualquer um dos outros, se *todas* as suas irmãs estavam em Longbourn. Não havia muito na pergunta, nem na observação anterior; mas havia um olhar e uma maneira que lhes deram um significado.

Não era sempre que ela podia voltar os olhos para Mr. Darcy; mas, sempre que olhava para ele de relance, via uma expressão de complacência geral e ouvia, em tudo o que ele dizia, um tom tão distante da arrogância ou do desdém por seus companheiros que a convenceu de que a melhora de maneiras que ela havia presenciado ontem, por mais temporária que sua existência pudesse ser, tinha ao menos sobrevivido um dia. Quando ela o viu assim tentando conhecer melhor e ganhar a boa opinião de pessoas com quem qualquer relação há alguns meses teria sido uma vergonha — quando ela o viu tão cortês, não apenas com ela, mas com os parentes de quem ele havia abertamente desdenhado, e recordou a última vez que se encontraram no Presbitério Hunsford —, a diferença, a mudança fora tão grande, e atingiu sua mente com tanta força, que ela mal pôde conter seu espanto. Nunca, mesmo na companhia de seus amigos queridos em Netherfield, ou de seus parentes altivos em Rosings, ela o vira tão desejoso de agradar, tão livre de presunção ou reserva irredutível, como agora, quando nenhum ganho poderia advir do sucesso de seus esforços, e quando mesmo o conhecimento daqueles a quem suas atenções eram dirigidas atraía o ridículo e a censura das damas de Netherfield e Rosings.

Os visitantes ficaram com eles mais de meia hora; e quando se levantaram para partir, Mr. Darcy chamou sua irmã para se juntar a ele em expressar seu desejo de ver Mr. e Mrs. Gardiner, e Miss Bennet, para jantar em Pemberley, antes de partirem. Miss Darcy, embora com uma timidez que demonstrava que ela tinha pouco hábito de fazer convites, obedeceu prontamente. Mrs. Gardiner olhou para a sobrinha, desejosa de saber como *ela*, a quem o convite mais interessava, se sentia em relação a aceitá-lo, mas Elizabeth havia virado a cabeça. Presumindo, no entanto, que essa evasão calculada expressava mais um constrangimento momentâneo do que qualquer desagrado com a proposta, e vendo no marido, que gostava de companhia, uma perfeita prontidão em aceitá-la, ela aventurou-se a aceitar, e o jantar foi combinado para dali a dois dias.

Bingley expressou grande prazer na certeza de ver Elizabeth novamente, tendo ainda muito a dizer a ela, e muitas perguntas a fazer sobre todos os seus amigos de Hertfordshire. Elizabeth, interpretando tudo isso como um desejo de ouvi-la falar de sua irmã, ficou satisfeita e, por isso, assim como por alguns outros motivos, viu-se, quando os visitantes os deixaram, capaz de pensar na última meia hora com alguma satisfação, embora ao longo dela seu prazer fora pouco. Ansiosa por ficar sozinha e temerosa de perguntas ou insinuações de seu tio e tia, ela ficou com eles apenas o tempo suficiente para ouvir sua opinião favorável sobre Bingley, e então correu para se vestir.

Mas ela não tinha motivos para temer a curiosidade de Mr. e Mrs. Gardiner; não era intuito deles forçá-la a contar nada. Era evidente que ela conhecia muito melhor Mr. Darcy do que eles imaginavam; e que ele estava muito apaixonado por ela. Eles viram muito que lhes despertou interesse, mas nada que justificasse averiguações.

Ansiavam por pensar bem de Mr. Darcy; e, até onde suas relações com ele se estendiam, não havia falhas a serem encontradas. Eles não podiam deixar de ser tocados por sua polidez; e se eles tivessem inferido seu caráter através de seus próprios sentimentos e pelo relato de sua criada, sem nenhuma referência a qualquer outra descrição dele, o círculo em Hertfordshire ao qual ele era conhecido não o reconheceria como sendo Mr. Darcy. Mas agora havia interesse em acreditar na governanta; e logo perceberam que a confiabilidade de uma criada que o conhecia desde os quatro anos de idade e cujos modos indicavam sua respeitabilidade não devia ser rechaçada tão cedo. Tampouco ocorrera algo de acordo com a informação de seus amigos de Lambton que pudesse diminuir substancialmente seu peso. Eles não tinham do que acusá-lo a não ser do orgulho; orgulho ele provavelmente tinha, e se não, certamente lhe seria imputado pelos habitantes de uma pequena cidade mercantil onde a família não era conhecida. Reconheceu-se, no entanto, que ele era um homem generoso e fazia muito pelos pobres. Com relação a Wickham, os viajantes logo descobriram que ele não era muito estimado; pois embora não se soubesse ao certo qual era o problema entre ele e o filho de seu benfeitor, ainda era um fato bem conhecido que, ao deixar Derbyshire, havia abandonado muitas dívidas, que Mr. Darcy depois pagou.

Quanto a Elizabeth, seus pensamentos estavam em Pemberley esta noite mais do que na última; e a noite, embora parecesse longa, não foi longa o bastante para determinar seus sentimentos em relação a *alguém* naquela mansão; e ela ficou acordada duas horas inteiras tentando decifrá-los. Ela certamente não o odiava. Não; o ódio havia desaparecido há muito tempo, quase tanto tempo quanto se envergonhara por ter sentido uma antipatia por ele, se é que assim se poderia nomear. O respeito criado pela convicção de suas valiosas qualidades, embora a princípio admitido de má vontade, há algum tempo deixou de ser repugnante para seus sentimentos; e agora fora intensificado em uma natureza um pouco mais amigável, pelo testemunho tão altamente em seu favor, e apresentando seu temperamento em uma luz tão amável, que ontem havia ocorrido. Mas acima de tudo, acima do respeito e da estima, havia dentro dela um motivo para a boa vontade que não podia ser ignorado. Era gratidão; gratidão, não apenas por tê-la amado uma vez, mas por amá-la ainda e o suficiente para perdoar toda a petulância e aspereza de seus modos ao rejeitá-lo, e todas as acusações injustas que acompanharam sua rejeição. Ele que, ela acreditara, a evitaria como sua maior inimiga, parecia, nesse encontro casual, mais ansioso para manter sua relação, e sem qualquer demonstração indelicada de consideração, ou qualquer peculiaridade em seus modos, que diziam respeito apenas a eles dois, estava almejando a boa opinião dos amigos dela e empenhado em apresentá-la à sua irmã. Tal mudança em um homem tão orgulhoso incita não apenas espanto, mas gratidão — pois ao amor, um amor ardente deve ser atribuído; e, como tal, a impressão que causou nela era que deveria ser encorajado, por não ser de forma alguma desagradável, embora não pudesse ser definido com precisão. Ela o respeitava, estimava, era grata a ele, sentia um interesse real por seu bem-estar; e só queria saber até que ponto desejava que esse bem-estar dependesse dela, e até que ponto seria para a felicidade de ambos que ela empregasse o poder, que sua imaginação lhe dizia ainda possuir, de ocasionar a renovação de seu pedido*.

Ficou acertado à noite entre a tia e a sobrinha que uma cortesia tão impressionante como a de Miss Darcy vir vê-los no mesmo dia de sua chegada a Pemberley, pois ela havia chegado a tempo apenas de um café da manhã tardio, deveria ser imitado, embora não pudesse ser igualado, através de algum esforço de polidez de sua parte; e, por consequência, que seria altamente conveniente visitá-la em Pemberley na manhã seguinte. Elas deveriam, portanto, ir. Elizabeth ficou satisfeita; embora, ao se perguntar o motivo, tivesse muito pouco a dizer em resposta.

Mr. Gardiner as deixou logo após o café da manhã. O plano de pesca havia sido renovado no dia anterior, e firmado um compromisso de seu encontro com alguns dos cavalheiros em Pemberley antes do meio-dia.

---

* Na época, era impensável para uma mulher pedir a mão de um homem ou dar a entender muito claramente ansiar que o homem a pedisse em casamento. (N. da T.)

Capítulo 45

Convencida como Elizabeth estava agora de que a antipatia de Miss Bingley por ela tinha se originado no ciúme, ela não podia deixar de sentir o quão desagradável sua aparição em Pemberley seria para ela, e estava curiosa para saber com quanta cordialidade aquela senhorita a receberia agora.

Ao chegarem a casa, foram conduzidas através da antessala ao salão, cuja faceta norte o tornava delicioso para o verão. As janelas que abriam para o pátio tinham uma vista muito refrescante das altas colinas arborizadas atrás da casa e dos belos carvalhos e castanheiras que se espalhavam pelo gramado intermediário.

Nessa casa foram recebidas por Miss Darcy, que estava sentada com Mrs. Hurst e Miss Bingley, e a dama com quem ela morava em Londres. A recepção por parte de Georgiana foi muito cortês, mas acompanhada de todo o embaraço que, embora procedendo da timidez e do medo de errar, facilmente daria àqueles que se sentiam inferiores a crença de que ela era orgulhosa e reservada. Mrs. Gardiner e sua sobrinha, porém, a entenderam e tiveram compaixão.

Por Mrs. Hurst e Miss Bingley elas foram notadas apenas por uma reverência; e, ao se sentarem, uma pausa, por mais incômoda que essas pausas sempre devam ser, sucedeu por alguns momentos. Foi quebrada pela primeira vez por Mrs. Annesley, uma mulher refinada e de aparência agradável, cujo esforço para introduzir algum tipo de conversa provou que ela era mais bem-educada do que qualquer uma das outras; e entre ela e Mrs. Gardiner, com a ajuda ocasional de Elizabeth, a conversa continuou. Miss Darcy parecia reunir coragem suficiente para se juntar a ela; e às vezes arriscava uma frase curta quando havia menos perigo de ser ouvida.

Elizabeth logo percebeu que estava sendo observada atentamente por Miss Bingley, e que não podia falar uma palavra sequer, especialmente para Miss Darcy, sem chamar sua atenção. Essa observação não a teria impedido de tentar falar com ela, se não estivessem sentadas a uma distância inconveniente; mas não lamentou ser poupada da necessidade de falar muito. Seus próprios pensamentos a ocupavam. Estava na expectativa de que a qualquer momento alguns dos cavalheiros entrassem no cômodo. Ela desejava, temia, que o dono da casa pudesse estar entre eles; e se ela mais desejava ou temia isso, mal podia determinar. Depois de ficar assim um quarto de hora sem ouvir a voz de Miss Bingley, Elizabeth foi despertada ao receber dela uma fria pergunta sobre a saúde de sua família. Ela respondeu com igual indiferença e brevidade, e a outra não disse mais nada.

A próxima variação que sua visita proporcionou foi produzida pela entrada de criados com carnes frias, bolo e uma variedade de todas as melhores frutas da estação; mas isso só aconteceu depois que muitos olhares e sorrisos significativos de Mrs. Annesley para Miss Darcy foram dados, para lembrá-la de seu posto de anfitriã. Agora havia ocupação para todo o grupo — pois, embora nem todos pudessem falar, todos podiam comer; e as belas pirâmides de uvas, nectarinas e pêssegos logo as reuniu em volta da mesa.

Enquanto assim se ocupava, Elizabeth teve uma boa oportunidade de decidir se ela mais temia ou desejava a aparição de Mr. Darcy, pelos sentimentos que prevaleceram quando ele entrou no cômodo; e então, embora apenas um momento antes ela tivesse acreditado que predominava seu desejo, começou a lamentar que ele tivesse vindo.

Ele estivera algum tempo com Mr. Gardiner, que, com dois ou três outros cavalheiros da casa, estava ocupado à beira do rio, e o deixou apenas ao saber que as damas da família pretendiam visitar Georgiana naquela manhã. Assim que ele apareceu, Elizabeth sabiamente decidiu ficar perfeitamente tranquila e desembaraçada; uma resolução ainda mais necessária a ser tomada, mas talvez não mais facilmente mantida, porque ela viu que suspeitas sobre eles foram despertadas em todo o grupo, e que quase não havia um olho que não observasse o comportamento dela quando ele entrou no cômodo. Em nenhum semblante a curiosidade atenta era tão visível como no de Miss Bingley, apesar dos sorrisos que se espalhavam em seu rosto sempre que ela falava com um de seus alvos; pois o ciúme ainda não a deixara desesperada, e suas atenções com Mr. Darcy não haviam de forma alguma se extinguido. Miss Darcy, depois de seu irmão entrar, esforçou-se muito mais para conversar, e Elizabeth percebeu que ele estava ansioso para que sua irmã e ela se conhecessem melhor, e prolongava o máximo possível todas as tentativas de conversa de ambos os lados. Miss Bingley também viu tudo isso; e, na imprudência da cólera, aproveitou a primeira oportunidade para dizer, com uma cordialidade sarcástica:

— Diga, Miss Eliza, a milícia do condado não foi embora de Meryton? Há de ter sido uma grande perda para *sua* família.

Na presença de Darcy, ela não ousou mencionar o nome de Wickham; mas Elizabeth compreendeu instantaneamente que era a ele que ela se referia; e as várias lembranças ligadas ao rapaz causaram-lhe um momento de angústia; mas esforçando-se vigorosamente para repelir o ataque mal-humorado, ela logo respondeu à pergunta em um tom razoavelmente imparcial. Enquanto ela falava, com um olhar involuntário viu Darcy, com uma tez ruborizada, olhando seriamente para ela, e sua irmã tomada pela perplexidade e incapaz de erguer os olhos. Se Miss Bingley soubesse a dor que estava causando à sua querida amiga, sem dúvida teria evitado a insinuação; mas ela pretendia apenas perturbar Elizabeth mencionando um homem por quem acreditava que Elizabeth tivesse apreço, para fazê-la demonstrar uma sensibilidade que poderia prejudicá-la na opinião de Darcy e, talvez, lembrá-la de todas as tolices e absurdos nos quais certa parte de sua família estava envolvida em relação a esse regimento. Nem uma sílaba sobre a tentativa de fuga de Miss Darcy havia chegado até ela. A nenhuma criatura fora revelado, nas situações em que manter tal segredo era possível, exceto a Elizabeth; e Mr. Darcy ansiava particularmente esconder o ocorrido de todas as relações de Bingley, por causa do próprio desejo, que Elizabeth há muito tempo lhe atribuía, de que elas se tornassem relações *de sua irmã* no futuro. Mr. Darcy certamente havia cogitado tal plano e, ainda que isso não significasse que seu empenho para separá-lo de Miss Bennet tivesse essa motivação, é provável que isso pudesse acrescentar algo à sua grande preocupação pelo bem-estar de seu amigo.

O comportamento ponderado de Elizabeth, no entanto, logo acalmou a emoção dele; e como Miss Bingley, irritada e desapontada, não ousou aproximar-se mais da menção de Wickham, Georgiana também se recuperou com o tempo, embora não o suficiente para poder falar mais. Seu irmão, cujo olhar ela temia encontrar, mal se lembrava de seu envolvimento no caso, e a própria circunstância que tinha sido projetada para desviar seus pensamentos de Elizabeth parecia tê-los fixado nela cada vez mais animadoramente.

Sua visita não demorou muito depois da pergunta e da resposta acima mencionadas; e enquanto Mr. Darcy as auxiliava a subir na carruagem, Miss Bingley desabafava seus sentimentos criticando a personalidade, o comportamento e as roupas de Elizabeth. Mas Georgiana não quis se juntar a ela. A recomendação de seu irmão fora suficiente para garantir seu favor; o julgamento dele não podia estar equivocado. E ele falara de Elizabeth de tal maneira que deixaram Georgiana sem o poder de achá-la qualquer coisa senão adorável e amável. Quando Darcy voltou ao salão, Miss Bingley não pôde deixar de repetir para ele alguma parte do que estivera dizendo à irmã dele.

— Como Miss Eliza Bennet parecia estar muito doente nesta manhã, Mr. Darcy — exclamou ela. — Eu nunca na minha vida vi alguém tão mudada quanto ela desde o inverno. Ela está tão queimada* e áspera! Louisa e eu estávamos concordando que não a teríamos reconhecido.

Por mais que Mr. Darcy não gostasse de tal fala, ele se contentou em responder friamente que não percebera qualquer alteração além de ela estar um pouco bronzeada, o que não era nenhuma consequência milagrosa quando se viaja no verão.

— De minha parte — retrucou ela —, devo confessar que nunca pude ver nenhuma beleza nela. Seu rosto é muito fino; sua tez não tem nenhum esplendor; e suas feições não são nada bonitas. Ao seu nariz falta personalidade, não há nada marcante em suas linhas. Seus dentes são toleráveis, mas nada fora do comum; e quanto aos seus olhos, que já foram algumas vezes chamados de muito belos, nunca vi nada de extraordinário neles. Ela tem um olhar penetrante e rabugento, do qual não gosto nada; e em seu ar há uma presunção deselegante que é intolerável.

Persuadida como Miss Bingley estava de que Darcy admirava Elizabeth, esse não era o melhor método de ganhar a estima dele; mas as pessoas enfurecidas nem sempre são sábias; e ao vê-lo finalmente parecer um pouco irritado, ela teve todo o sucesso que esperava. Ele estava resolutamente calado, porém, decidida a fazê-lo falar, ela continuou:

— Lembro-me, quando a conhecemos em Hertfordshire, como todos ficamos surpresos ao descobrir que ela era conhecida por sua beleza; e lembro-me particularmente de o senhor ter dito uma noite, depois de jantarem em Netherfield, "Se *ela* é uma beldade, devo chamar sua mãe de inteligente, então?". Mas depois ela pareceu melhorar aos seus olhos, e acredito que já a achou bastante bonita alguma vez.

— Sim — respondeu Darcy, que não pôde mais se conter —, mas *isso* foi apenas quando a vi pela primeira vez, pois há muitos meses que a considero uma das mulheres mais bonitas que conheço.

---

* Na época, as mulheres carregavam guarda-sóis para ficarem o mais pálida possível, seguindo o padrão de beleza da época, associado às classes altas que, por não trabalharem, não tomavam sol. Aqui, portanto, o insulto a Elizabeth é duplo: por sua aparência e, indiretamente, à sua classe social. (N. da T.)

Ele então foi embora, e Miss Bingley ficou com toda a satisfação de tê-lo forçado a dizer algo que não causou dor a ninguém além dela mesma.

Mrs. Gardiner e Elizabeth falaram de tudo o que acontecera durante a visita, quando voltaram, exceto o que interessara particularmente a ambas. A aparência e o comportamento de todos que elas viram foram discutidos, exceto da pessoa que mais chamou a atenção delas. Falaram de sua irmã, de seus amigos, de sua casa, de suas frutas — de tudo menos dele; no entanto, Elizabeth ansiava por saber o que Mrs. Gardiner pensava dele, e Mrs. Gardiner teria ficado muito grata por sua sobrinha ter iniciado o assunto.

Capítulo 46

lizabeth ficara bastante desapontada por não encontrar uma carta de Jane assim que chegou a Lambton; e essa decepção se renovava a cada uma das manhãs que agora passava ali; mas na terceira sua queixa terminou, e sua irmã justificou-se, enviando duas cartas de uma só vez, em uma das quais estava marcada que havia sido enviada por engano para outro lugar. Elizabeth não ficou surpresa com isso, pois Jane havia escrito o endereço notavelmente mal.

Eles estavam se preparando para uma caminhada quando as cartas chegaram; e seu tio e sua tia, deixando-a para apreciá-las em paz, partiram sozinhos. A carta extraviada foi a primeira a ser lida; tinha sido escrita há cinco dias. O início continha um relato de todas as pessoas que encontraram e seus compromissos, com as notícias que o campo oferecia; mas a segunda metade, datada um dia depois e escrita com evidente agitação, deu informações mais importantes. Dizia o seguinte:

"Desde que escrevi o acima, querida Lizzy, algo de uma natureza muito inesperada e séria aconteceu; mas tenho medo de assustá-la — tenha certeza de que estamos todos bem. O que tenho a dizer diz respeito à pobre Lydia. Uma carta expressa chegou na noite passada, quando estávamos todos indo para a cama, enviada por Coronel Forster, para nos informar que ela havia ido para a Escócia com um de seus oficiais; para dizer a verdade, com Wickham! Imagine a nossa surpresa. Para Kitty, no entanto, não pareceu tão completamente inesperado. Eu sinto muitíssimo por isso. Uma união tão imprudente para ambos os lados! Mas estou disposta a esperar pelo melhor, e que seu caráter tenha sido mal compreendido. Imprudente e indiscreto, posso facilmente acreditar que ele seja, mas esse passo (e vamos nos alegrar com isso) não denota nada de ruim de seu coração. Sua escolha é pelo menos desinteressada, pois ele deve saber que papai não pode lhe dar nada. Nossa pobre mãe está tristemente aflita. Papai está aguentando melhor. Quão grata sou por nunca os fazer saber do que foi dito contra ele; nós mesmas devemos esquecer isso. Eles partiram no sábado à noite por volta das doze, acredita-se, mas não sentiram a falta deles até ontem de manhã às oito. A carta expressa foi enviada imediatamente. Minha querida Lizzy, eles devem ter passado a quinze quilômetros de nós. Coronel Forster nos dá motivos para esperá-lo aqui em breve. Lydia deixou algumas linhas para a esposa dele, informando-a de sua intenção. Devo concluir, pois não posso ficar longe da pobre mamãe. Receio que não consiga entender a carta, pois mal sei o que escrevi."

Sem se dar tempo para refletir, e mal sabendo o que sentia, Elizabeth, ao terminar essa carta, agarrou imediatamente a outra e, abrindo-a com a maior impaciência, leu o seguinte; fora escrita um dia depois da primeira:

"A essa altura, minha querida irmã, você recebeu minha carta apressada; gostaria que esta estivesse mais inteligível, mas, embora não me falte tempo, minha cabeça está tão confusa que não posso me certificar de ser coerente. Querida Lizzy, mal sei o que escrever, mas tenho más notícias para você, e não podem ser adiadas. Por mais imprudente que fosse o casamento entre Mr. Wickham e nossa pobre Lydia, agora estamos ansiosos para ter certeza de que aconteceu, pois há muitas razões para temer que eles não tenham ido para a Escócia. Coronel Forster chegou ontem, tendo saído de Brighton no dia anterior, poucas horas depois da carta expressa. Embora a breve carta de Lydia para Mrs. F. lhes desse a entender que eles estavam indo para Gretna Green, algo foi dito por Denny expressando sua crença de que W. nunca pretendia ir para lá, ou se casar com Lydia, o que foi repetido ao Coronel F., que, acionando instantaneamente o alarme, partiu de B. com a intenção de segui-los. Ele os rastreou com facilidade até Clapham, mas não além disso; pois ao entrarem naquele lugar, eles se mudaram para uma carruagem de aluguel e dispensaram a carruagem que os trouxe de Epsom. Tudo o que se sabe depois disso é que eles foram vistos seguindo a estrada para Londres. Não sei o que pensar. Depois de fazer todas as investigações possíveis naquele lado de Londres, Coronel F. entrou em Hertfordshire, ansiosamente procurando por eles em todas as estradas e nas estalagens de Barnet e Hatfield, mas sem sucesso — ninguém parecido com eles havia sido visto passando por lá. Com a mais gentil preocupação, ele veio para Longbourn e nos contou suas apreensões da maneira mais digna de crédito para seu coração. Estou sinceramente triste por ele e Mrs. F., mas ninguém pode culpá-los. Nossa angústia, minha querida Lizzy, é muito grande. Papai e mamãe acreditam no pior, mas não posso pensar tão mal dele.

Muitas circunstâncias podem fazer que seja preferível para eles se casarem em particular na cidade do que seguir seu plano inicial; e mesmo que *ele* pudesse ter tal desígnio com uma jovem com as relações de Lydia, o que não é provável, posso supor que ela esteja tão completamente perdida? Impossível! Lamento saber, no entanto, que Coronel F. não está disposto a acreditar em seu casamento; ele balançou a cabeça quando expressei minhas esperanças e disse que temia que W. não fosse um homem confiável. Minha pobre mãe está muito indisposta e não sai de seu quarto. Se ela se esforçasse, seria melhor; mas isso não é de se esperar. E quanto a papai, nunca em minha vida o vi tão acometido. A pobre Kitty sente raiva por ter escondido o apego entre eles; mas como era uma questão de confiança, não é de se admirar. Estou realmente feliz, querida Lizzy, por você ter sido poupada dessas cenas angustiantes; mas agora, passado o choque inicial, devo admitir que anseio pela sua volta? Não sou tão egoísta, no entanto, a ponto de insistir nisso, se for inconveniente. Adeus!

"Pego minha caneta novamente para fazer o que acabei de dizer que não faria; mas as circunstâncias são tais que não posso deixar de implorar a todos que venham o mais rápido possível. Conheço bem meus queridos tio e tia e, portanto, não temo pedir isso, embora ainda tenha algo mais a pedir a eles. Papai está indo imediatamente para Londres com Coronel Forster, para tentar encontrá-la. O que ele pretende fazer, posso lhe assegurar que não tenho a menor ideia; mas sua angústia excessiva não lhe permitirá tomar qualquer medida da melhor e mais segura maneira, e Coronel Forster precisa estar em Brighton novamente amanhã à noite. Diante de tal demanda, o conselho e a assistência de meu tio seriam tudo no mundo; ele compreenderá imediatamente o que devo sentir, e confio em sua bondade."

— Ah! Onde, onde está meu tio? — exclamou Elizabeth, saltando de seu assento enquanto terminava a carta, ansiosa para ir atrás dele, sem perder um momento do tempo tão precioso; mas quando ela chegou à porta, ela foi aberta por um criado e Mr. Darcy apareceu. Seu rosto pálido e seus modos precipitados o sobressaltaram, e antes que ele pudesse se recuperar para falar, ela, em cuja mente todos os pensamentos foram suplantados pela situação de Lydia, exclamou apressadamente: — Desculpe-me, mas preciso deixá-lo. Preciso encontrar Mr. Gardiner neste instante, devido a um assunto que não pode esperar; não tenho um instante a perder.

— Meu Deus! O que aconteceu? — perguntou ele, com mais sentimento do que polidez; então se recompondo: — Não irei detê-la nem um minuto; mas permita-me, ou permita que o criado vá atrás de Mr. e Mrs. Gardiner. A senhorita não está bem o suficiente; não pode ir sozinha.

Elizabeth hesitou, mas suas pernas estavam trêmulas e ela sentiu o quão pouco ganharia se tentasse ir atrás deles. Chamando de volta o criado, portanto, ela o encarregou, embora com uma voz tão ofegante que a tornou quase ininteligível, de trazer seu amo e sua senhora para casa imediatamente.

Quando ele saiu, ela se sentou, incapaz de se sustentar, e parecendo tão miseravelmente indisposta, que era impossível para Darcy deixá-la, ou se abster de dizer, em tom de gentileza e comiseração:

— Permita-me chamar sua criada. Não há nada que possa tomar para lhe dar algum alívio? Uma taça de vinho; devo lhe servir? Está muito indisposta.

— Não, eu agradeço — ela respondeu, tentando se recuperar. — Não há nada de errado comigo. Estou muito bem; estou apenas angustiada com algumas notícias terríveis que acabei de receber de Longbourn.

Ela começou a chorar ao fazer alusão a isso, e por alguns minutos não conseguiu dizer outra palavra. Darcy, em um suspense miserável, só pôde dizer algo indistinto a respeito da preocupação dele, e observá-la em um silêncio compassivo. Por fim, ela voltou a falar.

— Acabei de receber uma carta de Jane, com notícias tão terríveis. Não poderá ser escondido de ninguém. Minha irmã mais nova deixou todos seus amigos... fugiu; lançou-se no poder de... de Mr. Wickham. Eles partiram juntos de Brighton. *O senhor* o conhece bem demais para duvidar do resto. Ela não tem dinheiro, nem relações, nada que possa tentá-lo... ela está perdida para sempre.

Darcy ficou paralisado de espanto.

— Quando penso — adicionou ela, em uma voz ainda mais agitada — que *eu* poderia ter evitado isso! *Eu* que sabia o que ele era. Se eu tivesse explicado apenas uma parte disso... uma parte do que soube, para minha própria família! Se seu caráter fosse conhecido, isso não teria acontecido. Mas agora... agora é tarde demais.

— Estou imensamente triste — disse Darcy. — Entristecido... chocado. Mas isso é uma certeza, absolutamente certeza?

— Ah, sim! Eles deixaram Brighton juntos no domingo à noite e foram rastreados quase até Londres, mas não além; eles certamente não foram para a Escócia.

— E o que foi feito, o que foi tentado, para recuperá-la?

— Meu pai foi para Londres, e Jane escreveu para implorar a ajuda imediata de meu tio; e partiremos, espero, em meia hora. Mas nada pode ser feito... sei muito bem que nada pode ser feito. Como um homem assim poderia ser convencido? Como eles serão encontrados? Não tenho a menor esperança. É horrível em todos os sentidos!

Darcy balançou a cabeça em uma aquiescência silenciosa.

— Quando *meus* olhos foram abertos para seu verdadeiro caráter... Ah! Se eu soubesse então o que deveria ter feito, o que deveria ter ousado fazer! Mas eu não sabia... tinha medo de fazer demais. Miserável, que erro miserável!

Darcy não respondeu. Ele mal parecia ouvi-la e estava andando de um lado para o outro na sala em séria ponderação, com o cenho franzido, seu ar sombrio. Elizabeth logo percebeu, e instantaneamente entendeu. O poder dela estava afundando; tudo *deveria* afundar sob tal prova de fraqueza familiar, tal garantia da mais profunda desgraça. Ela não podia admirar-se nem o condenar, e refletir sobre o controle que ele exercia sobre si mesmo não trazia nenhuma consolação para seu peito, não abrandava sua angústia. Pelo contrário, dava a medida certa para fazê-la compreender seus próprios desejos; e nunca ela sentira tão honestamente que poderia tê-lo amado, como agora, quando todo seu amor seria em vão.

Mas seu ego, embora pudesse se intrometer, não podia manter sua atenção. Lydia — a humilhação, a desgraça que ela estava atirando sobre todos eles — logo engoliu todas as suas preocupações particulares; e, cobrindo o rosto com seu lenço, Elizabeth esqueceu-se de tudo o mais; e, depois de uma pausa demorada, só foi lembrada de sua situação pela voz de seu companheiro, que, de uma maneira que expressava compaixão ao mesmo tempo que era comedida, disse:

— Receio que há muito deseja minha ausência, nem tenho nada para alegar como desculpa para ficar, a não ser uma preocupação real, embora inútil. Quisera os céus que eu pudesse dizer ou fazer qualquer coisa que pudesse consolar tamanha aflição! Mas não irei atormentá-la com desejos vãos, que podem parecer ter o propósito de obter seus agradecimentos. Esse caso infeliz irá, temo, impedir que minha irmã tenha o prazer de vê-la em Pemberley hoje.

— Ah, sim. Faça a gentileza de enviar nossos pedidos de desculpas a Miss Darcy. Diga que negócios urgentes nos obrigaram ir para a casa imediatamente. Esconda a verdade infeliz enquanto for possível, eu sei que não poderá ser por muito tempo.

Ele prontamente assegurou-lhe de manter segredo; novamente expressou sua tristeza por sua angústia, desejou uma conclusão mais feliz do que havia no momento razão de se esperar, e deixando seus cumprimentos para seus parentes, com apenas um olhar sério e de despedida, foi embora.

Quando ele saiu da sala, Elizabeth sentiu como era improvável que eles voltassem a se ver nos mesmos termos de cordialidade que marcaram seus vários encontros em Derbyshire; e, ao lançar um olhar retrospectivo sobre todo o período pelo qual se conheciam, tão cheio de contradições e nuances, suspirou diante da perversidade daqueles sentimentos que agora teriam encorajado sua continuidade e que antes teriam se alegrado com seu término.

Se gratidão e estima são bons fundamentos para a afeição, a mudança do sentimento de Elizabeth não será nem improvável nem falha. Mas, se de outra forma, se a consideração que brota de tais fontes é irracional ou ilusória, em comparação com o que tantas vezes descrevem como resultado de uma primeira conversa, e mesmo antes que duas palavras tenham sido trocadas, nada pode ser dito em sua defesa, exceto que ela havia provado um pouco deste último método em sua afeição por Wickham, e que seu insucesso poderia, talvez, autorizá-la a buscar o outro modo menos interessante de afeto. Seja como for, ela o viu partir com pesar; e nesse exemplo inicial do que a infâmia de Lydia iria acarretar, encontrou angústia adicional ao refletir sobre aquele assunto miserável. Nunca, desde que lera a segunda carta de Jane, ela alimentara a esperança de que Wickham pretendia casar-se com ela. Ninguém além de Jane, pensou ela, poderia se gabar de ter tal expectativa. Surpresa era o menor dos sentimentos gerados por esse ocorrido. Enquanto o conteúdo da primeira carta permanecia em sua mente, ela estava completamente surpresa — muito surpresa — por Wickham se casar com uma moça com quem era impossível casar-se por dinheiro; e como Lydia poderia ter ganho o afeto dele parecia-lhe incompreensível. Mas agora tudo parecia ser muito natural. Para um apego como esse, ela poderia sim ter encantos suficientes; e, embora não acreditasse que Lydia estivesse deliberadamente fugindo sem a intenção de se casar, não teve dificuldade em acreditar que nem sua virtude nem seu discernimento a impediriam de ser uma presa fácil.

Ela nunca tinha percebido, enquanto o regimento estava em Hertfordshire, que Lydia manifestasse alguma preferência por ele; mas tinha certeza de que para Lydia qualquer encorajamento bastava para se apegar a qualquer pessoa. Seu favorito tinha sido ora um oficial, ora outro, pois as atenções deles os elevavam em sua opinião. Suas afeições estavam continuamente flutuando, mas nunca sem um alvo. O dano que a negligência e a indulgência equivocada com tal moça poderiam causar — ah! Quão agudamente ela sentia isso agora!

Ela estava louca para ir para casa — ouvir, ver, estar lá para compartilhar com Jane as preocupações que agora recairiam inteiramente sobre ela, em uma família tão perturbada, um pai ausente, uma mãe incapaz de se esforçar e exigindo cuidado constante; e embora tivesse quase certeza de que nada poderia ser feito por Lydia, a interferência de seu tio parecia da maior importância, e até ele entrar na sala sua impaciência foi grande. Mr. e Mrs. Gardiner voltaram correndo assustados, supondo pelo relato do criado que sua sobrinha tinha ficado subitamente doente; mas acalmando-os instantaneamente quanto a isso, ela comunicou avidamente a causa de sua convocação, lendo as duas cartas em voz alta e enfatizando o pós-escrito da última com uma energia trêmula. Embora Lydia nunca tivesse sido a favorita deles, Mr. e Mrs. Gardiner não podiam deixar de ficar profundamente aflitos. Não apenas Lydia, mas todos estavam envolvidos nisso; e após as primeiras exclamações de surpresa e horror, Mr. Gardiner prometeu toda a assistência ao seu alcance. Elizabeth, embora não esperasse menos, agradeceu-lhe com lágrimas de gratidão; e com todos os três movidos por um sentimento mútuo, tudo relacionado à sua viagem foi rapidamente resolvido. Eles partiriam o mais rápido possível.

— Mas e quanto a Pemberley? — gritou Mrs. Gardiner. — John nos disse que Mr. Darcy estava aqui quando você nos chamou; isso é verdade?

— Sim; e eu lhe disse que não poderíamos manter nosso compromisso. *Isso* está resolvido.

— Isso está resolvido — repetiu a outra para si mesma, enquanto corria para seu quarto para se preparar. *E eles estão em tais termos que ela pudesse lhe revelar a verdade?* Ah, como queria saber!

Mas seus desejos foram em vão, ou pelo menos serviram apenas para diverti-la na pressa e confusão da hora seguinte. Se Elizabeth tivesse tido tempo para ficar ociosa, ela sem dúvida não teria conseguido fazer nada, estando tão infeliz como estava; mas ela tinha sua parte nos afazeres, assim como sua tia, e entre eles estavam bilhetes a serem escritos para todos os seus amigos em Lambton, com falsas desculpas para sua partida repentina. Uma hora, no entanto, foi o suficiente para terminar tudo; e Mr. Gardiner, tendo nesse ínterim acertado suas contas na estalagem, nada restava a fazer senão partir; e Elizabeth, depois de toda a tristeza da manhã, encontrou-se, em um espaço de tempo mais curto do que poderia imaginar, sentada na carruagem, na estrada para Longbourn.

Capítulo 47

Estive pensando de novo, Elizabeth — disse seu tio, enquanto saíam da cidade. — E realmente, pensando a sério, estou muito mais propenso do que estava antes a julgar o assunto como sua irmã mais velha. Parece-me tão improvável que qualquer jovem tenha tal intenção contra uma moça que não está de forma alguma desprotegida ou sem amigos, e que na verdade estava com a família de seu coronel, que estou fortemente propenso a esperar o melhor. Ele poderia mesmo esperar que seus amigos não dessem um passo à frente? Ele poderia esperar ser aceito novamente pelo regimento, depois de tal afronta ao Coronel Forster? A tentação não parece adequada ao risco!

— Acha mesmo? — perguntou Elizabeth, alegrando-se por um instante.

— Deus do céu — exclamou Mrs. Gardiner. — Estou começando a concordar com a opinião de seu tio. É realmente uma violação muito grande da decência, da honra e do interesse para que ele seja culpado. Não consigo pensar tão mal de Wickham. Você mesma, Lizzy, pode perder toda a esperança nele, a ponto de acreditar que é capaz disso?

— Talvez não de negligenciar seus próprios interesses; mas de qualquer outra negligência posso acreditar que ele seja capaz. Se, de fato, fosse assim! Mas não ouso esperar por isso. Por que eles não iriam para a Escócia, se esse fosse o caso?

— Em primeiro lugar — respondeu Mr. Gardiner —, não há prova absoluta de que eles não foram para a Escócia.

— Ah! Mas sua mudança da carruagem para uma carruagem de aluguel é uma suposição por si só! E, além disso, nenhum vestígio deles foi encontrado na estrada de Barnet.

— Bem, então, supondo que eles estejam em Londres. Eles podem estar lá, embora para esconderem-se, sem propósitos mais excepcionais. Não é provável que o dinheiro seja muito abundante em ambos os lados; e pode parecer para eles que assim poderiam casar-se de forma mais econômica, embora menos expedita, em Londres do que na Escócia.

— Mas por que todo esse sigilo? Por que ter medo de serem encontrados? Por que o casamento deles precisa ser escondido? Ah, não, não, isso não é provável. Seu amigo mais próximo, vocês viram pelo relato de Jane, estava convencido de que ele não pretendia casar-se com ela. Wickham nunca se casará com uma mulher sem algum dinheiro. Ele não pode arcar com isso. E o que tem Lydia, que atrativo ela tem além de juventude, saúde e bom humor que poderia fazê-lo, por causa dela, renunciar a qualquer chance de se beneficiar com um bom casamento? Quanto às apreensões de desgraça no regimento que poderiam coibir uma fuga desonrosa com ela, não sou capaz de dizer; pois nada sei das consequências que tal passo poderia gerar lá. Mas quanto à sua outra objeção, temo que dificilmente é válida. Lydia não tem irmãos para defendê-la; e ele poderia imaginar, pelo comportamento de meu pai, por sua indolência e pela pouca atenção que ele sempre deu ao que acontecia em sua família, que *ele* faria tão pouco e pensaria tão pouco no assunto quanto qualquer pai poderia, em tal caso.

— Mas acredita mesmo que Lydia está tão perdida, e tão apaixonada por ele, a ponto de consentir em viver com ele em quaisquer outros termos que não o casamento?

— Parece, e é realmente muito chocante de fato — respondeu Elizabeth, com lágrimas nos olhos — que o senso de decência e virtude de uma irmã em tal ponto deva admitir dúvidas. Mas, na verdade, não sei o que dizer. Talvez eu não esteja sendo justa com ela. Mas ela é muito jovem; nunca foi ensinada a pensar em assuntos sérios; e durante os últimos seis meses, ou melhor, durante o último ano, não fez nada que não fosse por diversão e vaidade. Ela foi autorizada a dispor de seu tempo da maneira mais ociosa e frívola, e aderir a quaisquer opiniões que surgissem em seu caminho. Desde que o regimento foi alojado em Meryton, nada além de amor, flerte e oficiais esteve em sua cabeça. Ela tem feito tudo ao seu alcance pensando e falando no assunto, para dar mais... como devo chamá-lo? Suscetibilidade aos seus sentimentos; que são naturalmente bastante animados. E todos nós sabemos que Wickham tem todo charme de personalidade e fala que pode cativar uma mulher.

— Mas você vê que Jane — disse sua tia — não pensa tão mal de Wickham a ponto de acreditar que ele seria capaz disso.

— De quem Jane pensa mal? E quem há, qualquer que seja sua conduta anterior, que ela considere capaz de tal coisa, até que seja assim provado?

Mas Jane sabe, tão bem quanto eu, quem Wickham realmente é. Nós duas sabemos que ele foi perdulário em todos os sentidos da palavra; que ele não tem integridade nem honra; que ele é tão falso e traiçoeiro quanto está insinuando ser.

— E você realmente sabe de tudo isso? — perguntou Mrs. Gardiner, cuja curiosidade quanto à fonte de sua informação foi despertada.

— Sim — respondeu Elizabeth, corando. — Eu lhe falei, outro dia, de seu comportamento infame com Mr. Darcy; e você mesma, quando esteve pela última vez em Longbourn, ouviu de que maneira ele falou do homem que se comportou com tanta paciência e generosidade com ele. E há outras circunstâncias que não tenho liberdade... que não valem a pena relatar; mas suas mentiras sobre toda a família de Pemberley são infinitas. Pelo que ele disse de Miss Darcy, eu estava totalmente preparada para ver uma moça orgulhosa, reservada e desagradável. No entanto, ele próprio sabia do contrário. Ele sabia que ela era tão amável e despretensiosa quanto vimos que é.

— Mas Lydia não sabe de nada disso? Como ela pode não saber sobre o que você e Jane sabem tanto?

— Ah, sim! Isso... isso é a pior parte. Até estar em Kent e ver tanto Mr. Darcy quanto seu parente Coronel Fitzwilliam, eu mesma não sabia a verdade. E quando voltei para casa, o regimento estava prestes a deixar Meryton dentro de uma ou duas semanas. Sendo esse o caso, nem Jane, a quem relatei tudo, nem eu achamos necessário tornar público nosso conhecimento; pois de que serviria então que a boa opinião que toda a vizinhança tinha dele fosse mudada?

E mesmo quando ficou decidido que Lydia iria ficar com Mrs. Forster, a necessidade de abrir os olhos para o caráter dele nunca me ocorreu. Que *ela* poderia estar em perigo por se enganar com ele nunca passou pela minha cabeça. Que uma consequência como *essa* pudesse acontecer, você pode facilmente acreditar, estava bastante longe dos meus pensamentos.

— Quando todos eles foram para Brighton, portanto, você não tinha razão, suponho, para acreditar que eles gostavam um do outro?

— Nem um pouco. Não consigo me lembrar de nenhum sinal de afeição em nenhum dos dois; e se algo desse tipo fosse perceptível, você deve estar ciente de que a nossa não é uma família na qual isso não seria amplamente comentado. Quando ele entrou no regimento, ela estava pronta o suficiente para admirá-lo; mas assim estávamos todas nós. Todas as moças em ou perto de Meryton estavam enlouquecidas com ele nos primeiros dois meses; mas ele nunca deu a *ela* nenhuma atenção em especial; e, consequentemente, após um período moderado de admiração extravagante e desenfreada, seu apego por ele acabou, e outros do regimento, que lhe davam mais atenção, tornaram-se novamente seus favoritos.

* * *

Pode-se facilmente acreditar que, por mais que pouca novidade pudesse ser acrescentada aos seus temores, esperanças e conjecturas, sobre esse assunto de interesse, por sua discussão repetidas vezes, nenhum outro assunto poderia ocupar seus pensamentos por muito tempo, durante toda a viagem. Dos pensamentos de Elizabeth nunca esteve ausente. Fixado ali pela mais aguda de todas as angústias: a autorrecriminação; ela não conseguia ter descanso pela tranquilidade ou o esquecimento.

Eles viajaram o mais rápido possível e, após dormirem por uma noite na estrada, chegaram a Longbourn na hora do jantar no dia seguinte. Foi um conforto para Elizabeth considerar que Jane não poderia ter se cansado por esperar há muito tempo sua chegada.

Os pequenos Gardiners, atraídos pela visão de uma carruagem, estavam em pé nos degraus da casa quando eles entraram no cercado; e, quando a carruagem chegou à porta, a surpresa alegre que iluminou seus rostos e se manifestou por todo o corpo, em uma variedade de golpes e brincadeiras, foi a primeira e agradável sinceridade de suas boas-vindas.

Elizabeth saltou da carruagem; e, depois de dar um beijo apressado em cada um deles, correu para a antessala, onde Jane, que desceu correndo do quarto de sua mãe, imediatamente a encontrou.

Elizabeth, enquanto a abraçava afetuosamente e as lágrimas enchiam os olhos de ambas, não perdeu nenhum momento para perguntar se havia alguma notícia dos fugitivos.

— Ainda não — respondeu Jane. — Mas, agora que meu querido tio chegou, espero que tudo fique bem.

— Papai está na cidade?

— Sim, ele foi na terça-feira, conforme escrevi para você.

— E você tem notícias dele com frequência?

— Só tivemos notícias dele duas vezes. Ele me escreveu algumas linhas na quarta-feira para dizer que havia chegado em segurança e para me dar suas instruções, o que eu particularmente implorei que ele fizesse. Ele apenas acrescentou que não deveria escrever novamente até que tivesse algo importante a mencionar.

— E mamãe... como ela está? Como vocês estão?

— Mamãe está razoavelmente bem, creio; embora esteja muito abalada. Ela está no andar de cima e terá grande satisfação em ver todos vocês. Ela ainda não sai do seu vestiário. Mary e Kitty, graças a Deus, estão muito bem.

— Mas você... como você está? — perguntou Elizabeth. — Você está pálida. Por quanta coisa deve ter passado!

Sua irmã, no entanto, assegurou-lhe que estava perfeitamente bem; e a conversa delas, que estava acontecendo enquanto Mr. e Mrs. Gardiner estavam ocupados com seus filhos, foi agora interrompida pela aproximação deles. Jane correu para o tio e a tia, deu as boas-vindas e agradeceu a ambos, alternando entre sorrisos e lágrimas.

Quando estavam todos na sala de visitas, as perguntas que Elizabeth já havia feito foram naturalmente repetidas pelos outros, e logo descobriram que Jane não tinha informações para dar. A esperança otimista pelo melhor, porém, sugerida pela benevolência de seu coração, ainda não a havia abandonado; ela ainda esperava que tudo acabasse bem e esperara todas as manhãs por alguma carta, fosse de Lydia ou de seu pai, para explicar seus procedimentos e, talvez, anunciar o casamento deles.

Mrs. Bennet, para cujo quarto todos se dirigiram, depois de alguns minutos de conversa juntos, os recebeu exatamente como era de se esperar; com lágrimas e lamentações de arrependimento, invectivas contra a conduta vil de Wickham e queixas de seus próprios sofrimentos e maus-tratos; culpando a todos, menos a pessoa a cuja indulgência de julgamento os erros de sua filha deveriam principalmente ser atribuídos.

— Se eu tivesse conseguido — disse ela — ir a Brighton, com toda a minha família, *isso* não teria acontecido; mas a pobre Lydia não tinha ninguém para cuidar dela. Por que os Forsters a deixaram sair de vista? Tenho certeza de que houve uma grande negligência da parte deles, pois ela não é o tipo de moça que faria tal coisa, se tivesse sido bem cuidada. Sempre achei que eles eram muito inadequados para cuidar dela; mas ninguém me ouviu, como sempre. Pobre criança querida! E agora Mr. Bennet partiu, e eu sei que ele irá duelar com Wickham, onde quer que o encontre, e então ele irá acabar morto, e o que será de todos nós? Os Collins vão nos expulsar antes que ele esteja frio em seu túmulo, e se você não for gentil conosco, irmão, não sei o que faremos.

Todos eles protestaram contra essas ideias mirabolantes; e Mr. Gardiner, depois de ter assegurado sua afeição por ela e por toda a sua família, disse-lhe que pretendia estar em Londres no dia seguinte e que ajudaria Mr. Bennet em todos os esforços para recuperar Lydia.

— Não ceda a inquietações inúteis — acrescentou. — Embora seja melhor estar preparada para o pior, não há motivo para considerar isso como certo. Não faz nem uma semana desde que eles deixaram Brighton. Dentro de alguns dias poderemos ter notícias deles; e até que saibamos que eles não estão casados e não têm intenção de se casar, não vamos considerar o assunto como perdido. Assim que chegar à cidade, irei até meu cunhado e o farei voltar para casa comigo para a Gracechurch Street; e então pensaremos juntos no que deve ser feito.

— Ah! Meu querido irmão — respondeu Mrs. Bennet —, é exatamente o que eu mais desejo. E agora, quando você chegar à cidade, encontre-os, onde quer que estejam; e se eles ainda não estiverem casados, *faça-os* se casarem. E quanto às roupas de casamento, não deixe que esperem por isso, mas diga a Lydia que ela terá quanto dinheiro quiser para comprá-las, depois que se casarem. E, acima de tudo, impeça Mr. Bennet de duelar. Diga-lhe em que estado terrível estou, que estou apavorada, e tenho tantos tremores, tantas palpitações, por todo o corpo, tantos espasmos do lado e dores na minha cabeça, e tantas batidas do coração, que eu não posso descansar de noite nem de dia. E diga à minha querida Lydia que não mande fazer suas roupas até que ela me veja, pois ela não sabe quais são os melhores galpões. Ah, irmão, como você é gentil! Eu sei que conseguirá fazer tudo.

Mas Mr. Gardiner, embora lhe assegurasse novamente seus esforços sinceros, não pôde deixar de recomendar moderação a ela, tanto em suas esperanças quanto em seus temores; e depois de falar com ela dessa maneira até o jantar estar na mesa, todos a deixaram para desabafar todos os seus sentimentos para a governanta, que ficou com ela na ausência de suas filhas.

Embora seu irmão e cunhada estivessem convencidos de que não havia motivo real para tal isolamento da família, eles não tentaram se opor, pois sabiam que ela não tinha prudência suficiente para segurar a língua diante dos criados, enquanto eles serviam à mesa, e julgaram ser melhor que apenas *uma* pessoa da casa, e aquela em que eles mais pudessem confiar, ouvisse todos os seus temores e preocupações sobre o assunto.

Na sala de jantar logo se juntaram a eles Mary e Kitty, que estavam ocupadas demais cada uma em seu quarto para aparecerem antes. Uma com seus livros e a outra com a sua toalete. O rosto de ambas, porém, estava razoavelmente calmo; e nenhuma mudança era visível em nenhuma das duas, exceto pelo fato de que a perda de sua irmã favorita, ou a raiva de ter sido envolvida no assunto, deu mais irritação do que o normal ao tom de voz de Kitty. Quanto a Mary, ela estava composta o suficiente para sussurrar para Elizabeth, com um semblante de séria reflexão, logo depois que elas se sentaram à mesa:

— Esse é um caso muito infeliz, e provavelmente será muito comentado. Mas devemos conter a maré de malícia e derramar no peito ferido uma da outra o bálsamo da consolação fraterna.

Então, percebendo em Elizabeth nenhuma vontade de responder, ela acrescentou:

— Por mais infeliz que o ocorrido deva ser para Lydia, podemos tirar disso esta lição útil: que a perda da virtude de uma mulher é irrecuperável; que um passo em falso a envolve em ruína sem fim; que sua reputação não é menos frágil do que a beleza; e que ela não pode ser cautelosa demais em seu comportamento em relação aos indignos do sexo oposto.

Elizabeth ergueu os olhos com espanto, mas estava angustiada demais para dar qualquer resposta. Mary, no entanto, continuou a se consolar com esse tipo de excertos morais do mal diante deles.

À tarde, as duas senhoritas Bennets mais velhas puderam ficar meia hora sozinhas; e Elizabeth imediatamente aproveitou a oportunidade de fazer muitas perguntas, que Jane estava igualmente ansiosa para satisfazer.

Depois de juntar as lamentações gerais sobre a terrível consequência desse evento, que Elizabeth considerou como sendo quase certo, e Miss Bennet não podia afirmar ser totalmente impossível, a primeira continuou o assunto, dizendo:

— Mas me conte tudo que ainda não ouvi disso. Dê-me mais detalhes. O que disse Coronel Forster? Eles não tinham apreensão de nada antes da fuga? Eles devem tê-los visto juntos muitas vezes.

— Coronel Forster admitiu que muitas vezes suspeitara de algum interesse, especialmente do lado de Lydia, mas nada que o preocupasse. Estou tão triste por ele! Seu comportamento foi atencioso e gentil ao máximo. Ele *estava* vindo até nós, para nos assegurar de sua preocupação, antes que ele tivesse qualquer ideia de que eles não tinham ido para a Escócia: quando essa apreensão lhe tomou pela primeira vez, apressou sua viagem.

— E Denny estava convencido de que Wickham não se casaria? Ele sabia de sua intenção de fugir? Coronel Forster viu o próprio Denny?

— Sim; mas, quando questionado por *ele*, Denny negou saber qualquer coisa sobre seus planos, e não quis dar sua opinião real sobre o assunto. Ele não repetiu sua crença de que eles não se casariam e, por causa *disso*, tenho esperanças de que ele possa ter sido mal interpretado antes.

— E até que o próprio Coronel Forster viesse, nenhum de vocês tinha dúvidas, suponho, de que eles estavam realmente casados?

— Como seria possível que tal ideia passasse por nossas cabeças? Senti-me um pouco inquieta, um pouco temerosa pela felicidade de minha irmã casando-se com ele, porque sabia que sua conduta nem sempre fora correta. Meu pai e minha mãe não sabiam nada disso; eles apenas sentiram o quão imprudente seria tal casamento. Kitty então admitiu, com um triunfo muito natural por saber mais do que o resto de nós, que na última carta de Lydia ela a havia preparado para tal passo. Ela sabia, ao que parece, que eles estavam apaixonados um pelo outro há muitas semanas.

— Mas não antes de irem para Brighton?

— Não, creio que não.

— E Coronel Forster parecia pensar bem do próprio Wickham? Ele sabe qual é o verdadeiro caráter dele?

— Devo confessar que ele não falou tão bem de Wickham como antes. Ele o considerava imprudente e extravagante. E desde esse triste acontecimento, diz-se que ele deixou Meryton muito endividado; mas espero que isso possa não ser verdade.

— Ah, Jane, se tivéssemos sido menos comedidas, se tivéssemos contado o que sabíamos dele, isso poderia não ter acontecido!

— Talvez tivesse sido melhor — respondeu sua irmã. — Mas expor as falhas antigas de qualquer pessoa sem saber quais eram seus sentimentos a respeito no presente parecia injustificável. Agimos com as melhores intenções.

— Coronel Forster repetiu os detalhes do bilhete de Lydia para sua esposa?

— Ele o trouxe consigo para que nós víssemos.

Jane então o tirou de sua carteira e o deu a Elizabeth. Este era seu conteúdo:

"Minha querida Harriet,

"Você irá rir quando souber para onde fui, e não posso deixar de rir de sua surpresa amanhã de manhã, assim que sentir minha falta. Estou indo para Gretna Green, e se você não consegue adivinhar com quem, pensarei em você como uma tola, pois há apenas um homem no mundo que eu amo, e ele é um anjo. Eu nunca poderia ser feliz sem ele, então creio que não faço mal em fugir. Você não precisa mandar notícias para Longbourn da minha partida, se não quiser, pois isso tornará a surpresa ainda maior quando eu escrever para eles e assinar meu nome como Lydia Wickham. Que boa piada será! Eu mal posso escrever de tanto rir. Por favor, dê minhas desculpas a Pratt por não manter meu compromisso e dançar com ele esta noite. Diga-lhe que espero que me desculpe quando souber de tudo; e diga a ele que dançarei com ele no próximo baile em que nos encontrarmos, com grande prazer.

"Mandarei buscar minhas roupas quando chegar a Longbourn; mas eu gostaria que você dissesse a Sally para consertar uma grande fenda no meu vestido de musselina antes de serem guardados. Adeus. Mande lembranças a Coronel Forster. Espero que bebam à nossa boa viagem.

Com carinho de sua amiga,

LYDIA BENNET."

— Ah! Imprudente, irresponsável Lydia! — gritou Elizabeth quando ela terminou. — Isso é carta que se escreva em tal momento?! Mas pelo menos mostra que *ela* tinha intenção de casar-se em sua viagem. Do que quer que ele a tenha persuadido depois, ao menos da parte dela não foi um plano de infâmia. Meu pobre pai! Como ele deve ter ficado sentido!

— Nunca vi ninguém tão chocado. Ele não conseguiu falar uma palavra sequer por cerca de dez minutos. Mamãe ficou indisposta imediatamente e a casa toda em tamanha confusão!

— Ah! Jane — exclamou Elizabeth —, restou por acaso algum criado que não soube de toda a história antes do final do dia?

— Não sei. Espero que sim. Mas manter a reserva em tal momento é muito difícil. Mamãe estava histérica e, embora eu tenha me esforçado para dar-lhe toda a assistência ao meu alcance, temo que não fiz tanto quanto poderia ter feito! Mas o horror do que poderia acontecer quase me fez perder a cabeça.

— Sua atenção com ela tem sido demasiada. Você não parece bem. Ah, se eu tivesse estado com você! Teve que se encarregar de todo cuidado e lidar com toda a ansiedade sozinha.

— Mary e Kitty foram muito gentis e teriam compartilhado cada cansaço, tenho certeza; mas não achei certo para nenhuma delas. Kitty é franzina e delicada; e Mary estuda tanto que suas horas de repouso não devem ser interrompidas. Minha tia Phillips veio para Longbourn na terça-feira, depois que papai partiu; e teve a bondade de ficar até quinta-feira comigo. Ela foi de grande utilidade e conforto para todas nós. E Lady Lucas tem sido muito gentil; ela veio até aqui na quarta-feira de manhã para se condoer conosco e se colocou à disposição, junto a qualquer uma de suas filhas, caso pudessem fazer algo por nós.

— Seria melhor se ela tivesse ficado em casa — disse Elizabeth. — Talvez a *intenção* dela fosse boa, mas, quando se trata de uma desgraça como essa, é melhor evitar ao máximo ver os vizinhos. Sua ajuda é impossível; condolências insuportáveis. Que triunfem sobre nós a distância e fiquem satisfeitos.

Ela então passou a indagar sobre as medidas que seu pai pretendia tomar, enquanto estava na cidade, para a recuperar sua filha.

— Ele disse algo — respondeu Jane — sobre ir a Epsom, creio eu, o lugar onde eles trocaram de cavalos pela última vez, ver os postilhões e ver se consegue alguma informação deles. Seu objetivo principal era descobrir o número da carruagem de aluguel que os levou de Clapham. A carruagem veio depois de uma passagem por Londres; e como ele pensou que a passagem de um cavalheiro e uma dama de uma carruagem para outra poderia ser notada, pretendia fazer perguntas em Clapham. Se ele conseguisse descobrir em que casa o cocheiro havia parado antes, decidiria perguntar lá, e esperava que não fosse impossível descobrir o estande e o número da carruagem. Não sei se ele tem algum outro plano; mas estava com tanta pressa de partir, e tão perturbado, que tive dificuldade para saber até mesmo isso.

Capítulo 48

Todos estavam na expectativa de uma carta de Mr. Bennet na manhã seguinte, mas o correio chegou sem trazer uma única linha dele. Sua família sabia que ele era, em todas as ocasiões comuns, um correspondente muito negligente e demorado; mas dadas as circunstâncias eles esperavam um empenho maior. Elas tiveram que concluir que ele não tinha informações agradáveis para enviar; mas mesmo *disso* teriam ficado felizes em ter certeza. Mr. Gardiner esperou apenas pelas cartas antes de partir.

Quando ele se foi, elas tiveram a segurança de que ao menos receberiam informações constantes do que estava acontecendo, e seu tio prometeu, ao despedir-se, convencer Mr. Bennet a retornar a Longbourn, assim que pudesse, para grande consolo de sua irmã, que a considerava como sendo a única forma de impedir que o marido fosse morto em um duelo.

Mrs. Gardiner e as crianças ficariam em Hertfordshire por mais alguns dias, pois a primeira achava que sua presença poderia ser útil para suas sobrinhas. Ela auxiliava dando atenção a Mrs. Bennet e era um grande conforto para elas em suas horas de tempo livre. A outra tia também as visitava com frequência, e sempre, como ela disse, com a intenção de animá-las e para lhes reconfortar, embora, como ela nunca vinha sem relatar algum novo caso da extravagância ou inconformidade de Wickham, raramente ia embora sem deixá-las mais desanimadas do que antes.

Meryton toda parecia se esforçar para difamar o homem que, apenas três meses antes, havia sido quase um anjo de luz. Ele foi declarado devedor por todos os comerciantes locais; e suas admiradoras, todas honradas com o título de vítimas de sua sedução, foram estendidas à família de todos os comerciantes. Todos declararam que ele era o jovem mais perverso do mundo; e todos começaram a descobrir que sempre desconfiaram da sua aparência bondosa.

Elizabeth, embora não acreditasse nem na metade do que era dito, acreditava o suficiente para ter mais certeza em sua antiga crença na ruína de sua irmã; e até mesmo Jane, que acreditava ainda menos nisso, ficou quase sem esperança, sobretudo porque chegou o momento em que, se eles tivessem ido para a Escócia, coisa que ela nunca havia perdido inteiramente a esperança, provavelmente já teriam recebido alguma notícia deles.

Mr. Gardiner deixara Longbourn no domingo; na terça-feira sua esposa recebeu uma carta dele; dizia-lhes que, em sua chegada, ele imediatamente encontrou seu cunhado e o persuadiu a vir para a Gracechurch Street; que Mr. Bennet esteve em Epsom e Clapham, antes de sua chegada, mas sem obter nenhuma informação satisfatória; e que agora ele estava determinado a perguntar em todos os principais hotéis da cidade, pois Mr. Bennet achava possível que eles pudessem ter ido a um deles, assim que chegaram a Londres, antes de procurarem um lugar para hospedar-se. O próprio Mr. Gardiner não esperava obter nenhum sucesso com essa medida, mas como seu cunhado estava ansioso para fazer isso, ele pretendia ajudá-lo. Acrescentou que Mr. Bennet no momento não tinha a menor intenção em deixar Londres e prometeu escrever novamente muito em breve. Houve também um pós-escrito com o seguinte:

"Escrevi a Coronel Forster para pedir que ele descubra, se possível, de alguns dos amigos próximos do jovem no regimento, se Wickham tem algum parente ou conhecidos que possam saber em que parte da cidade ele está escondido agora. Se houvesse alguém a quem se pudesse recorrer com a probabilidade de obter essa pista, poderia ser de suma importância. No momento não temos nada para nos guiar. Coronel Forster fará, ouso dizer, tudo o que estiver ao seu alcance para nos auxiliar nesse ponto. Mas, pensando bem, talvez Lizzy possa nos dizer quais relações ele tem agora melhor do que qualquer outra pessoa."

Elizabeth não teve dificuldade em entender de onde vinha essa deferência ao seu conhecimento; mas não estava em seu poder dar qualquer informação de natureza tão satisfatória quanto o elogio merecia. Ela nunca tinha ouvido falar sobre ele ter quaisquer parentes, exceto pai e mãe, ambos mortos há muitos anos. Era possível, no entanto, que alguns de seus companheiros no regimento pudessem dar mais informações; e embora ela não estivesse muito esperançosa com isso, a resposta dessa solicitação era algo pelo qual esperar.

Todo dia em Longbourn era agora um dia de ansiedade; mas a parte em que ficavam mais ansiosos era quando o correio era esperado. A chegada das cartas era o grande objeto da impaciência de todas as manhãs. Por meio de cartas, o que quer que fosse bom ou ruim a ser dito seria comunicado, e a cada dia que se seguia esperava-se que trouxesse alguma notícia importante.

Mas antes que tivessem notícias de Mr. Gardiner, chegou uma carta para seu pai, de um lugar diferente, de Mr. Collins; que, como Jane havia recebido instruções para abrir tudo o que viesse para ele em sua ausência, ela leu; e Elizabeth, que sabia que suas cartas sempre eram curiosas, olhando por cima dela, as leu da mesma forma. Dizia o seguinte:

"Meu prezado Senhor,

"Sinto-me na obrigação, em virtude de nosso relacionamento e minha posição, de transmitir-lhe minhas condolências pela lastimável aflição pela qual está sofrendo agora, da qual fomos informados ontem por uma carta de Hertfordshire. Esteja certo, meu caro senhor, de que Mrs. Collins e eu nos solidarizamos sinceramente com o senhor e toda sua respeitável família, em sua atual angústia, que deve ser da mais amarga, porque é de tal natureza que tempo algum poderá remover. Não faltarão argumentos de minha parte que possam aliviar um infortúnio tão grave — ou que possam confortá-lo, sob uma circunstância que deve ser de todas as outras a mais assoladora para a mente de um pai. A morte de sua filha teria sido uma bênção em comparação com isso. E é ainda mais lamentável, porque há razão para supor, como minha querida Charlotte me informou, que essa licenciosidade de comportamento em sua filha procedeu de um grau errôneo de indulgência; embora, ao mesmo tempo, para seu consolo e de Mrs. Bennet, estou propenso a pensar que sua própria disposição deve ser naturalmente ruim, ou ela não poderia ser culpada de tal enormidade, sendo ela ainda tão jovem.

"Seja como for, o senhor ainda é digno de muita pena; e cuja opinião não é apenas a minha, mas também a de Mrs. Collins e de Lady Catherine e sua filha, a quem relatei o caso. Eles concordam comigo em apreender que esse passo em falso em uma filha será prejudicial ao destino de todas as outras; pois quem, como a própria Lady Catherine diz com condescendência, se unirá por matrimônio a tal família? E essa consideração leva-me, aliás, a refletir, com maior satisfação, sobre certo acontecimento do mês de novembro passado; pois se fosse de outra forma, eu estaria envolvido em toda a sua tristeza e desgraça. Deixe-me então aconselhá-lo, caro senhor, para se consolar o máximo possível, a afastar para sempre sua filha indigna de sua afeição e deixá-la colher os frutos de sua própria ofensa hedionda.

"Sempre seu, caro senhor etc., etc."

Mr. Gardiner não escreveu novamente até receber uma resposta de Coronel Forster; e então ele não tinha nada de natureza agradável para enviar. Não se sabia se Wickham tinha um único parente com o qual mantinha alguma relação sequer, e era certo que ele não tinha nenhum parente próximo ainda vivo. Seus antigos conhecidos eram numerosos; mas, desde que estivera na milícia, não parecia que ele tivesse uma amizade especial com qualquer um deles. Não havia, portanto, ninguém que pudesse ser apontado como apto a dar qualquer notícia dele. E no miserável estado de suas próprias finanças, havia um motivo muito poderoso para o sigilo, além de seu medo de ser encontrado pelos parentes de Lydia, pois acabara de ser descoberto que ele havia deixado para trás dívidas de jogo em uma quantia muito alta. Coronel Forster acreditava que seriam necessárias mais de mil libras para liquidar suas despesas em Brighton. Ele devia muito na cidade, mas suas dívidas de honra* eram ainda mais formidáveis. Mr. Gardiner não tentou esconder esses detalhes da família Longbourn. Jane os leu com horror:

— Um jogador! — gritou ela. — Isso é totalmente inesperado. Eu não fazia ideia disso.

Mr. Gardiner acrescentou em sua carta que eles poderiam esperar ver o pai em casa no dia seguinte, que era sábado. Desanimado pelo insucesso de todos os seus esforços, ele cedeu à súplica do cunhado para que voltasse para sua família e deixasse para ele fazer o que a ocasião sugerisse ser aconselhável para continuar sua procura. Quando Mrs. Bennet foi informada disso, ela não expressou tanta satisfação quanto suas filhas esperavam, considerando sua ansiedade pela vida dele antes.

— O quê? Ele está voltando para casa, e sem a pobre Lydia? — gritou ela. — Certamente ele não deixará Londres antes de encontrá-los. Quem irá duelar com Wickham e fazê-lo se casar com ela, se ele for embora?

Como Mrs. Gardiner começou a desejar estar em casa, ficou combinado que ela e as crianças iriam para Londres, ao mesmo tempo em que Mr. Bennet partisse de lá. A carruagem, portanto, levou-os até a primeira etapa de sua jornada e trouxe seu amo de volta a Longbourn.

Mrs. Gardiner foi embora ainda com toda a perplexidade sobre Elizabeth e seu amigo de Derbyshire que a atingiram naquela parte do mundo. O nome dele nunca havia sido mencionado voluntariamente diante deles por sua sobrinha; e certa expectativa que Mrs. Gardiner tinha, de que depois de irem para

---

* Dinheiro emprestado de algum amigo ou conhecido. (N. da T.)

lá viria uma carta dele, não se concretizou. Elizabeth não recebera nenhuma desde seu retorno que pudesse ser de Pemberley.

O estado infeliz atual da família tornava desnecessária qualquer outra desculpa para seu desânimo; nada, portanto, poderia ser razoavelmente conjecturado a partir *disso*, embora Elizabeth, que nessa época estava razoavelmente bem familiarizada com seus próprios sentimentos, estivesse perfeitamente ciente de que, se ela não soubesse nada sobre Darcy, poderia ter suportado o medo da infâmia de Lydia um pouco melhor. Isso a teria poupado, pensou ela, de uma em cada duas noites de insônia.

Quando Mr. Bennet chegou, ele tinha toda a aparência de sua habitual compostura filosófica. Disse tão pouco quanto costumava dizer; não fez menção ao assunto que o havia feito partir, e demorou algum tempo até que suas filhas tivessem coragem de falar nisso.

Foi só à tarde, quando ele se juntou a elas para o chá, que Elizabeth se aventurou a iniciar o assunto; e então, quando ela expressou brevemente sua tristeza pelo que ele deve ter sofrido, ele respondeu:

— Não diga isso. Quem deveria sofrer senão eu? Foi culpa minha, e eu deveria sofrer por isso.

— Não deve ser tão severo consigo mesmo — respondeu Elizabeth.

— Você pode muito bem me alertar contra tal mal. A natureza humana é tão propensa a isso! Não, Lizzy, deixe-me uma vez na vida sentir o quanto fui culpado. Não tenho medo de ser dominado pela impressão. Passará em breve.

— Acredita que eles estão em Londres?

— Sim; onde mais eles poderiam esconder-se tão bem?

— E Lydia costumava querer ir para Londres — acrescentou Kitty.

— Ela está feliz então — disse seu pai secamente. — E sua residência lá provavelmente perdurará por algum tempo.

Então, depois de um breve silêncio, ele continuou:

— Lizzy, não tenho nenhum ressentimento contra você por ter se provado certa pelo conselho que me deu em maio passado, o que, considerando o ocorrido, mostra grande sabedoria da sua parte.

Eles foram interrompidos por Miss Bennet, que veio buscar o chá de sua mãe.

— Eis um espetáculo — gritou ele — que faz muito bem; dá tanta elegância ao infortúnio! Outro dia farei o mesmo; vou sentar-me na minha biblioteca, com a minha touca de dormir e camisola, e darei o máximo de trabalho que puder; ou, talvez, eu deva adiar até que Kitty fuja.

— Eu não irei fugir, papai — disse Kitty irritada. — Se *eu* fosse para Brighton, eu me comportaria melhor do que Lydia.

— *Você* ir para Brighton. Eu não confiaria em você tão perto quanto East-bourne por cinquenta libras! Não, Kitty, finalmente aprendi a ser cauteloso, e você sentirá os efeitos disso. Nenhum oficial voltará a entrar em minha casa, nem mesmo a passar pelo povoado. Os bailes serão absolutamente proibidos, a menos que dance com uma de suas irmãs*. E você nunca irá sair de casa até que possa provar que gastou dez minutos de cada dia de maneira racional.

Kitty, que levou todas essas ameaças a sério, começou a chorar.

— Ora, ora — disse ele —, não fique triste. Se você for uma boa menina pelos próximos dez anos, eu poderei repensar o assunto.

---

* Por causa das Guerras Napoleônicas (1803—1814), era comum faltar cavalheiros em bailes, e duas damas poderiam dançar juntas, mas não sem antes informar o anfitrião para que ele tentasse arrumar um parceiro para elas. (N. da T.)

Capítulo 49

Dois dias após o retorno de Mr. Bennet, enquanto Jane e Elizabeth caminhavam juntas pelos arbustos atrás da casa, viram a governanta vindo em direção a elas e, concluindo que pretendia chamá-las para sua mãe, foram ao seu encontro; mas, em vez da convocação esperada, quando se aproximaram dela, ela disse a Miss Bennet:

— Peço desculpas, senhorita, por interrompê-la, mas tinha esperanças de que pudesse ter boas notícias da cidade, então tomei a liberdade de vir perguntar

— O que quer dizer, Hill? Não ouvimos nada da cidade.

— Ora, senhorita — exclamou Mrs. Hill, com grande espanto —, não sabe que chegou uma carta expressa para o amo de Mr. Gardiner? O correio veio há meia hora e o amo recebeu uma carta.

As moças saíram correndo, tão ansiosas para entrar que não tiveram tempo de falar algo. Atravessaram a antessala até a sala de desjejum; de lá para a biblioteca; seu pai não estava em nenhuma delas; e estavam a ponto de procurá-lo escada acima junto de sua mãe, quando depararam-se com o mordomo, que disse:

— Se está procurando o amo, senhorita, ele está caminhando em direção ao pequeno bosque.

Com essa informação, elas instantaneamente passaram pelo corredor mais uma vez, e correram pelo gramado atrás de seu pai, que estava deliberadamente seguindo em direção a um pequeno bosque ao lado do cercado.

Jane, que não era tão leve nem tão acostumada a correr como Elizabeth, logo ficou para trás, enquanto a irmã, ofegante, aproximou-se dele e gritou ansiosamente:

— Ah, papai, quais notícias recebeu... quais notícias? Soube de algo do meu tio?

— Sim, recebi uma carta expressa dele.

— Bem, e quais notícias ele deu: boas ou ruins?

— O que há de bom para se esperar? — respondeu ele, tirando a carta do bolso. — Mas talvez você gostaria de lê-la.

Elizabeth pegou-a impacientemente de sua mão. Jane agora apareceu.

— Leia em voz alta — disse o pai —, pois eu mesmo mal sei do que se trata.

"Gracechurch Street, segunda-feira, 2 de agosto.

Meu querido cunhado,

Finalmente, posso enviar-lhe algumas notícias de minha sobrinha e, de modo geral, espero que lhe dê satisfação. Logo depois que me deixou no sábado, tive a sorte de descobrir em que parte de Londres eles estavam. Os detalhes eu lhe informarei quando nos encontrarmos pessoalmente; basta saber que foram descobertos. Eu vi os dois..."

— Então é como eu sempre esperei! — exclamou Jane. — Eles estão casados! Elizabeth continuou a ler:

"Eu vi os dois. Eles não estão casados, nem pude descobrir que houvesse qualquer intenção de casarem-se; mas se estiver disposto a cumprir os compromissos que me aventurei a fazer em seu nome, espero que não demore muito para que eles estejam. Tudo o que se exige de você é assegurar à sua filha, por acordo, sua parte das cinco mil libras garantidas entre suas filhas após seu falecimento e de minha irmã; e, além disso, firmar um compromisso de dar-lhe, durante sua vida, cem libras por ano. Essas são condições que, tendo em conta o todo, não hesitei em concordar, até onde me considerei apto, em seu nome. Enviarei isso por expresso, para que não se perca tempo em obter sua resposta. Você compreenderá facilmente, a partir desses detalhes, que a situação de Mr. Wickham não é tão desesperadora quanto se acredita. O mundo foi enganado a esse respeito; e fico feliz em dizer que lhe sobrará algum pouco dinheiro, mesmo quando todas as dívidas dele forem quitadas, para dar à minha sobrinha, além de sua própria fortuna. Se, como concluo que será o caso, você me der plenos poderes para agir em seu nome durante todo esse assunto, darei imediatamente instruções a Haggerston para preparar um acordo adequado. Não haverá nenhum motivo para que volte à cidade; portanto, fique quieto em Longbourn e confie em minha diligência e cuidado. Envie sua resposta o mais rápido possível e tenha o cuidado em me escrever de forma explícita. Julgamos ser melhor que minha sobrinha se case nesta casa, o que espero que você aprove. Ela vem até nós hoje. Voltarei a escrever assim que algo mais for determinado. Seu etc.
EDWARD GARDINER."

— Será possível? — gritou Elizabeth, quando terminou. — É possível que ele se case com ela?

— Wickham não é tão indigno, então, como pensávamos que ele fosse — disse sua irmã. — Meu querido pai, eu o parabenizo.

— E você respondeu a carta? — perguntei Elizabeth.

— Não; mas precisa ser feito em breve.

Muito fervorosamente, ela então implorou que ele não perdesse mais tempo e escrevesse.

— Ah! Meu querido pai — disse ela —, volte e escreva imediatamente. Considere a importância de cada instante em um caso como esse.

— Deixe-me escrever para você — sugeriu Jane —, se escrever for um incômodo que não gostaria de ter que fazer.

— De fato não gostaria de ter que fazê-lo — ele respondeu —; mas precisa ser feito.

E ao dizer isso, ele voltou com elas, e caminhou em direção a casa.

— E posso perguntar... — disse Elizabeth — esses termos, suponho, é preciso que se concorde com eles.

— Concordar! Só me envergonho por ele pedir tão pouco.

— E eles *precisam* casar-se! No entanto, ele é *esse tipo de* homem!

— Sim, sim, eles precisam casar-se. Não há mais nada a ser feito. Mas há duas coisas que eu quero muito saber; uma é quanto dinheiro seu tio lhe deu para que isso ocorresse; e a outra, como irei pagá-lo?

— Dinheiro! Meu tio! — exclamou Jane — O que quer dizer, papai?

— Quero dizer que nenhum homem em seu bom senso se casaria com Lydia por uma tentação tão leve quanto cem por ano durante minha vida, e cinquenta depois que eu me for.

— Isso é verdade — concordou Elizabeth —, embora não tenha me ocorrido antes. Suas dívidas precisam ser quitadas, e algo ainda irá sobrar! Ah! Deve ser obra do meu tio! Que homem generoso e bondoso, temo que ele tenha se afligido. Uma pequena soma não poderia fazer tudo isso.

— Não — disse seu pai. — Wickham é um tolo se ele a leva por menos de dez mil libras. Lamento pensar tão mal dele bem no início de nosso relacionamento.

— Dez mil libras! Deus nos livre! Como é que metade dessa quantia será reembolsada?

Mr. Bennet não respondeu, e cada um deles, imerso em pensamentos, continuou em silêncio até chegarem a casa. O pai foi então à biblioteca para escrever, e as moças entraram na sala de desjejum.

— E eles realmente vão se casar! — exclamou Elizabeth, assim que ficaram a sós. — Como isso é estranho! E por *isso* devemos ser gratas. Que eles se casem, por menor que seja sua chance de felicidade, e miserável como é seu caráter, somos forçadas a nos alegrar. Ah, Lydia!

— Eu me conforto pensando — respondeu Jane — que ele certamente não se casaria com Lydia se não tivesse uma consideração verdadeira por ela. Embora nosso bondoso tio tenha feito algo para encorajá-lo, não posso acreditar que dez mil libras, ou algo parecido, tenham sido dados a ele. Ele tem seus próprios filhos, e pode ter mais. Como ele poderia desembolsar metade de dez mil libras?

— Se ele algum dia souber quais são as dívidas de Wickham — disse Elizabeth — e quanto está sendo dado à nossa irmã, saberemos exatamente o que Mr. Gardiner fez por eles, porque Wickham não tem nenhum centavo. A bondade de meu tio e minha tia nunca poderão ser retribuídas. O fato de levá-la para casa sob sua proteção e de ter lhe dado seu apoio é um sacrifício tão grande para seus interesses que anos de gratidão não podem ser suficientes para reconhecê-lo. Nesta altura ela está realmente com eles! Se tal bondade não amolecer seu coração agora, ela nunca merecerá ser feliz! Que encontro para ela, quando vir minha tia pela primeira vez!

— Devemos nos esforçar para esquecer tudo o que aconteceu em ambos os lados — disse Jane. — Espero e confio que eles ainda serão felizes. Seu consentimento em se casar com ela é uma prova, acredito, de que ele chegou ao modo certo de pensar. Sua afeição mútua os firmará; e eu me gabo de que eles se acomodarão tão tranquilamente e viverão de uma maneira tão comedida que, com o tempo, farão com que sua imprudência no passado seja esquecida.

— A conduta deles tem sido tal — respondeu Elizabeth — que nem você, nem eu, nem ninguém jamais poderemos esquecer. É inútil falar sobre isso.

Ocorreu agora às moças que sua mãe provavelmente ignorava completamente o que havia acontecido. Elas foram à biblioteca, portanto, e perguntaram ao pai se ele não gostaria que elas a informassem. Ele estava escrevendo e, sem levantar a cabeça, respondeu friamente:

— Façam o que quiserem.

— Podemos levar a carta do meu tio para ler para ela?

— Peguem o que quiserem e saiam.

Elizabeth tirou a carta da escrivaninha e subiram as escadas juntas. Mary e Kitty estavam ambas com Mrs. Bennet: uma única vez, portanto, serviria para todas. Após uma ligeira preparação para boas notícias, a carta foi lida em voz alta. Mrs. Bennet mal podia se conter. Assim que Jane leu a esperança de Mr. Gardiner de que Lydia se casasse logo, sua alegria explodiu, e cada frase seguinte aumentou sua exuberância. Ela estava agora em uma onda de contentamento intensa, em que ela nunca tinha estado antes em termos de preocupação e aflição. Saber que sua filha se casaria era o suficiente. Ela não estava preocupada nem um pouco por sua felicidade, nem envergonhada por qualquer lembrança de sua má conduta.

— Minha querida, querida Lydia! — gritou ela. — Isso é de fato maravilhoso! Ela vai se casar! Vou vê-la novamente! Ela vai se casar aos dezesseis! Meu bom, bondoso irmão! Eu sabia que terminaria assim. Sabia que ele daria um jeito em tudo! Como anseio vê-la! E ver o querido Wickham também! Mas as roupas, as roupas de casamento! Vou escrever imediatamente para minha cunhada Gardiner sobre isso. Lizzy, minha querida, vá até seu pai e pergunte quanto dinheiro ele dará a ela. Fique, fique, eu mesma irei. Toque a sineta, Kitty, para chamar Hill. Vou me trocar em um instante. Minha querida Lydia! Como ficaremos felizes quando nos encontrarmos!

Sua filha mais velha esforçou-se para aliviar um pouco a intensidade dessa explosão emotiva, trazendo seus pensamentos às obrigações que o comportamento de Mr. Gardiner impunha a todos.

— Pois devemos atribuir essa conclusão feliz — acrescentou ela — em grande medida à sua bondade. Estamos convencidos de que ele se comprometeu a ajudar Mr. Wickham com dinheiro.

— Bem — disse sua mãe —, está tudo muito bem; a quem caberia fazer isso, senão seu próprio tio? Se ele não tivesse sua própria família, eu e minhas filhas ficaríamos com todo o dinheiro dele, você sabe; e é a primeira vez que recebemos algo dele, exceto por alguns presentes. Bem! Eu estou tão feliz! Em pouco tempo terei uma filha casada. Mrs. Wickham! Como soa bem! E ela fez apenas dezesseis junho passado. Minha querida Jane, estou tão animada que tenho certeza de que não consigo escrever; então irei ditar, e você escreve para mim. Vamos acertar o dinheiro com seu pai depois; mas as coisas devem ser encomendadas imediatamente.

Ela então nomeou todos os detalhes de morim, musselina e cambraia, e logo teria ditado algumas ordens muito abundantes, se Jane, embora com alguma dificuldade, não a tivesse persuadido a esperar até que seu pai estivesse desocupado para ser consultado. O atraso de um dia, ela observou, seria de pouca importância; e sua mãe estava feliz demais para ser tão obstinada como de costume. Outros planos também lhe vieram à mente.

— Irei a Meryton — disse ela — assim que estiver vestida, e darei as boas, ótimas notícias à minha irmã Phillips. E quando voltar, posso visitar Lady Lucas e Mrs. Long. Kitty, desça e peça a carruagem. Tomar um pouco de ar me faria muito bem, tenho certeza. Meninas, querem algo de Meryton? Ah! Aí vem a Hill! Minha querida Hill, soube das boas notícias? Miss Lydia vai se casar; e vocês todos tomarão uma taça de ponche para se alegrarem no casamento dela.

Mrs. Hill começou imediatamente a expressar sua alegria. Elizabeth recebeu suas felicitações entre as demais, e então, farta dessa loucura, refugiou-se em seu próprio quarto, para poder pensar em paz.

A situação da pobre Lydia era, na melhor das hipóteses, ruim o suficiente; mas por não ser pior, ela precisava ser grata. Ela sentiu-se assim; e embora, ao olhar para a frente, ela não podia justificar esperar nem uma felicidade racional nem prosperidade mundana para sua irmã, ao olhar para trás para seus temores, há apenas duas horas, ela sentiu todo o benefício do que tinham obtido.

Capítulo 50

Mr. Bennet muitas vezes desejou antes deste momento de sua vida que, em vez de gastar toda a sua renda, ele tivesse guardado uma quantia anual para o melhor sustento de suas filhas e de sua esposa, se ela vivesse mais que ele. Ele agora desejava ter feito isso mais do que nunca. Se ele tivesse cumprido seu dever a esse respeito, Lydia não precisaria estar em dívida com seu tio por qualquer questão de honra ou reputação que pudesse agora, através do dinheiro, ter sido assegurada para ela. A satisfação de convencer um dos jovens mais inúteis da Grã-Bretanha a ser seu marido poderia ter vindo de seu devido lugar.

Ele estava seriamente preocupado que uma causa de tão pouca vantagem para qualquer pessoa fosse encaminhada à custa de seu cunhado, e ele estava determinado, se possível, a descobrir a extensão de sua assistência e pagar a obrigação assim que pudesse.

Quando Mr. Bennet se casou, a economia foi considerada perfeitamente inútil, pois, é claro, eles teriam um filho. O filho deveria tomar parte em desfazer o gravame, assim que chegasse à maioridade, e a viúva e os filhos mais novos seriam providos por esse meio. Cinco filhas entraram sucessivamente no mundo, mas ainda assim o filho estava por vir; e Mrs. Bennet, por muitos anos após o nascimento de Lydia, teve certeza de que ele viria. Desse evento tinham finalmente perdido as esperanças, mas já era tarde demais para começarem a poupar dinheiro. Mrs. Bennet não tinha jeito para economizar, e só o amor de seu marido pela sua independência financeira impediu que ultrapassassem sua renda.

Cinco mil libras foram concedidas com o casamento de Mrs. Bennet e para suas filhas. Mas em que proporção seria dividido entre elas dependia da vontade dos pais. Esse era um ponto, pelo menos em relação a Lydia, que agora estava para ser estabelecido, e Mr. Bennet não podia hesitar em aceitar a proposta que tinha diante de si. Em termos de agradecimento pela gentileza do cunhado, embora expressada de forma mais concisa, ele então colocou no papel sua completa aprovação de tudo o que foi feito e sua disposição em cumprir os compromissos que lhe haviam sido feitos. Ele nunca havia imaginado que, se Wickham fosse persuadido a casar-se com sua filha, isso seria feito com tão pouca inconveniência para ele como no presente arranjo. Mal lhe faltariam dez libras por ano por causa dos cem que precisaria ser pago a eles; pois, com as despesas dela em casa, sua mesada, e os contínuos presentes em dinheiro que lhe eram dados pelas mãos de sua mãe, as despesas de Lydia ficariam menores dentro dessa quantia.

Que isso fosse feito com um esforço tão insignificante de sua parte também foi outra surpresa muito bem-vinda; pois seu desejo no momento era ter o mínimo de problemas possível com esse assunto. Quando os primeiros acessos de raiva que induziram que ele fosse procurá-la cessaram, ele naturalmente voltou à sua antiga indolência. Sua carta foi logo despachada; pois, embora demorado em resolver assuntos, ele era rápido em sua execução. Ele pediu para saber mais detalhes da dívida que tinha com seu cunhado, mas estava zangado demais com Lydia para enviar qualquer mensagem a ela.

A boa notícia se espalhou rapidamente pela casa e com velocidade proporcional pela vizinhança. Pelos demais foi acolhida com uma filosofia digna. Sem dúvida, teria sido mais vantajoso para a conversa se Miss Lydia Bennet tivesse vindo ao povoado; ou, como alternativa ainda melhor, sido isolada do mundo, em alguma fazenda distante. Mas havia muito o que falar sobre seu casamento; e os desejos bondosos em prol de seu bem-estar, que pouco antes vinham de senhoras rancorosas de Meryton, perderam apenas um pouco de seu espírito nessa mudança de circunstâncias, porque com tal marido sua desgraça era considerada certa.

Fazia quinze dias desde que Mrs. Bennet descera para o andar de baixo; mas neste dia feliz ela novamente sentou-se à cabeceira de sua mesa, e com um ânimo exageradamente alegre. Nenhum sentimento de vergonha abafou seu triunfo. O casamento de uma filha, que tinha sido o primeiro objeto de seus desejos desde que Jane tinha dezesseis anos, estava agora prestes a ser realizado, e seus pensamentos e suas palavras giravam inteiramente ao redor daqueles acessórios de núpcias elegantes, musselinas finas, carruagens novas e criados. Ela estava ocupada procurando pela vizinhança um local adequado para sua filha e, sem saber ou considerar qual seria sua renda, rejeitou muitas como pequenas ou obscuras demais.

— Haye Park poderia servir — disse ela —, se os Goulding saíssem de lá — ou a grande casa em Stoke, se a sala de visitas fosse maior; mas Ashworth fica muito longe! Eu não suportaria tê-la a dezesseis quilômetros de mim; e quanto a Pulvis Lodge, os sótãos são terríveis.

Seu marido permitiu que ela falasse sem interrupção na frente dos criados. Mas quando eles se retiraram, ele disse a ela:

— Mrs. Bennet, antes de alugar qualquer uma ou todas essas casas para seu genro e sua filha, vamos chegar a um entendimento. Em *uma* casa neste bairro eles nunca serão admitidos. Não encorajarei a insolência de nenhum dos dois recebendo-os em Longbourn.

Uma longa discussão seguiu-se a essa declaração; mas Mr. Bennet foi firme. Logo levou a outra; e Mrs. Bennet descobriu, com espanto e horror, que o marido não daria um guinéu sequer para comprar roupas de casamento para a filha. Ele protestou dizendo que ela não receberia dele nenhuma demonstração de afeição nessa ocasião. Mrs. Bennet mal podia compreendê-lo. Que sua raiva pudesse ser levada a tal ressentimento inconcebível a ponto de recusar à filha um privilégio sem o qual seu casamento dificilmente pareceria válido, excedia tudo o que ela podia acreditar ser possível. Ela estava mais focada no infortúnio de não poder encomendar roupas novas de casamento para a sua filha, do que em ter qualquer sentimento de vergonha por ela ter fugido e morado com Wickham quinze dias antes de se casarem.

Elizabeth estava agora sinceramente arrependida de ter, pela angústia do momento, sido levada a contar para Mr. Darcy seus temores por sua irmã; pois já que o casamento dela daria tão em breve o fim adequado à sua fuga, eles poderiam ter a esperança de esconder seu início desfavorável de todos aqueles que não estivessem nas redondezas.

Ela não tinha medo de que ele espalhasse as notícias ainda mais. Havia poucas pessoas em quem ela teria confiado mais para manter segredo; mas, ao mesmo tempo, não havia ninguém cujo conhecimento de tal erro de uma irmã a teria mortificado tanto — não, porém, por algum medo de desvantagem individual para ela, pois, de qualquer forma, parecia haver um abismo intransponível entre eles. Se o casamento de Lydia tivesse sido concluído nos termos mais honrosos, não era de se supor que Mr. Darcy se unisse a uma família onde, além de todas as outras objeções, agora seria acrescentado um casamento e relacionamento do tipo mais próximo com um homem a quem ele com tanta razão desprezava.

Ela não podia culpá-lo por correr de tal relação. O desejo de ter o afeto dela, que ela se assegurara que ele tinha em Derbyshire, não poderia, em uma expectativa racional, sobreviver a um golpe como esse. Ela ficara lisonjeada, ficara aflita; ela arrependeu-se, embora mal soubesse do quê. Passou a zelar pela estima dele, quando não podia mais esperar tê-la. Ela queria ouvir falar dele, quando parecia não haver a menor chance de obter essas informações.

Estava convencida de que poderia ter sido feliz com ele, quando não era mais provável que eles se encontrassem.

Que triunfo para ele, ela muitas vezes pensava, saber que as propostas que ela orgulhosamente rejeitou há apenas quatro meses agora teriam sido recebidas com muito prazer e gratidão! Ele era tão generoso, ela não duvidava, quanto o mais generoso dos homens; mesmo assim, sendo ele um mero mortal, ainda se regozijaria pelo triunfo.

Ela começou então a compreender que ele era exatamente o homem que, em termos de índole e talentos, mais combinava com ela. A inteligência e o temperamento dele, embora diferentes dos dela, teriam atendido a todos os seus desejos. Teria sido uma união vantajosa para ambos; pela tranquilidade e vivacidade dela, as opiniões dele poderiam ter sido suavizadas, seus modos melhorados; e de seu julgamento, informação e conhecimento do mundo, ela teria recebido benefícios da maior importância.

Mas esse casamento tão feliz não poderia agora ensinar à multidão admirada o que realmente era a felicidade conjugal. Uma união de uma propensão diferente, e inviabilizando a possibilidade da outra, logo aconteceria em sua família.

Como Wickham e Lydia seriam mantidos em tolerável independência financeira, ela não podia imaginar. Mas quão pouco de felicidade duradoura poderia ter um casal que só se uniu porque suas paixões foram mais fortes que sua virtude, ela podia conjecturar facilmente.

Mr. Gardiner logo escreveu novamente para seu cunhado. Aos agradecimentos de Mr. Bennet, ele respondeu brevemente, com a certeza de sua ânsia de promover o bem-estar de qualquer membro de sua família; e concluiu com súplicas para que o assunto nunca mais fosse mencionado a ele. O principal objetivo de sua carta era informá-los de que Mr. Wickham havia decidido deixar o regimento da milícia.

"Foi um grande desejo meu que ele o fizesse", ele acrescentou "assim que seu casamento fosse resolvido. E creio que você concordará comigo, ao considerar sua saída do regimento como altamente aconselhável, tanto por causa dele quanto por minha sobrinha. É intenção de Mr. Wickham ingressar no exército; e entre seus antigos amigos, ainda há alguns que são capazes e estão dispostos a ajudá-lo lá. A ele foi prometida uma patente no regimento de um general, agora aquartelado no Norte. É uma vantagem tê-lo tão longe dessa parte do reino. Acredito que ele tem um futuro promissor; e espero que entre desconhecidos, onde cada um tenha um caráter a preservar, ambos sejam mais prudentes. Escrevi a Coronel Forster para informá-lo de nossos arranjos e para solicitar que ele satisfaça os vários credores de Mr. Wickham em Brighton e nas proximidades, com garantias de pagamento em breve, com o qual eu mesmo me comprometi. Poderia dar-se o trabalho de levar garantias semelhantes aos seus credores em Meryton, dos quais irei anexar uma lista de acordo com informações dele? Ele reconheceu todas as suas dívidas; espero que pelo menos nesse quesito não tenha nos enganado. Haggerston está ciente dessas instruções, e tudo será concluído em uma semana. Eles então se juntarão ao regimento dele, a menos que sejam convidados primeiro para ir a Longbourn; e soube por Mrs. Gardiner que minha sobrinha deseja muito ver todos vocês antes de partir do Sul. Ela está bem e pede para ser devidamente lembrada a você e à mãe dela.

Seu etc.,

E. GARDINER."

Mr. Bennet e suas filhas viram todas as vantagens da remoção de Wickham do regimento da milícia tão claramente quanto Mr. Gardiner. Mas Mrs. Bennet não ficou muito satisfeita com isso. O fato de Lydia mudar-se para o Norte, justamente quando sua mãe esperava obter mais prazer e orgulho de sua companhia, pois de modo algum desistira do plano de fazê-la residir em Hertfordshire, foi uma grande decepção; e, além disso, era uma pena que Lydia ficasse longe de um regimento onde ela conhecia todo mundo e tinha tantos favoritos.

— Ela gosta tanto de Mrs. Forster — disse ela —, será um choque mandá-la embora! E há vários dos rapazes, também, de que ela gosta muito. Os oficiais podem não ser tão agradáveis no regimento desse general.

O pedido de sua filha, pois assim pode ser considerado, de ser admitida em sua família novamente antes de partir para o Norte, recebeu a princípio uma negativa absoluta. Mas Jane e Elizabeth, que concordaram em pedir, para não magoar os sentimentos e pelo bem da reputação de sua irmã, que seu casamento fosse reconhecido pelos seus pais, solicitaram ao pai com tanta sinceridade, porém tão racional e cuidadosamente, para que ele recebesse a ela e seu marido em Longbourn, assim que se casassem, que ele foi persuadido a concordar com elas e fazer o que pediram. E a mãe delas teve a satisfação de saber que poderia exibir a filha casada pelas redondezas antes que ela fosse banida para o Norte. Quando Mr. Bennet escreveu novamente para seu cunhado, portanto, ele enviou sua permissão para que eles viessem; e ficou combinado que, assim que a cerimônia terminasse, eles deveriam seguir para Longbourn. Elizabeth ficou surpresa, no entanto, que Wickham consentisse com tal plano, e se ela tivesse consultado apenas sua própria vontade, qualquer encontro com ele teria sido a última coisa que ela poderia querer.

Capítulo 51

 dia do casamento de sua irmã chegou; e Jane e Elizabeth sentiram pena dela, provavelmente mais do que ela sentia por si mesma. A carruagem foi enviada para encontrá-los no local, e eles deveriam chegar na hora do jantar. A chegada deles foi temida pelas duas irmãs mais velhas, Jane especialmente, que atribuiu à Lydia os sentimentos que *ela* própria teria, se tivesse sido a culpada, e estava infeliz ao pensar com o que sua irmã precisaria lidar.

Eles vieram. A família estava reunida na sala de desjejum para recebê-los. Sorrisos estampavam o rosto de Mrs. Bennet enquanto a carruagem se aproximava da porta; seu marido parecia sério e impenetrável; suas filhas, assustadas, ansiosas, constrangidas.

A voz de Lydia foi ouvida na antessala; a porta foi aberta, e ela correu para o cômodo. Sua mãe deu um passo à frente, abraçou-a e a recebeu com êxtase; deu a mão dela, com um sorriso afetuoso, a Wickham, que entrou atrás de sua esposa; e desejou a ambos alegria com uma vivacidade que não mostrava dúvida de sua felicidade.

A recepção de Mr. Bennet, a quem eles então se voltaram, não foi tão cordial. Seu semblante aumentou sua austeridade; e ele mal abriu os lábios. A presunção tranquila do jovem casal, de fato, foi suficiente para irritá-lo. Elizabeth ficou enojada, e até Jane ficou chocada. Lydia ainda era a mesma: indomável, desavergonhada, desenfreada, barulhenta e audaz. Ela passou de irmã em irmã, exigindo seus parabéns; e quando finalmente todos sentaram-se, olhou ansiosamente ao redor do cômodo, notou alguma pequena alteração e comentou, com uma risada, que fazia muito tempo desde que estivera lá.

Wickham não estava nem um pouco mais aflito do que ela, mas seus modos foram sempre tão agradáveis que, caso seu caráter e casamento tivessem sido exatamente como deveriam, seus sorrisos e jeito tranquilo de falar, enquanto afirmava seu relacionamento, teriam encantado a todos. Elizabeth antes não acreditava que ele pudesse ser capaz de ser tão presunçoso; mas ela se sentou, decidindo dentro de si mesma a não estabelecer limites no futuro para a insolência de um homem insolente. *Ela* corou, e Jane corou; mas as faces dos dois que causaram toda a confusão não mudou de cor.

Não faltou conversa. A noiva e sua mãe não conseguiam falar rápido o suficiente; e Wickham, que por acaso estava sentado perto de Elizabeth, começou a perguntar sobre um conhecido seu naquela vizinhança, com uma facilidade bem-humorada que ela se sentiu muito incapaz de responder no mesmo tom. Cada um deles parecia ter as lembranças mais felizes do mundo. Nada do passado era recordado com dor; e Lydia levou a conversa voluntariamente a assuntos que suas irmãs não teriam mencionado nem por tudo no mundo.

— Em pensar que já se passaram três meses — exclamou ela — desde que eu fui embora; parece apenas uma quinzena eu lhes digo; e, no entanto, tantas coisas aconteceram desde então. Jesus amado! Quando fui embora, nem me passou pela cabeça que estaria casada quando voltasse! Embora achasse que seria muito divertido se isso acontecesse.

Seu pai ergueu os olhos. Jane ficou angustiada. Elizabeth olhou expressivamente para Lydia; mas ela, que nunca ouviu nem viu nada que não quisesse, continuou alegremente:

— Ah, mamãe! As pessoas das redondezas sabem que hoje estou casada? Eu temia que não; passamos por William Goulding em sua carruagem curricle, e eu estava determinada que ele soubesse, então baixei o vidro lateral ao lado dele, tirei minha luva e deixei minha mão repousar sobre a moldura da janela, de modo que ele pudesse ver o anel, então eu me curvei e abri um grande sorriso.

Elizabeth não aguentava mais. Ela levantou-se, saiu correndo da sala; e não voltou mais, até que os ouviu passando pelo corredor para a sala de jantar. Ela então se juntou a eles e deparou-se com Lydia, em um desfile ansioso, caminhando até a mão direita de sua mãe, e a ouviu dizer à irmã mais velha:

— Ah! Jane, eu ficarei em seu lugar agora, e você terá que ser rebaixada, pois sou uma mulher casada.

Não era de se supor que o tempo daria a Lydia aquele embaraço do qual ela estava tão livre antes. Sua tranquilidade e bom humor aumentaram. Ela ansiava por ver Mrs. Phillips, os Lucas e todos os outros vizinhos, e ouvir a si mesma ser chamada de "Mrs. Wickham" por cada um deles; e enquanto isso, foi depois do jantar mostrar seu anel e se gabar de ser casada para Mrs. Hill e as duas outras criadas.

— Bem, mamãe — disse ela, quando todos voltaram para a sala de desjejum —, e o que você acha do meu marido? Ele não é um homem encantador? Tenho certeza de que todas as minhas irmãs devem me invejar. Só espero que tenham metade da minha sorte. Todas devem ir para Brighton. Esse é o lugar para conseguir maridos. Que pena, mamãe, que não fomos todas.

— Isso é bem verdade; e se dependesse de mim, teríamos ido. Mas minha querida Lydia, não gosto nada que vá para tão longe. Precisa mesmo ser assim?

— Ah, Senhor! Sim, isso não é nada. De tudo é o que mais gostei. Você e papai, e minhas irmãs, devem ir nos ver. Estaremos em Newcastle durante todo o inverno, e ouso dizer que haverá alguns bailes, e tomarei o cuidado de conseguir bons parceiros para todas elas.

— Ah, mas eu adoraria! — exclamou sua mãe.

— E então quando você for embora, você pode deixar uma ou duas de minhas irmãs ficarem comigo; e ouso dizer que conseguirei maridos para elas antes que o inverno acabe.

— Agradeço muito o favor — disse Elizabeth —, mas eu particularmente não gosto do seu jeito de conseguir maridos.

Seus visitantes não permaneceriam mais de dez dias com eles. Mr. Wickham havia recebido sua comissão antes de deixar Londres, e deveria se juntar ao seu regimento ao fim de quinze dias.

Ninguém além de Mrs. Bennet lamentou que sua estadia fosse tão curta; e ela aproveitou ao máximo o tempo fazendo visitas com a filha e tendo visitantes frequentes em sua casa. Essas visitas eram agradáveis para todos; pois evitar o círculo familiar era ainda mais desejável para os que pensavam do que para os que não o faziam.

A afeição de Wickham por Lydia era tal qual Elizabeth esperara; não igual a de Lydia por ele. Ela mal precisara de sua presente observação para se convencer, pela razão das coisas, de que a fuga deles havia sido provocada pela força do amor dela, e não pelo dele; e ela teria se perguntado por que, sem um sentimento intenso por ela, ele escolhera fugir com ela, se não tivesse certeza de que a fuga dele tornara-se necessária pela aflição de sua situação; e sendo esse o caso, ele não era o tipo de homem que resistiria a uma oportunidade de ter uma companheira.

Lydia gostava muito dele. Ele era seu querido Wickham em todas as ocasiões; ninguém estava acima dele. Ele fez tudo de melhor no mundo; e ela tinha certeza de que ele mataria mais pássaros no dia primeiro de setembro do que qualquer outra pessoa no campo.

Certa manhã, logo após sua chegada, enquanto estava sentada com suas duas irmãs mais velhas, ela disse a Elizabeth:

— Lizzy, eu nunca dei a *você* um relato do meu casamento, creio. Você não estava por perto quando contei tudo à mamãe e aos demais. Não está curiosa para saber como tudo foi feito?

— Na verdade, não — respondeu Elizabeth —; creio que quanto menos se falar nisso, melhor.

— Ora! Você é tão estranha! Mas preciso contar-lhe como foi. Nós nos casamos, você sabe, em St. Clement, porque os alojamentos de Wickham eram naquela paróquia. E ficou combinado que todos deveríamos estar lá às onze da manhã. Meu tio, minha tia e eu iríamos juntos; e os outros deveriam nos encontrar na igreja. Bem, segunda-feira de manhã chegou, e eu estava tão nervosa! Estava com tanto medo, você sabe, que algo acontecesse para adiar o casamento, e então eu teria ficado mais nervosa ainda. E lá estava minha tia, o tempo todo em que eu estava me vestindo, pregando e falando como se ela estivesse lendo um sermão. No entanto, não ouvi mais de uma palavra em dez, pois estava pensando, você pode supor, em meu querido Wickham. Eu ansiava por saber se ele se casaria com seu casaco azul*.

— Bem, então tomamos café às dez, como de costume; achei que nunca terminaria; pois, a propósito, preciso mencionar que meu tio e minha tia foram terrivelmente desagradáveis o tempo todo em que estive com eles. Não irá acreditar, mas eu não coloquei meu pé fora de casa nenhum dos quinze dias em que fiquei lá. Nem visitas, ou planos, ou qualquer coisa do tipo. É claro que Londres estava bastante escassa nesse quesito, mas, no entanto, o Little Theatre** estava aberto. Bem, assim que a carruagem chegou à porta, meu tio foi chamado a negócios para ir até aquele homem horrível, Mr. Stone. E então, você sabe, quando eles ficam juntos, não tem fim. Bem, eu estava tão assustada que não sabia o que fazer, pois meu tio iria me levar ao altar; e se ele demorasse mais de uma hora, ele não chegaria a tempo do casamento. Mas, felizmente, ele voltou em dez minutos, e então partimos. No entanto, lembrei-me depois de que, se ele *tivesse* sido impedido de ir, o casamento não precisaria ser adiado, pois Mr. Darcy poderia ter feito o mesmo.

---

* Casacos azuis estavam em alta entre homens nessa época por causa do livro *Os sofrimentos do jovem Werther* de Goethe, e simbolizavam o ideal romântico. Aqui, Austen se refere à vestimenta para mostrar o quão iludida Lydia está com Wickham. (N. da T.)

** Teatro cujo nome era Haymarket Theatre. (N. da T.)

— Mr. Darcy! — repetiu Elizabeth, em total espanto.

— Ah, sim! Ele iria para lá com Wickham, você sabe. Mas, senhor! Eu esqueci! Eu não deveria ter dito uma palavra sobre isso. Eu prometi a eles tão fielmente! O que Wickham vai dizer? Era para ser segredo!

— Se era para ser segredo — disse Jane — não diga mais uma palavra sobre o assunto. Não irei lhe fazer mais perguntas quanto a isso.

— Ah, certamente! — concordou Elizabeth, embora ardendo de curiosidade. — Não lhe faremos perguntas.

— Obrigada — disse Lydia —, pois, se fizessem, eu certamente contaria tudo a vocês, e então Wickham ficaria bravo.

Com tal incentivo para que fizessem perguntas, Elizabeth foi forçada a colocá-lo fora de seu alcance, retirando-se.

Mas viver na ignorância sobre tal ponto era impossível; ou pelo menos era impossível não tentar obter informações. Mr. Darcy esteve no casamento da irmã dela. Era exatamente a cena, e exatamente entre as pessoas, em que ele aparentemente tinha menos o que fazer e menos vontade de ir. Conjecturas sobre o significado disso, rápidas e desenfreadas, rondaram seu cérebro; mas ela não ficou satisfeita com nenhuma. Aquelas que mais lhe agradavam, colocando a conduta dele sob a luz mais nobre, pareciam as mais improváveis. Ela não podia suportar tal suspense; e, pegando apressadamente uma folha de papel, escreveu uma pequena carta à tia, pedindo uma explicação do que Lydia havia deixado escapar, se fosse compatível com o sigilo pretendido.

"Você deve compreender prontamente", ela acrescentou, "qual deve ser minha curiosidade em saber como uma pessoa sem conexão com qualquer um de nós, e (comparativamente falando) um estranho para nossa família, deveria estar entre vocês em tal momento. Por favor, escreva imediatamente, e deixe-me entender, a menos que seja, por razões muito cogentes, necessário manter o segredo que Lydia parece acreditar ser preciso; e então devo me esforçar para me satisfazer com a ignorância."

Não irei de forma alguma, disse para si mesma, ao terminar a carta. E minha querida tia, se você não me contar de maneira honrosa, certamente terei que me rebaixar a truques e estratagemas para descobrir.

O delicado senso de honra de Jane não permitia que ela falasse com Elizabeth em particular sobre o que Lydia deixara escapar; Elizabeth ficou feliz com isso; até saber se suas perguntas seriam respondidas, ela preferia ficar sem uma confidente.

Capítulo 52

lizabeth teve a satisfação de receber uma resposta à sua carta o mais rápido possível. Assim que a pegou, correu para o pequeno bosque, onde era menos provável que fosse interrompida, sentou-se em um dos bancos e preparou-se para ser satisfeita; pois a extensão da carta a convenceu de que não continha uma negação.

"Gracechurch Street, 6 de setembro

Minha querida sobrinha,

Acabei de receber sua carta e dedicarei esta manhã inteira a respondê-la, pois prevejo que uma carta *pequena* não poderá conter tudo o que tenho a lhe dizer. Devo confessar-me surpresa por seu pedido; não esperava isso de *você*. Não pense que estou zangada, no entanto, pois quero apenas que entenda que não imaginei que tais perguntas seriam feitas por você. Caso não tenha me entendido, perdoe minha impertinência. Seu tio ficou tão surpreso quanto eu... e nada, a não ser a crença de que você seja uma parte interessada, teria permitido que ele agisse como agiu. Mas se você realmente não sabe do que estou falando, devo ser mais explícita.

No mesmo dia em que voltei de Longbourn, seu tio recebeu uma visita inesperada. Mr. Darcy veio aqui e ficou a portas fechadas com ele por várias horas. Isso ocorreu antes de eu chegar; então minha curiosidade não foi tão terrivelmente atormentada quanto a *sua* parece ter sido. Ele veio dizer a Mr. Gardiner que tinha descoberto onde sua irmã e Mr. Wickham estavam, e que tinha visto e conversado com ambos; Wickham várias vezes, Lydia uma vez. Pelo que soube, ele deixou Derbyshire apenas um dia depois de nós e veio para a cidade com o intuito de encontrá-los. O motivo dado por ele era sua convicção de que era por culpa dele que a falta de caráter de Wickham não era tão conhecida a ponto de tornar impossível para qualquer moça de caráter amá-lo ou confiar nele. Ele generosamente atribuiu tudo ao seu orgulho equivocado, e confessou que antes acreditava estar abaixo dele expor as ações privadas de Wickham ao mundo. Seu caráter falaria por si só. Ele considerou, portanto, seu dever dar um passo à frente e se esforçar para remediar um mal que havia sido causado por ele próprio. Se ele *tinha outro* motivo, tenho certeza de que não é um que o desonraria. Ele estivera alguns dias na cidade, antes de conseguir descobri-los; mas tinha algo para direcionar sua busca, que era mais do que *nós* tínhamos; e a consciência disso foi outra razão para sua resolução de vir até nós.

Há uma dama, parece, uma tal de Mrs. Younge, que há algum tempo foi preceptora de Miss Darcy, e foi demitida de seu cargo por consequência de alguma desaprovação, embora ele não tenha dito o quê. Ela então alugou uma casa grande em Edward Street, e desde então tem se mantido do aluguel de quartos. Essa Mrs. Younge era, ele sabia, uma conhecida próxima de Wickham; e ele foi até ela para obter informações sobre Wickham assim que chegou à cidade. No entanto, dois ou três dias se passaram até que ele conseguisse obter dela o que queria. Ela não pretendia trair a confiança dele, suponho, sem suborno e corrupção, pois ela de fato sabia onde seu amigo estava.

Wickham realmente tinha ido até ela assim que chegou a Londres, e se ela pudesse tê-los recebido em sua casa, eles teriam se hospedado lá. Por fim, porém, nosso amável amigo conseguiu o endereço que desejava. Eles estavam na rua... Ele viu Wickham e depois insistiu em ver Lydia. Seu primeiro objetivo com ela, ele reconheceu, foi convencê-la a deixar sua atual situação vergonhosa e voltar para seus amigos assim que eles pudessem ser persuadidos a recebê-la, oferecendo sua ajuda, até onde fosse possível.

Mas ele encontrou Lydia absolutamente decidida a permanecer onde estava. Ela não se importava com nenhum de seus amigos; não queria a ajuda dele; não queria sequer ouvir em deixar Wickham. Ela tinha certeza de que eles iriam se casar em algum momento, e não importava muito para ela quando isso ocorreria. Como eram esses os sentimentos dela, só restava, pensou ele, garantir e acelerar um casamento, o que, em sua primeira conversa com Wickham, ele facilmente soube que nunca tinha sido *seu* plano. Confessou-se obrigado a deixar o regimento da milícia por causa de algumas dívidas de honra, que ele vinha sendo pressionado a pagar; e não teve escrúpulos em culpar a própria Lydia e sua tolice pelas consequências desastrosas daquela fuga.

Ele pretendia renunciar ao seu posto imediatamente; e, quanto à sua situação futura, podia conjecturar muito pouco sobre isso. Ele deveria ir para algum outro lugar, mas não sabia onde, e sabia que não teria nada com o que viver. Mr. Darcy perguntou por que ele não se casou com sua irmã imediatamente. Embora

Mr. Bennet não fosse muito rico, poderia fazer algo por ele, e sua situação teria sido beneficiada pelo casamento. Mas ele descobriu, em resposta a essa pergunta, que Wickham ainda nutria a esperança de fazer sua fortuna de forma mais eficaz pelo casamento em algum outro condado. Nessas circunstâncias, portanto, ele provavelmente não seria tentado por um alívio imediato.

Encontraram-se várias vezes, pois havia muito a ser discutido. É claro que Wickham queria mais do que podia conseguir; mas finalmente foi convencido a ser razoável.

Tudo sendo acertado entre eles, o próximo passo de Mr. Darcy foi informar seu tio sobre isso, e ele veio pela primeira vez até Gracechurch Street na noite antes de eu voltar para casa. Mas Mr. Gardiner não podia atendê-lo, e Mr. Darcy descobriu, após uma investigação mais aprofundada, que seu pai ainda estava com ele, mas deixaria a cidade na manhã seguinte. Ele acreditou que seu pai não seria a pessoa mais certa a se consultar tanto quanto seu tio e, portanto, prontamente adiou vê-lo até depois da partida do primeiro. Ele não deixou seu nome, e até o dia seguinte só se sabia que um cavalheiro havia vindo vê-lo a negócios.

No sábado ele voltou. Seu pai já havia partido, seu tio estava em casa e, como eu disse antes, eles tinham muito o que conversar.

Eles se encontraram novamente no domingo, e então *eu* o vi também. Não ficou tudo resolvido até segunda-feira: assim que foi, a carta expressa foi enviada para Longbourn. Mas nosso visitante foi muito obstinado. Creio, Lizzy, que a obstinação seja o verdadeiro defeito de seu caráter, por fim. Ele foi acusado de muitas falhas em diferentes ocasiões, mas *essa* é a verdadeira.

Nada deveria ser feito que não fosse por ele próprio; embora eu tenha certeza (e não falo isso para ser agradecida, portanto não diga nada) de que seu tio prontamente teria resolvido tudo. Eles discutiram a respeito por um bom tempo, o que foi mais do que o cavalheiro ou a dama em questão mereciam.

Mas, por fim, seu tio foi forçado a ceder e, em vez de ser útil para sua sobrinha, foi forçado a aturar apenas o provável crédito disso, o que era contra sua vontade; e eu realmente acredito que sua carta esta manhã deu-lhe grande prazer, porque exigia uma explicação que iria despojá-lo de suas penas emprestadas*, e dar o louvor a quem o merecia de fato. Mas, Lizzy, isso não deve ser contado para ninguém além de você, ou no máximo Jane.

Você sabe muito bem, suponho, o que foi feito pelos jovens. As dívidas dele serão pagas, totalizando, creio eu, consideravelmente mais de mil libras, outros

---

* Referência à fábula de Esopo "A gralha e os pavões". (N. da T.)

mil que foram dados como dote *dela*, e sua comissão no exército comprada*. A razão pela qual tudo isso deveria ser feito apenas por ele foi a que mencionei acima. A de que foi por causa dele, de sua reserva e falta de consideração adequadas, que o caráter de Wickham foi tão mal compreendido e, consequentemente, que ele foi recebido e acolhido como foi. Talvez houvesse alguma verdade *nisso*; embora eu duvide que a reserva *dele*, ou de *qualquer pessoa*, possa ser responsável pelo ocorrido. Mas, apesar de toda essa boa conversa, minha querida Lizzy, você pode ter certeza de que seu tio nunca teria cedido, se não lhe tivesse sido dado *outro motivo* de interesse no caso.

Quando tudo foi resolvido, ele voltou para seus amigos, que ainda estavam hospedados em Pemberley; mas ficou combinado que ele estaria mais uma vez em Londres quando o casamento acontecesse, e todas as questões de dinheiro seriam então finalizadas.

Creio que agora já lhe disse tudo. É um relato que pelo que você me disse lhe será de grande surpresa; espero que ao menos não lhe cause nenhum desprazer. Lydia veio até nós; e Wickham tinha acesso constante a casa.

Ele agiu exatamente como tinha agido quando o conheci em Hertfordshire; mas eu não lhe diria o quão pouco satisfeita fiquei com o comportamento *dela* enquanto ela ficou conosco, se eu não tivesse percebido, pela carta de Jane na quarta-feira passada, que sua conduta ao voltar para casa foi exatamente a mesma, e, portanto, o que eu agora direi a você não pode lhe causar nenhuma dor nova.

Falei com ela repetidamente da maneira mais séria, mostrando para ela toda a maldade do que ela havia feito e toda a infelicidade que trouxe para sua família. Se ela me ouviu, foi por acaso, pois tenho certeza de que não teve a intenção. Às vezes eu ficava bastante irritada, mas depois me lembrava de minhas queridas Elizabeth e Jane e, pelo bem delas, tive paciência.

Mr. Darcy foi pontual em seu retorno, e como Lydia lhe informou, compareceu ao casamento. Ele jantou conosco no dia seguinte e pretendia deixar a cidade novamente na quarta ou quinta-feira. Você ficará muito brava comigo, minha querida Lizzy, se eu aproveitar esta oportunidade para dizer (o que nunca tive a coragem de dizer antes) o quanto gosto dele. Seu comportamento conosco foi, em todos os aspectos, tão agradável quanto quando estávamos em Derbyshire. Sua inteligência e opiniões me agradam; não lhe falta nada além de um pouco mais de vivacidade, e *que*, se ele for *prudente* em se casar, sua esposa pode ensiná-lo.

---

* Ao comprar uma comissão no exército, evitava-se a necessidade de esperar para ser promovido por mérito ou tempo de serviço. A prática foi abolida em 1871. (N. da T.)

Achei-o muito astuto; ele quase nunca mencionava seu nome. Mas a astúcia parece estar na moda.

Por favor, perdoe-me se presumi demais, ou pelo menos não me castigue a ponto de não me permitir visitar P. Nunca ficarei contente até que tenha percorrido todo aquele jardim. Um faetonte baixo, com um belo par de pôneis, seria a coisa certa para tal.

Mas não devo escrever mais. As crianças têm me chamado nesta meia hora.

Sua, sinceramente

M. GARDINER."

O conteúdo dessa carta deixou Elizabeth em um estado de espírito agitado, no qual era difícil determinar se o prazer ou a dor tinham maior parcela. As suspeitas imprecisas e inquietas que a incerteza havia acarretado sobre o que Mr. Darcy poderia ter feito para encaminhar o casamento de sua irmã ela temia fomentar, por ser um esforço de bondade grande demais para ser provável, e ao mesmo tempo temia ser exatamente esse o caso, por causa da dor da dívida de gratidão que lhe acarretava com ele, e ainda assim, que, caso isso fosse verdade, estaria muito além de qualquer expectativa sua!

Ele os seguira de propósito até a cidade, assumira para si todo o trabalho e mortificação decorrentes de tal procura; em que era necessária a súplica a uma mulher a quem ele devia abominar e desprezar, e à qual ele foi obrigado a encontrar, reencontrar, argumentar, persuadir e finalmente subornar o homem que ele sempre quis evitar e cujo próprio nome era uma punição para ele pronunciar. Ele fizera tudo isso por uma moça por quem não tinha nenhuma consideração nem estima. Seu coração sussurrou que ele tinha feito isso por ela. Mas foi uma esperança que logo foi refutada por outras considerações, e ela logo sentiu que até mesmo sua vaidade era insuficiente, quando obrigada a depender de sua afeição por ela — por uma mulher que já o havia rejeitado — e considerando-o incapaz de superar um sentimento tão natural de aversão por ter um parentesco com Wickham. Cunhado de Wickham!

Todo tipo de orgulho deve se revoltar contra tal parentesco. Ele tinha, com certeza, feito muito. Ela tinha vergonha de pensar o quanto. Mas ele tinha dado uma razão para a sua interferência, que não era nada tão extraordinário a ponto de não ser possível acreditar nela. Era razoável que ele sentisse que estava errado; ele era generoso, e tinha os meios de o ser; e, embora ela não se colocasse como seu principal incentivo, ela poderia, talvez, acreditar que uma parcialidade restante por ela poderia ajudar seus esforços em uma causa na qual sua paz de espírito estaria substancialmente ameaçada.

Foi doloroso, extremamente doloroso, saber que eles deviam tanto a uma pessoa que nunca poderia receber uma restituição. Eles deviam a restauração de Lydia, da reputação dela, tudo, a ele. Ah! Como ela se entristeceu por cada sensação ingrata que já lhe havia dado, cada fala atrevida que já tinha dirigido a ele. Ela sentiu-se rebaixada aos seus próprios olhos, mas estava orgulhosa dele. Orgulhosa de que, em uma questão de compaixão e honra, ele tinha sido capaz de dar o melhor de si. Ela lia o elogio de sua tia a ele de novo e de novo. Não era nem de longe suficiente, mas a agradou.

Ela sentiu até mesmo certo prazer, embora misturado com pesar, ao descobrir quão firmemente ela e seu tio estavam convencidos de que afeição e confiança subsistiam entre Mr. Darcy e ela. Ela foi despertada de seus devaneios e pulou de seu assento com a aproximação de alguém; e antes que pudesse correr para outro caminho, foi alcançada por Wickham.

— Temo ter interrompido sua caminhada solitária, minha querida irmã — disse ele, quando se juntou a ela.

— Certamente interrompeu — respondeu ela com um sorriso —; mas não significa que a interrupção seja indesejável.

— Eu teria lamentado se fosse. *Nós* sempre fomos bons amigos, e agora somos algo melhor.

— É verdade. Os outros estão vindo?

— Não sei. Mrs. Bennet e Lydia estão indo na carruagem para Meryton. E então, minha querida irmã, eu soube, de nosso tio e tia, que realmente viu Pemberley.

Ela respondeu na afirmativa.

— Eu quase invejo o prazer, e ainda assim, acredito que seria demais para mim, do contrário, poderia passar por lá no meu caminho para Newcastle. E viu a velha governanta, suponho? Pobre Reynolds, ela sempre gostou muito de mim. Mas é claro que ela não mencionou meu nome.

— Sim, ela mencionou.

— E o que ela disse?

— Que você foi para o exército, e ela temia que não tivesse acabado bem. A tal distância como *aquela,* sabe, as coisas chegam estranhamente deturpadas.

— Certamente — respondeu ele, mordendo os lábios. Elizabeth esperava que ela o tivesse silenciado, mas ele logo em seguida disse: — Fiquei surpreso ao ver Darcy na cidade no mês passado. Nós passamos um pelo outro várias vezes. Eu me pergunto o que ele poderia estar fazendo lá.

— Talvez se preparando para seu casamento com Miss de Bourgh — disse Elizabeth. — Deve ser algo particular, para levá-lo lá nesta época do ano.

— Sem dúvida. Chegou a vê-lo enquanto estava em Lambton? Pensei ter entendido pelos Gardiners que sim.

— Sim, ele nos apresentou à sua irmã.

— E gostou dela?

— Muito.

— Eu ouvi, de fato, que ela tem melhorado excepcionalmente desde o último ano ou dois. Quando a vi pela última vez, não era muito promissora. Fico muito feliz que tenha gostado dela. Espero que ela acabe bem.

— Ouso dizer que irá; ela já passou pela idade mais difícil.

— Passou pelo povoado de Kympton?

— Não me lembro de termos passado por lá.

— Menciono, porque é lá a paróquia que eu deveria ter assumido. Um lugar muito agradável! Excelente residência paroquial! Teria sido de meu agrado em todos os aspectos.

— Teria gostado de fazer sermões?

— Muitíssimo. Eu teria considerado como parte do meu dever, não teria que me esforçar para tal. Não se deve queixar-se; mas, com certeza, teria sido maravilhoso para mim! O sossego, a tranquilidade de tal vida estaria de acordo com todas as minhas ideias de felicidade! Mas não era para ser. Ouviu Darcy mencionar as circunstâncias, quando estava em Kent?

— *Ouvi* de uma fonte fidedigna, que me pareceu *tão boa* quanto, que foi lhe deixada apenas condicionalmente, e conforme a vontade do patrono atual.

— Ouviu. Sim, isso era de fato verdade; eu lhe disse desde o início, deve se lembrar.

— *Ouvi*, também, que houve um tempo, quando fazer sermões não era tão palatável para o senhor como parece ser no momento, que o senhor na verdade declarou sua resolução de nunca ser ordenado, e que o assunto tinha sido resolvido conforme seus desejos.

— Ouviu! E não foi totalmente infundado. Deve se lembrar do que eu lhe disse sobre isso, quando falamos no assunto da primeira vez.

Eles estavam agora quase na porta da casa, pois ela tinha caminhado rápido para se livrar dele; e não querendo, por causa da irmã, contrariá-lo, apenas disse em resposta, com um sorriso bem-humorado:

— Vamos, Mr. Wickham, somos cunhados agora, você sabe. Não vamos brigar pelo passado. No futuro, espero sempre concordarmos.

Ela estendeu a mão; ele a beijou com ternura e galanteria, embora mal soubesse que expressão deveria assumir, e eles entraram na casa.

Capítulo 53

Mr. Wickham ficou tão perfeitamente satisfeito com essa conversa que nunca mais se afligiu ou provocou sua querida irmã Elizabeth mencionando o assunto; e ela ficou satisfeita ao descobrir que havia dito o suficiente para mantê-lo quieto.

O dia da partida dele e de Lydia logo chegou, e Mrs. Bennet foi forçada a se submeter a uma separação, que, como seu marido de modo algum concordou com o plano dela de irem todos para Newcastle, provavelmente perduraria por pelo menos doze meses.

— Ah, minha querida Lydia! — exclamou ela. — Quando nos encontraremos de novo?

— Ah, Senhor! Não sei. Não nos próximos dois ou três anos, talvez.

— Escreva-me com muita frequência, minha querida.

— Com a maior frequência que puder. Mas você sabe que mulheres casadas nunca têm muito tempo para escrever. Minhas irmãs podem escrever para *mim*. Elas não terão mais nada para fazer.

As despedidas de Mr. Wickham foram muito mais afetuosas do que as de sua esposa. Ele sorriu, parecia bonito e disse muitas coisas bonitas.

— Ele é um sujeito tão bom — disse Mr. Bennet, assim que eles saíram da casa — como eu o imaginei. Ele ri, sorri e dá grande atenção a todos nós. Estou prodigiosamente orgulhoso dele. Duvido que o próprio Sir William Lucas possa encontrar um genro melhor.

A perda de sua filha deixou Mrs. Bennet muito desgostosa por vários dias.

— Muitas vezes penso — lamentou ela — que não há nada tão ruim quanto se separar dos amigos. Parece que ficamos tão desamparados sem eles.

— Essa é a consequência, entende, mamãe, de se casar uma filha — respondeu Elizabeth. — Deve ficar mais satisfeita que suas outras quatro estejam solteiras.

— Nada disso. Lydia não me deixou por estar casada, mas porque o regimento de seu marido fica tão longe. Se ficasse mais perto, ela não teria ido embora tão cedo.

Mas o desânimo em que esse evento a colocou foi logo aliviado, e sua mente se encheu novamente com a agitação da esperança, por causa de notícias que então começaram a circular. A governanta de Netherfield tinha recebido ordens para se preparar para a vinda de seu amo, que chegaria em um ou dois dias, para caçar lá por várias semanas. Mrs. Bennet ficou bastante animada. Ela olhou para Jane, sorriu e balançou a cabeça alternadamente.

— Ora, ora, então Mr. Bingley está vindo, irmã — (pois Mrs. Phillips foi a primeira a trazer a notícia para ela). — Bem, tanto melhor. Não que eu me importe com isso, no entanto. Ele não é nada para nós, você sabe, e tenho certeza de que nunca mais quero vê-lo. Mas, no entanto, ele é muito bem-vindo para vir a Netherfield, se quiser. E quem sabe o que *pode* acontecer? Mas isso não é nada para nós. Sabe, irmã, concordamos há muito tempo em nunca mencionar uma palavra sobre isso. E então, é certo que ele está vindo?

— Pode acreditar que sim — respondeu a outra —, pois Mrs. Nicholls esteve em Meryton ontem à noite; eu a vi passar, e eu mesma saí com o propósito de saber se isso era verdade; e ela me disse que com certeza era sim. Ele virá no mais tardar na quinta-feira, muito provavelmente na quarta-feira. Ela estava indo ao açougue, ela me disse, para pedir um pouco de carne para quarta-feira, e ela tem três pares de patos prontos para serem mortos.

Miss Bennet não pôde saber de sua chegada sem mudar de cor. Fazia muitos meses que ela não mencionara o nome dele a Elizabeth; mas agora, assim que ficaram a sós, ela disse:

— Eu vi você olhar para mim hoje, Lizzy, quando minha tia nos deu a notícia; e eu sei que parecia aflita. Mas não pense que foi por alguma causa boba. Estava apenas confusa naquele momento, porque senti que *deveriam* olhar para mim. Asseguro-lhe que a notícia não me afeta nem com prazer nem com dor. Estou feliz por uma coisa, que ele vem sozinho; porque não o veremos tanto. Não que eu tema por *mim* mesma, mas temo os comentários de outras pessoas.

Elizabeth não sabia o que pensar disso. Se ela não o tivesse visto em Derbyshire, poderia pensar que ele viria sem nenhum outro intuito além do mencionado; mas ela ainda acreditava que ele continuava interessado em Jane, e oscilou entre a maior probabilidade de ele ir até lá *com* a permissão de seu amigo, ou ser ousado o suficiente para vir sem ela.

No entanto, é difícil, pensava ela, às vezes, *que esse pobre homem não possa vir a uma casa que ele alugou legalmente, sem levantar toda essa especulação! Eu o deixarei em paz.*

273

Apesar do que sua irmã declarara, e realmente acreditava serem seus sentimentos na expectativa de sua chegada, Elizabeth pôde perceber facilmente que seu ânimo fora afetado. Ela estava mais aflita, mais inquieta, do que geralmente ficava.

O assunto que havia sido tão calorosamente discutido entre seus pais, cerca de doze meses atrás, agora foi trazido à tona mais uma vez.

— Assim que Mr. Bingley vier, meu querido — disse Mrs. Bennet —, você irá visitá-lo, é claro.

— Não, não. Você me forçou a visitá-lo no ano passado e prometeu que, se eu fosse vê-lo, ele se casaria com uma de minhas filhas. Mas terminou em nada, e não serei enviado em uma missão inútil novamente.

Sua esposa explicou a ele como essa atenção seria absolutamente necessária de todos os cavalheiros vizinhos, em seu retorno a Netherfield.

— É uma *etiqueta* que detesto — disse ele. — Se ele quer nossa companhia, que ele a procure. Ele sabe onde moramos. Eu não gastarei *minhas* horas correndo atrás dos meus vizinhos toda vez que eles vão embora e voltam outra vez.

— Bem, tudo o que sei é que seria abominavelmente rude se você não o visitar. Mas, no entanto, isso não me impede de convidá-lo para jantar aqui, estou determinada. Teremos Mrs. Long e os Gouldings em breve. Isso fará treze conosco, então sobrará um lugar na mesa só para ele.

Consolada por essa resolução, ela foi mais capaz de suportar a indelicadeza do marido; embora fosse muito mortificante saber que todos os seus vizinhos iriam ver Mr. Bingley, por causa disso, antes *deles*. Conforme o dia de sua chegada se aproximava:

— Começo a lamentar que ele venha — disse Jane à irmã. — Não teria sido nada; eu poderia vê-lo com completa indiferença, mas mal posso suportar ouvir falar disso perpetuamente. Mamãe tem boas intenções; mas ela não sabe, ninguém pode saber, o quanto eu sofro com o que ela diz. Ficarei feliz quando sua estadia em Netherfield terminar!

— Gostaria de poder dizer algo para confortá-la — respondeu Elizabeth. — Mas está totalmente fora do meu poder. Você deve saber disso; e a satisfação usual de pregar paciência a um sofredor me é negada, porque você sempre tem muita.

Mr. Bingley chegou. Mrs. Bennet, com a ajuda de criados, conseguiu ser uma das primeiras a saber disso, para que o período de ansiedade e inquietação de sua parte fosse o mais longo possível. Ela contou os dias que deveriam transcorrer antes que o convite pudesse ser enviado; sem esperança de vê-lo antes. Mas na terceira manhã após sua chegada a Hertfordshire, ela o viu, da janela de seu vestiário, entrando no cercado e cavalgando em direção a casa.

Suas filhas foram avidamente chamadas a participarem de sua alegria. Jane manteve resolutamente seu lugar à mesa; mas Elizabeth, para satisfazer a mãe, foi até a janela, olhou, viu Mr. Darcy com ele e sentou-se novamente ao lado da irmã.

— Há um cavalheiro com ele, mamãe — disse Kitty. — Quem pode ser?

— Algum conhecido ou outro, minha querida, suponho; tenho certeza de que não sei.

— Ora! — respondeu Kitty. — Parece exatamente com aquele homem que costumava estar com ele antes. Mr. qual é o nome dele? Aquele homem alto e orgulhoso.

— Jesus Cristo! Mr. Darcy! E é ele mesmo, o próprio. Bem, qualquer amigo de Mr. Bingley será sempre bem-vindo aqui, tenho certeza; mas devo dizer que detesto a mera visão dele.

Jane olhou para Elizabeth com surpresa e preocupação. Ela sabia muito pouco de seu encontro em Derbyshire e, portanto, sentiu o constrangimento que deveria ser para a irmã, ao vê-lo quase pela primeira vez depois de receber sua carta explicativa. Ambas as irmãs estavam bastante desconfortáveis. Cada uma preocupada com a outra e, claro, consigo mesmas; e sua mãe continuou falando sobre sua antipatia por Mr. Darcy e sua resolução de ser cortês com ele apenas como amigo de Mr. Bingley, sem ser ouvida por nenhuma das duas. Mas Elizabeth tinha fontes de inquietação das quais Jane não podia suspeitar, pois ainda não tivera coragem de mostrar a carta de Mrs. Gardiner ou de relatar sua própria mudança de sentimento em relação a ele. Para Jane, ele só poderia ser um homem cuja proposta de casamento ela havia recusado e cujo mérito ela havia subestimado; mas de acordo com suas próprias informações mais extensas, ele era a pessoa a quem toda a família tinha a maior dívida de gratidão, e a quem ela considerava com um interesse, se não tão terno, pelo menos tão razoável e legítimo quanto o que Jane tinha por Bingley. O espanto dela com a vinda dele — com a vinda dele para Netherfield, para Longbourn, e por ele voluntariamente procurá-la de maneira reiterada, foi quase igual ao que ela tivera ao testemunhar pela primeira vez a mudança em seu comportamento em Derbyshire.

A cor que havia fugido de seu rosto voltou por um instante com um brilho adicional, e um sorriso de deleite fez resplandecer seus olhos, enquanto ela pensava durante aquele espaço de tempo que a afeição e os desejos dele deveriam permanecer inalterados. Mas ela não estava certa disso.

Deixe-me primeiro ver como ele se comporta, disse para si mesma, *e então saberei se devo criar expectativas.*

Ela estava sentada bordando, atenta, esforçando-se para manter a compostura, e sem ousar erguer os olhos, até que uma curiosidade ansiosa os levou ao rosto de sua irmã quando o criado se aproximou da porta. Jane parecia um pouco mais pálida do que de costume, mas mais calma do que Elizabeth esperara. Com a aparição dos cavalheiros, sua cor intensificou-se; no entanto, ela os recebeu com uma tranquilidade aceitável, e com um decoro em seu comportamento livre tanto de qualquer sinal de ressentimento quanto de qualquer complacência desnecessária.

Elizabeth disse a ambos o mínimo que a cordialidade permitia e voltou a sentar-se para bordar, com um entusiasmo que não era comum que lhe gerasse. Ela arriscou apenas um olhar para Darcy. Como sempre, ele parecia sério e, ela pensou, mais como ele costumava estar em Hertfordshire, do que como ela o tinha visto em Pemberley. Mas talvez ele não pudesse, na presença de sua mãe, ser o que era diante de seus tio e tia. Era uma conjectura dolorosa, mas não improvável.

Bingley, ela também tinha visto por um instante, e nesse curto período o viu parecendo satisfeito e envergonhado. Ele foi recebido por Mrs. Bennet com um grau de cordialidade que deixou suas duas filhas constrangidas, especialmente quando contrastada com a polidez fria e cerimoniosa de sua reverência ao amigo.

Elizabeth, particularmente, que sabia que a mãe devia a ele a preservação de sua filha favorita da infâmia irremediável, ficou magoada e angustiada em um grau mais doloroso por uma distinção tão mal-empregada.

Darcy, depois de perguntar a ela como Mr. e Mrs. Gardiner estavam, uma pergunta que ela não podia responder sem perder sua compostura, não disse quase nada. Ele não estava sentado ao lado dela; talvez fosse esse o motivo de seu silêncio; mas não tinha sido assim em Derbyshire. Lá ele havia conversado com os amigos dela, quando não podia com ela mesma. Mas agora vários minutos se passaram sem trazer o som de sua voz; e quando, ocasionalmente, incapaz de resistir ao impulso da curiosidade, ela erguia os olhos para o rosto dele, o encontrara com a mesma frequência olhando para Jane quanto para ela própria, e amiúde apenas para o chão. Ele mostrava-se claramente mais pensativo e menos ansioso em agradar do que quando se encontraram pela última vez. Ela estava decepcionada e zangada consigo mesma por ele estar assim.

E como eu poderia esperar que fosse diferente!, pensou ela. *Mas então, por que ele veio?*

Ela não estava com humor para conversar com ninguém além dele; mas, com ele, mal teve coragem de falar.

Ela perguntou por sua irmã, mas não pôde fazer mais nada.

— Faz muito tempo, Mr. Bingley, desde que partiu — disse Mrs. Bennet. Ele prontamente concordou com isso.

— Passei a temer que o senhor nunca mais voltaria. As pessoas *disseram* que o senhor pretendia deixar o lugar para sempre na Festa de São Miguel; mas, contudo, espero que não seja verdade. Muitas mudanças aconteceram nas redondezas, desde que foi embora. Miss Lucas está casada e mudou-se com o marido. E uma das minhas próprias filhas também. Suponho que já tenha ouvido falar disso; na verdade, deve ter visto nos jornais. Saiu no *The Times* e no *The Courier*, eu sei; embora não tenha sido colocado como deveria ser. Foi apenas dito: "Recentemente, George Wickham, escudeiro, casou- -se com Lydia Bennet", sem que se dissesse uma sílaba sobre seu pai, ou o lugar onde ela morava, ou qualquer outra coisa. A tiragem foi feita pelo meu irmão Gardiner, e me pergunto como ele pôde ter feito isso de forma tão estra- nha. Chegou a ver?

Bingley respondeu que sim e deu seus parabéns. Elizabeth não ousou levan- tar os olhos. Como Mr. Darcy parecia, portanto, ela não sabia dizer.

— É uma coisa maravilhosa, com certeza, ter uma filha bem-casada — con- tinuou sua mãe —, mas ao mesmo tempo, Mr. Bingley, é muito difícil que ela seja levada para tão longe de mim. Foram para Newcastle, um lugar bem ao norte, ao que parece, e lá vão ficar não sei por quanto tempo. O regimento dele está lá; pois suponho que tenha ouvido falar de ele ter deixado a milícia do con- dado e ter ido para o exército. Graças a Deus! Ele deve ter *grandes* amigos, embora talvez não tantos quanto mereça.

Elizabeth, que sabia que esse "amigo" na verdade era Mr. Darcy, estava com tanta vergonha que mal conseguia manter-se em seu lugar. Isso extraiu dela, no entanto, o esforço de falar, o qual nada mais tinha conseguido fazer com tanta eficácia antes; e ela perguntou a Bingley se ele pretendia ficar no campo no momento.

Algumas semanas, ele acreditava.

— Quando tiver matado todos os seus pássaros, Mr. Bingley — disse sua mãe —, peço que venha aqui e atire em quantos quiser na propriedade de Mr. Bennet. Tenho certeza de que ele ficará muito feliz em ajudá-lo e guardará todos os melhores bandos para o senhor.

A agonia de Elizabeth aumentou, com uma atenção tão desnecessária e tão obsequiosa! Se a mesma perspectiva que os havia lisonjeado há um ano estive- vesse em jogo, cada palavra, ela estava convencida, estaria contribuindo para a mesma conclusão vexatória. Naquele instante, ela sentiu que anos de felicidade não poderiam retribuir Jane ou ela mesma por momentos de tão dolorosa perturbação.

Meu maior desejo, disse ela para si mesma, *seria nunca mais estar na companhia de nenhum deles. A companhia deles não pode ocasionar prazeres que façam valer a pena uma agonia como esta! Espero nunca mais ver nenhum dos dois!*

No entanto, a agonia, a qual anos de felicidade não compensaria, logo recebeu alívio substancial, ao observar o quanto a beleza de sua irmã reacendeu a admiração de seu antigo apaixonado. Quando ele entrou, havia falado pouco com ela; mas a cada cinco minutos parecia estar lhe dando cada vez mais atenção. Ele a encontrou tão bonita quanto no ano anterior; tão doce e tão verdadeira, embora não tão tagarela. Jane estava ansiosa para que nenhuma mudança fosse percebida nela, e estava realmente convencida de que ela falava tanto quanto antes. Mas sua mente estava tão ocupada que ela nem sempre se dava conta de quando estava em silêncio.

Quando os cavalheiros se levantaram para ir embora, Mrs. Bennet lembrou-se da cortesia que pretendia lhe prestar, e eles foram convidados e aceitaram jantar em Longbourn dentro de alguns dias.

— Está me devendo uma visita, Mr. Bingley — acrescentou ela —, porque, quando foi para a cidade no inverno passado, tinha me prometido vir para um jantar em família conosco, assim que voltasse. Eu não esqueci; e asseguro-lhe que fiquei muito decepcionada por não ter voltado e mantido o compromisso.

Bingley pareceu ficar um pouco atordoado com essa reflexão e disse algo sobre ter sido impedido pelos negócios. Eles então foram embora.

Mrs. Bennet estava pensando veementemente em convidá-los para ficar e jantar lá naquele dia; mas, embora sempre mantivesse uma mesa muito boa, ela não achava que menos de dois pratos fossem suficientes para um homem em quem tinha expectativas tão grandes, ou para satisfazer o apetite e o orgulho de alguém que ganhava dez mil por ano.

Capítulo 54

ssim que eles se foram, Elizabeth saiu para recuperar o ânimo; ou, em outras palavras, deter-se ininterruptamente naqueles assuntos que o piorariam ainda mais. O comportamento de Mr. Darcy a surpreendera e irritara.

Por que, se ele veio apenas para ficar calado, sério e indiferente, disse ela, *ele veio afinal?*

Ela não conseguia retratar isso de nenhuma maneira que lhe desse prazer.

Ele continuou amável, agradável, com meu tio e minha tia, quando estava na cidade; e por que não comigo? Se ele teme a mim, por que veio aqui? Se ele não sente mais nada por mim, por que ficar calado? Homem irritante! Não pensarei mais nele.

Sua resolução foi involuntariamente mantida por um curto período pela aproximação de sua irmã, que se juntou a ela com um olhar alegre, que a mostrava mais satisfeita com seus visitantes do que Elizabeth.

— Agora — disse ela — que esse primeiro encontro acabou, sinto-me perfeitamente tranquila. Conheço minha própria força e nunca mais me envergonharei por ele vir. Estou feliz que ele jantará aqui na terça-feira. Será então visto publicamente que, de ambos os lados, nos encontramos apenas como conhecidos comuns e indiferentes.

— Sim, muito indiferentes mesmo — respondeu Elizabeth, rindo. — Ah, Jane, tome cuidado.

— Minha querida Lizzy, você não pode me achar tão fraca, a ponto de estar em perigo agora, pode?

— Creio mais do que nunca que você corre grande perigo de deixá-lo mais apaixonado por você do que nunca.

* * *

Só voltaram a ver os cavalheiros na terça-feira; e Mrs. Bennet, entretanto, deu lugar a todos os seus devaneios felizes, que o bom humor e a polidez habitual de Bingley, em meia hora de visita, tinham revivido.

Na terça-feira houve um grande grupo reunido em Longbourn; e os dois mais ansiosamente aguardados, para fazer jus à sua pontualidade como desportistas, chegaram em muito boa hora. Quando se dirigiram à sala de jantar, Elizabeth observou ansiosamente se Bingley tomaria o lugar que, em todos os jantares anteriores, havia pertencido a ele, ao lado de sua irmã. A mãe prudente, ocupada com as mesmas ideias, evitou convidá-lo a sentar-se ao seu lado. Ao entrar na sala, pareceu hesitar; mas Jane olhou em volta e sorriu: estava decidido. Ele sentou-se ao lado dela.

Elizabeth, com uma sensação triunfante, olhou para o amigo dele. Ele reagiu com nobre indiferença, e ela teria imaginado que Bingley havia recebido sua sanção para ser feliz, se ela não tivesse visto seus olhos também voltados para Mr. Darcy, com uma expressão de nervosismo meio risonho.

Seu comportamento com a irmã era tal, durante o jantar, que demonstrava uma admiração por ela, a qual, embora mais cautelosa do que antes, persuadiu Elizabeth de que, se dependesse apenas dele, a felicidade de Jane e a dele seria rapidamente assegurada. Embora ela não ousasse criar expectativas, ainda assim observava com prazer seu comportamento. Deu-lhe toda a animação de que era capaz naquele momento; pois ela não estava de bom humor. Mr. Darcy estava quase tão longe dela quanto a mesa o permitia ficar. Ele estava ao lado de sua mãe. Ela sabia quão pouco tal situação daria prazer a ambos, ou faria com que fossem vistos sob a melhor luz. Ela não estava perto o suficiente para ouvir o que qualquer um dos dois falava, mas podia ver quão raramente eles falavam um com o outro, e quão formal e frio era sua maneira sempre quando o faziam. A indelicadeza de sua mãe tornava mais doloroso para a mente de Elizabeth pensar no quanto lhe deviam; e ela, às vezes, cogitava que daria qualquer coisa para ter o privilégio de lhe dizer que sua bondade não era desconhecida e que era apreciada por toda a família.

Ela esperava que a noite oferecesse alguma oportunidade de reuni-los; que a visita não passaria sem permitir que entrassem em uma conversa mais profunda do que a mera saudação cerimoniosa que acompanhara sua entrada. Ansiosa e inquieta, ela passou o período na sala de visitas, antes que os cavalheiros chegassem, e foi cansativo e monótono a um ponto que quase a deixou descortês. Ela ansiava por sua entrada como se dela todas as suas chances de prazer da noite dependessem.

Se ele não vier a mim, então, disse ela, *eu desistirei dele para sempre.*

Os cavalheiros vieram; e ela pensou que ele parecia ter respondido às suas esperanças; mas, infelizmente, as damas se aglomeraram em volta da mesa, onde Miss Bennet estava fazendo chá e Elizabeth servindo o café, de uma maneira tão próxima que não havia um único espaço perto dela que permitisse que uma cadeira fosse colocada. E quando os cavalheiros se aproximaram, uma das moças aproximou-se mais ainda e disse, em um sussurro:

— Os homens não virão nos separar, estou determinada. Não queremos nenhum deles aqui; não é mesmo?

Darcy se afastou para outra parte da sala. Ela o seguia com os olhos, invejava a todos com quem ele falava, mal tinha paciência para servir café a alguém; e depois ficou furiosa consigo mesma por ser tão tola!

Um homem que já foi rejeitado! Como eu poderia ser tola o suficiente para esperar uma outra confissão de seu amor? Existe algum homem que não protestaria contra tal fraqueza de fazer um segundo pedido de casamento à mesma mulher? Não há nada considerado tão indigno ou abominável para eles!

Ela ficou um pouco mais animada, no entanto, por ele mesmo trazer de volta sua xícara de café; e aproveitou a oportunidade para dizer:

— Sua irmã ainda está em Pemberley?

— Sim, ela ficará lá até o Natal.

— Sozinha? Todos os seus amigos a deixaram?

— Mrs. Annesley está com ela. Os outros foram para Scarborough, ficarão lá pelas próximas três semanas.

Ela não conseguia pensar em mais nada para dizer; mas, se ele quisesse conversar com ela, poderia ter tido mais sucesso. Ele ficou ao lado dela, porém, por alguns minutos, em silêncio; e, finalmente, no sussurro da jovem para Elizabeth novamente, ele se afastou.

Quando as coisas do chá foram retiradas e as mesas de jogo colocadas, todas as damas levantaram-se, e Elizabeth esperava que ele logo se juntaria a ela, quando todas as suas esperanças acabaram ao vê-lo ser vítima da voracidade de sua mãe ao convocar jogadores de uíste, e alguns momentos depois ele sentou-se com o resto do grupo. Ela agora perdera todas as expectativas de prazer. Eles foram confinados a noite toda em mesas diferentes, e ela não tinha nada pelo que esperar, a não ser que os olhos dele estivessem tantas vezes voltados para o lado dela do cômodo, a ponto de fazê-lo jogar tão mal quanto ela.

Mrs. Bennet tinha planejado manter os dois cavalheiros de Netherfield para cear; mas a carruagem deles foi infelizmente chamada antes que a de qualquer um dos outros, e ela não teve oportunidade de detê-los.

— Bem, meninas — disse ela, assim que foram deixadas a sós —, o que me dizem? Creio que tudo transcorreu extraordinariamente bem, asseguro-lhe. O jantar estava tão bem-feito quanto qualquer outro que eu já vi. A carne de cervo foi assada perfeitamente e todos diziam que nunca tinham visto uma perna tão gorda. A sopa estava cinquenta vezes melhor do que a que comemos na semana passada nos Lucas; e até Mr. Darcy reconheceu que as perdizes estavam notavelmente bem-feitas; e suponho que ele tenha pelo menos dois ou três cozinheiros franceses. E, minha querida Jane, nunca a vi tão bela. Mrs. Long também disse isso, pois eu mesma perguntei a ela se acaso você não estava. E o que você acha que ela disse além disso? "Ah! Mrs. Bennet, finalmente a teremos em Netherfield." Ela disse sim. Creio que Mrs. Long é a melhor criatura que já existiu, e suas sobrinhas são moças muito bem-comportadas, e nada bonitas: gosto delas imensamente.

Mrs. Bennet, em suma, estava muito animada; ela tinha visto o suficiente do comportamento de Bingley com Jane para estar convencida de que por fim ele não lhe escaparia; e suas expectativas de vantagem para sua família, quando de bom humor, eram tão além da razão, que ela ficou bastante desapontada por não o ver novamente no dia seguinte, para fazer seu pedido de casamento.

— Foi um dia muito agradável — disse Miss Bennet a Elizabeth. — O grupo parecia tão bem selecionado, tão adequado uns aos outros. Espero que possamos nos encontrar novamente.

Elizabeth sorriu.

— Lizzy, não faça isso. Não suspeite de mim. Isso me mortifica. Asseguro-lhe que agora aprendi a gostar de sua conversa como sendo um jovem agradável e sensato, sem nenhuma expectativa além disso. Estou perfeitamente ciente, pelos modos que ele demonstra agora, que ele nunca teve nenhuma intenção de ganhar minha afeição. Ele é apenas abençoado com maior doçura e um desejo mais forte de agradar em geral do que qualquer outro homem.

— Você é muito cruel — disse sua irmã. — Não me permite sorrir e me provoca a cada instante.

— Como é difícil, em alguns casos, que acreditem em você!

— E como é impossível em outros casos!

— Mas por que deseja me persuadir de que sinto mais do que reconheço?

— Essa é uma pergunta que eu mal sei como responder. Todos nós gostamos de instruir, embora possamos ensinar apenas o que não vale a pena saber. Me perdoe; e se persistir na indiferença, não faça de *mim* sua confidente.

Capítulo 55

Alguns dias depois dessa visita, Mr. Bingley apareceu outra vez, e sozinho. Seu amigo o havia deixado naquela manhã para ir até Londres, mas voltaria em dez dias. Sentou-se com elas por mais de uma hora e estava notavelmente de bom humor. Mrs. Bennet o convidou para jantar com eles; mas, com muitas expressões de inquietude, ele admitiu estar comprometido para jantar em outro lugar.

— Na próxima vez que vier aqui — disse ela — espero que tenhamos mais sorte.

Ele se consideraria muito feliz por isso a qualquer momento etc., etc.; e se ela lhe desse permissão, aproveitaria a oportunidade para as visitar de manhã.

— Pode vir amanhã?

Sim, ele não tinha nenhum compromisso para amanhã; e seu convite foi aceito com entusiasmo.

Ele veio, e tão cedo que nenhuma das damas estava vestida. Mrs. Bennet correu para o quarto da filha, de camisola e com o cabelo arrumado pela metade, gritando:

— Minha querida Jane, apresse-se e desça logo. Ele veio, Mr. Bingley veio. Ele realmente veio. Apresse-se, apresse-se. Aqui, Sarah, venha até Miss Bennet neste instante e ajude-a a colocar seu vestido. Esqueça o cabelo de Miss Lizzy.

— Vamos descer assim que pudermos — disse Jane —; mas ouso dizer que Kitty é mais rápida do que qualquer uma de nós, pois ela subiu as escadas meia hora atrás.

— Ah! Kitty que se exploda! O que ela tem a ver com isso? Vamos, seja rápida! Onde está sua faixa*, minha querida?

---

* Uma fita de cetim ou outro tecido amarrada logo abaixo do busto. (N. da T.)

Mas quando sua mãe se foi, Jane negou-se a descer sem uma de suas irmãs.

A mesma ansiedade de deixá-los sozinhos ficou visível novamente à noite. Depois do chá, Mr. Bennet retirou-se para a biblioteca, como era seu costume, e Mary subiu as escadas até seu instrumento. Dois obstáculos dos cinco sendo assim removidos, Mrs. Bennet ficou sentada olhando e piscando para Elizabeth e Catherine por um tempo considerável, sem causar nenhuma impressão nelas. Elizabeth não lhe deu atenção; e quando finalmente Kitty o fez, ela muito inocentemente disse:

— Qual é o problema, mamãe? Por que continua piscando para mim? O que eu devo fazer?

— Nada, criança, nada. Eu não pisquei para você. — Ela então ficou sentada por mais cinco minutos; mas, incapaz de desperdiçar uma ocasião tão preciosa, ela se levantou de repente e disse a Kitty:

— Venha cá, meu amor, quero falar com você. — E a levou para fora da sala.

Jane instantaneamente lançou um olhar para Elizabeth, que expressou sua angústia por tal premeditação, e sua súplica para que *ela* não cedesse a isso. Em alguns minutos, Mrs. Bennet entreabriu a porta e chamou:

— Lizzy, minha querida, quero falar com você.

Elizabeth foi forçada a ir.

— É melhor deixarmos que fiquem a sós, sabe — disse sua mãe, assim que ela chegou ao corredor. — Kitty e eu vamos lá para cima conversar no meu vestiário.

Elizabeth não fez nenhuma tentativa de argumentar com a mãe, mas permaneceu quieta no corredor, até que ela e Kitty sumissem de vista, depois voltou para a sala de visitas*.

Os planos de Mrs. Bennet para esse dia foram ineficazes. Bingley fora extremamente encantador, mas ainda não era um pretendente declarado de sua filha. Sua tranquilidade e alegria o tornaram uma adição muito agradável ao grupo à noite; e ele suportou a imprudência premeditada da mãe, e ouviu todas as suas tolas observações com uma paciência e compostura que fez com que a filha ficasse particularmente grata.

Ele mal precisou de um convite para ficar até a ceia, e antes que ele fosse embora, outro compromisso foi feito, principalmente partindo dele mesmo e de Mrs. Bennet, para que ele viesse na manhã seguinte caçar com o marido dela.

---

* Na época, era uma enorme falta de decoro deixar um homem e uma mulher sozinhos em um ambiente fechado e isso poderia inclusive arruinar a reputação de Jane, mesmo se já estivessem noivos. No entanto, era aceitável que caminhassem juntos em um ambiente aberto. (N. da T.)

Depois desse dia, Jane não disse mais nada sobre sua indiferença. Nenhuma palavra foi trocada entre as irmãs a respeito de Bingley; mas Elizabeth foi para a cama na feliz crença de que tudo seria concluído rapidamente, a menos que Mr. Darcy voltasse dentro do prazo estabelecido. Ponderando seriamente, no entanto, ela estava razoavelmente convencida de que tudo isso deve ter acontecido com a concordância daquele cavalheiro.

Bingley foi pontual em seu compromisso; e ele e Mr. Bennet passaram a manhã juntos, conforme combinado. Este último foi muito mais agradável do que seu companheiro esperava. Não havia nada de presunção ou tolice em Bingley que pudesse suscitar seu desdém, ou para repudiar a ponto de mantê-lo em silêncio; e ele ficou mais comunicativo e menos excêntrico do que o outro jamais o vira. Bingley, claro, voltou com ele para jantar; e à noite a inventividade de Mrs. Bennet estava novamente em ação para afastar todo mundo dele e de sua filha. Elizabeth, que tinha uma carta para escrever, foi para a sala de desjejum com esse propósito logo após o chá; pois como todos os outros iam se sentar para jogar cartas, ela não era necessária para contrariar as artimanhas de sua mãe.

Mas ao voltar para a sala de visitas, depois de terminar sua carta, ela viu, para sua infinita surpresa, que havia motivos para temer que sua mãe tivesse sido engenhosa demais para ela. Ao abrir a porta, viu sua irmã e Bingley de pé junto à lareira, como se estivessem conversando seriamente; e se isso não tivesse levantado nenhuma suspeita, os rostos de ambos, ao se virarem apressadamente e se afastarem um do outro, teriam dito tudo. A situação *deles* era bastante embaraçosa; mas a *dela*, ela pensou ser ainda pior. Nenhuma sílaba foi pronunciada por nenhum dos dois; e Elizabeth estava prestes a se retirar, quando Bingley, que, assim como sua irmã havia se sentado, levantou-se de repente e, sussurrando algumas palavras para Jane, saiu correndo da sala.

Jane não podia ter reservas com Elizabeth, e contar-lhe tudo seria um alívio; e imediatamente abraçando-a, reconheceu, com a mais intensa emoção, que ela era a criatura mais feliz do mundo.

— É demais! — acrescentou ela. — É realmente demais. Eu não mereço. Ah! Por que nem todo mundo é tão feliz?

As felicitações de Elizabeth foram tão sinceras, calorosas, alegres, que as palavras mal podiam expressar. Cada frase de bondade era uma nova fonte de felicidade para Jane. Mas ela não se permitiria ficar com sua irmã, ou dizer metade do que restava para ser dito no momento.

— Devo ir imediatamente até mamãe — exclamou ela. — Eu não iria de forma alguma brincar com sua afetuosa preocupação; ou permitir que ela ouça isso de qualquer pessoa além de mim. Ele já foi até papai. Ah! Lizzy, saber que o que tenho a relatar dará tanto prazer a toda minha querida família! Como poderei suportar tanta felicidade!

Ela então correu para a mãe, que havia deliberadamente interrompido o grupo de cartas, e estava sentada na escada com Kitty.

Elizabeth, que foi deixada sozinha, agora sorria com a rapidez e a facilidade com que um caso foi finalmente resolvido, frente a outro que lhes havia dado tantos meses anteriores de suspense e aborrecimento.

E isso, disse ela, *é o fim de toda a circunspecção ansiosa de seu amigo! De toda a falsidade e estratagemas de sua irmã! O final mais feliz, mais sábio e mais justo!*

Em poucos minutos, Bingley, cuja conversa com o pai fora curta e objetiva, juntou-se a ela.

— Onde está sua irmã? — perguntou ele apressadamente, ao abrir a porta.

— Com minha mãe no andar de cima. Ela descerá logo, ouso dizer.

Ele então fechou a porta e, ao aproximar-se dela, recebeu os bons votos e o carinho de sua cunhada. Elizabeth expressou sincera e calorosamente sua satisfação com a perspectiva de seu casamento. Apertaram-se as mãos com grande cordialidade; e então, até que sua irmã descesse, ela teve que ouvir tudo o que ele tinha a dizer sobre sua própria felicidade e sobre as perfeições de Jane; e apesar de ele estar apaixonado, Elizabeth realmente acreditava que todas as suas expectativas de felicidade eram racionalmente bem-fundadas, porque tinham por base a extraordinária compreensão e excelente temperamento de Jane, e uma semelhança geral de sentimentos e gostos entre os dois.

Foi uma noite agradável nos termos mais elevados para todos; a satisfação de Miss Bennet deu um brilho de doce animação ao seu rosto, que a fez parecer mais bonita do que nunca. Kitty ria, sorria, e torcia para que sua vez chegasse logo. Mrs. Bennet não pôde dar seu consentimento ou expressar sua aprovação em termos calorosos o suficiente para satisfazer seus sentimentos, embora não tenha conversado com Bingley sobre outra coisa por meia hora; e quando Mr. Bennet se juntou a eles para cear, sua voz e seus modos mostraram claramente como ele estava realmente feliz.

Nenhuma palavra, no entanto, passou por seus lábios em alusão a isso, até que o visitante se despediu; mas assim que ele se foi, virou-se para a filha e disse:

— Jane, eu te parabenizo. Você será uma mulher muito feliz.

Jane foi até ele instantaneamente, beijou-o e agradeceu por sua bondade.

— Você é uma boa moça — respondeu ele —; e tenho grande prazer em pensar que você será tão felizmente bem-casada. Não tenho dúvidas de que vocês se darão muito bem. Seus temperamentos são parecidos. Cada um de vocês é tão complacente que nada jamais será resolvido; tão tranquilos, que todos os criados os enganarão; e tão generosos, que sempre excederão sua renda.

— Espero que não. Imprudência ou descuido em questões de dinheiro seria imperdoável da *minha* parte.

— Exceder sua renda! Meu caro Mr. Bennet — exclamou sua esposa —, do que está falando? Ora, ele ganha quatro ou cinco mil por ano, e muito provavelmente mais. — Em seguida, dirigindo-se à filha: — Ah, minha querida, amada Jane, estou tão feliz! Tenho certeza de que não conseguirei dormir a noite toda. Eu sabia que isso aconteceria. Eu sempre disse que aconteceria, finalmente. Tinha certeza de que você não poderia ser tão bonita para nada! Lembro-me, assim que o vi, quando ele veio pela primeira vez a Hertfordshire no ano passado, pensei em como era provável que vocês se casassem. Ah, ele é o jovem mais bonito já visto!

Wickham e Lydia foram esquecidos. Jane estava além da competição como sua filha favorita. Naquele momento, ela não se importava com nenhuma outra. Suas irmãs mais novas logo começaram a pedir favores que no futuro ela poderia conceder.

Mary pediu para usar a biblioteca em Netherfield; e Kitty implorava por alguns bailes lá todo inverno.

Bingley, a partir de então, era, naturalmente, um visitante diário de Longbourn; vindo com frequência antes do café da manhã e permanecendo sempre até depois do jantar; a não ser quando algum vizinho bárbaro, que não podia ser detestado o bastante, o convidava para jantar de forma que ele se via obrigado a aceitar.

Elizabeth tinha agora pouco tempo para conversar com a irmã; pois, enquanto ele estava presente, Jane não tinha atenção para dar a mais ninguém; mas ela se viu consideravelmente útil para ambos naquelas horas de separação que às vezes ocorriam. Na ausência de Jane, ele sempre ia até Elizabeth, pelo prazer de conversar sobre sua irmã; e quando Bingley ia embora, Jane procurava constantemente os mesmos meios de alívio.

— Ele me deixou tão feliz — disse ela, certa noite — ao me dizer que não fazia ideia de que eu estava na cidade na primavera passada! Eu não acreditava que fosse possível.

— Eu suspeitava disso — respondeu Elizabeth. — Mas como ele explicou isso?

— Disse que deve ter sido obra da irmã dele. Elas certamente não estavam felizes com o fato de ele se aproximar de mim, o que não é de se admirar, já que ele poderia ter feito uma escolha muito mais vantajosa em muitos aspectos. Mas quando elas virem, como espero que vejam, que seu irmão está feliz comigo, aprenderão a se contentar, e ficaremos em bons termos novamente; embora nunca possamos ser como éramos antes.

— Esse é o discurso mais implacável — disse Elizabeth — que eu já ouvi você proferir. Boa menina! Iria me irritar, de fato, vê-la novamente sendo enganada pela falsa consideração de Miss Bingley.

— Você acredita, Lizzy, que quando ele foi para a cidade em novembro passado, ele realmente me amava, e nada além de uma persuasão de *minha* indiferença teria impedido que ele voltasse!

— Ele cometeu um pequeno erro, com certeza; mas mostra que ele é modesto.

Isso naturalmente introduziu um panegírico de Jane sobre a modéstia dele e o pouco valor que ele dava às suas próprias qualidades. Elizabeth ficou satisfeita ao descobrir que ele não havia contado sobre a interferência de seu amigo; pois, embora Jane tivesse o coração mais generoso e misericordioso do mundo, ela sabia que era uma circunstância que a tornaria mais propensa a ter uma má opinião sobre ele.

— Eu certamente sou a criatura mais afortunada que já existiu! — exclamou Jane. — Ah, Lizzy! Por que fui escolhida entre toda a minha família e abençoada acima de todos?! Se eu pudesse ver você tão feliz quanto eu! Se houvesse apenas outro homem parecido para você!

— Se você me desse quarenta homens assim, eu nunca poderia ser tão feliz quanto você. Até que eu tenha seu temperamento, sua bondade, nunca poderei ter sua felicidade. Não, não, deixe-me estar; talvez, se eu tiver muita sorte, possa encontrar outro Mr. Collins com o tempo.

A situação dos assuntos da família Longbourn não poderia ser um segredo por muito tempo. Mrs. Bennet teve o privilégio de sussurrar para Mrs. Phillips, e ela se aventurou, sem nenhuma permissão, a fazer o mesmo com todos os seus vizinhos em Meryton.

Os Bennets foram rapidamente declarados como a família mais sortuda do mundo, embora apenas algumas semanas atrás, quando Lydia fugiu, eles tivessem sido declarados como marcados para o infortúnio.

Capítulo 56

erta manhã, cerca de uma semana após o noivado de Bingley com Jane, enquanto ele e as mulheres da família estavam sentados juntos na sala de jantar, a atenção do grupo foi subitamente atraída para a janela, pelo som de uma carruagem; e eles perceberam um coche puxado por quatro cavalos aproximando-se relvado acima. Era muito cedo para visitantes e, além disso, o veículo não correspondia ao de nenhum de seus vizinhos. Os cavalos foram amarrados; e nem a carruagem, nem a libré do criado que a precedia, lhes eram familiares. Como era certo, no entanto, que alguém estava vindo, Bingley imediatamente convenceu Miss Bennet a evitar o confinamento de tal intrusão e ir caminhar com ele pelos arbustos. Ambos saíram, e as conjecturas das três restantes continuaram, embora com pouca satisfação, até que a porta se abriu e seu visitante entrou. Era Lady Catherine de Bourgh.

É claro que elas esperavam ser surpreendidas; mas seu espanto foi além de suas expectativas; e da parte de Mrs. Bennet e Kitty, embora ela fosse completamente desconhecida para elas, menor que o de Elizabeth.

Ela entrou na sala com um ar mais descortês do que o de costume, não deu outra resposta à saudação de Elizabeth além de uma ligeira inclinação da cabeça, e sentou-se sem dizer uma palavra. Elizabeth havia mencionado seu nome para sua mãe na entrada de Sua Senhoria, embora nenhum pedido de apresentação tivesse sido feito.

Mrs. Bennet, admirada, embora lisonjeada por ter uma convidada de tamanha importância, recebeu-a com a maior polidez. Depois de sentar-se por um momento em silêncio, Lady Catherine disse muito empertigada para Elizabeth:

— Espero que esteja bem, Miss Bennet. Esta senhora, suponho, é sua mãe. Elizabeth respondeu muito concisamente que sim.

— E *esta* suponho que seja uma de suas irmãs.

— Sim, senhora — disse Mrs. Bennet, encantada por falar com Lady Catherine. — Ela é minha segunda filha mais nova. Minha mais nova casou-se recentemente, e minha mais velha está em algum lugar da propriedade, caminhando com um jovem que, creio, em breve se tornará parte da família.

— A senhora tem um jardim muito pequeno aqui — Lady Catherine respondeu após um breve silêncio.

— Não é nada em comparação com Rosings, *milady*, ouso dizer; mas garanto que é muito maior que o de Sir William Lucas.

— Esta deve ser uma sala de estar muito inconveniente para a noite, no verão; as janelas estão totalmente a oeste.

Mrs. Bennet assegurou-lhe que nunca se sentavam lá depois do jantar, e então acrescentou:

— Posso tomar a liberdade de perguntar a Vossa Senhoria se deixou Mr. e a Mrs. Collins bem?

— Sim, muito bem. Eu os vi na noite de anteontem.

Elizabeth agora esperava que ela apresentasse uma carta para ela de Charlotte, pois parecia ser o único motivo provável para sua visita. Mas carta alguma apareceu, e ela ficou completamente confusa.

Mrs. Bennet, com grande cordialidade, pediu a Sua Senhoria que aceitasse um aperitivo; mas Lady Catherine, muito resoluta, e não muito educadamente, recusou-se a comer qualquer coisa; e então, levantando-se, disse a Elizabeth:

— Miss Bennet, parecia haver um bonito pequeno bosque de um lado de seu gramado. Eu ficaria feliz em dar uma volta por ele, se a senhorita me agraciar com sua companhia.

— Vá, minha querida — disse sua mãe —, e mostre a Sua Senhoria os diferentes passeios. Creio que ela ficará satisfeita com o eremitério.

Elizabeth obedeceu e, correndo para seu próprio quarto para pegar seu guarda-sol, juntou-se à sua nobre convidada no andar de baixo. Ao atravessarem o saguão, Lady Catherine abriu as portas da sala de estar e da sala de visitas e, após uma breve inspeção, declarou que eram salas de aparência decente, e seguiu em frente.

Sua carruagem permaneceu na porta, e Elizabeth viu que sua criada estava dentro dela. Seguiram em silêncio pelo caminho de cascalho que levava ao bosque; Elizabeth estava decidida a não fazer nenhum esforço para conversar com uma mulher que agora estava mais do que normalmente insolente e desagradável.

Como pude algum dia pensar que ela é parecida com seu sobrinho?, pensou ela, enquanto examinava seu rosto.

Assim que entraram no bosque, Lady Catherine começou da seguinte maneira:

— Deve saber muito bem, Miss Bennet, qual o motivo de minha viagem até aqui. Seu próprio coração, sua própria consciência, devem lhe dizer por que vim.

Elizabeth olhou para ela com uma surpresa despreocupada.

— Na verdade, está enganada, senhora. Não sou capaz de explicar a honra de vê-la aqui.

— Miss Bennet — respondeu Lady Catherine, em tom zangado —, deve saber que não deve brincar comigo. Mas por mais insincera que escolha ser, não fará que eu também o seja. Meu caráter sempre foi conhecido por minha sinceridade e franqueza, e por tal ocasião e em um momento como este, certamente não agirei de outra forma. Um relato me foi dado da mais alarmante natureza há dois dias. Disseram-me que não só sua irmã estava prestes a ter um casamento vantajoso, mas que a senhorita, que Miss Elizabeth Bennet, com toda probabilidade, logo depois se uniria ao meu sobrinho, meu próprio sobrinho, Mr. Darcy. Embora eu *saiba* que só pode se tratar de uma mentira escandalosa, ainda que eu não o insultaria tanto a ponto de supor que a verdade disso seja possível, imediatamente decidi partir para este lugar, para que soubesse quais são os meus sentimentos em relação a isso.

— Se acredita que é impossível ser verdade — disse Elizabeth, corando de perplexidade e desdém —, me pergunto por que se deu ao trabalho de vir de tão longe. Qual poderia ser o intuito de Vossa Senhoria ao fazê-lo?

— Para imediatamente insistir que tal relato seja universalmente contrariado.

— Sua vinda a Longbourn, para ver a mim e minha família — respondeu Elizabeth friamente — será uma confirmação disso; se, de fato, tal relato existir.

— Se! Então finge ser ignorante sobre isso? Não foi diligentemente divulgado por vocês? Acaso não sabe que tal relato tem se espalhado por vários lugares?

— Nunca ouvi falar disso.

— E a senhorita também pode declarar que não há *fundamento* para isso?

— Não pretendo ter a mesma franqueza com Vossa Senhoria. Pode me fazer perguntas, que *eu* escolherei não responder.

— Não irei tolerar isso. Miss Bennet, insisto que me responda. Ele, meu sobrinho, lhe fez uma oferta de casamento?

— Vossa Senhoria declarou que isso é impossível.

— E é, é, enquanto ele ainda for capaz de fazer uso da razão. Mas *seus* artifícios e seduções podem, em um momento de paixão, tê-lo feito esquecer de si mesmo e de toda a sua família. Pode ter-lhe virado a cabeça.

— Se o fiz, serei a última pessoa a confessá-lo.

— Miss Bennet, sabe com quem está falando? Não estou acostumada a um linguajar como esse. Sou quase o parente mais próximo que ele tem no mundo e tenho o direito de saber de todas as suas preocupações mais íntimas.

— Mas não tem o direito de saber *as minhas*; tampouco um comportamento como esse me induzirá a ser explícita.

— Deixe-me ser clara. Esse casamento, ao qual tem a presunção de aspirar, nunca acontecerá. Não, nunca. Mr. Darcy está noivo de *minha filha*. Agora, o que tem a dizer?

— Apenas isto: que se ele assim estiver, não pode ter motivos para supor que ele fará um pedido a mim.

Lady Catherine hesitou por um momento e então respondeu:

— O noivado entre eles é de um tipo peculiar. Desde crianças, eles foram predestinados um ao outro. Era um grande desejo de sua mãe, assim como meu. Enquanto estavam em seus berços, planejamos a união: e agora, quando os desejos de ambas as irmãs seriam realizados pelo casamento deles, ser impedido por uma jovem de origem inferior, sem importância no mundo e sem nenhum vínculo com a família! Não dá valor aos desejos dos amigos dele? Ao seu noivado tácito com Miss de Bourgh? Não tem nenhum decoro e delicadeza? Não me ouviu dizer que desde cedo ele estava predestinado à sua prima?

— Sim, e eu já tinha ouvido isso antes. Mas o que tenho com isso? Se não houver outra objeção ao meu casamento com seu sobrinho, certamente não serei impedida por saber que sua mãe e sua tia desejavam que ele se casasse com Miss de Bourgh. Fizeram as duas o máximo que puderam ao planejar o casamento. Sua conclusão dependia de outros. Se Mr. Darcy não está nem por honra nem por sua vontade confinado à prima, por que não pode fazer outra escolha? E se eu sou essa escolha, por que não posso aceitá-lo?

— Porque a honra, o decoro, a prudência, não, o interesse, proíbem-no. Sim, Miss Bennet, interesse; pois não espere ser aceita por sua família ou amigos, se agir deliberadamente contra as vontades de todos. Será censurada, menosprezada e desprezada por todas as relações dele. Sua aliança será uma vergonha; seu nome nunca será mencionado por nenhum de nós.

— Esses são grandes infortúnios — respondeu Elizabeth. — Mas a esposa de Mr. Darcy deve ter fontes tão extraordinárias de felicidade necessariamente relacionadas à sua situação, que ela não poderia, em geral, ter motivos para se lamentar.

— Menina obstinada e teimosa! Tenho vergonha da senhorita! Essa é a sua gratidão pela atenção que lhe dei na primavera passada? Não deve nada a mim por isso? Vamos nos sentar. Precisa entender, Miss Bennet, que vim aqui com a resolução determinada de cumprir meu propósito; não serei dissuadida disso. Não estou acostumada a me submeter aos caprichos de ninguém. Não tenho o hábito de tolerar decepções.

— *Isso* tornará a atual situação de Vossa Senhoria mais lamentável; mas não terá efeito em *mim*.

— Não serei interrompida. Ouça-me em silêncio. Minha filha e meu sobrinho são feitos um para o outro. Descendem, pelo lado materno, da mesma linhagem nobre; e, por parte do pai, de famílias respeitáveis, honradas e antigas, embora sem título. Sua fortuna em ambos os lados é esplêndida. Eles estão destinados um ao outro pela voz de cada membro de suas respectivas casas; e o que é que irá separá-los? As pretensões arrivistas de uma jovem sem família, parentes importantes ou fortuna. Isso acaso deveria ser tolerado! Mas não deve, não irá acontecer. Se fosse sensata, para o seu próprio bem, não desejaria abandonar a esfera em que foi criada.

— Ao me casar com seu sobrinho, não considero estar abandonando essa esfera. Ele é um cavalheiro; eu sou filha de um cavalheiro; portanto somos iguais.

— É verdade. É filha de um cavalheiro. Mas o que é a sua mãe? Quem são seus tios e tias? Não pense que ignoro sua condição.

— Quaisquer que sejam meus parentes — disse Elizabeth —, se seu sobrinho não se opuser a eles, pouco importa para *a senhora*.

— Diga-me de uma vez por todas, está noiva dele?

Embora Elizabeth não quisesse fazê-lo, com o mero propósito de satisfazer Lady Catherine ao responder essa pergunta, ela não pôde deixar de dizer, após um momento de deliberação:

— Não estou.

Lady Catherine parecia satisfeita.

— E me prometerá nunca concordar com tal compromisso?

— Não farei nenhuma promessa desse tipo.

— Miss Bennet, estou chocada e surpresa. Esperava encontrar uma jovem mais razoável. Mas não se iluda acreditando que hei de recuar. Não irei embora até que me dê a garantia de que preciso.

— E eu certamente *nunca* a darei. Não serei intimidada a fazer algo tão totalmente irracional. Vossa Senhoria quer que Mr. Darcy se case com sua filha; mas será que o fato de eu lhe dar a promessa desejada tornaria o casamento *deles* mais provável? Supondo que ele tenha algum afeto por mim, minha recusa em aceitar sua mão faria com que ele desejasse entregá-la à prima? Permita-me dizer, Lady Catherine, que os argumentos nos quais embasou esse pedido extraordinário foram tão frívolos quanto o pedido foi infeliz. A senhora enganou-se amplamente quanto ao meu caráter, se acredita que posso ser influenciada por tais persuasões. Até que ponto seu sobrinho aprovaria sua interferência nos assuntos *dele*, não posso dizer; mas a senhora certamente não tem o direito de se preocupar com os meus. Devo pedir, portanto, para não mais ser importunada sobre o assunto.

— Não tão rápido, faça-me o favor. Eu de forma alguma terminei. A todas as objeções que já fiz, tenho ainda outra a acrescentar. Sei dos detalhes da infame fuga de sua irmã mais nova. Eu sei de tudo; que o casamento do jovem com ela foi negociado à custa de seu pai e tios. E *tal* moça há de ser cunhada do meu sobrinho? O marido *dela*, que é filho do intendente de seu falecido pai, será seu cunhado? Senhor do céu! No que está pensando? As sombras de Pemberley serão tão poluídas assim?

— A senhora não pode *agora* ter mais nada a dizer — respondeu ela, ressentida. — A senhora me insultou de todas as maneiras possíveis. Devo pedir para voltar para casa.

E ela se levantou enquanto falava. Lady Catherine também se levantou e elas voltaram. Sua Senhoria ficou muito indignada.

— A senhorita não tem consideração, então, pela honra e pela reputação do meu sobrinho! Menina insensível e egoísta! Não considera que uma conexão com a senhorita deve desonrá-lo aos olhos de todos?

— Lady Catherine, não tenho mais nada a dizer. Já sabe quais são meus sentimentos.

— Então está decidida a tê-lo?

— Eu não disse tal coisa. Só estou decidida a agir da maneira que irá, em minha opinião, constituir minha felicidade, sem pedir permissão *à senhora* ou a qualquer pessoa com quem não tenho vínculo algum.

— Está bem. A senhorita recusa-se, então, a me satisfazer. Recusa-se a obedecer às reivindicações de dever, honra e gratidão. Está determinada a arruiná-lo na opinião de todos os seus amigos e torná-lo o desprezo do mundo.

— Nem dever, nem honra, nem gratidão — respondeu Elizabeth — tem qualquer reivindicação possível sobre mim, nesse caso. Nenhum princípio desses seria violado pelo meu casamento com Mr. Darcy. E quanto ao ressentimento de sua família, ou à indignação do mundo, se o primeiro *fosse* ocasionado por ele se casar comigo, não me daria um momento de preocupação, e o mundo em geral teria o bom senso de não se juntar ao desprezo.

— E essa é mesmo a sua opinião! Essa é a sua decisão final! Muito bem. Agora saberei como agir. Não imagine, Miss Bennet, que conseguirá o que quer.

Eu vim para tentar persuadi-la. Esperava que fosse razoável; mas, pode ter certeza, hei de me certificar que me entenda.

Dessa maneira Lady Catherine continuou falando, até chegarem à porta da carruagem, quando, virando-se apressadamente, ela acrescentou:

— Não me despeço da senhorita, Miss Bennet. Não envio cumprimentos à sua mãe. Não merece essa atenção. Estou extremamente descontente.

Elizabeth não respondeu; e sem tentar persuadir Sua Senhoria a voltar para a casa, entrou silenciosamente. Ela ouviu a carruagem afastar-se enquanto subia as escadas. A mãe a encontrou impaciente na porta do vestiário, para perguntar por que Lady Catherine não voltara para a casa para descansar.

— Ela não quis — disse a filha. — Estava de partida.

— Ela é uma mulher muito elegante! E sua visita foi prodigiosamente cortês! Pois ela só veio, suponho, para nos dizer que os Collins estavam bem. Ela está a caminho de algum lugar, atrevo-me a dizer, e assim, ao passar por Meryton, pensou que poderia ir até você. Suponho que ela não tinha nada de especial para dizer a você, Lizzy?

Elizabeth foi forçada a ceder a uma pequena mentira aqui; pois contar o conteúdo de sua conversa seria impossível.

Capítulo 57

O estado de perturbação em que essa visita extraordinária causou a Elizabeth não pôde ser facilmente superado; nem poderia ela, por muitas horas, conseguir pensar nisso menos do que incessantemente. Lady Catherine, ao que parecia, realmente se deu ao trabalho dessa viagem de Rosings com o único propósito de romper seu suposto noivado com Mr. Darcy. Era um plano racional, com certeza! Mas de onde teria vindo o relato de um noivado entre eles? Elizabeth não conseguia imaginar; até que ela se lembrou de que, sendo muito amigo de Bingley, e *ela* sendo irmã de Jane, poderia ser o suficiente, numa época em que a expectativa de um casamento deixava todos ansiosos por outro, para corroborar a ideia. Ela mesma não deixara de pensar que o casamento de sua irmã deveria fazer com que eles se vissem com mais frequência. E seus vizinhos em Lucas Lodge, portanto (pois através de sua comunicação com os Collins, o relato, ela concluiu, chegara a Lady Catherine), tinham apenas cogitado *aquilo* como quase certo e imediato, aquilo que *ela* esperava ser possível em algum momento no futuro.

Ao relembrar as palavras de Lady Catherine, no entanto, ela não pôde deixar de sentir alguma inquietação quanto à possível consequência de sua persistência nessa intromissão. Pelo que ela havia dito sobre sua resolução de impedir o casamento deles, ocorreu a Elizabeth que ela deveria estar pensando em falar com o sobrinho; e como ele iria lidar com uma representação semelhante dos males ligados a um casamento com ela, ela não ousou prever. Ela não sabia o grau exato da afeição dele pela tia, ou sua confiança em seu julgamento, mas era natural supor que ele tinha mais consideração por Sua Senhoria do que *ela*; e era certo que, ao enumerar os infortúnios de um casamento com *alguém*, cujas relações imediatas eram tão desiguais às suas, sua tia tocaria em seu ponto mais fraco. Com as noções dele de dignidade, ele provavelmente sentiria que os argumentos, que para Elizabeth pareciam fracos e ridículos, eram dotados de muito bom senso e fundamentação sólida.

Se antes ele hesitara sobre o que deveria fazer, o que muitas vezes parecia provável, o conselho e a súplica de um parente tão próximo poderiam resolver todas as suas dúvidas e ele se determinaria imediatamente a ser tão feliz quanto a dignidade imaculada poderia torná-lo. Nesse caso, ele não voltaria mais. Lady Catherine poderia vê-lo em seu caminho pela cidade; e seu compromisso com Bingley de voltar a Netherfield seria deixado de lado.

Se, portanto, uma desculpa para não cumprir sua promessa chegar a seu amigo dentro de alguns dias, acrescentou ela, *eu saberei como entendê-la. Eu então desistirei de todas as expectativas, todos os desejos de sua constância. Se ele se contentar em apenas lamentar afastar-se de mim, quando poderia ter obtido minhas afeições e minha mão, logo deixarei de me lamentar por ele.*

* * *

A surpresa do resto da família, ao saber quem tinha sido o visitante, foi muito grande; mas eles se satisfizeram com o mesmo tipo de suposição que aplacou a curiosidade de Mrs. Bennet; e Elizabeth foi poupada de muitas importunações relacionadas ao assunto.

Na manhã seguinte, ao descer as escadas, encontrou-se com seu pai, que saía da biblioteca com uma carta na mão.

— Lizzy — disse ele —, estava prestes a procurar por você; entre na biblioteca.

Ela o seguiu até lá; e sua curiosidade para saber o que ele tinha a lhe dizer foi aumentada pela suposição de que de alguma forma estivesse relacionado com a carta que ele segurava. De repente, ocorreu-lhe que poderia ser de Lady Catherine; e ela antecipou com desânimo todas as explicações consequentes.

Ela seguiu o pai até a lareira e os dois sentaram-se. Ele então disse:

— Recebi uma carta esta manhã que me surpreendeu muito. Como se trata principalmente de você, você deve saber de seu conteúdo. Eu não sabia, antes dela, que eu tinha *duas* filhas prestes a se casarem. Deixe-me parabenizá-la por uma conquista tão importante.

Um rubor agora invadiu as bochechas de Elizabeth na convicção instantânea de que era uma carta do sobrinho, e não da tia; e ela não tinha certeza se estava mais satisfeita por ele se explicar, ou ofendida porque sua carta não fora endereçada a ela; quando seu pai continuou:

— Você parece saber do que se trata. As moças têm grande perspicácia em assuntos como esses; mas creio que posso desafiar até mesmo a *sua* sagacidade ao tentar descobrir o nome de seu admirador. Esta carta é de Mr. Collins.

— De Mr. Collins! E o que *ele* tem a dizer?

— Algo muito apropriado para a ocasião, é claro. Ele começa com felicitações pelas núpcias que se aproximam de minha filha mais velha, sobre as quais, ao que parece, alguns dos bondosos e fofoqueiros Lucas lhe contaram. Não irei brincar com sua impaciência, lendo o que ele diz sobre isso. A parte que faz referência a você é a seguinte:

"Tendo assim lhe oferecido as sinceras felicitações de Mrs. Collins e minhas por esse feliz evento, deixe-me agora acrescentar uma pequena sugestão sobre um outro, do qual fomos informados pela mesma fonte. Sua filha Elizabeth, presume--se, não continuará por muito tempo com o sobrenome Bennet depois que sua irmã mais velha o renunciar, e o companheiro escolhido por seu destino pode ser razoavelmente considerado um dos homens mais ilustres desta terra."

— Você consegue adivinhar, Lizzy, a quem isso se refere?

"Esse jovem cavalheiro é abençoado, de uma maneira peculiar, com tudo o que o coração de um mortal pode desejar: propriedade esplêndida, parentes nobres e um benfeitor de muitos. No entanto, apesar de todas essas tentações, deixe-me avisar minha prima Elizabeth e o senhor sobre os males que podem incorrer por uma aceitação precipitada de um pedido de casamento desse cavalheiro, ao qual, é claro, o senhor estará propenso a aceitar imediatamente."

— Você tem alguma ideia, Lizzy, de quem é esse cavalheiro? Mas agora ele diz:

"Meu motivo para adverti-lo é o seguinte. Temos motivos para imaginar que sua tia, Lady Catherine de Bourgh, não vê o casamento com bons olhos."

— É a *Mr. Darcy*, você vê, a quem ele refere-se! Agora *sim*, Lizzy, creio que te surpreendi. Poderia ele, ou os Lucas, terem escolhido qualquer homem que conhecemos cujo nome teria desmentido mais eficazmente o que eles relataram? Mr. Darcy, que nunca olha para nenhuma mulher a não ser para criticá--la, e que provavelmente nunca olhou para *você* em sua vida! É admirável!

Elizabeth tentou juntar-se às brincadeiras do pai, mas só conseguiu forçar um sorriso muito relutante. Nunca sua sagacidade tinha sido dirigida de uma maneira tão pouco agradável para ela.

— Você não achou graça?

— Ah, sim! Por favor, continue lendo.

Depois de mencionar a probabilidade desse casamento com Sua Senhoria ontem à noite, ela imediatamente, com sua habitual condescendência, expressou o que sentia na ocasião; quando ficou claro que, por causa de algumas objeções familiares do lado de minha prima, ela nunca daria seu consentimento para o que ela chamou de um casamento tão vergonhoso. Achei que era meu dever informar o mais rápido possível à minha prima, para que ela e seu nobre admirador saibam do que se trata e não se apressem a um casamento que não foi devidamente sancionado.

— Além disso, Mr. Collins acrescenta:

Estou realmente feliz que o triste assunto de minha prima Lydia tenha sido tão bem silenciado, e me preocupo apenas porque o fato de eles terem morado juntos antes do casamento seja conhecido por tantos. Não devo, no entanto, negligenciar os deveres de minha posição, ou deixar de declarar meu espanto ao saber que o senhor recebeu o jovem casal em sua casa assim que se casaram. Foi um incentivo à depravação; e, se eu fosse o pároco de Longbourn, teria me oposto vigorosamente a isso. O senhor certamente deve perdoá-los, como cristão, mas nunca os admitir à sua vista, ou permitir que seus nomes sejam mencionados aos seus ouvidos.

— Essa é a noção dele de perdão cristão! O resto de sua carta é apenas sobre a situação de sua querida Charlotte e sua expectativa de um jovem ramo de oliveira. Mas, Lizzy, parece que você não gostou. Você não ficará *triste*, espero, e fingirá estar ofendida com um relatório ocioso. Pois para o que vivemos, senão para nos divertir à custa dos nossos vizinhos e rir deles quando estivermos longe?

— Ah! — exclamou Elizabeth. — Achei muita graça. Mas é tão estranho!

— Sim, mas é *isso* que o torna engraçado. Se eles tivessem escolhido qualquer outro homem, não teria sido nada; mas a perfeita indiferença *dele*, e *sua* grande antipatia por ele, tornam isso tão deliciosamente absurdo! Por mais que eu abomine escrever, eu não abriria mão de responder a correspondência de

Mr. Collins por nada. Não, quando leio uma carta dele, não posso deixar de lhe dar preferência até mesmo frente a Wickham, por mais que valorize a insolência e a hipocrisia de meu genro. E diga, Lizzy, o que Lady Catherine disse sobre esse relato? Ela veio aqui para recusar a dar seu consentimento?

A essa pergunta sua filha respondeu apenas com uma risada; e como tinha sido perguntado sem a menor suspeita, ela não se incomodou por ele repeti-la. Elizabeth nunca esteve tão perdida tentando fazer seus sentimentos parecerem o que não eram. Era preciso rir, quando ela preferia chorar. Seu pai a havia mortificado cruelmente, pelo que ele disse sobre a indiferença de Mr. Darcy, e ela não podia fazer nada além de se admirar com tal falta de atenção, ou temer que talvez, em vez de ele ter visto muito *pouco*, ela pudesse ter imaginado *muito*.

Capítulo 58

Em vez de receber qualquer carta de desculpa de seu amigo, como Elizabeth em parte esperava que Mr. Bingley recebesse, ele conseguiu trazer Darcy consigo para Longbourn antes que muitos dias se passassem após a visita de Lady Catherine. Os cavalheiros chegaram cedo; e, antes que Mrs. Bennet tivesse tempo de contar a ele que tinham visto sua tia, e fizesse com que sua filha ficasse momentaneamente aterrorizada, Bingley, que queria ficar a sós com Jane, propôs que todos fossem caminhar. Todos concordaram, exceto Mrs. Bennet, que não tinha o hábito de caminhar; e Mary, que nunca tinha tempo; mas os cinco restantes partiram juntos. Bingley e Jane, no entanto, logo permitiram que os demais os ultrapassassem. Eles ficaram para trás, enquanto Elizabeth, Kitty e Darcy foram deixados para entreterem uns aos outros. Muito pouco foi dito por qualquer um deles; Kitty tinha muito medo dele para falar; Elizabeth estava secretamente decidindo-se a tomar uma atitude desesperada; e talvez ele estivesse fazendo o mesmo.

Eles caminharam em direção aos Lucas, porque Kitty queria visitar Maria; e como Elizabeth não via motivo para divulgar o assunto para todos, quando Kitty os deixou, seguiu corajosamente sozinha com ele. Agora era o momento de executar o que havia decidido e, quando reuniu coragem suficiente, ela imediatamente disse:

— Mr. Darcy, sou uma criatura muito egoísta; e, para aliviar meus próprios sentimentos, não me importo com o quanto eu possa estar ferindo os seus. Não posso mais deixar de lhe agradecer por sua bondade sem igual com minha pobre irmã. Desde que soube disso, tenho estado muito ansiosa para reconhecer ao senhor o quão grata me sinto. Se o resto da minha família soubesse, eu não teria apenas minha própria gratidão para expressar.

— Sinto muito, muito mesmo — respondeu Darcy, em um tom de surpresa e emoção —, por a senhorita ter sido informada sobre o que, sob uma luz equivocada, pode ter lhe causado desconforto. Não pensei que Mrs. Gardiner fosse tão pouco confiável.

— Não deve culpar minha tia. Foi a negligência de Lydia que primeiro me revelou que o senhor estivera envolvido no assunto; e, é claro, não pude descansar até saber dos detalhes. Deixe-me agradecer-lhe uma e outra vez, em nome de toda a minha família, por essa generosa compaixão que o induziu a se dar tanto trabalho e a suportar tantas mortificações para encontrá-los.

— Se a senhorita vai me agradecer — respondeu ele —, que seja apenas de sua parte. Que o desejo de lhe dar felicidade tenha acrescentado força aos outros incentivos que me levaram a agir, não tentarei negar. Mas sua *família* não me deve nada. Por mais que eu os respeite, creio ter pensado apenas *na senhorita*.

Elizabeth ficou muito encabulada para dizer uma palavra sequer. Após uma breve pausa, seu companheiro acrescentou:

— A senhorita é generosa demais para brincar comigo. Se seus sentimentos ainda são os mesmos que em abril passado, diga-me imediatamente. *Meu* afeto e desejos permanecem inalterados, mas uma palavra sua me silenciará sobre esse assunto para sempre.

Elizabeth, vendo que o constrangimento e a ansiedade dele eram grandes, agora forçou-se a falar; e imediatamente, embora de forma não muito fluida, deu-lhe a entender que os sentimentos dela haviam sofrido uma mudança tão substancial, desde o período a que ele aludia, a ponto de fazê-la receber com gratidão e prazer suas garantias atuais. A felicidade que essa resposta gerou foi tal que ele provavelmente nunca havia sentido antes; e ele se expressou na ocasião da maneira mais sensata e calorosa que um homem extremamente apaixonado poderia fazer. Se Elizabeth tivesse sido capaz de olhar nos olhos dele, ela teria visto como a expressão de alegria sincera, difundida por seu rosto, o deixara bonito; mas, embora ela não conseguisse, ela podia ouvi-lo, e ele lhe falava de sentimentos que, provando a importância que ela tinha para ele, tornavam seu afeto a cada momento mais valioso.

Caminharam, sem saber em que direção. Havia muito a ser pensado, sentido e dito para prestar atenção em quaisquer outras coisas. Ela logo soube que eles deviam finalmente ter se entendido aos esforços de sua tia, que *de fato* o visitara ao voltar por Londres, e lá relatou sua passagem por Longbourn, seu motivo e o conteúdo de sua conversa com Elizabeth; detendo-se enfaticamente em todas as expressões desta última que, na opinião de Sua Senhoria, denotavam peculiarmente sua perversidade e presunção; acreditando que tal relato auxiliaria seus esforços em obter aquela promessa de seu sobrinho que *ela* se recusou a dar. Mas, infelizmente para Lady Catherine, seu efeito foi exatamente o contrário.

— Isso fez com que eu tivesse esperança — disse ele — como eu quase nunca me permiti ter antes. Eu conhecia seu temperamento o suficiente para ter certeza de que, se você estivesse absoluta e irrevogavelmente decidida a não me aceitar, você o teria reconhecido a Lady Catherine, franca e abertamente.

Elizabeth corou e riu ao responder:

— Sim, você conhece bem a minha *franqueza* para acreditar que sou capaz *disso*. Depois de ser tão abominavelmente grosseira com você na sua cara, eu não poderia ter escrúpulos em falar mal de você para todos os seus parentes.

— O que você disse sobre mim que eu não merecia? Pois, embora suas acusações fossem infundadas, baseadas em premissas equivocadas, meu comportamento com você na época merecia a mais severa reprovação. Foi imperdoável. Não consigo pensar nisso sem aversão.

— Não vamos brigar pela maior parcela de culpa incumbida daquela noite — disse Elizabeth. — A conduta de nenhum de nós, se estritamente examinada, será irrepreensível; mas desde então, espero que ambos tenhamos melhorado em termos de cordialidade.

— Eu não posso me perdoar tão facilmente. A lembrança do que eu disse então, de minha conduta, meus modos, minhas menções durante o todo, é agora, e tem sido há muitos meses, indescritivelmente dolorosa para mim. De sua repreensão, tão bem aplicada, nunca me esquecerei: "se tivesse se comportado de maneira mais cavalheiresca". Essas foram suas palavras. Você não sabe, você mal pode conceber, como elas me torturaram; embora tenha passado algum tempo, confesso, até que eu fosse razoável o suficiente para admitir que você estava certa.

— Eu certamente estava muito longe de esperar que elas lhe causassem uma impressão tão forte. Eu não tinha a menor ideia de que elas o fariam sentir-se assim.

— Posso facilmente acreditar nisso. Você me achava então desprovido de todos os bons sentimentos, tenho certeza de que sim. Nunca esquecerei a mudança em seu semblante, pois você disse que eu não poderia ter me dirigido a você de nenhuma maneira que a induzisse a me aceitar.

— Ah! Não repita o que eu disse então. Não quero me lembrar disso. Garanto-lhe que há muito me envergonho sinceramente disso.

Darcy mencionou sua carta.

— Ela — disse ele — logo fez com que pensasse melhor de mim? Você, ao lê-la, acreditou em seu conteúdo?

Ela explicou qual foi o efeito que teve sobre ela, e como gradualmente todos os seus preconceitos anteriores foram removidos.

— Eu sabia — respondeu ele — que o que escrevi lhe causaria dor, mas foi necessário. Espero que tenha destruído a carta. Havia uma parte em especial, o começo, que eu temeria que estivesse em seu poder ler novamente. Lembro-me de algumas frases que podem fazer com que me odeie e com razão.

— A carta certamente será queimada, se você acredita que é necessário para a preservação de minha consideração; mas, embora ambos tenhamos motivos para pensar que minhas opiniões não são inteiramente inalteráveis, espero que não sejam tão facilmente mudadas como isso implica que são.

— Quando escrevi aquela carta — respondeu Darcy — eu acreditava estar perfeitamente calmo e tranquilo, mas desde então estou convencido de que foi escrita em um estado terrível de amargura.

— A carta, talvez, tenha começado com amargura, mas não terminou assim. O adeus foi bastante caridoso. Mas não pense mais na carta. Os sentimentos da pessoa que a escreveu e da pessoa que a recebeu são agora tão diferentes do que eram então, que todas as circunstâncias desagradáveis que a acompanham devem ser esquecidas. Você deve aprender um pouco da minha filosofia de vida. Pense no passado apenas se sua lembrança lhe der prazer.

— Não posso lhe dar crédito por ter qualquer filosofia desse tipo. *Suas* retrospectivas devem ser tão totalmente isentas de reprovação, que o contentamento que delas decorre não venha de uma filosofia de vida, mas, de algo muito melhor, da inocência. Mas *meu* caso, não é bem assim. Tais lembranças dolorosas adentram minha mente e não podem, não devem, ser afugentadas. Tenho sido um ser egoísta durante toda a minha vida, na prática, embora não em termos de princípios. Quando criança me ensinaram o que era *certo*, mas não me ensinaram a corrigir meu temperamento. Bons princípios me foram ensinados, mas fui deixado para segui-los com orgulho e presunção. Infelizmente o único filho homem (por muitos anos a *única criança*), fui mimado por meus pais, que, embora bons (meu pai, especialmente, era tudo o que era benevolente e amável), permitiram, encorajaram, quase me ensinaram a ser egoísta e arrogante; não me importar com ninguém além do meu próprio círculo familiar; pensar com desdém de todo o resto do mundo; ao menos *desejar* pensar com desdém de seu juízo e valor em comparação com o meu. Assim fui, dos oito aos vinte e oito anos; e assim eu ainda poderia continuar se não fosse por você, querida e adorável Elizabeth! O que eu não devo a você! Você me ensinou uma lição, realmente difícil no início, mas muito valiosa. Por você, eu fui devidamente humilhado. Eu vim até você sem dúvidas de como seria minha recepção. Você me mostrou o quão insuficientes eram todas as minhas pretensões de agradar uma mulher digna de se aprazer.

— Você então estava convencido de que eu o receberia bem?

— De fato, sim. O que me diz da minha vaidade? Acreditei que estaria ansiando, esperando minha abordagem.

— Meus modos devem ter sido falhos, mas não intencionalmente, eu lhe asseguro. Nunca quis lhe dar uma impressão errada de mim, mas meu ímpeto muitas vezes me induz ao erro. Como você deve ter me odiado depois *daquela* noite?

— Odiar você! Fiquei com raiva no começo talvez, mas minha raiva logo começou a ser direcionada como deveria.

— Estou quase com medo de perguntar o que pensou de mim, quando nos encontramos em Pemberley. Você me culpou por ter ido lá?

— Não, na verdade não senti nada além de surpresa.

— Sua surpresa não poderia ser maior que a *minha* ao ser vista por você. Minha consciência me disse que eu não merecia uma polidez extraordinária, e confesso que não esperava receber *mais* do que merecia.

— Meu objetivo então — respondeu Darcy — era mostrar a você, através de toda a cordialidade ao meu alcance, que eu não era tão mesquinho a ponto de ressentir o passado; e que eu esperava obter seu perdão, diminuir sua má opinião de mim, deixando você ver que suas reprimendas tinham sido endereçadas. Com que rapidez outros desejos se manifestaram, mal posso dizer, mas acredito que cerca de meia hora depois de tê-la visto.

Ele então contou a ela sobre o prazer de Georgiana em conhecê-la e sobre sua decepção com sua partida repentina; ela logo soube o que naturalmente levou à causa dessa partida, e que a resolução dele de também partir de Derbyshire e ir em busca de sua irmã havia sido formada antes de ele deixar a estalagem, e que sua seriedade e reflexão não surgiram de outros embates além do que tal propósito compreenderia.

Ela expressou sua gratidão novamente, mas era um assunto doloroso demais para ser levado adiante para ambos.

Depois de caminharem por vários quilômetros sem pressa, e ocupados demais para se darem conta disso, eles finalmente descobriram, ao examinar seus relógios de bolso, que já estava na hora de estarem em casa.

— O que seria de Mr. Bingley e Jane! — Foi uma maravilha que introduziu a discussão de *seus* assuntos. Darcy ficou encantado com o noivado; ele fora o primeiro a quem seu amigo contara sobre isso.

— Devo perguntar se você ficou surpreso? — perguntou Elizabeth.

— De jeito nenhum. Quando parti, senti que aconteceria em breve.

305

— Ou seja, você lhe deu sua permissão. Eu logo imaginei. — E, embora ele tenha protestado, ela descobriu que tinha sido praticamente o caso.

— Na noite anterior à minha ida para Londres — disse ele — fiz uma confissão a ele, que acredito que deveria ter feito há muito tempo. Contei-lhe tudo o que havia ocorrido que tornava minha interferência em seus assuntos absurda e impertinente. A surpresa dele foi grande. Ele nunca teve a menor suspeita. Disse-lhe, inclusive, que acreditava estar enganado ao supor, como havia feito, que sua irmã lhe era indiferente; e como pude perceber facilmente que seu afeto por ela permanecia o mesmo, não tinha dúvidas de que seriam felizes.

Elizabeth não pôde deixar de sorrir por sua maneira fácil de dirigir seu amigo.

— Você falou por sua própria observação — respondeu — quando disse a ele que minha irmã o amava, ou apenas por minhas informações na primavera passada?

— Das minhas próprias. Eu a observei com cuidado durante as duas visitas que fiz aqui recentemente; e me convenci da afeição dela.

— E sua garantia disso, suponho, trouxe convicção imediata para ele.

— Sim. Bingley é extremamente modesto. Sua falta de autoconfiança o impediu de depender de seu próprio julgamento em um caso pelo qual ele tanto ansiava, mas sua confiança no meu tornou tudo mais fácil. Fui obrigado a confessar algo que por algum tempo, e não sem motivo, o ofendeu. Eu não podia me permitir esconder que sua irmã esteve na cidade por três meses no inverno passado, que eu sabia disso e propositalmente o escondi dele. Ele ficou zangado. Mas sua raiva, estou convencido, não durou mais do que sua dúvida sobre os sentimentos de sua irmã. Ele me perdoou de coração agora.

Elizabeth ansiava por observar que Mr. Bingley tinha sido um amigo muito agradável; tão facilmente guiado que seu valor era inestimável; mas ela controlou-se. Ela lembrou-se de que ele ainda tinha que aprender a ser motivo de riso, e era muito cedo para começar. Antecipando a felicidade de Bingley, que naturalmente seria inferior apenas à que ele mesmo haveria de sentir, continuaram a conversa até chegarem a casa. No saguão, separaram-se.

Capítulo 59

Minha querida Lizzy, por onde tem andado? — Foi a pergunta que Elizabeth recebeu de Jane assim que entrou no quarto delas, e de todos os outros quando se sentaram à mesa. Ela disse apenas, em resposta, que eles vagaram, até que ela não sabia mais onde estava. Ela corou enquanto falava; mas nem isso, nem qualquer outra coisa, despertou suspeitas da verdade.

A noite passou tranquilamente, sem nada de extraordinário. Os dois abertamente apaixonados conversaram e riram, os velados ficaram em silêncio. Darcy não tinha um temperamento no qual a felicidade transbordava de alegria; e Elizabeth, agitada e confusa, mais *sabia* que estava feliz do que se *sentia* assim; pois, além do constrangimento imediato, havia outros males diante dela. Ela antecipou como sua família reagiria quando soubesse; ela sabia que ninguém gostava dele além de Jane; e até temia que os demais tivessem uma *antipatia* tão forte que nem toda a fortuna e prestígio dele pudessem eliminar.

À noite, ela abriu seu coração para Jane. Embora a suspeita estivesse muito longe dos hábitos gerais de Miss Bennet, ela ficou absolutamente incrédula.

— Está brincando, Lizzy. Não pode ser! Noiva de Mr. Darcy! Não, não, você não me enganará. Eu sei que isso é impossível.

— Esse é de fato um triste começo! Minha única esperança era você; agora tenho certeza de que ninguém mais acreditará em mim, se você não acredita. No entanto, de fato, estou falando sério. Não disse nada além da verdade. Ele ainda me ama e estamos noivos.

Jane olhou para ela ainda em dúvida.

— Ah, Lizzy! Não pode ser. Eu sei o quanto você não gosta dele.

— Na verdade, você não sabe. Tudo *isso* deve ser esquecido. Talvez eu nem sempre o tenha amado tanto como agora. Mas em casos como este, uma boa memória é imperdoável. Esta é a última vez que me lembrarei disso.

Miss Bennet ainda parecia espantada. Elizabeth, novamente, e com mais seriedade, assegurou-lhe de sua veracidade.

— Deus do céu! Isso é mesmo verdade! No entanto, agora preciso acreditar em você — gritou Jane. — Minha querida, querida Lizzy, eu a parabenizo, mas você tem certeza? Perdoe a pergunta, você tem certeza de que pode ser feliz com ele?

— Não pode haver dúvida disso. Já está combinado entre nós que seremos o casal mais feliz do mundo. Mas você está feliz, Jane? Você gostaria de tê-lo como cunhado?

— Muito, muito mesmo. Nada poderia dar mais prazer tanto para Bingley quanto para mim. Mas nós já pensamos nisso e chegamos à conclusão de que era impossível. Você realmente o ama o suficiente? Ah, Lizzy! Faça qualquer coisa, mas não se case sem afeto. Você tem certeza de que realmente o ama?

— Ah, sim! Você só vai se convencer do *quanto* eu o amo quando eu lhe contar tudo.

— O que quer dizer?

— Ora, devo confessar que o amo muito mais do que Bingley. Temo que você ficará chateada.

— Minha querida irmã, agora *fale* sério. Eu quero falar muito sério. Conte-me tudo o que devo saber, sem demora. Vai me dizer há quanto tempo você o ama?

— Aconteceu tão gradualmente, que mal sei quando começou. Mas creio que devo datá-lo como tendo início na primeira vez que vi seus belos jardins em Pemberley.

Outra súplica para que ela falasse a sério, porém, produziu o efeito desejado; e ela logo satisfez Jane por suas solenes garantias de afeto. Quando convencida nesse quesito, Miss Bennet não tinha mais nada a desejar.

— Agora estou muito feliz — disse ela —, pois você será tão feliz quanto eu. Eu sempre o valorizei. Ainda que fosse apenas pelo amor dele por você, eu sempre o teria estimado; mas agora, como amigo de Bingley e seu marido, só Bingley e você me serão mais queridos. Mas, Lizzy, você tem sido muito astuta, muito reservada comigo. Quão pouco você me contou sobre o que aconteceu em Pemberley e Lambton! Eu devo tudo o que sei disso a outros, não a você.

Elizabeth contou-lhe os motivos de seu segredo. Ela não estava disposta a mencionar Bingley; e o estado instável de seus próprios sentimentos a fez evitar igualmente o nome de seu amigo. Mas agora ela não iria mais esconder dela a parte que ele teve no casamento de Lydia. Tudo foi reconhecido, e passaram metade da noite conversando.

* * *

— Deus do céu! — exclamou Mrs. Bennet, enquanto estava em uma janela na manhã seguinte. — Se não é aquele desagradável Mr. Darcy vindo aqui novamente com nosso querido Bingley! Qual seria seu intuito sendo tão cansativo a ponto de vir sempre aqui? Eu não fazia ideia de que ele viria, a não ser para caçar, ou algo assim, e então não nos perturbaria com sua companhia. O que faremos com ele? Lizzy, você deve sair para caminhar com ele de novo, para que ele não atrapalhe Bingley.

Elizabeth mal pôde deixar de rir de uma proposta tão conveniente; no entanto, ficou realmente irritada pelo fato de sua mãe sempre **dar a** ele tal epíteto.

Assim que eles entraram, Bingley olhou para ela de forma tão expressiva e apertou as mãos dela de maneira tão calorosa, que não deixou dúvidas de que ele já sabia de tudo; e logo depois disse em voz alta:

— Mrs. Bennet, você não tem mais passeios por aqui pelos quais Lizzy possa se perder de novo hoje?

— Aconselho que Mr. Darcy, Lizzy e Kitty — disse Mrs. Bennet — caminhem até Oakham Mount esta manhã. É uma caminhada longa e agradável, e Mr. Darcy nunca viu a vista.

— Pode servir muito bem para os outros — respondeu Mr. Bingley —; mas tenho certeza de que será demais para Kitty. Não é, Kitty? — Kitty admitiu que preferia ficar em casa. Darcy manifestou uma grande curiosidade para ver a vista do monte, e Elizabeth consentiu silenciosamente. Enquanto ela subia as escadas para se arrumar, Mrs. Bennet a seguiu, dizendo:

— Lamento muito, Lizzy, que seja obrigada a ir sozinha com aquele homem desagradável. Mas espero que não se importe: é tudo pelo bem de Jane, você sabe; e não há necessidade de falar com ele senão de vez em quando. Portanto, não se incomode.

Durante a caminhada, foi decidido que o consentimento de Mr. Bennet deveria ser solicitado no decorrer da noite. Elizabeth encarregou-se ela mesma do pedido à sua mãe. Ela não conseguia chegar a uma conclusão de como sua mãe reagiria; às vezes duvidando se toda sua riqueza e esplendor seriam suficientes para superar sua aversão pelo homem. Mas, quer ela fosse brutalmente contra o casamento, ou ficasse extremamente encantada, era certo que seus modos não demonstrariam bom senso; e ela não suportaria que Mr. Darcy ouvisse nem suas primeiras exclamações de sua alegria, nem as primeiras vociferações de sua desaprovação.

À noite, logo depois que Mr. Bennet retirou-se para a biblioteca, ela viu Mr. Darcy levantar-se também e segui-lo, e sua agitação ao ver isso foi extrema. Ela não temia a oposição de seu pai, mas ele ficaria infeliz; e que fosse por meio *dela* — que *ela*, sua filha favorita, o estivesse afligindo por causa de sua escolha, infligindo-lhe medos e lamentações ao conceder sua mão em casamento — era um pensamento infeliz, e ela sentou-se em meio a esse sofrimento até que Mr. Darcy apareceu novamente, e, ao olhar para ele, ficou um pouco aliviada com o sorriso dele. Em poucos minutos, ele aproximou-se da mesa onde ela estava sentada com Kitty; e, fingindo admirar o bordado dela, disse em voz baixa:

— Vá até o seu pai, ele quer vê-la na biblioteca. — Ela foi imediatamente. Seu pai estava andando pelo cômodo, parecendo sério e ansioso.

— Lizzy — disse ele —, o que está fazendo? Você está fora de si, aceitou esse homem? Você não o odiava?

Quão sinceramente ela desejava que suas opiniões anteriores tivessem sido mais razoáveis, suas falas mais moderadas! Isso a teria poupado de explicações e profissões que eram extremamente embaraçosas de se dar; mas agora eram necessárias, e ela lhe assegurou, com certa inquietação, de seu afeto por Mr. Darcy.

— Ou, em outras palavras, está determinada a aceitá-lo. Ele é rico, com certeza, e poderá ter mais roupas e carruagens finas do que Jane. Mas isso a fará feliz?

— Você tem alguma outra objeção — perguntou Elizabeth — além da crença em minha indiferença?

— Nenhuma. Todos sabemos que ele é um homem orgulhoso e desagradável; mas isso não seria nada se você realmente gostasse dele.

— Eu gosto, gosto dele — respondeu ela, com lágrimas nos olhos —, eu o amo. Na verdade, ele não tem nenhum orgulho impróprio. Ele é perfeitamente amável. Você não sabe como ele realmente é; então, por favor, não me magoe falando dele nesses termos.

— Lizzy — disse seu pai —, eu dei a ele meu consentimento. Ele é o tipo de homem, de fato, a quem eu nunca ousaria recusar nada que ele condescendesse em me pedir. Eu agora dou a *você*, se você está decidida em aceitá-lo. Mas deixe-me aconselhá-la a pensar melhor sobre isso. Conheço seu temperamento, Lizzy. Eu sei que você não poderia ser nem feliz nem respeitável, a menos que você realmente estimasse seu marido; a menos que você olhasse para ele com admiração. Sua vivacidade a colocaria em grande perigo em um casamento com alguém cujo temperamento é tão diferente do seu. Você dificilmente poderia escapar de ser desmerecida e do sofrimento. Minha filha, não me dê a dor de ver *você* sendo incapaz de respeitar seu companheiro. Não faz ideia do que está prestes a fazer.

Elizabeth, ainda mais emotiva, foi séria e solene em sua resposta; e, finalmente, após repetidas garantias de que Mr. Darcy era realmente o homem com quem ela queria casar-se, explicando a mudança gradual de seu apreço por ele, relatando sua absoluta certeza de que seu afeto não era obra de um dia, mas que tinha sido colocado à prova de muitos meses de suspense, e sendo enérgica em enumerar todas as qualidades dele, ela conseguiu vencer a incredulidade do pai e fazê-lo aceitar melhor o casamento.

— Bem, minha querida — disse ele, quando ela parou de falar —, não tenho mais nada a dizer. Se for esse o caso, ele a merece. Eu não poderia me separar de você, minha Lizzy, por ninguém menos digno.

Para completar a boa impressão, ela então contou a ele o que Mr. Darcy havia feito voluntariamente por Lydia. Ele a ouviu com espanto.

— Esta é uma noite de surpresas, de fato! Então, Darcy fez tudo; arranjou o casamento, deu o dinheiro, pagou as dívidas do sujeito e pagou pela sua comissão! Muito melhor. Vai me poupar um mundo de problemas e de ter que economizar. Se fosse obra de seu tio, eu deveria e eu *iria* pagá-lo por tudo; mas esses jovens muito apaixonados fazem tudo à sua maneira. Vou me oferecer para pagá-lo amanhã; ele irá reclamar e falar de seu amor por você, e o assunto estará encerrado.

Ele então lembrou-se do constrangimento dela alguns dias antes, ao ler a carta de Mr. Collins; e depois de rir dela por algum tempo, finalmente permitiu que ela fosse embora, dizendo, enquanto ela saía:

— Se algum rapaz tiver vindo pedir a mão de Mary ou Kitty, mande-o entrar, pois estou bastante desocupado.

A mente de Elizabeth tinha sido agora aliviada de um grande peso; e, depois de meia hora de reflexão tranquila em seu próprio quarto, ela foi capaz de se juntar aos outros com compostura tolerável. Tudo era recente demais para que ela se alegrasse, mas a noite transcorreu tranquilamente; não havia mais nada substancial a ser temido, e o conforto da tranquilidade e da familiaridade viria com o tempo.

Enquanto sua mãe subia ao seu vestiário à noite, ela a seguiu e fez o importante comunicado. Seu efeito foi extraordinário; pois, ao ouvi-lo pela primeira vez, Mrs. Bennet sentou-se sem se mover, incapaz de pronunciar uma sílaba sequer. Muitos minutos passaram até que ela conseguisse compreender o que ouvira; embora em geral nunca fosse avessa a obter qualquer vantagem para família, ou uma que viera na forma de um marido para qualquer uma delas.

Ela finalmente começou a se recuperar, a se remexer na cadeira, levantar-se, sentar-se de novo, maravilhar-se e benzer-se.

— Deus do céu! Abençoado seja! Pense só! Meu Deus! Mr. Darcy! Quem diria! E é mesmo verdade? Ah, minha querida Lizzy! Quão rica e quão importante você será! Quanto, quantas joias, quais carruagens você terá! Nem se compara ao que Jane terá! Nem se compara. Estou tão contente... tão feliz. Um homem tão encantador! Tão bonito! Tão alto! Ah, minha querida Lizzy! Peço desculpas por não ter gostado dele antes. Espero que ele esqueça isso. Querida, adorada Lizzy. Uma casa na cidade! Tudo do mais encantador! Três filhas casadas! Dez mil por ano! Ah, Senhor! O que será de mim. Irei enlouquecer.

Isso foi o suficiente para provar que sua aprovação não precisava ser posta em dúvida: e Elizabeth, regozijando-se por tal efusão ter sido ouvida apenas por ela, logo foi embora. Mas antes que ela estivesse três minutos em seu próprio quarto, sua mãe a seguiu.

— Minha querida filha — ela gritou —, não consigo pensar em mais nada! Dez mil por ano, e muito provavelmente mais! É praticamente um lorde! E uma licença especial. Você precisa, deve casar-se por uma licença especial. Mas, minha querida amada, diga-me de que prato Mr. Darcy gosta particularmente, para que eu possa pedir que o façam amanhã.

Esse era um triste presságio de qual poderia ser o comportamento de sua mãe com o próprio cavalheiro; e Elizabeth descobriu que, embora certa de obter sua mais calorosa afeição e segura do consentimento de seus parentes, ainda havia algo a desejar. Mas o amanhã transcorreu muito melhor do que ela esperava; pois Mrs. Bennet, felizmente, estava tão admirada com seu futuro genro que não se atreveu a falar com ele, a menos que estivesse em seu poder dar-lhe alguma atenção ou demonstrar sua deferência por sua opinião.

Elizabeth teve a satisfação de ver o pai esforçando-se para conhecê-lo melhor; e Mr. Bennet logo assegurou a ela que cada vez mais sua estima por ele aumentava.

— Admiro muito todos os meus três genros — disse ele. — Wickham, talvez, seja meu favorito; mas creio que hei de gostar do *seu* marido tanto quanto do de Jane.

Capítulo 60

om o ânimo de Elizabeth logo se tornando brincalhão novamente, ela pediu que Mr. Darcy explicasse como ele apaixonou-se por ela.

— Como poderia ter se interessado por mim? — perguntou ela. — Posso entender que siga adiante até se apaixonar de maneira encantadora depois disso, mas qual foi a primeira coisa que o atraiu?

— Não posso fixar a hora, nem o local, nem o olhar, nem as palavras que lançaram os alicerces. Foi há muito tempo. Quando me dei conta estava no meio do caminho sem saber *onde* ele começara.

— À minha beleza você resistiu desde cedo, e quanto aos meus modos, meu comportamento com *você* quase sempre beirou a descortesia, e eu mais falei com você tentando lhe causar dor do que não. Agora seja sincero; passou a me admirar por minha impertinência?

— Pela vivacidade de sua mente, sim.

— Pode ser direto e chamar logo de impertinência. Não foi menos que isso. O fato é que você estava cansado de cordialidade, de deferência, de atenção obsequiosa. Estava enojado pelas mulheres que falavam, olhavam e pensavam em busca da *sua* aprovação. Eu chamei sua atenção e fiz com que se interessasse por mim, porque eu era tão diferente *delas*. Se você não fosse realmente amável, teria me odiado por isso; mas apesar do esforço que fez para não os deixar transparecer, seus sentimentos sempre foram nobres e justos; e em seu coração, você desprezava completamente as pessoas que tão assiduamente o cortejavam. Pronto, poupei-lhe do trabalho de se explicar; e realmente, considerando tudo, estou começando a acreditar que é perfeitamente cabível. Sem dúvida você não sabia de nada de bom em mim, mas ninguém pensa *nisso* quando se apaixona.

— Não houve nada de bom em seu comportamento afetuoso com Jane enquanto ela estava doente em Netherfield?

— Querida Jane! Quem poderia ter feito menos por ela? Mas faça disso uma virtude, fique à vontade. Minhas boas qualidades estão sob sua proteção, e você deve exagerá-las tanto quanto possível; e, em troca, cabe a mim encontrar ocasiões para provocá-lo e brigar com você com a maior frequência possível; e começarei imediatamente perguntando a você o que o deixou tão relutante em finalmente tocar no assunto. O que o deixou tão tímido comigo, quando você veio aqui pela primeira vez e depois jantou aqui? Por que, especialmente, quando veio, parecia que não se importava comigo?

— Porque você ficou séria e calada, e não me deu nenhum encorajamento.

— Mas fiquei com vergonha.

— Pois eu também.

— Poderia ter falado mais comigo quando veio jantar.

— Um homem com sentimentos mais brandos talvez conseguisse.

— Que azar que você tenha uma resposta razoável para dar, e que eu seja tão razoável a ponto de admitir isso! Mas eu me pergunto quanto tempo você *teria* continuado, se tudo tivesse dependido apenas de você. Eu me pergunto quando você *teria* falado, se eu não tivesse perguntado! Minha resolução em agradecê-lo por sua gentileza com Lydia certamente teve um grande efeito. *Demais*, temo; pois o que acontece com a moral, se nosso conforto vem de uma promessa quebrada? Pois eu não deveria ter mencionado o assunto. Isso não está certo.

— Você não precisa se afligir. A moral foi perfeitamente justa. Os esforços injustificáveis de Lady Catherine para nos separar foram o meio de remover todas as minhas dúvidas. Não devo minha felicidade atual ao seu desejo ansioso de expressar sua gratidão. Eu não estava com humor para esperar por qualquer abertura sua. A informação de minha tia me deu esperança, e eu estava determinado a imediatamente saber de tudo.

— Lady Catherine tem sido de grande utilidade, o que deve deixá-la feliz, pois ela adora ser útil. Mas me diga, por que veio a Netherfield? Seria apenas para vir até Longbourn e ficar envergonhado? Ou você pretendia algo mais sério?

— Meu verdadeiro propósito era ver *você*, e avaliar, se possível, se eu poderia ter esperanças de fazê-la me amar. Meu motivo principal, ou ao menos foi o que disse a mim mesmo, era ver se sua irmã ainda demonstrava interesse em Bingley, e se ela demonstrasse, fazer a confissão a ele que fiz desde então.

— Você terá coragem de anunciar a Lady Catherine o que recairá sobre ela?

— É mais provável que me falte tempo do que coragem, Elizabeth. Mas deve ser feito, e se você me der uma folha de papel, será feito imediatamente.

— E se eu também não tivesse uma carta para escrever, eu poderia me sentar ao seu lado e admirar a uniformidade de sua escrita, como outra jovem fez certa vez. Mas também tenho uma tia, que não deve mais ser mantida em suspense.

Por falta de vontade de confessar o quanto sua intimidade com Mr. Darcy havia sido superestimada, Elizabeth nunca havia respondido à longa carta de Mrs. Gardiner; mas agora, tendo para comunicar *aquilo* que ela sabia que seria muito bem-vindo, quase se envergonhou ao descobrir que seu tio e sua tia já haviam perdido três dias de felicidade, e imediatamente escreveu o seguinte:

"Eu a teria agradecido antes, minha querida tia, como deveria ter feito, por seus detalhes prolongados, bondosos e satisfatórios; mas para dizer a verdade, estava zangada demais para escrever. Você supôs mais do que realmente existia. Mas *agora* suponha tanto quanto quiser; dê asas à sua imaginação, permita aos seus pensamentos alçarem todos os voos possíveis que o assunto acarretar, e a menos que você acredite que eu já esteja casada, não passará muito longe da verdade. Deve me escrever novamente muito em breve, e elogiá-lo muito mais do que fez na sua última carta. Agradeço-lhe, uma e outra vez, por não ter ido aos Lagos. Como pude ser tão tola a ponto de desejar isso! Sua ideia dos pôneis é maravilhosa. Daremos uma volta pelo jardim todos os dias. Eu sou a criatura mais feliz do mundo. Talvez outras pessoas tenham dito isso antes, mas não com tanta propriedade. Estou mais feliz até do que Jane; ela apenas sorri, eu rio. Mr. Darcy lhe envia todo o amor do mundo que ele já não tenha direcionado a mim. Vocês estão convidados a virem a Pemberley no Natal. Sua etc."

A carta de Mr. Darcy para Lady Catherine foi em um estilo diferente; e ainda mais diferente foi a que Mr. Bennet enviou a Mr. Collins, em resposta à sua última carta.

"Prezado senhor,
   Devo incomodá-lo mais uma vez para pedir suas felicitações. Elizabeth logo será a esposa de Mr. Darcy. Console Lady Catherine o melhor que puder. Mas, se eu fosse o senhor, ficaria ao lado do sobrinho. Ele tem mais para conceder.
   Atenciosamente, Seu etc."

As felicitações de Miss Bingley ao irmão, pelo seu casamento em breve, continham tudo de mais afetuoso e insincero. Ela escreveu até mesmo para Jane na ocasião, para expressar sua alegria e repetir todas as suas antigas declarações de afeto por ela. Jane não foi enganada, mas foi afetada; e embora não confiasse nela, não pôde deixar de escrever-lhe uma resposta muito mais gentil do que sabia que ela merecia.

A alegria que Miss Darcy expressou ao receber informações semelhantes foi tão sincera quanto a de seu irmão ao enviá-las. Quatro lados de papel eram insuficientes para conter todo o seu deleite e todo o seu desejo sincero de ser amada pela cunhada.

Antes que qualquer resposta de Mr. Collins pudesse chegar, ou qualquer parabenização para Elizabeth de sua esposa, a família Longbourn soube que os Collins vieram para Lucas Lodge. A razão dessa remoção repentina logo ficou evidente. Lady Catherine ficara tão irritada com o conteúdo da carta de seu sobrinho que Charlotte, que estava realmente feliz com o casamento, ficara ansiosa para se manter longe até que a tempestade passasse. Nesse momento, a chegada de sua amiga foi um prazer sincero para Elizabeth, embora no decorrer de seus encontros ela devesse às vezes pensar que fora um prazer que lhe custaria caro, quando viu Mr. Darcy exposto a toda a cordialidade obsequiosa de seu marido. Ele a suportou, porém, com uma calma admirável. Ele podia até ouvir Sir William Lucas, quando o cumprimentava por levar embora a joia mais brilhante do campo, e expressava suas esperanças de que todos se encontrariam com frequência em St. James, com uma compostura muito decorosa. Se ele dava de ombros, não era até que Sir William estivesse fora de vista.

A vulgaridade de Mrs. Phillips era outra, e talvez maior, imposição sobre sua paciência; e embora Mrs. Phillips, assim como a irmã dela, estivessem admiradas demais com ele para falar com a familiaridade que o bom humor de Bingley encorajava, no entanto, sempre que ela *falava*, era algo vulgar. Nem seu respeito por ele, embora isso a tornasse mais quieta, estava propenso a torná-la mais elegante. Elizabeth fez tudo o que pôde para protegê-lo da atenção frequente de ambas e estava sempre ansiosa para mantê-lo para si mesma e para aqueles de sua família com quem ele pudesse conversar sem mortificação; e embora os sentimentos desconfortáveis decorrentes de tudo isso tirassem da época do cortejo muito de seu prazer, aumentavam suas esperanças futuras; e ela aguardava com prazer o momento em que eles seriam afastados da companhia tão pouco agradável para os dois, com todo o conforto e elegância de seu grupo familiar em Pemberley.

Capítulo 61

eliz por todos os seus sentimentos maternais foi o dia que Mrs. Bennet se livrou de suas duas filhas mais merecedoras. Com que orgulho encantado ela depois visitou Mrs. Bingley e falou de Mrs. Darcy, pode-se imaginar. Eu gostaria de poder dizer, pelo bem de sua família, que a realização de seu desejo sincero de casar tantas de suas filhas teve um efeito tão bom que a tornou uma mulher sensata, amável e bem-informada pelo resto de sua vida; embora talvez, para a sorte do marido, que quem sabe não tivesse apreciado a felicidade doméstica de uma forma tão incomum, se ela ainda não estivesse ocasionalmente nervosa e invariavelmente tola.

Mr. Bennet sentia muita falta de sua segunda filha; sua afeição por ela o tirava de casa com mais frequência do que qualquer outra coisa poderia fazer. Ele adorava ir a Pemberley, especialmente quando menos era esperado.

Mr. Bingley e Jane permaneceram em Netherfield por apenas doze meses. Ficar tão perto da mãe dela e de seus parentes de Meryton não era desejável nem mesmo para o temperamento tranquilo *dele*, nem para o coração afetuoso *dela*. O grande desejo de suas irmãs foi então satisfeito; ele comprou uma propriedade em um condado vizinho a Derbyshire, e Jane e Elizabeth, além de todas as outras fontes de felicidade, ficaram a menos de cinquenta quilômetros uma da outra.

Kitty, para sua vantagem substancial, passava a maior parte de seu tempo com suas duas irmãs mais velhas. Em uma companhia tão superior à que ela geralmente convivia, sua melhora foi grande. Ela não tinha um temperamento tão incontrolável quanto Lydia; e, afastada da influência do exemplo desta, tornou-se, com a devida atenção e manejo, menos irritável, menos ignorante e menos insípida. De obter maior desvantagem da companhia de Lydia, ela foi, é claro, mantida cuidadosamente longe, e embora Mrs. Wickham frequentemente a convidasse para ir ficar com ela, com a promessa de bailes e rapazes, seu pai nunca consentiu que ela fosse.

Mary foi a única filha que ficou em casa; e ela foi necessariamente impedida de sua busca por realizações pelo fato de Mrs. Bennet ser incapaz de ficar sozinha. Mary foi obrigada a conviver mais com outras pessoas, mas ainda podia filosofar sobre cada visita matinal; e como não era mais mortificada por comparações entre a beleza de suas irmãs e a sua própria, o pai suspeitava que ela se submeteria à mudança sem muita relutância.

Quanto a Wickham e Lydia, o caráter deles não sofreu nenhuma grande mudança com o casamento de suas irmãs. Ele aceitou com resignação a convicção de que Elizabeth deveria agora se familiarizar com os detalhes de sua ingratidão e falsidade que antes ela desconhecia; e apesar de tudo, não perdera totalmente a esperança de que Darcy ainda pudesse ser persuadido a deixá-lo rico. A carta de parabenização pelo seu casamento que Elizabeth recebeu de Lydia lhe explicava que, pelo menos por parte de sua esposa, se não por ele próprio, tal esperança era acalentada. A carta dizia o seguinte:

"Minha querida Lizzy,

Desejo-lhe alegria. Se você amar Mr. Darcy metade do que eu amo meu querido Wickham, deve estar muito feliz. É um grande conforto vê-la tão rica e, quando não tiver mais nada para fazer, espero que pense em nós. Tenho certeza de que Wickham gostaria muito de um lugar na corte, e não acho que teremos dinheiro suficiente para viver sem alguma ajuda. Qualquer lugar serviria, de cerca de trezentos ou quatrocentos por ano; mas, no entanto, não fale com Mr. Darcy sobre isso, se assim preferir.

Sua etc."

De fato, Elizabeth preferiu não lhe dizer nada, e ela esforçou-se em sua resposta para pôr fim a todas as súplicas e expectativas desse tipo. Tal alívio, no entanto, como estava em seu poder proporcionar, pela prática do que poderia ser chamado de economia em suas próprias despesas privadas, ela lhe enviava com frequência. Sempre tinha sido evidente para ela que uma renda como a deles, sob a direção de duas pessoas tão extravagantes em suas necessidades e indiferentes ao futuro, devia ser muito insuficiente para seu sustento; e sempre que mudavam de alojamento, Jane ou ela tinham a certeza de serem solicitadas em alguma pequena ajuda para pagarem suas contas. Seu modo de vida, mesmo quando a restauração da paz os dispensou a um lar, era extremamente instável. Eles estavam sempre se mudando de um lugar para outro em busca de algo mais barato, e sempre gastando mais do que deveriam. A afeição dele por ela logo se transformou em indiferença; a dela durou um pouco mais; e apesar de sua juventude e modos, ela manteve todas as reivindicações de reputação que seu casamento lhe dera.

Embora Darcy jamais pudesse receber *Wickham* em Pemberley, ainda assim, pelo bem de Elizabeth, ele o ajudou ainda mais em sua profissão. Lydia era ocasionalmente uma visitante lá, quando o marido saía para se divertir em Londres ou Bath; e com os Bingleys, os dois frequentemente ficavam tanto tempo, até que o bom humor de Bingley ficasse exaurido, e ele chegou a ponto de *falar* em dar-lhes uma dica para irem embora.

Miss Bingley ficou profundamente mortificada com o casamento de Darcy; mas como ela achou prudente manter o direito de visitar Pemberley, deixou de lado todo o seu ressentimento; gostava mais do que nunca de Georgiana, era quase tão atenciosa com Darcy quanto antes, e compensava agora com juros toda a falta de cordialidade com Elizabeth.

Pemberley era agora a casa de Georgiana; e o apego entre as duas cunhadas era exatamente o que Darcy esperava ver. Elas foram capazes de amar uma a outra tanto quanto pretendiam. Georgiana tinha a mais alta opinião do mundo de Elizabeth; embora no início ela muitas vezes ouvisse com um espanto que beirava a perplexidade sua maneira animada e brincalhona de falar com seu irmão. Ele, que sempre havia inspirado nela um respeito que quase superava sua afeição, ela agora via como objeto de gracejos. Sua mente recebera uma informação que nunca antes havia cogitado. Por instruções de Elizabeth, ela começou a compreender que uma mulher pode tomar certas liberdades com o marido que um irmão nem sempre permite a uma irmã mais de dez anos mais nova que ele.

Lady Catherine estava extremamente indignada com o casamento de seu sobrinho; e como ela despejara toda a franqueza genuína de seu caráter em sua resposta à carta que anunciava seu noivado, escreveu-lhe em um linguajar tão grosseiro, especialmente em relação a Elizabeth, que por algum tempo cortaram relações. Mas, finalmente, pela persuasão de Elizabeth, ele foi convencido a ignorar a ofensa e buscar uma reconciliação; e, depois de um pouco mais de resistência por parte de sua tia, o ressentimento dela cedeu, fosse por sua afeição por ele, ou pela curiosidade de ver como sua esposa se comportava; e ela condescendeu em visitá-los em Pemberley, apesar da poluição que seus bosques haviam recebido, não apenas pela presença de tal esposa, mas pelas visitas de seus tios da cidade.

Dos Gardiners eles sempre se mantiveram próximos. Darcy, assim como Elizabeth, realmente os adorava; e ambos sentiam sempre a mais calorosa gratidão pelos dois que, ao trazê-la para Derbyshire, tinham sido o meio de uni-los.

ASSINE NOSSA NEWSLETTER E RECEBA INFORMAÇÕES DE TODOS OS LANÇAMENTOS

www.faroeditorial.com.br

CAMPANHA

Há um grande número de pessoas vivendo com HIV e hepatites virais que não se trata. Gratuito e sigiloso, fazer o teste de HIV e hepatite é mais rápido do que ler um livro.
FAÇA O TESTE. NÃO FIQUE NA DÚVIDA!

ESTA OBRA FOI IMPRESSA EM JANEIRO DE 2023